Impressum

Charlotte Taylor
Robin – High in the Sky

Charlotte Taylor
c/o Papyrus Autoren-Club
Pettenkoferstr. 16-18
10247 Berlin

www.charlottetaylor.de

1. Auflage, Juni 2018

Covergestaltung: Viola Plötz / Truelove Coverdesign
www.truelovejoy.de

Covermaterial:
Jinger15 / shutterstock
Niko28 / shutterstock
DeShoff / shutterstock
Hibrida / shutterstock
3xy / shutterstock
moopsi / shutterstock

Lektorat/Korrektorat: Julia Funcke

Druck:
Sowa Sp. z o.o.
ul. Hrubieszowska 6a
01-209 Warszawa

Bestellung und Vertrieb:
Nova MD GmbH, Vachendorf

ISBN: 978-3-96111-607-2

CHARLOTTE TAYLOR

Robin

High in the Sky

Liebesroman

Prolog

Der zweitschlimmste Tag

23. Dezember, im Flugzeug zwischen London und Kingston

»Lassen Sie die Flasche doch einfach da, dann müssen wir Sie nicht ständig belästigen!«

Robin Stewart sah, wie ihre beste Freundin Chiara mit ihren Schmetterlingswimpern klimperte und dem gutaussehenden Flugbegleiter ihr strahlendstes Lächeln schenkte.

»Das ist leider gegen die Vorschriften, Ma'am«, entgegnete der junge Mann mit einem bedauernden Schulterzucken.

»Tesoro – es ist Weihnachten, und außer uns ist kein Gast in der ersten Klasse. Lassen Sie den Whisky da und entspannen Sie sich.« Chiaras Lächeln hatte immer noch volle Wattzahl, aber in ihrer melodischen Stimme lag plötzlich ein wenig Stahl, der auch vom weichen italienischen Akzent nicht abgemildert wurde.

»Aber Ma'am, Sie haben doch schon eine Flasche Champagner und ...«, druckste er unbehaglich rum.

»Der Champagner ist für mich, Tesoro – Schätzchen –, der Scotch ist für meine Freundin. Ein echter Notfall.« Noch mehr Stahl.

»Aber Sie wissen doch, dass zu viel Alkohol nicht gut ist – vor allem auf Langstreckenflügen. Unsere Ausschankpolitik ist daher vor allem zum Wohl unserer Fluggäste da und nicht ...«

Robin riss der Geduldsfaden: »Ich sollte exakt in diesem Moment vor den Altar treten und heiraten«, blaffte sie den Mann mit schwerer Zunge an. »Stattdessen sitze ich mit meiner besten Freundin im Flugzeug nach Kingston, weil ich gestern höchstpersönlich dafür gesorgt habe, dass mein Verlobter in den Knast kommt. Erzählen Sie mir also nichts über das Wohl von Fluggästen – und jetzt her mit dem Zeug!«

Der Flugbegleiter sah sich nervös um, offensichtlich in der Hoffnung, dass Verstärkung in der Nähe sein könnte, doch die restliche Crew war mit Business- und Holzklasse vollkommen ausgelastet. Er schien zu überlegen, was er von der verstörenden Aussage der sichtlich angetrunkenen Passagierin halten sollte.

»Ehe Sie nun seltsame Rückschlüsse ziehen, der Mistkerl hat es absolut verdient, eingebuchtet zu werden!«, schaltete sich wieder Chiara ein. »Meine Freundin ist in diesem Spiel das Opfer, nicht die Täterin. Und jetzt wäre ich Ihnen wirklich sehr dankbar, wenn Sie mir den Whisky geben.« Sie winkte ihn ganz zu sich heran und fügte flüsternd hinzu: »Damit ich während der nächsten Stunden meinen Frieden habe und mir nicht nonstop das Drama anhören muss. Sobald sie bewusstlos ist, bekommen Sie den Rest auch wieder. Versprochen.« Dann tätschelte sie ihm mit einer seltsam mütterlich anmutenden Geste den Arm und nahm ihm den Scotch ab.

»Ich hab das gehört«, brummte Robin und griff sich die Flasche. Es handelte sich um einen zwanzig Jahre alten Single Malt der Gordon Gibbs Distillery. Ein ganz feiner Tropfen – und ziemlich kostspielig –, wie sie mit Kennerblick feststellte. »Tut mir leid, wenn ich dich jetzt schon nerve, aber ich glaube nicht, dass meine Laune in den nächsten Tagen viel besser werden wird. Ich nehm's dir also nicht übel, wenn du gleich wieder heimfliegst.«

»Schätzchen, du kannst jammern, wie du willst. Ich hab das nur gesagt, um den kleinen Hosenscheißer zu überzeugen, und ich werde natürlich nicht wieder zurückfliegen.«

»Aber Bruno hat sich das bestimmt ganz anders vorgestellt«, widersprach sie matt und voller schlechtem Gewissen, wenn sie an Chiaras Mann dachte.

»Er kommt ja wie geplant in zwei Tagen nach«, entgegnete ihre Freundin. »Außerdem haben wir uns den heutigen Tag alle anders vorgestellt.«

Das war wohl wahr, dachte Robin und schloss die Augen, während ihr Kopfkino netterweise zum wiederholten Mal die Highlights der letzten zweiunddreißig Stunden einspielte: Gestern Vormittag, als sie gerade mit Chiara und ihren Brautjungfern bei der letzten Anprobe für ihr Hochzeitskleid gewesen war, hatte ihr Handy geklingelt, und der Anruf ihres Großvaters hatte sie umgehend aus dem Kleid und in die Kanzlei befördert. Dabei hatte Angus Stewart zu diesem Zeitpunkt nur von »irritierenden Unregelmäßigkeiten« bezüglich ihres Verlobten Thomas Stanley, Earl of Derby, gesprochen. Stunden später dann hatte alles schon viel schlimmer ausgesehen: Der Earl hatte ein schier undurchschaubares Geflecht von Scheinfirmen und maximal halbseriösen Geschäften aufgebaut, dazu kamen faule Immobilienkredite, reichlich Spielschulden und der kostspielige Erhalt des Familienanwesens. Kurz: Thomas Stanley war lichterloh abgebrannt und hatte sich von der Hochzeit mit Robin, die nicht nur die führende Wirtschaftsanwältin Großbritanniens war, sondern auch sehr vermögend und obendrein Mitglied der Geschäftsleitung des Kanzlei-Imperiums Stewart & Sons, Hilfe und vor allem eine üppige Finanzspritze erhofft.

Robin verstand nach wie vor nicht, wie ihr Beinahe-Ehemann das alles eingefädelt hatte und wie versiert er seine prekäre Situation hatte verschleiern können, denn natürlich hatte sie sich von Kanzleikollegen im Vorfeld einen Ehevertrag aufsetzen lassen, und selbstverständlich hatte man dabei den Earl of Derby unter die Lupe genommen. Doch offensichtlich nicht gründlich genug.

Nachdem im Laufe des Tages die ganze Bandbreite von Thomas' Vergehen ans Licht gekommen war, hatte Robin ihn in den Kanzleiräumen zur Rede gestellt. Erst hatte er versuchen wollen, sich rauszureden, doch schließlich – und nicht zuletzt wegen der erdrückenden Beweislast – hatte er einen Teil seiner Machenschaften eingeräumt. Sie, ihr Großvater, ihr Bruder Ian und drei weitere Seniorpartner, die ebenfalls an der Aufklärung beteiligt waren, hatten ihn beschworen, sich umgehend selbst anzuzeigen, um das Schlimmste zu verhindern, doch damit waren sie nicht durchgedrungen. Und so hatte Robin Stewart einen Tag vor ihrer geplanten Hochzeit ihren Bräutigam angezeigt und sämtliche Recherche-Ergebnisse der Staatsanwaltschaft übergeben, mit dem Ergebnis, dass der Earl of Derby nun an Weihnachten aufgrund akuter Fluchtgefahr in Untersuchungshaft saß – und sie im Flugzeug nach Jamaika.

»Was für ein gottverdammtes Desaster«, murmelte sie und goss sich zwei Fingerbreit von dem edlen Whisky in ihr Glas.

»Ja, aber besser so als erst in zwei Wochen oder zwei Monaten«, gab Chiara zu bedenken.

Robin seufzte. Sie wusste, dass ihre Freundin Thomas nicht besonders leiden konnte und insgeheim wohl nicht sehr traurig war, dass die Hochzeit geplatzt war. Was ihre eigenen Gefühle betraf, da war sie sich nicht so sicher. Klar war sie vollkommen geschockt – wer möchte schon solche Dinge über den Menschen erfahren, mit dem man den Rest seines Lebens verbringen will? Die peinliche Aufgabe, die gut vierhundert Gäste darüber zu informieren, dass die Hochzeit nicht stattfinden würde, hatten glücklicherweise ihre Eltern und ihr Bruder übernommen. In ihrem Herzen und ihrem Kopf herrschte Chaos, aber sie musste wohl noch kein abschließendes Urteil über die emotionale Durchschlagskraft dieses miesen Dramas fällen, oder?

»Nur damit ich in etwa weiß, was in den nächsten Tagen auf mich zukommt: War das gestern der schlimmste Tag deines Lebens?«, fragte Chiara auf ihre typische direkte Art nach. Offensichtlich war doch schon eine finale Einordnung gefordert.

Unbewusst griff sich Robin an den Hals und berührte den kleinen goldenen Vogel, der an einer zarten Kette hing. Nein, es war definitiv nicht der schlimmste Tag ihres Lebens gewesen. »Ich würde sagen, der zweitschlimmste.«

»Gut, dann kriegen wir das hin«, sagte Chiara und lächelte Robin warmherzig an. »Cheers – auf das Leben!« Sie prostete ihrer Freundin mit Champagner zu.

»Auf das Leben!«, entgegnete Robin etwas zögerlich. »Aber zunächst: Aufs Vergessen!« Damit leerte sie ihr Glas.

Zur gleichen Zeit in einer Anwaltskanzlei in Addis Abeba, Äthiopien

»Sie wollen also ernsthaft behaupten, dass die Layla & Samuel Forrester Foundation zahlungsunfähig ist?«, fasste Sky Forrester die Worte des schwitzenden Anwalts zusammen. Er hatte gestern versucht, einige Überweisungen vom Konto seiner Stiftung vorzunehmen, doch angeblich war kein Geld mehr vorhanden. Nach einigem Suchen hatte er von seiner Finanzchefin, die seit dem Morgen mysteriöserweise verschwunden war, nur die folgende dürre Notiz gefunden: »Es tut mir leid – melde dich bei Dr. Lilesa.«

Ebenjener Dr. Lilesa hatte ihm soeben in sehr wortreicher, aber auch verwirrender Art und Weise auseinandergesetzt, dass die Stiftung, die er mit dem Geld seiner verstorbenen Eltern gegründet und nach ihnen benannt hatte, buchstäblich ausgeblutet war. Wohin das Geld jedoch verschwunden war, konnte oder wollte der Anwalt nicht sagen.

»Und was jetzt?«, fragte Sky verzweifelt.

»Am besten wäre es wohl, wenn Ihre Projekte von anderen Organisationen übernommen würden. Ich könnte da einige Kontakte herstellen, um die Abwicklung möglichst geräuschlos über die Bühne zu bringen. Ich habe in Zusammenarbeit mit Ihrer Finanzchefin Senait Tulu eine Pressemitteilung verfasst. Sollen wir die gleich rausgeben?« Lilesa schob Sky einen Ausdruck über den Tisch.

»Was heißt hier Abwicklung? Ich bin eigentlich hier, um für meine Stiftung zu kämpfen und das Geld wiederzufinden. Wollen Sie damit andeuten, dass ich diesbezüglich keine Chance habe?«

Der Anwalt nickte und reichte Sky einen dicken Umschlag, in dem sich offenbar ein Stapel Papiere befand. »Lesen Sie sich das in Ruhe durch und rufen Sie mich dann an. Alles Weitere kann ich kurzfristig in die Wege leiten. Auf Wiedersehen, Mister Forrester, und frohe Weihnachten.«

Der Umschlag in seiner Hand wog fast so schwer wie die Last auf seinem Herzen, und ohne dass er auch nur einen Blick auf den Inhalt riskiert hätte, machte sich eine düstere Ahnung in ihm breit. Dieser Tag hatte das Zeug dazu, der zweitschlimmste seines Lebens zu werden.

DANN HALT SAN FRANCISCO

5. März, San Francisco

»Nun hör schon auf mit diesem Unsinn! Ich will kein weiteres Wort davon hören.« Rosalynd Forrester zog ihre Nase kraus und tätschelte die Hand ihres Enkelsohns.

»Ich werde mich doch wohl noch bei meiner Nana dafür bedanken dürfen, dass sie mir Asyl gewährt«, beharrte Sky und strich sich seine dunkelblonden, feuchten Haare aus dem Gesicht. »Außerdem mache ich Gartenarbeit wirklich gerne.«

»Aber ich habe dich doch nur darum gebeten, mir beim Unkrautzupfen zu helfen. Du hättest nicht den versumpften Teich ausbaggern müssen und ...« Die alte Dame winkte ab. »Doch darum geht es gar nicht, oder? Du hast das Gefühl, mir etwas beweisen zu müssen, aber das brauchst du nicht. Ich liebe dich so, wie du bist. Und du kannst bei mir bleiben, solange du möchtest – ohne jede Gegenleistung. Schatz, ich freu mich einfach, dass ich dich nach all den Jahren mal wieder um mich habe. Du bist schließlich alles an Familie, was ich noch habe.«

»Ich wette, das hast du dir anders vorgestellt, was?«, fragte er düster.

»Wovon redest du? Ich habe mir gar nichts vorgestellt, ich bin einfach dankbar für das, was ist. Du solltest dir nicht so viele Gedanken machen, alles im Leben hat seinen Sinn.«

»Bin gespannt, wann sich mir der höhere Sinn davon erschließt, dass ich pleite und ein Totalversager bin«, murmelte Sky gequält. Die Entwicklungen der letzten Monate zerrten nach wie vor an seinen Nerven – und an seinem Ego.

Sky Forrester hatte vor knapp zehn Jahren, gleich nach seinem Studium, eine Stiftung gegründet, die in einem äthiopischen Dorf zwei humanitäre Projekte finanzierte und unterstützte: eine Schule und ein ambitioniertes landwirtschaftliches Projekt für Weinanbau. Er hatte in die Layla & Samuel Forrester Foundation fast sein gesamtes Vermögen investiert, Geld, das er von seinen Eltern geerbt hatte, die bei einem Autounfall in Afrika ums Leben gekommen waren, als er gerade mal dreizehn Jahre alt gewesen war. Skys Urgroßvater, Nana Rosalynds Vater, hatte einst eine große und sehr erfolgreiche Textilfabrik in San Francisco gegründet, die er Mitte der Siebzigerjahre verkauft hatte, als klar gewesen war, dass es keinen Erben in der Familie geben würde, der seine Firma übernehmen könnte. Rosalynd war sein einziges Kind gewesen, und nach dem frühen Tod ihres Ehemanns in Vietnam hatte er vor allem dafür Sorge tragen wollen, dass Tochter und Enkelsohn finanziell versorgt waren. Skys Vater Samuel war dank dieses Vermögens in der Lage gewesen, sich zusammen mit seiner Frau seinen Lebenstraum zu verwirklichen und sich in Afrika zu engagieren. Sky selbst war in Addis Abeba zur Welt gekommen und hatte seine Kindheit vorwiegend in Afrika verbracht. Nur der Tatsache, dass er damals in einem Internat gelebt hatte, war es zu verdanken, dass er nicht in dem Geländewagen gesessen hatte, mit dem seine Eltern verunglückt waren.

Als er volljährig wurde, hatte er Zugriff auf die Fonds erhalten, die ihm seine Eltern vererbt hatten. Doch seltsamerweise war ihm dieses Erbe immer mehr Last als Freude gewesen und er hatte sich stets verpflichtet gefühlt, die Visionen seiner Eltern fortzuführen. Daher hatte er seine eigenen Berufswünsche, die ihn vermutlich in irgendeine kreative Richtung gebracht hätten, beiseitegeschoben und stattdessen in Kapstadt Agrarbiologie mit Schwerpunkt Weinbau studiert. Mit diesem Knowhow ausgerüstet, hatte er dann direkt nach seinem Abschluss die Stiftung gegründet und war zurück nach Äthiopien gegangen. Doch jetzt, fast zehn Jahre später, musste er sich eingestehen, dass er trotz bester Intentionen auf ganzer Linie versagt hatte. Aufgerieben in korrupten Systemen, hatte er schließlich aufgeben müssen.

»Vielleicht ist es besser so«, sagte seine Großmutter nun mit einem leichten Lächeln.

»Besser?« Sky raufte sich frustriert die Haare. »Besser für wen? Sicher nicht für die Menschen in Äthiopien, die sich auf mich und meine Unterstützung verlassen haben. Und für mich auch nicht. Mom und Dad würden sich im Grab umdrehen, wenn sie mit ansehen müssten, was ihr einziger Sohn aus ihrem Lebenstraum gemacht hat.«

»Merkst du es nicht? Du gibst dir die Antwort doch schon selbst. Es war der Traum deiner Eltern. Sie wollten, dass es die Menschen in Afrika besser haben – und haben ja auch einiges erreicht. Genau wie du. Auch wenn du deine Arbeit jetzt aufgeben musstest, war sie doch nicht umsonst. Unzählige Menschen haben von deinem Engagement profitiert. Das ist mehr, als die meisten von ihrer Arbeit behaupten können. Aber ich bleibe dabei, es war niemals dein Traum, sondern nur ein geborgter. Ich finde, du solltest mit dreiunddreißig Jahren endlich anfangen, deinen eigenen zu leben.«

Sky schüttelte den Kopf. Er konnte es einfach nicht fassen, woher seine Großmutter ihre innere Gelassenheit nahm. Sie hatte nicht nur ihren Mann früh verloren, sondern auch noch ihr einziges Kind, und trotzdem kannte er keinen anderen Menschen, der mehr in sich ruhte und der jeden Tag so neugierig, optimistisch und mit offenem Herzen begann. Hätte er nur zehn Prozent dieser Fähigkeiten, wäre er ein glücklicher Mann.

»Ich meine das vollkommen ernst. Du hast doch alle Möglichkeiten, warum machst du nicht einfach mal das, was dir gefällt?«

Sky schnaubte – als wäre das so einfach. »Da gibt es allein schon das minimale Problem, dass ich so gut wie kein Geld mehr habe. Wenn ich nicht bald einen passenden Job finde, dann hast du mich zu jeder Mahlzeit an deinem Tisch sitzen. Wie soll ich mir da den Luxus erlauben, über meine Wünsche nachzudenken?«

Rosalynd seufzte resigniert, bohrte aber nicht weiter. Stattdessen sagte sie: »Schön, wenn du weiter in Selbstmitleid versinken willst, dann tu das. Vielleicht ist das auch ganz heilsam. Währenddessen kannst du dich dann gerne nützlich machen. Ich hab's mir überlegt: Ich fände es doch ganz hübsch, einen richtig großen Teich im Garten zu haben, mit Koikarpfen oder wenigstens Goldfischen drin. Die schlappen Rhododendren müssten rausgerissen und stattdessen noch ein paar neue Rosensträucher gepflanzt werden. Wenn das alles erledigt ist und du immer noch am Jammern bist, kannst du meine Wohnung renovieren.« Als sie seinen irritierten Gesichtsausdruck sah, fügte sie noch hinzu: »Dafür bekommst du Frühstück, Mittag- und Abendessen, und jetzt entschuldige mich bitte, ich habe eine Verabredung.« Damit stand sie auf, zog sich ihren Mantel an, nahm ihre Handtasche und einen Schirm und verließ, ohne sich noch einmal zu ihm umzublicken, die Wohnung.

Eine Stunde später stand Sky schweißgebadet im Garten des Stadthauses seiner Großmutter und schaufelte das Loch auf der Wiese aus. Für Anfang März und trotz des angekündigten Regens war es heute verdammt sonnig und warm in San Francisco. Der Teich war bislang nur eine winzige wassergefüllte Mulde gewesen, in die er als Kind einmal Kaulquappen eingesetzt hatte, doch wenn seine Großmutter darin tatsächlich Fische halten wollte, musste er erheblich tiefer und größer werden. Die körperliche Arbeit tat ihm gut, denn je mehr er sich anstrengen musste, desto freier wurde sein Kopf.

Er hatte Nana nicht die ganze Wahrheit erzählt: Seine Stiftung war nicht nur durch Behördenwillkür und Korruption den Bach runtergegangen, vielmehr steckte eine Frau dahinter. Senait Tulu war jahrelang seine rechte Hand gewesen, ehe sie auch seine Freundin wurde. Eine wunderschöne, stolze und hochgebildete Äthiopierin, kurz: eine wahre Traumfrau. Vor wenigen Wochen hätte er sich nichts Schöneres vorstellen können, als sie endlich zu heiraten und eine Familie mit ihr zu gründen. Doch seit seinem Heiratsantrag Mitte Dezember hatte sie sich plötzlich seltsam verhalten, war ausweichend gewesen und hatte ihn hingehalten. Statt misstrauisch zu werden, hatte er sich noch mehr ins Zeug gelegt und sie umworben wie ein liebeskranker Minnesänger im Mittelalter. Gott, was war er für ein unfassbar dämlicher Idiot, dass er nicht mitbekommen hatte, welches Spiel Senait jahrelang mit ihm getrieben hatte. Als ihm endlich aufgefallen war, dass nicht nur in seiner Beziehung, sondern auch in seiner Stiftung merkwürdige Dinge geschahen, war es zu spät gewesen. Senait hatte einen großen Teil des Geldes in die eigene Tasche abgezweigt und war über alle Berge verschwunden. Nicht allein, wie er noch erfahren hatte, sondern mit Taye, dem Lehrer der kleinen Dorfschule.

Wütend beim Gedanken an das alles, rammte er den Spaten erneut in den Boden. Alle hatten gewusst, dass Senait und Taye ein Paar waren und sie ihn, den naiven, gutgläubigen Deppen, nach allen Regeln der Kunst verarscht hatten. Keiner hatte ihn gewarnt, oder wenn, dann waren die Hinweise derart subtil gewesen, dass er sie nicht wahrgenommen hatte oder hatte wahrnehmen wollen. Am Ende hatte er jedenfalls dagestanden wie der letzte Trottel. Klar hätte er versuchen können, Senait in Kapstadt, wo sie sich wohl mit seinem Geld niedergelassen hatte, aufzuspüren und sie zur Rede zu stellen, doch wem hätte man wohl geglaubt? Nein, das hatte sein Stolz nicht zugelassen. Die Weinbauern waren inzwischen einigermaßen autark, und glücklicherweise hatte sich eine andere Organisation bereit erklärt, die Schule zu übernehmen. Er war also nicht nur mittellos, sondern auch noch komplett überflüssig. Zehn Jahre seines Lebens einfach so in den Sand gesetzt. Er war jetzt nur noch Ex-Freund, Ex-Millionär, Ex-Entwicklungshelfer, Ex-Gutmensch – und hauptamtlicher Enkel, der von seiner fast achtzigjährigen Großmutter abhängig war. Was für eine grandiose Lebensbilanz mit Mitte dreißig!

Außer sich vor Frust schleuderte er den nächsten Erdklumpen nicht ordentlich auf den Haufen, sondern temperamentvoll hinter sich. »Hey!«, tönte es prompt empört. »Sind Sie bescheuert?«

Er drehte sich um. An der Gartentür stand eine junge, dunkel gelockte Frau und klopfte sich Erde von der Jacke. Ihr Begleiter, ein riesiger Hund, fand es offensichtlich viel witziger, denn er hatte seine Vorderpfoten auf den Zaun gelegt und wedelte begeistert.

»Verzeihung«, sagte Sky beschämt. »Das war ein Versehen. Ich hab Sie doch hoffentlich nicht verletzt?« Er ließ den Spaten in die Grube fallen, schnappte sich sein Shirt, das er vorhin ausgezogen hatte, streifte es über und ging rasch in Richtung Gartentür.

»Nein, schon gut. Ich bin hauptsächlich erschrocken«, entgegnete die Frau und musterte ihn misstrauisch. »Das bisschen Erde macht nichts. Darf ich fragen, wer Sie sind, was Sie hier machen und wo Rosalynd ist?«

»Ich bin Sky Forrester, Rosalynds Enkel. Und ich vertiefe ihren Gartenteich.« Er kam sich gerade unsagbar dämlich vor – ein Gefühl, an das er sich offenbar gewöhnen musste.

»Ihr Enkel?« Das Gesicht der Frau hellte sich auf. »Wie schön. Aber sie hat gar nicht erzählt, dass du zu Besuch kommst. Ich bin übrigens Luci, eine ehemalige

Mieterin und gute Freundin von deiner Großmutter.« Sie öffnete das Gartentor, und im nächsten Moment raste ihr Riesenhund an ihr vorbei auf Sky zu. »Ähm, sorry. Das ist übrigens Drake«, fügte sie noch hinzu, als sich Sky gerade wieder aufrappelte. »Das macht er leider häufiger. Böser Hund«, tadelte sie den Köter halbherzig, der sich jetzt neugierig am ausgehobenen Teichloch zu schaffen machte. Sie hielt Sky ihre Hand hin. »Hi.«

»Hi. Das nennt man wohl ausgleichende Gerechtigkeit.« Er deutete auf seine schmutzige Hose und grinste schief. »Nettes Tier.«

»Ist er wirklich, er ist nur ein wenig ungestüm. Und er liebt Rosalynds Garten.« Luci betrachtete ihn nun mit einem offenen Lächeln. »Ich wusste gar nicht, dass sie einen größeren Teich wollte, wir hätten ihr da schon längst geholfen.«

»Ich glaube, das war eher eine spontane Eingebung.« Sky kratzte sich am Kopf und überlegte, ob und in welchem Zusammenhang er den Namen Luci schon mal gehört hatte. Seine Nana hatte einiges über ihre Freunde und Mieter im Haus erzählt, doch er war so in seinem Selbstmitleid versumpft gewesen, dass er nur Bruchstücke davon mitbekommen hatte. »Sie hat vorhin sogar etwas von Koikarpfen gesagt«, fügte er hinzu und diese Luci lachte laut auf.

»Koikarpfen? Besser nicht. Ich traue ihr zu, dass die irgendwann in der Pfanne landen.«

»Du scheinst sie wirklich gut zu kennen.«

»Ja, ich habe über fünf Jahre hier gewohnt. Da kommt man sich zwangsläufig näher. Aber in der ganzen Zeit habe ich dich nie gesehen.« Sie runzelte die Stirn.

»Ich war auch nie da«, gab er zu. »Ich habe die letzten zehn Jahre beinahe komplett in Äthiopien verbracht.« Inzwischen hatte er ein schlechtes Gewissen, weil er sich bei seiner Großmutter so rargemacht hatte. Das letzte Mal war er vor sechs Jahren länger in den USA gewesen. Hauptsächlich auf Spendentour für seine Stiftung. Nana hatte er damals nur zwei Tage besucht. Umso erstaunlicher, dass sie ihn mit offenen Armen empfangen hatte.

»Und jetzt bist du gekommen, um den Garten umzugraben?«

»So ungefähr ...« Sky hatte keine Lust, dieser zwar netten, aber fremden und erstaunlich neugierigen Frau seine ganze Geschichte zu erzählen.

»Bleibst du länger?«, bohrte sie nun nach und rief dann laut: »Drake, lass das!« Der Hund hatte angefangen, weiter im Loch zu buddeln.

»Lass ihn ruhig, dann habe ich weniger zu tun. Aber um deine Frage zu beantworten: Ich weiß noch nicht, wie lange ich bleibe, ein Weilchen auf jeden Fall.«

»Also ist das Afrika-Projekt abgeschlossen?« Sie ließ einfach nicht locker.

»Könnte man so sagen«, erwiderte er vage und hoffte, dass sie das Thema endlich fallen ließ.

»Dann herzlich willkommen in San Francisco! Ich hoffe, wir sehen uns in nächster Zeit ein bisschen öfter.« Sie hatte offenbar kapiert, dass er nicht ins Detail gehen wollte.

»Ist nicht auszuschließen.«

»Wohnst du bei Rosalynd?«, wollte sie nun wissen.

»Ähm ...«, setzte er an. Was ging sie das bitte schön an? Doch er war zu höflich, um diesen Gedanken auszusprechen.

»Ich frag nur, weil ich wissen wollte, ob sie inzwischen jemanden für die Wohnung oben hat. Morgen kommt meine Schwägerin zu Besuch – also, sie ist nicht direkt meine Schwägerin, also noch nicht, sondern die Schwester von meinem Verlobten, aber ... Egal. Jedenfalls kommt sie morgen und wird wohl auch ein Weilchen bleiben. Ich habe keine Ahnung, wie lange genau, aber ich bin mir ziemlich sicher, dass sie nicht die ganze Zeit bei uns wohnen mag. Und Hotel ist ja auch irgendwie blöd und da habe ich mir gedacht ... also, das wollte ich Rosalynd jedenfalls fragen, deshalb bin ich hier«, schloss sie ihr Geplapper.

»Dann hast also du früher in der Dachwohnung gelebt?«, fragte er interessiert.

»Ja, zusammen mit meiner Freundin Kendra, aber wir sind beide vor einiger Zeit ausgezogen.«

»Nana hat mir tatsächlich angeboten, oben einzuziehen«, sagte er. »Aber ich hab mich noch nicht entschieden.«

»Oh.« Luci klang enttäuscht. »Tja, da kann man wohl nichts machen. Wobei ...« Ihre Augen begannen zu blitzen. »Das Apartment ist ja genau genommen ideal für eine Wohngemeinschaft, vielleicht könnt ihr sie euch einfach teilen?«

»Teilen?«

»Na ja, warum nicht? Oder bist du nicht alleine?«

»Doch, schon, aber ...«, begann er mit wachsender Irritation, schwieg dann aber. Er war hier schließlich niemandem Rechenschaft schuldig.

»Hab schon verstanden, ich neige manchmal dazu, etwas zu impulsiv zu sein. Tut mir leid«, entgegnete Luci und ließ resigniert ihre Schultern sinken. »Ich weiß auch gar nicht, was Robins Vorstellungen sind. Vielleicht findet sie es ja ganz toll, bei uns zu wohnen.« Sie seufzte leise.

»Womöglich solltest du mit ihr genau darüber reden«, schlug Sky vor. »Und dann mit meiner Großmutter. Ich könnte mir nämlich vorstellen, dass sie tatsächlich lieber eine nette Mieterin hätte als mich.« Er strich sich mit dem Handrücken eine verschwitzte dunkelblonde Strähne aus der Stirn. Wenn er darüber nachdachte, war das sogar ziemlich wahrscheinlich, denn von ihm, dem nichtsnutzigen und völlig abgebrannten Enkel, waren eindeutig keine Mieteinnahmen zu erwarten. Nicht dass Rosalynd Forrester darauf angewiesen wäre, doch ... Seine Gedanken hatten ihre Achterbahnfahrt wieder aufgenommen und er bekam nicht wirklich mit, was Luci antwortete. »Wie bitte?«, fragte er und kam sich – zum wiederholten Male an diesem Tag – unendlich blöd vor.

»Ich hab nur gesagt, dass ich das tun werde.«

»Was tun?«

»Na, mit Robin und Rosalynd sprechen.« Sie lachte. »Ist alles in Ordnung?«

»Äh.« Er schloss kurz die Augen und versuchte, sich zusammenzureißen. »Ja klar, alles in Ordnung. Sorry, ich bin nur ...« Was faselte er schon wieder? Warum wollte er dieser fremden Frau erzählen, dass sein Leben im Moment eine einzige Katastrophe war?

»Aber du bist nicht schwanger, oder?« Luci musterte ihn mit einem amüsierten Kichern.

»Bitte?!«

»Das wäre eine Erklärung. Ich bin manchmal so geistesabwesend, dass ich oft mitten im Satz nicht mehr weiß, was ich eigentlich sagen wollte. Meine Freundin Kendra behauptet, das sei Schwangerschaftsdemenz.« Sie strich sich unwillkürlich über die kleine Kugel, die Sky bis jetzt gar nicht aufgefallen war. »Doch das ist Quatsch, es ist vielmehr so, dass sich mein Körper jetzt auf die wirklich wichtigen Dinge besinnt. Vielleicht ist es bei dir ja ganz ähnlich?«

»Ähm.« Sky wusste darauf nichts zu entgegnen. »Herzlichen Glückwunsch«, sagte er schließlich nach einer peinlich langen Pause, in der sie ihn erwartungsvoll angesehen hatte. »Also, zum Baby. Und, ähm, ich richte dann Rosalynd aus, dass du hier warst.«

»Das ist nett.« Sie lächelte ihn auf eine merkwürdig nachsichtige, fast mitleidige Art an und hob dann ihre Hand, so als würde sie tröstend seinen Arm berühren wollen. Doch dann zuckte sie im letzten Moment zurück und errötete verlegen. »Drake!«, rief sie laut nach ihrem Hund. »Komm her, wir müssen heim.« Der große Hund sprang aus dem Teichkrater und schüttelte sich ausgiebig, so dass Sabber von seinen Lefzen flog, aber das schien sie gar nicht zu bemerken. Sie leinte ihn an und wandte sich dann noch einmal an Sky. »War nett, dich kennenzulernen.«

»Ebenfalls«, murmelte er und hob eine Hand zum Gruß.

»Pass auf dich auf«, fügte sie leise hinzu, als sie fast schon am Gartentor angekommen war. Doch vielleicht hatte er sich das auch nur eingebildet.

6. März, im Landeanflug auf San Francisco

Dann also San Francisco! Es gab schlimmere Schicksale, versuchte sich Robin Stewart die Umstände schönzudenken, als die Maschine im Landeanflug war. Sie könnte jetzt beispielsweise mit diesem miesen Betrüger Thomas verheiratet sein und als Robin Stanley, Countess of Derby, das verrottete Schloss seiner Familie von ihrem Geld sanieren müssen, während der Earl sich seinem Vergnügen hingab. Sie dachte bitter an die letzten Wochen zurück.

Hochzeiten platzten gelegentlich, manche auch kurzfristig – doch in der Regel nur in seichten Filmkomödien. Und meist war der Grund ein völlig klischeehafter: Ein Partner besann sich auf seine eigentliche große Liebe, die dummerweise nicht der Mensch neben ihm vorm Altar war. Bei ihr war die Sache jedoch bekanntermaßen anders gelagert – weit unangenehmer, wie sich inzwischen herausgestellt hatte. Gott, wie hatte sie diesem miesen Betrüger nur derart auf den Leim gehen können? Sie hatte fast drei Jahre lang geglaubt, mit einem ehrgeizigen und erfolgreichen Geschäftsmann liiert zu sein, der darüber hinaus noch Mitglied des britischen Hochadels war. Sie war die ganze Zeit über der Meinung gewesen, dass sie perfekt zusammenpassten. Sie, die ambitionierte und erfolgsverwöhnte Anwältin, die innerhalb der international operierenden Familienkanzlei eine kometenhafte Karriere als Wirtschaftsanwältin hingelegt hatte. Was nicht nur an dem Namen Stewart lag, sondern vor allem an ihrem Talent, ihrem messerscharfen Verstand und ihrem Verhandlungsgeschick. Sie hatte gedacht, dass Thomas ihr perfektes Pendant wäre – smart, glatt, unbestechlich. Für sie war das eine so anziehende Mischung, dass sie großzügig darüber hatte hinwegsehen können, dass es auf Gefühlsebene nicht ganz so toll gelaufen war. Sie hatte ihn gemocht, ihn geschätzt und war gerne mit ihm zusammen gewesen. Das war doch gar nicht so schlecht, oder? Die große Liebe hielt ohnehin in den seltensten Fällen, hatte sie sich eingeredet, warum also nicht eine Ehe eingehen mit einem Mann, den sie achtete und bewunderte?

Es schauderte sie, als sie daran dachte, dass sie tatsächlich mit einem narzisstischen Lügner zusammen gewesen war, dessen »Geschäfte« nicht nur ruinös waren, sondern vor allem kriminell. Er war ein billiger Betrüger, und sie hatte nichts von seinen krummen Touren mitbekommen und sich damit zum Gespött ihrer Branche gemacht. Erst waren alle sehr mitfühlend gewesen, weil sie sich gezwungen gesehen hatte, ihren eigenen Verlobten am Tag vor der Hochzeit, zwei Tage vor Weihnachten, der Staatsanwaltschaft ans Messer zu liefern. Thomas saß immer noch in Untersuchungshaft und wartete auf seinen Prozess, sie dagegen hatte versucht, ihren Schock in der Karibik zu mildern. Weihnachten zu Hause in Schottland? Diese Vorstellung war ihr unerträglich erschienen, wobei es in der Rückschau betrachtet definitiv besser gewesen wäre. Ihre Familie hätte sie in jedem Fall nachhaltiger getröstet als der junge Beachboy, mit dem sie eine kurze, aber intensive Affäre gehabt hatte. Noch so eine Sache, die sie am liebsten für immer aus ihrer Erinnerung streichen würde. Welcher Teufel hatte sie dabei bloß geritten? Vermutlich der gleiche Dämon, der Chiara dazu gebracht hatte, sie zu diesem Trip überhaupt erst zu überreden. Sie hätte sich weiß Gott was einfangen können. Glücklicherweise hatte sie auf Kondomen bestanden und inzwischen einen HIV-Test machen lassen, der negativ gewesen war. So würde wenigstens dieses hochnotpeinliche Intermezzo folgenlos bleiben, was man von der Thomas-Geschichte leider nicht sagen konnte.

Im Laufe des Januars hatten die Ermittlungen gegen ihn Fahrt aufgenommen – flankiert von immer unangenehmeren Fragen, denen sie sich selbst stellen musste. Wie konnte es sein, dass sie von all seinen Scheinfirmen und vor allem von seiner Spielsucht nichts mitbekommen hatte? Drei Jahre lang nicht? Sie konnte sich das selbst nicht erklären und nicht einmal mit »Liebe macht blind« begründen, denn verliebt war sie nie in ihn gewesen. Zunächst nur hinter vorgehaltener Hand, hatte man sich das Maul über sie zerrissen. Damit wäre sie irgendwie klargekommen, hätte es nur sie persönlich betroffen. Es wäre zwar unangenehm gewesen, aber sie hätte es überstanden. Doch nach einigen Wochen war der Ton rauer geworden, und erste Zweifel bezüglich ihrer fachlichen Kompetenz waren aufgekommen. Nachdem in den letzten zehn Tagen schließlich auch noch zwei ihrer großen Mandanten die Kanzlei gewechselt hatten, war es ihrem Großvater zu bunt geworden. Angus Stewart, der auch mit vierundachtzig Jahren die Zügel der Kanzlei noch fest in der Hand hielt, hatte seiner Enkelin letzte Woche die Pistole auf die Brust gesetzt und ihr eine Auszeit verordnet.

Eine Auszeit! Sie war siebenunddreißig Jahre alt und war Sechzigstundenwochen gewohnt. Sie liebte ihren Beruf, und es gab nichts, was sie aufregender und befriedigender fand, als sich in die komplexesten Fälle hineinzuarbeiten und für ihre Mandanten die besten Deals herauszuschlagen. Das war ihr Leben. Sie brauchte keine Auszeit, sie brauchte maximal einen Tapetenwechsel. Doch Angus hatte von ihrem Vorschlag nichts hören wollen, dass sie sich als Seniorpartnerin in eine der großen Niederlassungen von Stewart & Sons versetzen lassen könnte. New York hätte sie schön gefunden, oder vielleicht auch Miami, wegen des Wetters. Aber das alles erschien Angus noch zu heikel. Er hätte es am liebsten gesehen, wenn Robin sich für mindestens ein Jahr komplett aus dem Geschäft zurückgezogen hätte, doch schließlich hatte er als Kompromiss San Francisco vorgeschlagen, wo ihr jüngerer Bruder Ian vor ein paar Monaten eine kleine, in ihren Augen vollkommen unbedeutende Zweigniederlassung eröffnet hatte. Ian hatte prompt ähnlich fassungslos reagiert wie sie selbst, doch mit Grandpa war in geschäftlichen Dingen nicht zu spaßen, und so würde sie ab sofort als Teilzeit-Mitarbeiterin ihres kleinen Bruders arbeiten – maximal dreißig Stunden in der Woche. Sie fluchte leise. Dreißig Stunden Arbeit bedeuteten verdammt viel freie Zeit für sie. Zum Nachdenken – etwas, was sie um jeden Preis der Welt verhindern wollte.

Das Flugzeug landete unsanft und riss Robin aus ihren Gedanken. Jetzt würde also ihr neues Leben beginnen.

Anpassungs-Schwierigkeiten

Einige Stunden später in San Francisco

»Möchtest du vielleicht etwas trinken? Kaffee? Tee? Oder was essen? Oder eine Dusche?«

Ich möchte einfach nur meine Ruhe haben, dachte Robin leicht genervt, arrangierte ihr Gesicht jedoch zu einem hoffentlich überzeugenden Lächeln und sagte dann: »Ich glaube, ich packe jetzt erst einmal aus, ja?« Damit schob sie ihre Schwägerin in spe freundlich, aber bestimmt aus dem Gästezimmer, schloss die Tür und ließ sich auf den bequemen Sessel sinken, der in dem kleinen Erker stand. Die Verlobte ihres kleinen Bruders war echt anstrengend. Luci hatte sie vorhin vom Flughafen abgeholt, weil Ian im Moment in Miami zu tun hatte, und seitdem praktisch ununterbrochen auf sie eingeredet. Sie hatten sich letztes Jahr vor Weihnachten nur kurz kennengelernt – just an dem Tag, als Robin herausgefunden hatte, was für krumme Touren ihr Beinahe-Ehemann Thomas mit ihr getrieben hatte. Da hatte sie natürlich wenig Sinn für die aktuelle Eroberung ihres sechs Jahre jüngeren Bruders gehabt und Luci praktisch umgehend wieder aus ihrem Gedächtnis gestrichen. Nach ihrem Jamaika-Trip war sie dann zu sehr mit anderen Dingen beschäftigt gewesen, um den Schwärmereien ihrer Eltern und ihres Großvaters über das neueste Familienmitglied groß Beachtung zu schenken. Gut, das hatte sich jetzt erübrigt. Luci Johnson und ihr tapsiger Riesenköter Drake waren nun nach Lage der Dinge ihre Gegenwart, denn sonst kannte sie keine Menschenseele in San Francisco.

Robin seufzte tief. Luci war zweifellos zauberhaft und nett, aber nicht nur zwölf Jahre jünger als sie selbst, sondern auch auf einem vollkommen anderen Trip. Offensichtlich drehte sich in ihrem Leben alles um die Heilige Dreifaltigkeit, bestehend aus Ian, Hund Drake und dem erwarteten Nachwuchs – garniert mit etwas Fotografie und der Renovierung des Hauses, die noch nicht ganz abgeschlossen war. Robin sah sich in ihrem Zimmer um. Es war gemütlich und durchaus hübsch mit seinen bunt zusammengewürfelten Möbeln und Accessoires, aber sowas von überhaupt nicht ihr Stil. Sie liebte klare Linien, gedeckte Farben und zurückgenommenes, minimalistisches Design. Ihre Altbauwohnung in Edinburgh war ein Traum, der aus einem Designkatalog stammen könnte. Was indirekt auch der Fall war, denn ihre dänische Interiordesignerin hatte nach dem Einrichten Fotos von der Wohnung in ihren Blog eingestellt und daraufhin sogar einen Werbevertrag mit einer Möbelfirma bekommen. Für Robin war ihr Apartment eine Oase der Ruhe – auch wenn manche Besucher es als seelenlos und kühl empfanden. Das traf auf das kleine alte Stadthaus in San Francisco sicherlich nicht zu. Sie musste zugeben, dass ihr kleiner Bruder ein wahres Schmuckstück gekauft hatte, das einen gewissen Charme nicht verleugnen konnte. Doch die wilde und zweifellos eher zufällige Mischung von Einrichtungsstilen würde es sicherlich nie in einen Designblog schaffen, und Ruhe strahlte das Zimmer schon gar nicht aus. Drei Wände waren mit einer dunkelgrün-weiß gestreiften Tapete beklebt, die vierte war im selben Grünton gestrichen und diente als Hintergrund für eine Reihe von Schwarz-Weiß-Fotografien. Die waren gar nicht so schlecht, dachte Robin, und stammten mutmaßlich von Luci. Auf dem weißen Queensize-Bett lag ein bunter Quilt, auf dem Boden ein alter, aber sehr schöner Perserteppich. Ihr Blick fiel auf ihren großen Koffer, der darauf wartete, ausgepackt zu werden, aber das musste nicht sofort sein. Der Cordsessel war nämlich verdammt bequem und die Aussicht auf den verwilderten Garten wunderschön. Robins Lider wurden schwer. Eigentlich wollte sie heute noch in der Kanzlei vorbeischauen – auch wenn Ian gar nicht da war –, doch vielleicht hatte das auch Zeit bis morgen ...

»Ich glaube, sie kann mich nicht leiden«, hörte Robin ein paar Stunden später Luci sagen. Sie war tatsächlich eingeschlafen – verdammte Zeitverschiebung – und gerade erst aus einem unruhigen Schlaf hochgeschreckt. Draußen war es bereits dunkel und im Haus roch es so verführerisch nach Essen, dass sie beschlossen hatte, dem verheißungsvollen Duft zu folgen. Aber als sie auf der Treppe stand, hörte sie Stimmen aus der Küche. Sie sollte nicht lauschen, und doch zögerte sie, einfach weiterzugehen.

»Wie kommst du denn auf diese Idee?«, antwortete Ian, und Robin sah regelrecht vor sich, wie ihr kleiner Bruder seine Stirn in Falten legte.

»Ich weiß auch nicht, ist mehr so ein Gefühl. Die Art und Weise, wie sie mich angeschaut hat, wie sie das Haus betrachtet hat und ...« Sie zögerte. »Sie ist einfach perfekt. Ich meine, sie sah nach einem elfstündigen Flug aus, als wäre sie gerade einem Modemagazin entsprungen. Perfektes Make-up, perfekte Haare und perfektes Outfit! Welcher Mensch fliegt bitte schön in Kostüm und High Heels von Kontinent zu Kontinent, ohne einen brandwichtigen Geschäftstermin zu haben? Gott, sie hat mich angesehen, als sei ich eine kleine Landpomeranze. Was ich zugegebenermaßen auch bin, aber ...«

Lucis weitere Worte konnte Robin nicht mehr verstehen. Wahrscheinlich hatte Ian seine Freundin tröstend in den Arm genommen, denn als Nächstes hörte sie wieder seine Stimme: »Das ist ganz bestimmt nicht böse gemeint gewesen von Robin, das ist einfach ihre Art – und ein Teil ihres Erfolgs. Der Grad an Perfektion, den sie ausstrahlt, verunsichert viele Leute, übrigens gerne auch gegnerische Parteien bei Gerichtsverhandlungen. Die sind bei ihrem bloßen Erscheinen schon eingeschüchtert, und wenn sie dann auch noch loslegt und mit tödlicher Brillanz die Fälle auseinandernimmt, ist für ihre Mandanten der Tag in der Regel schon gerettet.« Robin musste bei diesen Worten lächeln. In der Stimme ihres Bruders schwang mehr als nur ein bisschen Bewunderung mit. »Aber ich fürchte, dieser Trick hat sich langsam totgelaufen«, fuhr Ian jedoch fort. »Nachdem nun alle mitbekommen haben, wie blind sie in Bezug auf ihren betrügerischen Verlobten war, wird sie damit in Zukunft nicht mehr durchkommen. Zumindest nicht in Europa.« Er seufzte. »Und hier auch nicht – auch wenn sie das noch nicht glauben will, denn die Rolle der unerbittlichen Staranwältin hat inzwischen Kendra übernommen.«

»Hast du etwa Angst vor Kendra?«, gab Luci zurück und klang fast eine Spur amüsiert. »Das musst du nicht. Erstens ist sie deine Mitarbeiterin und zweitens im Grunde ihres Herzens total lieb.«

Ian lachte. »Du beschreibst deine beste Freundin wie deinen Hund: Die tut nix, die will nur spielen. Aber im Ernst. Ich habe natürlich keine Angst vor Kendra, ich finde sie toll. Und du solltest keine Angst vor Robin haben, denn – um deine Worte zu verwenden – sie ist im Grunde *ihres* Herzens auch ein sehr lieber Mensch.«

»Sie hat ein Herz? Ist mir nicht aufgefallen«, entgegnete Luci düster und Robin drehte sich auf dem Treppenabsatz abrupt herum.

»Der Lauscher an der Wand hört die eigene Schand'«, hatte ihr Vater immer gesagt, wenn er sie dabei erwischt hatte, wie sie heimlich auf der Lauer lag. Da war eindeutig was dran, dachte sie und huschte schnell und leise die Treppe zu ihrem Zimmer hoch. Sie war bestürzt und gleichzeitig auch beschämt über das, was man offensichtlich von ihr dachte. Robin wollte nicht, dass irgendjemand Angst vor ihr hatte, zumindest nicht ihre Familie, zu der nun auch Ians kleine Hippiemaus Luci gehörte. Ihre Worte hatten ihr einen Stich gegeben – einen Stich in ihr Herz. Denn natürlich hatte sie eines! Das war zwar etwas aus der Übung, tat aber im Moment unglaublich weh, weil es sehr einsam und traurig in ihrer Brust schlug. Sie griff nach dem kleinen goldenen Vogel an ihrer Kette und spürte, wie sich ein dicker Kloß in ihrem Hals bildete. Fehlte nur noch, dass ihr die Tränen kamen … doch nein, ihre Augen blieben trocken – wie immer in den letzten zwanzig Jahren. Nicht einmal nach der Trennung von Tom und allem, was danach gefolgt war, hatte sie weinen können. Ärgerlich schluckte sie ein paarmal und holte tief Luft. Dann öffnete sie ihren Koffer, zog eine Jeans und einen weichen Pulli hervor und verschwand mit ihrem Beautycase im Bad.

Als sie eine Viertelstunde später wieder die Treppe hinunterging, beschloss sie, das vorhin versehentlich

Gehörte nicht zu thematisieren. »Das duftet absolut himmlisch«, sagte sie, als sie die Küche betrat und sogleich enthusiastisch von Bluthund Drake begrüßt wurde. Wenigstens einer fand sie gut, dachte sie bei sich und tätschelte den riesigen Kopf des Tiers.

»Ich hoffe, du magst Meeresfrüchte-Risotto?«, fragte Luci mit einem nervösen Lächeln und rührte im Topf. »Während du geschlafen hast, war ich noch kurz auf dem Markt und konnte nicht widerstehen.«

»Ich liebe Risotto in allen Variationen«, antwortete Robin überrascht. Wenn sie ehrlich war, hatte sie mit einer Form von amerikanischem Fastfood gerechnet, »Mac and Cheese« oder einer vergleichbaren Absonderlichkeit. Dass in der kleinen Lady aus dem Mittleren Westen aber offensichtlich eine ambitionierte Hobbyköchin steckte, fand sie bemerkenswert.

»Hab ich dir doch gesagt, mit gutem Essen wickelst du meine Schwester um den kleinen Finger«, stellte Ian fest, der mit einem breiten Grinsen und einer Flasche Wein in der Hand in der Küche stand und nun mit ausgebreiteten Armen auf sie zukam. »Herzlich willkommen in meiner bescheidenen Hütte, Schwesterherz!«

»Danke.« Sie drückte ihrem Bruder einen Kuss auf die Wange und befreite sich dann aus seiner Umarmung. »Kann ich was helfen?«, bot sie Luci an.

»Du könntest das Dressing über den Salat geben und dich dann hinsetzen. Ich bin hier so gut wie fertig.« Luci deutete mit dem Kinn erst zu einer großen Salatschüssel und dann zum gedeckten Tisch. »Ich hoffe, es ist okay, wenn wir in der Küche essen. Das Esszimmer schien mir zu formell und ich ...« Sie unterbrach ihr nervöses Geplapper, als Ian sie auf den Mund küsste. »Sorry, ich rede schon wieder zu viel.«

»Alles gut. Ich finde es sehr gemütlich hier und freue mich auf das Essen«, entgegnete Robin, schnappte sich die Salatschüssel und nahm am Tisch Platz.

Während des Essens plauderten sie zunächst nur über Nichtigkeiten – wie das Märzwetter in San Francisco und weitere Umbaumaßnahmen im Haus. Neben dem Kinderzimmer stand noch der Ausbau des Dachgeschosses an, wo Luci gerne ihr zukünftiges Arbeitszimmer unterbringen wollte – inklusive eines kleinen Fotostudios.

»Ich dachte, du hast dich auf Landschaften und Architektur spezialisiert?«, fragte Robin zwischen zwei Bissen nach.

»Ja, das stimmt, aber ab und zu mache ich auch ein bisschen Produktfotografie. Das lässt sich auch leichter mit dem Baby vereinbaren.« Sie streichelte über ihren Bauch und lächelte versonnen.

Robin hatte Mühe, ein gereiztes Augenrollen zu vermeiden. Dieser typische kuhäugige Blick werdender Mütter war ihr schon immer fürchterlich auf die Nerven gegangen, doch diesmal verspürte sie noch etwas anderes: ein wenig Neid und schrecklich schmerzhafte Sehnsucht. Doch an diesen dunklen

Ort wollte sie sich nicht begeben. Sie räusperte sich und sagte dann: »Das klingt schlau.«

»Das klingt nach einer absoluten Schnapsidee«, warf nun ausgerechnet Ian in die Diskussion ein. »Ich kenne keinen anderen Menschen, der es mehr hasst, den ganzen Tag drinnen zu sein, als Luci. So wie ich sie einschätze, wird sie sich unser neugeborenes Kind wenige Stunden nach der Entbindung umschnallen und dann mit Drake an der Leine und ihrer Kamera bewaffnet wieder durch die Gegend streunen.« Er stöhnte gespielt theatralisch auf. »Und das Fotostudio wird verstauben.«

»Armer schwarzer Kater. Du hast es schon schwer mit mir.« Luci lachte gutmütig und wechselte dann das Thema. »Wie lief es eigentlich in Miami?«

Seine Miene verdüsterte sich: »Frag nicht ...«

»Das heißt also, dass du auch in nächster Zeit oft nach Florida fliegen musst?« Luci klang ganz sachlich, doch aus der Art, wie sie hektisch eine lange dunkle Locke um einen Finger wickelte, meinte Robin herauslesen zu können, dass sie nicht wirklich glücklich über Ians Geschäftsreisen war.

»Ich fürchte ja, Baby«, erwiderte er seufzend. »Der Fall ist echt heikel und extrem terminsensitiv, und die Kollegen in Miami sind zwar gut, kennen aber längst nicht alle Hintergründe.«

»Ich könnte doch helfen«, mischte sich Robin hoffnungsfroh ein. Das wäre genau die Art von Ablenkung, die ihr im Moment gelegen käme.

»Nein.«

»Wie nein?« Sie sah ihren Bruder verblüfft an, erstaunt über dessen Vehemenz. »Es geht doch um diese Kartell-Geschichte und da könnte ich …«

»Nein!«

»Aber …«

»Kein Aber. Wir haben eine ganz klare Vereinbarung getroffen, die besagt …«

»Die besagt, dass ich dreißig Stunden pro Woche bei dir in der Kanzlei mitarbeiten werde.«

»Die besagt, dass du maximal dreißig Stunden pro Woche in meiner Kanzlei mitarbeiten *darfst* – und zwar ausschließlich an Fällen, die nichts mit Wirtschaftsrecht zu tun haben!« Ian fixierte sie mit einem Blick, aus dem das warme grüne Funkeln, mit dem er vorhin seine Freundin angesehen hatte, komplett verschwunden war.

Robin schluckte, wollte sich aber nichts anmerken lassen, daher erwiderte sie mit leichter Ironie: »Wow, hast du den harten Anwalt von der Leine gelassen? Ich wette, das macht bei den Damen mächtig Eindruck. Stimmt's, Luci?«

»Robin!«, knurrte er drohend, und Luci blickte nervös zwischen ihm und seiner Schwester hin und her.

»Ich mein ja nur, in diesem Fall könnte ich dir eine echte Hilfe sein und meine Fähigkeiten nicht mit …«

»Ende der Diskussion!«, fuhr er scharf dazwischen. »Wir hatten eine ganz klare Abmachung.«

»Komm mir nicht in diesem Ton, kleiner Bruder«, entgegnete sie, nun ebenfalls mit reichlich Eis in der Stimme. »Hierarchisch stehe ich im Unternehmen immer noch über dir. Und dieser Fall ist für Stewart & Sons zu heikel, als ...«

»Als dass du dich einmischen dürftest. Wie viele Mandanten sollen wir noch verlieren?« Er starrte sie herausfordernd an. »Du bist eine der besten Anwältinnen, die ich kenne, aber du hast dich und unsere Firma in eine denkbar ungünstige Situation manövriert und tust gut daran, in nächster Zeit den Ball flach zu halten, bis sich die Wogen geglättet haben. Mal abgesehen davon, dass du weder die Spezifikationen des vorliegenden Falls kennst noch wirklich sattelfest in amerikanischem Recht bist.«

»Sagt wer?« Auch wenn Ians Worte sie sehr getroffen hatten – vor allem, weil er in allen Aspekten recht hatte –, war Robin noch nicht bereit, zurückzurudern.

»Robs, gib auf.« Ian legte seiner Schwester beschwichtigend eine Hand auf den Arm und lächelte. »Du warst immer meine Heldin und mein Vorbild, aber jetzt bin ich mal am Drücker. Auch wenn es dir schwerfällt, genieß deine Auszeit und mach mal Dinge, die dir wichtig sind und die du sonst nie tust.«

»Aber es gibt nur eine Sache, die mir wirklich wichtig ist – und das ist meine Arbeit.« Robin ärgerte sich, dass ihre Stimme plötzlich leicht zittrig, ja fast unsicher klang. Sie sah auf ihren Teller, auf einmal war ihr komplett der Appetit vergangen.

»Ist das nicht unendlich traurig?«, sagte Ian nach einer Weile sanft. »Aber andererseits hast du jetzt ja genug Zeit, herauszufinden, ob es nicht doch noch etwas anderes gibt, das dein Blut in Wallung bringt.«

7. März, San Francisco

»Huch, wer sind Sie denn?« Ein älterer Mann mit wirren Haaren stand vor Rosalynds Wohnungstür und starrte Sky überrascht an.

»Ich bin Sky Forrester, Rosalynds Enkel«, erklärte der Angesprochene resigniert. Das war nun das dritte Mal in den letzten zwei Tagen, dass er gegenüber fremden Menschen erläutern musste, wer er war und warum er – wie in diesem Fall – die Wohnungstür seiner Großmutter geöffnet hatte. Der Mann kam ihm jedoch vage bekannt vor.

»Sieh an, sieh an! Als ich dich das letzte Mal gesehen habe, warst du noch ein kleiner Hosenscheißer! Dann ist der verlorene Enkel mit dem bekloppten Namen also zurückgekehrt. Erstaunlich nur, dass Rosie nie etwas davon gesagt hat.« Der Mann musterte ihn skeptisch.

Sky lag eine schnippische Antwort auf der Zunge, er verkniff sie sich jedoch. Stattdessen entgegnete er höflich: »Ich bin erst seit ein paar Tagen hier, darf ich fragen, wer Sie sind?«

»Ich bin Bruce und wohne im ersten Stock. Was du wissen würdest, wenn du dich hier in den letzten Jahren ab und an mal hättest blicken lassen«, antwortete der andere mit kaum verbrämter Feindseligkeit in der Stimme.

Ehe Sky aber eine passende Replik abgeben konnte, tauchte Rosalynd auf und strahlte den Besucher an. »Bruce, mein Lieber, wie geht es dir? Ich habe dich ja ewig nicht gesehen. Hättest du Sky wiedererkannt? Als er damals zum Studium nach Kapstadt gegangen ist, sah er noch ganz anders aus, nicht wahr?« Sie tätschelte Skys Wange und bat ihren Mieter mit einer einladenden Handbewegung in die Wohnung.

Sky schloss die Tür und überlegte, ob er sich wohl dazugesellen sollte. Irgendwie traute er diesem unfreundlichen Alten, an den er sich nur sehr undeutlich erinnern konnte, nicht über den Weg, doch Rosalynd machte nicht den Eindruck, als bräuchte sie Verstärkung. Die Entscheidung wurde ihm abgenommen, denn in diesem Moment klingelte sein Handy. Er zog es aus der Hosentasche und stutzte, als er den Namen »Jeremy Sandberg« sah. Es dauerte einen Moment, bis ihm wieder einfiel, wer der Anrufer war.

»Jeremy, das ist ja eine Überraschung«, sagte er, als er den Anruf schließlich entgegennahm. »Was kann ich für dich tun?«

Wie sich herausstellte, war es eher andersherum. Er sollte etwas für den Journalisten tun. Genauer gesagt hatte ihm Jeremy einen Beratervertrag in

Aussicht gestellt. Sandberg war vor einigen Jahren in Äthiopien gewesen und hatte damals einen Fernsehbeitrag über die Arbeit der Stiftung gedreht. Inzwischen arbeitete er für einen anderen Sender und war gerade dabei, eine Reihe über die Tätigkeiten verschiedener Entwicklungshilfe-Organisationen zu produzieren. Besonders im Fokus standen dabei die privaten Initiativen prominenter Menschen – also beispielsweise die Frage, ob Madonnas Engagement in Malawi wirklich hilfreich war oder nur eine geschickte PR-Maßnahme. Jeremy hatte sich an Sky erinnert und nach einiger Recherche festgestellt, dass die Layla & Samuel Forrester Foundation vor wenigen Wochen ihre Arbeit eingestellt hatte und in einer größeren Organisation aufgegangen war. Für den Sender war das kein Problem, ganz im Gegenteil, schließlich war der vermeintliche Vollprofi Sky ja nun für andere Aufgaben verfügbar. Sky lachte bitter auf, als er an die enthusiastischen Ausführungen des Fernsehmannes dachte, der ihm versichert hatte, dass selbst das nicht ganz so gelungene Aus der Stiftung – die offizielle Pressemitteilung hatte natürlich die Veruntreuung des Vermögens durch die Finanzchefin verschwiegen – eher für seine Glaubwürdigkeit als Experte spräche.

Am Montag würde er also nach Los Angeles fliegen und die Details einer möglichen Zusammenarbeit besprechen. Es klang nicht nach einer Traumkarriere, war aber allemal besser als gar nichts – oder als dauerhaft Landschaftsgärtner seiner Großmutter zu werden.

»Warum stehst du denn immer noch im Flur herum?«, wollte Rosalynd wissen, die mit Nachbar Bruce im Schlepptau gerade wieder aus dem Wohnzimmer gekommen war.

»Ich habe telefoniert«, entgegnete Sky vage und warf einen kurzen Blick zu Bruce, der ihn erneut skeptisch ansah. »Alles in Ordnung?«

»Ja, alles bestens. Bruce hat mir nur mitgeteilt, dass er nun endgültig nach San Diego zu seiner Tochter ziehen wird. Du musst wissen, dass Martha, seine Frau, vor drei Jahren gestorben ist. Ach, das war eine so tolle Frau – was hatten wir einen Spaß zusammen.« Rosalynd lächelte wehmütig. Dann fügte sie an den Nachbarn gewandt hinzu: »Mach dir keine Gedanken wegen des Timings. Du kannst ausziehen, wann immer es für dich am besten passt.«

»Und was ist mit Kündigungsfristen?«, warf Sky ein. »Ich meine, du musst doch deine Mieteinnahmen planen können.« Er runzelte die Stirn.

»Jahrelang keinen Pieps von sich geben und dann einen auf dicke Hose machen? So läuft das hier nicht, Freundchen.« Bruce schüttelte den Kopf. Dann hob er grüßend die Hand und sagte im Gehen: »Danke für dein Verständnis, Rosie. Wenn ich was für dich tun kann, dann gib bitte Bescheid.« Bei dem letzten Satz bedachte er Sky noch einmal mit einem vielsagenden Blick.

»Mach dir keine Gedanken, Bruce. Ich habe hier alles im Griff.« Mit diesen Worten schloss sie die Tür und musterte dann ihren Enkel. »Das gilt übrigens auch für dich. Warum benimmst du dich so feindselig einem langjährigen Nachbarn gegenüber und mischst dich in Dinge ein, von denen du keine Ahnung hast?«

»Ähm ...« Sky wusste nicht so recht, wie er reagieren sollte. Der strenge Tonfall seiner Großmutter hatte ihn jedenfalls sehr überrascht. »Tut mir leid«, sagte er schließlich. »Ich dachte nur, du brauchst vielleicht Unterstützung, schließlich hat dieser Bruce mit den Feindseligkeiten angefangen. Außerdem sollten Mieteinnahmen doch wirklich berechenbar sein und ...« Ein frostiges Blitzen aus Rosalynds veilchenblauen Augen brachten ihn zum Verstummen.

»Mein Junge, ich mag alt sein und nicht mehr ganz so agil wie früher, aber ich habe noch nie einen Mann gebraucht, der sich um meine Angelegenheiten kümmert. Und ganz sicher werde ich jetzt nicht mit diesem Unsinn anfangen. Ich weiß, dass du es nur gut gemeint hast, aber ich habe in meinem Haus und in meinem Leben alles exakt so geregelt, wie ich es für richtig halte. Ist das klar?«

Sky lag ein eingeschüchtertes »Yes, ma'am!« auf den Lippen, aber er schluckte es hinunter und murmelte stattdessen: »Tut mir leid, Nana. Wird nicht wieder vorkommen.«

»Kein Grund, so zerknirscht aus der Wäsche zu gucken.« Nun lachte sie schon wieder. »Was sind deine Pläne für die nächsten Tage?«

»Ich wollte mit den groben Gartenarbeiten weitermachen, und wenn du magst, können wir morgen in ein Gartencenter fahren und Teichfolie und Pflanzen kaufen. Dann könnte ich am Wochenende bereits den Großteil fertigstellen. Am Montag muss ich dann für zwei oder drei Tage nach Los Angeles fliegen. Da hat sich womöglich ein Jobangebot aufgetan.«

»In L. A.?« Sie sah ihn überrascht an. »Was denn?«

»Ein alter Bekannter von mir plant eine Sendereihe über Wohltätigkeitsorganisationen von Promis und will mich als Experten. Wenn wir uns einig werden – und davon gehe ich im Moment aus, denn so mies kann das Angebot gar nicht sein, dass ich es nicht annehmen würde –, dann soll ich gleich bleiben und die erste Sendung redaktionell betreuen.« Sky kratzte sich am Kopf, eine Geste, die halb verlegen, halb ratlos wirkte.

»Oh. Na, dafür bist du sicher die ideale Besetzung. Bedeutet das, dass du dann nach Los Angeles ziehen wirst?«

»Unwahrscheinlich. Es sieht nur nach ein paar Tagen Arbeit pro Monat aus. Das meiste ist Recherche, die ich von jedem Ort aus am Computer machen kann. Ich müsste wohl nur jeweils ein, zwei Tage nach L. A. Ich fürchte, so schnell wirst du mich nicht los.« Er lächelte.

»Das freut mich sehr!« Rosalynd streichelte ihm mit der Hand über die Wange. »Es ist schön, wieder ein bisschen Familie zu haben. Aber ...«, sie zögerte.

»Aber?«

»Aber ich denke, dass du dann trotzdem in die Mansarde ziehen solltest. Das ist auf Dauer doch einfach besser, als wenn du bei mir im Gästezimmer schläfst.«

»Aber die Wohnung solltest du dringend wieder vermieten. Auch wenn ich von dem Sender Geld bekomme – und ich habe noch nicht die geringste Ahnung, über welche Summen wir da sprechen –, werde ich mir das Apartment doch gar nicht leisten können. Zumindest nicht zu einem marktüblichen Preis.«

»Schatz, ich hab dir schon mal gesagt, dass du dich bitte nicht in meine Angelegenheiten einmischen sollst. Wie und zu welchen Konditionen ich meine Wohnungen vermiete, ist ganz alleine meine Angelegenheit.«

»Aber ich will keine Almosen«, beharrte er störrisch.

»Aber vielleicht deine Privatsphäre? Die kann ich dir in meinem Gästezimmer nicht bieten.«

»Ich habe kein Privatleben im Moment, da gibt's also nichts, was ich verbergen müsste«, brummte er düster und hob fragend eine Braue, als von Rosalynd nur ein leicht genervtes Augenrollen kam. »Da fällt mir ein, vorgestern war eine Frau hier, die mal oben gewohnt hat. Lucy heißt sie, glaube ich. Sie meinte, dass sie unter Umständen eine Mieterin für die Wohnung hätte. Vielleicht magst du sie ja mal anrufen?« Die haarsträubende WG-Idee verschwieg er sicherheitshalber, denn irgendwie hatte er das Gefühl, dass Rosalynd das ziemlich witzig finden könnte.

»Wie dem auch sei, darüber können wir sprechen, wenn du von deiner Reise zurück bist«, sagte sie seufzend. »Dann mach dich mal an die Arbeit im Garten, damit ich bald einen echten Fischteich habe.«

Wer braucht schon eine Auszeit?

12. März, San Francisco

Robin blickte missmutig aus dem Fenster. So hatte sie sich die Sache mit der Auszeit ganz sicher nicht vorgestellt.

»Alles klar, Schwesterherz?«

Sie hatte nicht bemerkt, dass ihr Bruder hereingekommen war. Kein Wunder, denn sie hatte einen Schreibtisch in einer Art »Multifunktionsraum«. Der Server stand hier und der Kanzleidrucker – und beide Geräte sorgten für ein ständiges, unterschwelliges Getöse. Nicht, dass sie ihre Konzentrationsfähigkeit für irgendwas brauchte, denn bislang hatte sie nur Kleinigkeiten bearbeiten dürfen, die normalerweise Anwaltshelfer oder Praktikanten erledigen würden. Mit einem leicht verächtlichen »Pfff!« drehte sie sich zu Ian um, der einen Stapel Papiere aus dem Drucker genommen hatte und sie angrinste.

»Du musst nicht hier sein«, sagte er. »Ich an deiner Stelle würde etwas Tolles unternehmen, anstatt hier trübselig rumzusitzen.«

»Ich müsste nicht trübselig sein, wenn ich erstens ein vernünftiges Büro bekommen würde und zweitens einen richtigen Fall. Es kann doch nicht angehen, dass ich als Seniorpartnerin von Stewart & Sons in dieser Abstellkammer sitzen und Studentenjobs erledigen muss, während diese Anfänger Kendra Stark und Daniel Lewis in schicken Räumen an spannenden Projekten arbeiten.« Sie verschränkte ihre Arme wütend vor der Brust und funkelte Ian an, wohl wissend, dass dieser erneute Ausbruch genauso fruchtlos ausgehen würde wie alle vorherigen. Letzte Woche war sie an drei halben Tagen in der Kanzlei gewesen und hatte sich dabei noch halbwegs einreden können, dass Ian diese Tage nur dafür nutzen wollte, ihr klarzumachen, wer hier der Chef war. Aber nun, zur neuen Woche, schien es ganz genauso weiterzugehen. Daniel Lewis, der kleine Harvard-Hosenscheißer, war vorhin zu einem Mandanten-Meeting in einer Großbank abgerauscht, Kendra Stark war ab heute die ganze Woche in der Stewart-&-Sons-Niederlassung in Los Angeles, und Ian würde morgen wieder nach Miami fliegen. Nur sie wurde neben Aktenstapeln geparkt!

»Wir hatten diese Diskussion doch schon in aller Ausführlichkeit«, begann Ian mit einem kaum verbrämten Seufzer in der Stimme.

»Ich weiß, ihr wollt alle ein Exempel statuieren. Diese Message ist sowas von angekommen. Ich will aber auch noch einmal betonen, dass ich selbst ja nichts dafür kann, dass mein Ex so ein betrügerischer Krimineller ist. Warum soll ich für seine Fehler büßen?«

»Na ja, Buße würde ich das nicht nennen. Mal abgesehen davon, dass dich auch keiner für seine Taten verantwortlich macht. Man zweifelt lediglich an deiner Zurechnungsfähigkeit, weil du es jahrelang nicht gemerkt haben willst. Das ist das Problem.«

»Man? Wer genau ist ›man‹?«, fragte Robin aufgebracht. »Du weißt genau, dass meine Erfolgsquote seit Jahren die beste in der Firma ist. Mit Abstand! Da kommst du nicht mal annähernd hin.«

»Ich weiß ...« Diesmal machte sich Ian nicht mal die Mühe, sein genervtes Stöhnen zu unterdrücken. »Aber das ist auch gar nicht das Thema. Es war eine Unternehmensentscheidung, dich in der nächsten Zeit von großen Wirtschaftsfällen fernzuhalten. Das ist auch in deinem eigenen Interesse. Mindestens bis zum Prozess gegen deinen Earl solltest du ein absolut unauffälliges Profil beibehalten. Danach wird man weitersehen.«

»Unternehmensentscheidung, dass ich nicht lache! Diese Entscheidung hat Grandpa ganz alleine getroffen – über meinen Kopf hinweg, denn offiziell gehöre ich ja auch zum Führungskreis von Stewart & Sons.« Sie schnaubte verächtlich. »Mal abgesehen davon, dass es noch Monate dauern kann, bis der Prozess gegen Thomas beginnen wird. Und nur fürs Protokoll: Er ist nicht *mein* Earl!!«

»Sorry, mein Fehler«, entgegnete Ian sarkastisch.

»Du willst also ernsthaft auf mein Talent verzichten und mich in dieser Rumpelkammer verrotten lassen?«

»Ich habe leider keine anderen Räumlichkeiten.« Ian zuckte mit den Schultern. »Und verrotten musst du auch nicht. Es gäbe genügend zu tun – wichtige Dinge, die aber unter deiner Würde sind. Ich zwinge dich zu nichts. Meinetwegen brauchst du gar nicht zu kommen. Apropos«, er sah auf die Uhr, »in einer Stunde kommt Luci und holt dich ab. Sie will dir das Ferry Building mit dem Farmers Market zeigen – einen ihrer absoluten Lieblingsplätze in der Stadt.«

»Gibt es irgendeine Stelle in San Francisco, die sie nicht mag?« Robin verdrehte die Augen, sie hatte mit ihrer Schwägerin schon letzte Woche reichlich Sightseeing machen müssen.

»Luci ist eben ein sehr positiver Mensch, worüber du echt froh sein kannst, denn sonst würde sie kaum freiwillig Zeit mit dir verbringen«, sagte Ian stirnrunzelnd. »Du könntest dir ruhig Mühe geben und ein bisschen netter zu ihr sein. Ich will nicht, dass sie noch mal wegen dir weinen muss.«

»Himmel, ich hab doch nur gesagt, dass die blöden Seehunde am Pier Dingenskirchen eklig stinken. Das ist erstens eine Tatsache und zweitens meine freie Meinungsäußerung. Außerdem hast du doch selbst gesagt, dass sie aufgrund der Schwangerschaftshormone wegen jedem Scheiß heult. Es wäre etwas anderes gewesen, wenn ich sie persönlich verletzt hätte – was ich nicht habe!«

»Es sind die berühmten Seelöwen am Pier 39«, korrigierte Ian sie. »Und rein zufällig liebt Luci diese Biester. Natürlich nimmt sie es persönlich, wenn andere Menschen diese Leidenschaft nicht teilen. Also tu mir den Gefallen und finde heute alles toll, was sie dir zeigt, ja?«

»Meine Herren, du stehst ja ganz schön unterm Pantoffel ...«

»Nein, aber ich liebe Luci und möchte, dass es ihr gutgeht. Ein Konzept, das dir offensichtlich vollkommen fremd ist«, entgegnete er eisig.

»Jetzt spiel dich bloß nicht so auf. Du hast doch nie etwas anbrennen lassen – allein diese geschmacklose Nummer mit deiner Sekretärin, nur damit du Diana nicht heiraten musstest. Das sind Storys, die würden Luci bestimmt auch zum Weinen bringen, wenn sie davon wüsste.«

»Sie weiß davon. Auch von meiner wilden Zeit, die danach folgte. Aber sie weiß auch, dass sie die Liebe meines Lebens ist und ich alles für sie tun würde.«

»Ja? Dann warte mal ab, bis sich der Reiz des Neuen verflüchtigt hat. Wie lange kennst du sie? Drei Tage?« Robin bemerkte mit einiger Befriedigung, wie sich der Kiefer ihres Bruders verspannte. Ganz offenbar hatte sie ihn langsam so provoziert, dass er bald aus seiner aalglatten Haut fahren und gepflegt ausrasten würde. Es ging doch nichts über ein wenig geschwisterliche Kabbelei.

»Auch wenn wir in der Tat noch nicht lange zusammen sind, ändert das nichts an der Tiefe und Ernsthaftigkeit unserer Gefühle füreinander«, erwiderte er in einem leisen, fast drohenden Tonfall. »Es ist vollkommen absurd, meine aktuelle Lebenssituation mit damals zu vergleichen, als ich noch mit Diana zusammen war. Ich bin nicht stolz darauf, wie es mit ihr gelaufen ist, aber ich weiß, dass sie inzwischen glücklich verheiratet und sicher sehr froh ist, nicht mehr mit mir zusammen zu sein. Und abgesehen von der Peinlichkeit hat die Geschichte keinen bleibenden Schaden hinterlassen – schon gar nicht für unser Unternehmen.«

Robin winkte ab. »Schon gut, schon gut. Du bist der Gute, ich bin die Böse – das ist ja auch nichts wirklich Neues. Ich verspreche hoch und heilig, dass ich nachher zuckersüß zu deiner Liebsten sein werde, und anschließend suche ich mir ein neues Quartier. Ist vielleicht besser, wenn wir nicht die ganze Zeit so eng aufeinanderhocken.«

Falls Ian ob des plötzlichen Themenwechsels überrascht war, ließ er sich nichts anmerken, sondern zuckte nur mit den Schultern und sagte: »Vielleicht ist das wirklich besser. Oder du kommst nicht mehr in die Kanzlei, dann kannst du auch bei uns wohnen bleiben.«

»Haha, so leicht werde ich es dir nicht machen. Um mich von der Arbeit abzuhalten, musst du andere

Geschütze auffahren. So leicht lasse ich mich nicht rausekeln.«

»Ich hab nichts anderes erwartet.« Seine Mundwinkel zuckten. »Für morgen Vormittag hat sich eine neue Mandantin angekündigt, die sich wegen ihrer Scheidung beraten lassen möchte. Dein erster Fall in San Francisco. Viel Spaß dabei.« Mit einem nun breiten Grinsen verließ er den Raum und ließ seine Schwester mit ihren Gedanken allein.

»Bis zum Ferry Building ist es nur ungefähr eine Viertelstunde zu Fuß«, erklärte ihr Luci eine gute Stunde später. Sie war wie besprochen mit ihrem Riesenhund gekommen, um Robin abzuholen, und schwärmte nun schon wieder unablässig von den Schönheiten der Stadt. »Die Markthalle, die darin untergebracht ist, ist einer meiner absoluten Lieblingsorte. Meine alte Vermieterin Rosalynd hat mich gleich in meinen ersten Tagen dahin mitgenommen und seitdem ist keine Woche vergangen, in der ich nicht mindestens einmal dort war. Sei es zum Einkaufen, auf einen schnellen Happen oder auch nur einen Kaffee. Auch wenn inzwischen viele Touristen kommen, hat es sich etwas Urwüchsiges erhalten. Ich kenne alle Standbetreiber – es ist fast ein kleinstädtisches, nachbarschaftliches Verhältnis.«

»Wow«, sagte Robin in eine kurze Atempause hinein. Auch wenn ihr der Sinn nicht unbedingt nach urwüchsigem Kleinstadtflair stand, wollte sie sich doch Mühe geben. Luci war wirklich lieb und sie wollte die Freundin ihres Bruders nicht verletzen. Außerdem war sie tatsächlich hungrig. »Mir würde der Sinn nach einem richtig fetten Sandwich stehen, mit tollem Schinken drauf und Salat und ...«

»Dann wirst du Boccalone lieben!«, entgegnete Luci strahlend. »Die machen die allerbesten Sandwiches der ganzen Stadt. Wir können dann mit den Broten auf den Pier gehen und uns auf eine Bank setzen. Bei dem Wetter haben wir eine bombige Aussicht auf die Bay Bridge.«

»Klingt toll.« Robin lächelte zurück. »Du kennst dich doch so wahnsinnig gut in der Stadt aus, da hast du doch bestimmt einen Tipp, wo ich wohnen könnte.«

»Wohnen?«

»Na ja, ich kann ja nicht dauerhaft in eurem Gästezimmer bleiben, nicht wahr?« Robin linste zu Luci und bemerkte, wie kaum unterdrückte Erleichterung über ihr Gesicht huschte.

»Och ...«

»Selbst der netteste Besuch wird nach spätestens einer Woche anstrengend, und machen wir uns nichts vor: Familie gehört nicht in diese Kategorie.« Sie seufzte leise und fügte dann hinzu: »Nein, es ist auf jeden Fall besser, wenn ich mir eine eigene Bleibe suche. Treffen können wir uns ja trotzdem regelmäßig, ich kenn ja sonst niemanden in der Stadt, und da Ian mich nicht arbeiten lässt, hab ich viel Zeit.«

»Hm.« Luci wickelte sich eine lange Locke um den Finger und versuchte krampfhaft, nachdenklich zu wirken, doch Robin wurde das Gefühl nicht los, dass das nur Show war. Die Kleine hatte bereits einen Plan. »Wonach steht dir denn der Sinn? Ein Hotel? Eine richtige Wohnung? Ian hat letztes Jahr ein paar Monate im Hotel gewohnt. Es war absurd teuer, und richtig wohlgefühlt hat er sich dort auch nicht. Aber Geld spielt ja wohl keine Rolle bei dir, was?« Schwang da ein unterschwelliger Vorwurf in Lucis Stimme mit?

»Das ist aber kein Grund, Geld für unsinnige Dinge auszugeben – und ich hasse Hotels! Schlimm genug, dass ich auf Geschäftsreisen immer in irgendwelchen Luxusschuppen absteigen muss – oder musste, denn das scheint ja erst einmal vorbei zu sein«, entgegnete sie leicht bitter. »Hier sollte es schon eine Art nettes Zuhause auf Zeit sein. Es gibt doch bestimmt möblierte Apartments, die man für ein paar Monate mieten kann, oder?«

»Die gibt es zweifellos, aber vielleicht habe ich eine bessere Idee.« Lucis Augen leuchteten abenteuerlustig. »Soweit ich weiß, hat Rosalynd meine und Kendras ehemalige Wohnung noch nicht neu vermietet. Die ist auch noch voll möbliert, denn wir haben beide so gut wie nichts mitgenommen, als wir ausgezogen sind. Das wäre vielleicht hübsch. Sicher nicht so stylisch, wie du es gewohnt bist, aber gemütlich. Die Lage ist auch toll – nah an der Kanzlei und unserem Haus –, und einsam wirst du sicherlich auch nicht lange bleiben.«

»Wie meinst du das?«

»Na ja, Rosalynd kennt Gott und die Welt und wird dir innerhalb kürzester Zeit die Hälfte von ihnen vorstellen. Guck nicht so, das hat mir den Start in der Stadt enorm erleichtert.«

Robin war sich zwar ziemlich sicher, dass sie auf die Bekanntschaft von Gott, der Welt und auch der unglaublichen Rosalynd gut verzichten könnte, nickte aber freundlich und sagte: »Ich schau es mir gerne mal an.« Wenn es ihr nicht gefiele – und davon ging sie fest aus –, würde sie einfach in eines dieser seelenlosen, aber schicken Edelapartments ziehen, die es in jeder Großstadt für solvente Berufsnomaden gab.

Inzwischen waren sie beim Ferry Building angekommen und Robin musste zugeben, dass das Gebäude einen durchaus imposanten und aparten Eindruck machte. »Darf da Drake mit rein?«, wollte sie wissen und beäugte skeptisch den großen Bloodhound, der sich voll Elan in die Leine warf und auf den Eingang zusteuerte.

»Offiziell natürlich nicht, aber ich kenne die meisten Sicherheitsleute und da geht das in Ordnung. Komm, lass uns beim Nebeneingang reinschlüpfen.«

Robin war bezaubert von der Markthalle, wo um die Mittagszeit reichlich Betrieb herrschte. Hier gab es alles, was das Herz begehrte, und von Weitem sah sie ein großes rotes Schild, auf dem »Boccalone – Tasty Salted Pig Parts« stand. Ihr Magen knurrte laut – offenbar war ihm eindeutig nach leckeren, gesalzenen Schweine-Teilen. Auch Luci und Drake schienen magisch angezogen zu werden, doch ehe sie den Stand erreichten, hielt sie ein grimmig aussehender Ordnungshüter auf und fuhr Luci aggressiv an.

»Hunde sind hier strengstens verboten! Können Sie nicht lesen, das steht riesengroß an jeder Tür! Sehen Sie zu, dass Sie so schnell wie möglich hier rauskommen, sonst werde ich Sie anzeigen.«

»Aber ...« Lucis Stimme wurde brüchig und Robin sah, wie ihr Tränen in die Augen schossen.

»Was fällt Ihnen eigentlich ein, in diesem Ton mit einer Besucherin zu sprechen?«, blaffte sie den Security-Typen an. »Dieser Hund ist ein offizielles Therapietier, das seine Besitzerin überallhin begleiten darf.« Sie straffte ihre Schultern und starrte den Mann herausfordernd an.

»Dann darf ich wohl den entsprechenden Ausweis sehen«, verlangte er – nur wenig eingeschüchtert.

»Das dürfen Sie nicht. Das wäre ein unzumutbarer Eingriff in die Persönlichkeitsrechte meiner Mandantin.«

»Mandantin?« Nun klang er schon deutlich defensiver.

»Mandantin. Jetzt würde ich vorschlagen, dass Sie sich entschuldigen und sich dann wieder um Ihre Arbeit kümmern – um Ihre eigentliche Arbeit! –, statt benachteiligte Menschen zu diskriminieren. Anderenfalls sehe ich mich gezwungen, mich an Ihren Vorgesetzten zu wenden. Verstanden, Mister Orry Cornell?« Robin hatte seinen Namen vom Abzeichen an der Jacke des Mannes abgelesen und noch eine Spur mehr Eis und Stahl in ihre Stimme gelegt.

»Ähm, ja ... Selbstverständlich. Haben Sie noch einen schönen Tag – und tut mir leid.« Letzteres murmelte er rasch in Lucis Richtung, ehe er in der Menge verschwand.

Luci stand wie vom Donner gerührt da und sah dem Mann fassungslos hinterher.

»Hör bitte auf zu weinen«, bat Robin mit einem schiefen Lächeln. »Sonst wird mich Ian vierteilen und irgendwelchen wilden Tieren zum Fraß vorwerfen.« Sie kramte in ihrer Handtasche nach einem Päckchen Taschentücher und reichte es Luci.

»Du bist wirklich unglaublich.« Luci schüttelte den Kopf und fing dann urplötzlich haltlos an zu lachen. »Das war das Coolste, was ich seit langem erlebt habe. Der hat sich fast in die Hose gemacht vor Angst, als du ihn mit diesem sexy englischen Akzent zur Sau gemacht hast.«

»Wenn die Angst weg ist, wird ihm aber womöglich auffallen, dass ich überhaupt keine Handhabe gegen ihn habe, und er wird uns alle drei rausschmeißen.«

»So schlau ist der nicht. Außerdem scheint er eine Aushilfe zu sein, denn ich habe ihn noch nie gesehen. Aber vielleicht ist es wirklich besser, wenn ich mit Drake schon mal rausgehe und auf dich warte, ja?«

»Bestimmt sogar. Hast du irgendwelche besonderen Wünsche?«

»Nein, gar nicht – ich lass mich überraschen. Es darf aber ruhig viel sein. Ich hab jetzt auf den Schrecken hin gleich noch mehr Hunger bekommen.« Luci hickste – ein Schluckauf war auch dazugekommen. Weinen und leicht hysterisches Lachen waren eine schwierige Kombi. Drake, der sich während des gesamten Vorfalls mustergültig verhalten hatte und nicht von Lucis Seite gewichen war, stupste Robin nun ungestüm an.

»Ich glaube, dein Hund wollte mir gerade wenig subtil klarmachen, dass auch er sehr großen Hunger hat.« Robin grinste. »Ich seh mich noch ein bisschen um und dann kauf ich uns was Leckeres, ja?«

Die Sonne blendete Robin, als sie eine halbe Stunde später das Gebäude am Hinterausgang verließ und nach Luci Ausschau hielt. Zunächst entdeckte sie nur Drake, der mit hängender Leine herumschlenderte, ab und an eine Möwe verscheuchte und aufdringlich bei fremden Menschen nach Essbarem bettelte. Schließlich erspähte sie Luci, die mit einer weißhaarigen Frau auf einer Bank saß, die Köpfe zusammengesteckt, und offensichtlich keinen Blick für ihren Hund übrig hatte.

»Drake belagert übrigens gerade ein Rudel japanischer Touristen«, sagte Robin, als sie zur Bank trat.

»Was?« Luci fuhr überrascht hoch, sah erst Robin an und drehte sich dann hektisch nach Drake um. »Ich hatte ihn doch angebunden.«

»Dahinten ist er.« Robin hatte die Hände voll, und so konnte sie nur mit dem Ellbogen vage in eine Richtung deuten.

»Drake! Komm sofort her!«, brüllte Luci. »Böser Junge!«

»Ach, schimpf nicht mit ihm, er ist doch lieb, und die Leute haben Spaß mit ihm«, mischte sich die alte Frau ein und lächelte den Hund an, der nun folgsam angetrottet kam. Die Leine schleifte hinterher. »Du hast ihn wohl nicht wirklich angebunden«, stellte sie fest.

»Oh Mann, zurzeit passieren mir immer so dämliche Sachen ...« Luci runzelte die Stirn und schlang die Leine diesmal tatsächlich um die Verankerung der Bank.

»Ist ja nichts Schlimmes passiert«, tröstete die alte Frau und sah dann mit einem aufmerksamen Blitzen in ihren veilchenblauen Augen in Richtung Robin. »Sie müssen Ians Schwester sein. Ich bin Rosalynd Forrester, Lucis frühere Vermieterin.«

»Das stimmt, ich bin Robin Stewart.« Robin drückte Luci die beiden Papiertüten in die Arme, stellte das Papptablett mit den Getränken ab und reichte der alten Dame höflich die Hand. Das war also die famose Rosalynd! Sie hatte sie sich ganz anders vorgestellt, ahnte aber, dass hinter der vollkommen harmlos wirkenden Fassade einer freundlichen Omi ein ziemlich überraschendes Wesen steckte. Andererseits, vielleicht auch nicht. Robin war immer stolz auf ihre gute Menschenkenntnis gewesen. Meist hatten ihr ein Blick und ein, zwei Sätze dafür gereicht, ihr Gegenüber ziemlich präzise einzuschätzen. Doch nach dem Desaster mit ihrem Ex traute sie dieser

Fähigkeit nicht mehr. Trotzdem, irgendwas an dieser Frau war interessant.

»Die Familienähnlichkeit ist frappierend«, stellte Rosalynd nun fest, nachdem sie Robin ausführlich gemustert hatte.

»Wir haben beide grüne Augen«, sagte Robin zweifelnd, »aber das war es dann auch schon.« Das war wirklich eine seltsame Behauptung, normalerweise mussten sich die Geschwister immer genau das Gegenteil anhören, denn zwischen dem stattlichen rothaarigen Ian und ihr, der schlanken, mittelgroßen Frau mit den dunklen, fast schwarzen Haaren, schien es nicht viele Parallelen zu geben. Doch sie hatte die Statur ihrer Mutter und die Haarfarbe ihres Vaters geerbt – bei Ian war es genau umgekehrt.

»Nein, da ist eine Menge mehr«, widersprach Rosalynd, rückte ein Stück zur Seite und klopfte einladend auf die Bank, damit Robin zwischen ihr und Luci Platz nehmen konnte. »Diese Aura von Selbstsicherheit und Macht und die perfekte, makellose Kleidung sind ganz ähnlich bei euch beiden. Ebenso euer Sinn für Humor und das große Herz.«

Luci gab bei der letzten Einschätzung ein Geräusch von sich, das nach einem ungläubigen Kichern klang, das durch einen Huster kaschiert werden sollte. Robin konnte es ihr nicht verdenken – ein großes Herz und überbordenden Humor hatten bei ihr noch nicht viele Menschen diagnostiziert. Doch trotzdem fühlte sie sich geschmeichelt – und berührt.

»Ach, die Kleidung ist nichts anderes als eine Art Uniform für Anwälte. Und was alles andere betrifft ...« Sie sprach nicht weiter. Bis vor nicht allzu langer Zeit war es das größte Kompliment gewesen, wenn man sie für angsteinflößend und mächtig gehalten hatte. Sie hätte jede Unterstellung von Herz und Humor als Zeichen der Schwäche empört von sich gewiesen, aber jetzt ...

»Was alles andere betrifft, lohnt sich in der Regel ein intensiver zweiter Blick.« Rosalynd zwinkerte ihr fröhlich zu.

»Wow, du lässt's ja krachen«, sagte nun Luci, die gerade in die Tüten gelinst hatte. »Wer soll das alles essen?«

»Ich konnte mich nicht entscheiden und wusste auch nicht, was du am liebsten magst, daher habe ich einfach mal eine gewisse Auswahl mitgebracht. Außerdem habe ich wirklich Hunger.«

»Ich mag Frauen, die einen gesunden Appetit haben«, schaltete sich Rosalynd ein.

»Wollen Sie auch ein Sandwich?«, bot Robin an. »Wir haben wirklich genug.«

»Nein, vielen Dank. Ich brauch erst noch meine Vorspeise«, entgegnete Rosalynd mit einem verschmitzten Grinsen, das Robin nicht recht deuten konnte.

»Frag lieber nicht nach«, raunte ihr Luci leise ins Ohr.

»Sie können auch zwei Brote haben, dann wären das ja schon zwei Gänge«, schlug Robin vor und zuckte dann erschrocken zusammen. Ihr Knie war plötzlich ganz nass geworden. »Bäh, du Ferkel!«, rief sie empört, denn Drake hatte ihr auf den hellgrauen Rock gesabbert.

»Luci hat es nicht so gerne, wenn ich meine Vorspeise hier einnehme«, behauptete Rosalynd geheimnisvoll. »Aber ich bin mir sicher, dass Drake sich gerne für ein Sandwich opfern würde.«

»Ähm ...« Robin schaute zwischen Rosalynd und Luci, die nur resigniert mit den Schultern zuckte, hin und her. Dann nahm sie ein Sandwich aus der Tüte, packte es aus und hielt es dem Hund hin, der es mit einem Haps verschlang. »Das ist offiziell die schrägste Mittagspause meines Lebens«, stellte sie schließlich kopfschüttelnd fest und nahm sich nun auch selbst ein Brot.

»Ehrlich? Dann muss dein Leben bisher ja ziemlich langweilig gewesen sein.« Der veilchenblaue Blick von Rosalynd bohrte sich gefühlt durch Robins Haut. »Ich hoffe, du hast nichts dagegen, wenn ich zu einer vertraulicheren Anrede wechsle, aber da wir uns ja ab sofort häufiger sehen werden, können wir auf Förmlichkeiten auch verzichten, ja?«

Da Robin gerade an einem Stück Schinkenbrot kaute, hob sie nur fragend eine Braue.

»Aber wenn ihr Engländer so steif seid, können wir auch gerne ...«

»Schotten!«, kam es undeutlich, aber laut von Robin.

»Bitte?«

»Schotten!« Robin würgte den Bissen runter und sagte dann erneut: »Schotten. Wir sind keine Engländer, sondern Schotten. Meinetwegen auch Briten, aber definitiv keine Engländer! Und wir können uns gerne duzen. Doch warum genau sehen wir uns nun häufiger? Nicht, dass ich etwas dagegen hätte, nur ...«

»Na, du ziehst doch bei mir ein!« Rosalynd sah Robin an, als sei diese besonders begriffsstutzig.

»Tu ich das?«

»Ja, klar. Luci hat mir erzählt, dass du eine Bleibe suchst, und ich brauche einen Mieter für die Wohnung. Du kannst direkt einziehen.«

Robin nahm aus den Augenwinkeln wahr, wie Luci versuchte, sich bei den Worten der alten Frau unsichtbar zu machen. Das hatte die Kleine ja geschickt eingefädelt. »Das ist sehr lieb, Rosalynd, aber darf ich sie mir vielleicht erst ansehen, bevor ich mich entscheide?«

»Selbstverständlich. Wenn du denkst, dass das nötig ist.«

»Das denke ich.«

»Na, dann los. Dann machen wir uns am besten direkt auf den Weg. Du kannst dir die Wohnung anschauen, während ich meine Vorspeise ... ähm ... einnehme. Und anschließend essen wir die restlichen Sandwiches.« Sie stand unternehmungslustig auf und marschierte los.

»Glaub bitte nicht, dass ich dich loswerden will«, raunte ihr Luci zu, als sie sich abmühte, Drakes Leine zu lösen. »Das kam jetzt ziemlich seltsam rüber von ihr.«

»Ja, ›seltsam‹ trifft es wohl insgesamt ganz gut«, erwiderte Robin, ebenfalls flüsternd. »Was meint sie bitte mit ihrer Vorspeise?«

»Dass sie einen Joint rauchen wird.«

»Einen Joint?« Robin starrte sie mit großen Augen an. Damit hatte sie sicherlich nicht gerechnet.

»Ja, sie hat starkes Rheuma und irgendeine chronische Darmgeschichte. Wegen der Schmerzen und um ihren Appetit anzuregen, bekommt sie seit Jahren Marihuana verschrieben. Also zumindest behauptet sie, dass das der Grund sei.«

»Für eine rheumatische Magenpatientin ist sie jedenfalls ziemlich agil«, entgegnete Robin amüsiert. »Wir sollten uns beeilen, sonst ist sie weg.«

Fast genau eine Woche nach ihrer Ankunft in San Francisco saß Robin erneut in einem gemütlichen alten Sessel und sah aus dem Fenster. Diesmal waren es aber ein anderer Sessel und ein anderes Fenster. Sie gehörten zu ihrer neuen Wohnung. Die Mansarde von Rosalynds Haus war tatsächlich ganz hübsch und gemütlich, und für ein paar Wochen würde es ganz bestimmt gehen. Sie war immer noch leicht fassungslos, wenn sie an den gestrigen Tag dachte. Rosalynd Forrester war wirklich eine ziemlich besondere alte Dame. Ehe sie die Wohnung herzeigen wollte, hatte sie »zur Vorspeise« gebeten und darauf bestanden, dass Robin auch ein paarmal an dem Joint zog. Luci durfte aufgrund ihrer Schwangerschaft aussetzen, war aber auch ganz schön fröhlich geworden. Offenbar war selbst Passiv-Kiffen recht wirkungsvoll – oder ihre Schwägerin hatte sich so darüber gefreut, den anstrengenden Hausgast loszuwerden. Was auch immer die Gründe waren, sie hatten einen unglaublich lustigen Nachmittag verbracht und alle Sandwiches heißhungrig vertilgt. Robin – vollkommen unerfahren im Umgang mit derartigen Stimulanzien – hatte schließlich spontan beschlossen, dass es eine fantastische Idee wäre, in die Dreizimmerwohnung unterm Dach einzuziehen. Es gab dort eine gemütliche Wohnküche, ein Wohnzimmer, ein Bad und zwei kleine Schlafzimmer. Alles komplett eingerichtet in einer wilden Mischung aus Flohmarktstücken und Antiquitäten unklarer Herkunft.

Nachdem Robin heute Vormittag erfolgreich die Mandantin in ihrer Scheidungsangelegenheit beraten hatte – sie war jetzt wild entschlossen, ihren Ehemann bis auf den letzten Penny auszunehmen –, hatte sie ihre Sachen gepackt, den Koffer in den alten Jaguar aus Ians Fuhrpark geladen, den er ihr für die Zeit ihres Aufenthalts zur Verfügung stellte, und war unfallfrei zu ihrem neuen Zuhause gefahren. Was an ein mittleres Wunder grenzte, denn der ungewohnte Rechtsverkehr und die steilen Straßen in San Francisco hatten sie beinahe an ihre Grenzen gebracht. Berauscht von diesem Erfolgserlebnis hatte sie erst Lucis altes Zimmer bezogen und war dann noch einmal losgefahren, um Blumen und ein bisschen Deko-Schnickschnack zu besorgen.

Sie grinste. Allein das Wort »Deko-Schnickschnack« hatte es bisher in ihrem Wortschatz nicht gegeben, von ihrer Wohnung ganz zu schweigen. Ihre Innenarchitektin würde vermutlich einen Nervenzusammenbruch bekommen, wenn sie die beiden Windlichter sehen könnte. Doch hierher passte es irgendwie. Ob der Hippieflair der Stadt langsam auf sie abfärbte oder ob sie immer noch unter den Nachwirkungen des gestrigen Joints litt? Es war ihr, zumindest in diesem Augenblick, vollkommen egal. Zum ersten Mal seit Monaten fühlte sie wieder etwas Frieden und innere Ruhe.

In der Nacht vom 13. auf den 14. März, San Francisco

Ob er jemals wieder Frieden und innere Ruhe empfinden würde? Sky hatte da so seine Zweifel. Sein zweitägiger Trip nach Los Angeles war zwar durchaus erfolgreich gewesen – Jeremy Sandberg und er waren sich ziemlich zügig einig geworden und glücklicherweise hatten die Senderleute nicht allzu tief nachgebohrt, was es mit dem Scheitern seiner Stiftung tatsächlich auf sich hatte –, aber dafür gab es andere Dinge, die seinen Blutdruck in die Höhe trieben. Gut, hauptsächlich eine Sache, die streng genommen auch keine Sache war, sondern seine einzige noch lebende Verwandte. Als er vorhin am späten Abend in die Wohnung gekommen war, hatte er feststellen müssen, dass seine Sachen aus dem Gästezimmer verschwunden waren. Nicht, dass er viele gehabt hätte, aber seine spärliche Garderobe, die paar Bücher und vor allem die beiden Fotoalben aus seiner Kindheit waren weg. Er schüttelte sich, als er an den haarsträubenden Dialog mit seiner Großmutter zurückdachte, die tiefenentspannt im Wohnzimmer gesessen und ihn buddhagleich angelächelt hatte.

»Schatz, sosehr ich dich auch liebe, ich brauche meine Privatsphäre. Und du auch!«, hatte Rosalynd gesagt.

»Aber wo sind meine Sachen?«

»Na, in der Wohnung.«

»In welcher Wohnung?«

»In der Mansarde. Das hatten wir doch so besprochen.«

»Wir hatten gar nichts besprochen. Wenn überhaupt, habe ich gesagt, dass die Mansarde für mich nicht infrage kommt, weil ich mir die Miete nicht leisten kann.«

»Sky, mein Liebling, das stimmt doch gar nicht. Du hast doch einen neuen Job, und die Wohnung kostet nur hundert Dollar.«

»Pro Tag?«

»Pro Monat, du Dummerle.« An dieser Stelle hatte sie aus tiefster Seele geseufzt und ihm die Wange getätschelt.

»Das ist doch Irrsinn. Du müsstest mindestens tausend Dollar verlangen. Die kann ich mir trotz des neuen Jobs nicht leisten und ich will kein Charity-Projekt sein«, hatte er trotzig und zunehmend wütend beharrt. Viel war ihm nicht mehr geblieben von seinem alten Leben, aber wenigstens seinen Stolz wollte er gerne behalten.

»Ich könnte auch fünfzehnhundert Dollar bekommen, doch das ist nicht das Thema. Dein Anteil beträgt hundert Dollar – fertig! Das wird ja wohl noch drin sein, oder?«

»Aber …«

Hier war sie ungeduldig geworden und hatte ihn harsch unterbrochen: »Hör auf. Ich tu das nicht nur für dich, sondern auch für mich. Jahrelang, ach was, jahrzehntelang habe ich allein gelebt. Und das mit großem Vergnügen. So konnte ich nämlich tun und lassen, was ich wollte.«

»Aber ich störe dich doch nicht, oder?«, hatte er bedröppelt eingeworfen. Eine Belastung wollte er für Rosalynd ganz bestimmt nicht sein.

»Sky, ich finde es so wunderbar, dass du endlich wieder in meinem Leben bist, aber ich möchte nackt durch meine Wohnung tanzen und Herrenbesuch empfangen, wenn mir danach ist, ohne auf dein sittliches Empfinden Rücksicht nehmen zu müssen.«

Ihren Gesichtsausdruck bei diesen Worten würde er ganz bestimmt nicht mehr vergessen. So absurd es auch geklungen hatte, ihr Blick hatte ihm bewiesen, dass es die buchstäblich nackte Wahrheit war. »Okay …«, hatte er nach einer ziemlich langen Weile wenig originell gemurmelt. »Verstehe.«

»Fein, dann ist ja alles in Ordnung. Ich war so frei und habe deine Sachen in Kendras altem Zimmer untergebracht. Das ist der Raum, der zum

Hinterhof schaut. Ich dachte, das ist dir lieber als der Straßenlärm. Und nun ab in dein Reich, und süße Träume.«

Süße Träume? Unwahrscheinlich. Sky lag im Bett, zweifelte im Moment aber sogar daran, dass er überhaupt würde schlafen können, zu viel ging ihm durch den Kopf. Die zwei Tage in L. A. hatten alle Wunden wieder aufgerissen, die er notdürftig geflickt hatte. Als er den Garten seiner Großmutter umgegraben, mit ihr über die schönste Rosenfarbe diskutiert und über Sinn und Unsinn der Koikarpfen-Haltung philosophiert hatte, waren seine Gedanken nicht in Äthiopien gewesen, sondern im Hier und Jetzt. Während dieser Stunden hatte er nicht vergessen, aber doch kurzfristig verdrängen können, was passiert war. Nun aber war alles wieder so präsent, als wäre es erst gestern passiert, dass er herausgefunden hatte, dass Senait und Taye mit dem gesamten Stiftungsvermögen abgehauen waren. Im Moment wusste er gar nicht, was mehr schmerzte: dass sein vermeintlicher Lebenstraum geplatzt war, dass er von Senait, die seine Ehefrau hätte werden sollen, gleich im doppelten Wortsinn hintergangen und betrogen worden war – oder dass er das alles ohne auch nur einen ernsthaften Versuch, sich zu wehren, kampflos hingenommen hatte?

Irgendwann wurden ihm doch die Augenlider schwer. Eine zufriedenstellende Antwort würde er heute ohnehin nicht mehr bekommen, aber morgen war ja auch noch ein Tag. Beim Einschlafen wunderte er sich noch vage darüber, wie hellhörig dieses Haus doch war, dass er die Toilettenspülung der Nachbarn eine Etage tiefer so deutlich hörte, als wäre es nebenan in seinem Badezimmer. In einem Badezimmer, in dem noch etliche Cremetiegelchen standen, die wohl von den Vormieterinnen stammen mussten. Mit dem Gedanken, dass er morgen erst einmal gründlich ausmisten würde, schlief er ein.

Was waren das für Geräusche? Nach wenigen Stunden unruhigen Schlafs fuhr Sky hoch. Wieder rauschte Wasser, doch diesmal schien es eher die Dusche zu sein. War es wirklich möglich, dass man die Nachbarn so deutlich hören konnte? Offenbar. Und wenn Nana das wusste – wovon er ausging –, war es kein Wunder, dass sie von ihm nur hundert Dollar Miete haben wollte. Reguläre Mieter wären wohl kaum so gnädig, diese Geräuschbelästigung dauerhaft zu dulden. Er fügte diesen Punkt seiner mentalen Erledigungsliste hinzu. Darüber würde er mit Rosalynd also auch noch sprechen müssen. Er drehte sich auf die andere Seite und zog die Decke ein bisschen höher, um eine weitere Runde zu schlafen, doch es war sinnlos. Er fühlte sich zwar vollkommen gerädert, war aber zu wach, um noch mal das Reich der Träume zu besuchen. Resigniert stand er auf, reckte sich und fuhr sich mit den Fingern durch den dunkelblonden Schopf. Ein Haarschnitt stand auch auf der To-do-Liste, aber kurzfristig würde eine Dusche wohl reichen.

Als er in den Flur ging, fielen ihm drei Paar High Heels auf, die in Reih und Glied unter der Garderobe standen. Die hatte er gestern Nacht gar nicht bemerkt, aber da hatte er auch auf nichts geachtet, sondern war nur kurz im Bad gewesen und anschließend in sein Schlafzimmer verschwunden. Noch ein Diskussionspunkt mit seiner Nana – es konnte doch nicht sein, dass Luci und diese Kendra noch ihre ganzen Sachen hier hatten. Was bitte schön sollte er mit Pumps und Beautyprodukten anfangen? Doch erst musste er richtig wach werden. Er tapste in die Küche und fand zu seiner großen Freude nicht nur eine Kaffeemaschine vor, sondern auch frisch gemahlenen Kaffee. Er goss Wasser in den Tank und häufte das duftende Pulver in den Filter, dann schaltete er die Maschine an. Bis er fertig geduscht hatte, würde auch der Kaffee fertig sein.

Die Nachbarn legten offenbar größten Wert auf ausgedehnte Körperpflege, dachte er, als er die Badezimmertür öffnete und das Rauschen des Wassers wirklich sehr laut wurde. So laut, als würden die Nachbarn unter *seiner* Dusche stehen. Und *sein* Bad mit Wasserdampfschwaden in einen tropischen Regenwald verwandeln.

Es dauerte einen Augenblick, bis sein unzureichend waches Hirn begriff, dass hier tatsächlich jemand duschte. Und dieser Jemand verließ just in diesem Moment die Kabine – und stieß zeitgleich mit ihm einen überraschten Schrei aus.

»Was machen Sie in meiner Wohnung?«, kreischte die Frau und sah sich hektisch nach ihrem Handtuch um.

»Ihre Wohnung? Was machen Sie in *meiner* Wohnung?«, wollte Sky empört wissen und kam doch nicht umhin, zu registrieren, dass die fremde Dusch-Einbrecherin wunderschöne Brüste hatte. Voll und weich und mit harten Nippeln. Der Rest von ihr war auch nicht schlecht: lange schwarze Haare, schmale Taille, flacher Bauch, sexy runde Hüften und ein glattrasierter Venushügel. Er schluckte hart und zwang sich, seinen Blick zu heben. Aber im nächsten Moment hatte die Unbekannte sich schon in ihr Badetuch eingehüllt und starrte ihn aus grünen Augen feindselig an.

»Noch einmal: Wer sind Sie und was tun Sie in meiner Wohnung?«, verlangte sie zu erfahren, in einem Tonfall, der keinen Widerspruch erlaubte. »Und ehe Sie auf dumme Ideen kommen, muss ich Ihnen mitteilen, dass ich den schwarzen Gürtel in Karate habe.« Offenbar hatte sie ihren ersten Schreck schon überwunden.

Ganz im Gegensatz zu Sky, dem jetzt schlagartig bewusst wurde, dass auch er splitterfasernackt war – Schlafbekleidung hielt er für komplett überflüssig – und zumindest seine Körpermitte erfreut auf den Anblick der fremden Frau reagierte. Daher wohl auch der alberne Hinweis mit dem schwarzen Gürtel. Schnell schnappte auch er sich ein Handtuch und schlang es sich um die Hüften. »Welcher Dan?«, fragte er.

»Dan? Ich kenne keinen Dan. Oder heißen Sie etwa Dan?«, fragte sie verwirrt.

»Dachte ich mir schon, Sie beherrschen kein Karate, denn sonst wüssten Sie, dass es nicht *den* schwarzen Gürtel gibt, sondern verschiedene Dan-Grade ...« Er winkte ab, als er ihren verständnislosen Gesichtsausdruck sah. »Sie müssen auch keine Angst vor mir haben. Ich wüsste nur gerne, wer Sie sind und was Sie in meiner Wohnung zu suchen haben – außer zu duschen.«

»Ich wohne hier!«, rief sie empört. »Ich bin gestern hier eingezogen!«

»Ich auch!«

»Aber?«

»Ich bring sie um!«, murmelte er drohend, als seine Gehirnwindungen langsam in die Gänge kamen. Das war bestimmt eine von Rosalynds unsäglichen Ideen.

Die fremde Frau wich zurück. »Ich kann vielleicht kein Karate, aber ich werde mich ganz bestimmt wehren.« Sie reckte ihr Kinn nach vorn und raffte das Handtuch noch enger um sich.

»Was?«

»Wie was? Erwarten Sie etwa, dass ich mich einfach so umbringen lasse?« Die Frau klang nun eher skeptisch als alarmiert.

Sky stutzte kurz und musste dann lachen. »Tut mir leid, nicht Sie. Die Todesdrohung habe ich an meine Großmutter gerichtet, die uns offensichtlich diesen Schlamassel hier eingebrockt hat. Ich bin Sky. Sky Forrester, Rosalynds Enkel.«

Sie musterte ihn wortlos, als müsste sie erst darüber nachdenken, was sie mit dieser Information anfangen sollte. »Riecht es hier nach Kaffee?«, fragte sie schließlich.

»Ja, ich hab vorhin welchen aufgesetzt. Wollen Sie eine Tasse?«

»Unbedingt. Aber erst hätte ich gerne ein paar Minuten Privatsphäre, wenn möglich.« Ein schiefes Grinsen huschte über ihr Gesicht und mit einem Mal sah sie noch anziehender aus.

Sky verstand den Hinweis und sah zu, dass er das Weite suchte. Rasch zog er sich in seinem Zimmer eine Jeans und ein T-Shirt an und ging dann in die Küche. Er brauchte jetzt wirklich ganz dringend Koffein und idealerweise auch etwas zu essen. Der Kühlschrank war bis auf einen Pizzarest leer, aber in einem Schrank fand er eine große Packung Shortbread. Das würde für einen ersten Snack reichen, doch dann würde er erst einmal einkaufen gehen – falls er in der Wohnung bliebe. Was irgendwie nicht sehr wahrscheinlich war.

~~~

Oh! Mein! Gott!! Wo um alles in der Welt war sie hier gelandet? Robin hatte sofort die Tür verriegelt, als der Eindringling endlich das Bad verlassen hatte. Ihr Herz schlug immer noch wie verrückt und sie fühlte sich nicht halb so cool, wie sie sich gerade noch gegeben hatte.

Letzte Nacht hatte sie geschlafen wie ein Stein – was
~~~

nach einer fast vollständig verputzten Riesenpizza, einer knappen Flasche Rotwein und einer Packung »Chocolate Fudge Brownie« von Ben & Jerry's auch kein Wunder war. So viel hatte sie lange nicht mehr in sich hineingestopft, und schon gar kein Junkfood, aber außer Kaffee und Keksen hatte sie gestern keine Lebensmittel gekauft und daher einen Lieferservice bemühen müssen. In den Morgenstunden hatte sie wild und sehr erotisch geträumt, von einem muskulösen, aber gesichtslosen Liebhaber, der sie nach allen Regeln der Kunst in den siebten Himmel verfrachtet hatte. Sie war keuchend und mit einer Hand zwischen ihren Beinen aufgewacht, und immer noch sehr erregt. Also war sie mit ihrem wasserdichten Lieblingsvibrator unter die Dusche gestiegen und hatte sich ausgiebig selbst verwöhnt. Bei dem Gedanken daran schoss ihr gleich wieder die Farbe ins Gesicht. Was, wenn dieser Sky ein paar Minuten früher ins Bad gekommen wäre? Hastig stürzte sie zur Dusche und barg das kompromittierende Spielzeug, das sie griffbereit für den nächsten Einsatz zwischen Shampoo und Conditioner verstaut hatte. Am Ende hätte er mitmachen wollen, schlagartig bereit war der junge Mann bei ihrem Anblick ja gewesen. Vom allgemeinen Schock mal abgesehen, war es ein durchaus spektakuläres Schauspiel gewesen, wie sein Penis buchstäblich in Habachtstellung gesprungen war. Er musste wohl ein Nacktschläfer sein, der Textilien auf seinem Astralleib lästig fand, und wäre die Situation eine andere gewesen ... Nein, darüber wollte sie jetzt gar nicht nachdenken – weder über seine Schlafgewohnheiten noch über seine mutmaßlichen Fähigkeiten. Sie sollte schleunigst zusehen, dass sie sich zusammenriss, anzog und dann die Lage klärte, denn eine Wohngemeinschaft mit dem Enkel-Schnuckel kam definitiv nicht infrage. Moment, hatte sie gerade »Schnuckel« gedacht? Vielleicht sollte sie ihm anbieten, bei der Rosalynd-Ermordung gemeinsame Sache zu machen, denn ganz offensichtlich war neben all ihren anderen Problemen jetzt auch noch ihre geistige Unversehrtheit in Gefahr.

Zehn Minuten später hatte sie sich so weit gefasst, dass sie in die Küche gehen und sich dem attraktiven Problem stellen konnte.

»Kaffee?«, fragte er, als sie gerade die Schwelle überschritten hatte. Sie nickte und er goss ihr eine Tasse ein.

»Ich habe mich noch gar nicht vorgestellt«, sagte sie nach dem ersten Schluck. Er war heiß, stark und tiefschwarz – genau, wie sie ihn liebte. »Ich bin Robin. Robin Stewart. Und ich glaube, wir sollten uns duzen. Erstens bist du mindestens zehn Jahre jünger als ich, und zweitens hat mir deine Großmutter nach ungefähr drei Sekunden auch das Du angeboten.« Drittens haben wir uns nackt gesehen – doch das dachte sie nur.

»Wow, so viele zusammenhängende Worte nach nur einem Schluck Kaffee. Ich bin sehr beeindruckt.«

Sein leicht verlegenes Grinsen relativierte seinen ironischen Kommentar gleich wieder. Irgendwie fand sie das süß. Sein Blick glitt rasch über sie – sie hatte sich schnell in eine Jeans und einen weiten Pulli geworfen. Womöglich dachte er auch gerade an »drittens«. Da sie nichts sagte, sondern einen weiteren Schluck nahm, fuhr er fort: »Tut mir echt leid wegen vorhin. Ich hatte keine Ahnung, sonst wäre ich sicher nicht so ins Bad geplatzt. Auch wenn es streng genommen *mein* Bad ist.«

»Dieser Punkt ist noch offen. Aber dafür brauche ich noch mehr Koffein und Kalorien. Ah, ich sehe, du hast mein Shortbread entdeckt.« Sie setzte sich an den Küchentisch und schnappte sich einen Keks.

»Du bist niemals zehn Jahre älter als ich«, stellte er nach einer Weile fest. »Ich würde behaupten, dass wir gleich alt sind.«

Robin hob zweifelnd eine Braue und musterte ihn. Er war groß, schlank und recht gut gebaut, wie sie vorhin hatte sehen können – überall gut gebaut! –, aber sein Gesicht wirkte unglaublich jugendlich. Darüber konnten auch das kantige Kinn und der Dreitagebart nicht hinwegtäuschen. »Du bist niemals dreißig!«

»Stimmt. Ich bin dreiunddreißig. Aber du bist niemals vierzig!«

»Vierzig? Oh Gott, bitte erschieß mich auf der Stelle«, rief sie entsetzt. Wie konnte Babyface es wagen, diese böse Zahl in den Mund zu nehmen? Bis dahin waren es noch gut zwei Jahre, praktisch eine

Ewigkeit.

»Ich würde dich auf allerhöchstens zweiunddreißig schätzen«, behauptete er rasch – offenbar um Schadensbegrenzung bemüht. »Ich habe nur gerechnet. Du hast vorhin die These aufgestellt, dass ich mindestens zehn Jahre jünger bin als du, und dann bringst du die Dreißig ins Spiel ...« Er unterbrach sich, als sie nur den Kopf schüttelte. »Was willst du hören? Ich habe keine Ahnung, wie alt du bist, und es interessiert mich auch nicht. Ich finde dich heiß.« Er lief rot an, das hatte er offensichtlich nicht sagen wollen.

»Heiß genug, um mir die Wohnung zu überlassen?« Ihre Anwaltsinstinkte kamen gerade in Gang, doch sie wollte ihn nicht gleich verschrecken, und so klimperte sie kokett mit den Wimpern.

»Äh ... Nein.«

»Nein?«

»Nein. Ich habe im Moment keine anderen Optionen«, entgegnete er knapp.

»Ich auch nicht«, behauptete sie. »Und ich habe die älteren Rechte. Ich bin gestern Mittag eingezogen und du erst irgendwann in der Nacht.«

»Ältere Rechte? Sorry, aber als Enkel ...«

»Ich bin Anwältin«, fuhr sie ihm ins Enkel-Lamento. Gleich mal für klare Fronten sorgen.

Er starrte sie entsetzt an. »Und ich bin am Arsch«, murmelte er dann.

»Was hast du gegen Anwälte?«, wollte sie wissen.

»Noch kein gutes Mittel!« Er fuhr sich mit beiden

Händen durch seine dunkelblonden Haare, so dass sie wirr abstanden. Er wirkte resigniert und fast eine Spur verzweifelt. »Die Anwälte, mit denen ich in der letzten Zeit zu tun hatte, sind allesamt intrigante Halsabschneider.« Er dachte mit einem Schaudern an die Abwicklung seiner Stiftung.

»Echt? Klingt interessant. Mach mich doch mit ihnen bekannt, damit ich ihnen einen Job anbieten kann.« Sie grinste ihn breit an. »Keine Sorge, ich bin hier nicht der Feind.«

»Stimmt. Der wohnt im Erdgeschoss und bekommt gleich Besuch von mir.«

»Von uns«, beharrte sie. »Ich bin ja auch betroffen – falls es dir nicht aufgefallen sein sollte.«

»Wie könnte ich das jemals vergessen ...« Noch einmal mussten die knapp kinnlangen Haare dran glauben. Er trank noch einen Schluck Kaffee, dann hellte sich sein Gesicht auf. Offensichtlich hatte er eine Eingebung oder einen Geistesblitz. »Du kannst hier auf keinen Fall wohnen bleiben!«

»Und warum nicht?«, fragte sie milde interessiert.

»Weil die Wohnung schon vergeben ist – also nicht die ganze Wohnung, aber dein Zimmer.«

»Ich kann nicht ganz folgen.«

»Letzte Woche habe ich mit der Vormieterin vereinbart, dass ich mit deren Schwägerin hier eine Wohngemeinschaft gründe.« Er machte eine entschuldigende Handbewegung und zuckte mit den Schultern. »Du siehst also, da ist nichts zu machen. Tut mir echt leid.«

»Soso, die Schwägerin der Vormieterin also.« Ein leichtes Lächeln stahl sich auf ihr Gesicht. »Dann haben wir gleich einen weiteren gemeinsamen Feind. Nach Rosalynd sollten wir uns Luci vorknöpfen.«

»Du kennst Luci?« Sky klang mehr als überrascht. Fast schon geschockt.

»Kann man so sagen. Ich bin die Schwester ihres Verlobten.«

»Auf unsere Wohngemeinschaft!« Sky prostete Robin mit einem Glas Rotwein zu. Sie saßen mit einer riesigen Salami-Pizza am Küchentisch und grinsten sich resigniert an. Sämtliche Interventionsversuche bei Rosalynd bezüglich der Wohnung waren fruchtlos geblieben. Seine Großmutter hatte nur mit den Schultern gezuckt und ihnen einen Joint, quasi als Friedenspfeife, angeboten, was sowohl Robin als auch er abgelehnt hatten. Warum genau Robin darauf beharrte, unbedingt ebenfalls in der Wohnung zu bleiben, wurde ihm zwar immer schleierhafter – schließlich konnte sie sich ganz andere Möglichkeiten leisten –, aber da es nun mal so war und er keine weiteren Optionen hatte, wollten sie den WG-Versuch wagen.

»Auf unsere Wohngemeinschaft«, erwiderte sie kichernd und trank einen Schluck. Sie wirkte sehr aufgekratzt, seit sie mit der Pizza zurückgekommen war.

»Warst du noch mal bei meiner Nana?«, fragte er. Die Pizzeria war direkt nebenan, und bei ihrem Verhalten drängte sich ein Verdacht auf.

»Wieso?«

»Weil ich den Eindruck habe, dass du nun doch ein paar Züge von der ›Friedenspfeife‹ genommen hast.« Er griff sich ein Stück Pizza und biss hinein.

»Nein, die Dröhnung von gestern hat mir schon gereicht«, entgegnete sie fröhlich. »Ich finde die ganze Situation nur derart absurd, dass ich gar nicht anders kann, als zu lachen. Ich meine, ich bin siebenunddreißig und habe noch nie in einer WG gewohnt. Wenn ich's genau bedenke, habe ich noch nicht mal mit jemandem zusammengelebt.« Sie sah ihn aus unergründlich schimmernden grünen Augen an. »Du kannst dich also auf einiges gefasst machen.«

»Ich hab auch noch nie mit jemandem zusammengelebt«, stellte er zögernd und mit einem leicht verwunderten Kopfschütteln fest. »Wenn man vom Internat mal absieht ...« In Äthiopien hatte er in einer winzigen Hütte neben dem Container gewohnt, in dem das Stiftungsbüro untergebracht war, Senait in einem größerem Haus mit einigen anderen Mitarbeitern der Stiftung. Ihre Beziehung hatten sie äußerst diskret ausgelebt – angeblich, um das Ehrgefühl der tiefgläubigen Dorfbewohner nicht zu verletzen. Haha. Doch darüber wollte er im Moment nicht weiter nachdenken. Vielmehr wunderte es ihn, dass auch Robin in ihrem Leben offensichtlich noch keine ernsthafte Beziehung gehabt hatte. Zumindest keine, die ernsthaft genug gewesen wäre, um Tisch und Bett miteinander zu teilen.

»Internat zählt nicht«, entgegnete sie nun. »Das hab ich auch hinter mir. Aber selbst während des Studiums habe ich alleine gelebt, und später sowieso. Das ist also eine echte Premiere. Müssen wir uns jetzt über Dinge wie offene Zahnpastatuben streiten?«

»Keine Ahnung. Teilen wir uns denn eine Zahnpastatube?«

»Damit könnte ich leben. Aber wehe, du bedienst dich an meiner Nachtcreme. Da kostet eine Dose hundertfünfzig Pfund, also gute zweihundert Dollar«, schmatzte sie und schnippte etwas Käse vom Finger. »Gott, ist die lecker. Ich werde so fürchterlich fett werden, wenn ich nicht bald meine Ernährung in den Griff kriege.«

»Du zahlst zweihundert Dollar für Creme? Sprechen wir über ein Fass, oder wie viel ist da drin?« Er starrte sie fassungslos an.

»Glaubst du, das bleibt von alleine so, wie es ist?«, fragte sie erstaunt und deutete auf ihr Gesicht. »Wenn ich Botox und Hyaluronsäure noch ein bisschen hinauszögern will, muss ich schon etwas schwerere Geschütze auffahren als nur Wasser und Seife.« Sie biss erneut herzhaft von ihrem Pizzastück ab und schloss genießerisch die Augen.

»Weißt du, was man mit zweihundert Dollar in Äthiopien alles machen könnte?«

»Keine Ahnung, ich nehme an, eine ganze Menge. Aber was hat das mit meinem Gesicht und unserer WG zu tun?«

»Nichts Grundlegendes, aber ...«

»Aber was? Es ist allein meine Sache, wofür ich mein Geld ausgebe, doch falls es dich beruhigt, ich spende auch regelmäßig an diverse Wohltätigkeitsorganisationen.«

»Um dein schlechtes Gewissen zu betäuben«, mutmaßte er leise brummend. Aus irgendeinem Grund war er plötzlich maßlos enttäuscht von seiner neuen Mitbewohnerin. Sie hatte ihm erzählt, dass sie Anwältin war und derzeit eine Art Auszeit machte und daher nur stundenweise in der Kanzlei ihres jüngeren Bruders aushalf. Es war offensichtlich, dass mehr hinter der Geschichte steckte, doch sie hatte nichts weiter erzählt und er hatte nicht gefragt. Schließlich gab es auch in seinem Leben Dinge, die er lieber verschwieg, weshalb er ihr auch nur in ganz groben Zügen von seiner Stiftung in Äthiopien berichtet hatte. Im Laufe des Tages war er zu dem Schluss gekommen, dass sie trotz ihres Berufs und ihres unübersehbaren Wohlstands – allein die Designerschuhe im Flur könnten Schulmaterial und einen Lehrer für ein Jahr finanzieren – ganz in Ordnung war. Die Sache mit der Creme und ihrer lapidar hingeworfenen Spendenbemerkung stieß ihm jedoch richtig sauer auf. Ganz offensichtlich war Robin Stewart eine durch und durch oberflächliche Person.

»Um mein schlechtes Gewissen zu betäuben?« Sie sah ihn mit einem irritierten Stirnrunzeln an. »Aber sonst läuft bei dir alles rund zwischen den Ohren?«

Er gab nur ein verächtliches Geräusch von sich und legte das angebissene Stück Pizza zurück auf den Teller. Der Appetit war ihm nun auch vergangen.

»Ich hab schon kapiert, dass du ein wahrer Menschenfreund bist und durch deine Arbeit moralisch weit über so kläglichen Würmern wie mir stehst, aber vergiss nicht, dass die Bewunderung dieser kläglichen Würmer für Philanthropen wie dich die ganze Charity-Industrie überhaupt am Laufen hält.« Auch sie legte ihr Pizzastück ab und verschränkte verärgert die Arme vor der Brust. »Wenn diese Wohngemeinschaft funktionieren soll, müssen wir wohl oder übel ein paar Regeln aufstellen, die über Zahnpastatuben hinausgehen.«

Alte Wunden, neue Herausforderungen

21. April, San Francisco

»Diese Nebelsuppe erinnert mich an zu Hause«, keuchte Robin, als sie am Samstagvormittag neben Ian am Ocean Beach entlangjoggte. Sie lief gerne, aber das Terrain in San Francisco war durch die Hügellage ziemlich anspruchsvoll, und so ehrgeizig war sie dann auch wieder nicht. Aber am Strand ging es gut, auch wenn die Sicht gefühlt nur zwei Handbreit weit reichte.

»Ja, das ist manchmal ziemlich krass hier«, entgegnete ihr Bruder mit einem Grinsen und ohne die geringste Anstrengung. »Vor einem knappen Jahr habe ich hier bei genau so einem Wetter Luci kennengelernt«, berichtete er.

Robin beneidete ihn darum, dass er so verliebt klang. Die Geschichte, wie Bluthund Drake Ian über den Haufen gerannt hatte und es so zur ersten

Begegnung zwischen ihm und Luci gekommen war, würde bestimmt eine Familienlegende werden. Genau wie die Kennenlerngeschichte ihrer Eltern. Der Terrierrüde ihrer Mutter hatte die Hündin des Vaters beglückt – und in dem hitzigen Wortgefecht darüber waren sich nicht nur die beiden Tiere, sondern auch die Menschen nähergekommen. Ein knappes Jahr später war dann Robin zur Welt gekommen – und die fünf jungen Hunde aus der tierischen Mesalliance waren ihre liebsten Kindheitsgefährten geworden. Sie hatte die Geschichte geliebt und sie sich von ihren Eltern wieder und wieder erzählen lassen. Ganz bestimmt würde es dem Baby von Luci und Ian genauso gehen. Sie seufzte. In Spuckweite zur bösen Vierzig musste sie sich eingestehen, dass sie noch nie einen Mann auf so spektakuläre Weise getroffen hatte, dass es für einen Kennenlern-Mythos gereicht hätte. Thomas war sie auf einer eher langweiligen Dinnerparty bei einer Bekannten begegnet, aber Tom war ohnehin längst Geschichte.

»Was ist los, Schwesterherz?«, erkundigte sich Ian, dem wohl aufgefallen war, dass ihr Keuchen von allerhand Seufzern unterbrochen wurde. »Bin ich dir zu schnell?«

»Mir zu schnell? Wovon träumst du nachts?« Niemals würde sie zugeben, dass sie schon ziemlich am Limit lief.

»Was ist dann?«

»Ach nichts!«, schnaubte sie verärgert und blieb dann abrupt stehen, stützte ihre Hände auf den

Oberschenkeln ab und rang nach Luft. Sie war einfach nicht mehr so gut in Form wie früher.

»Nichts?« Ian hatte sich umgedreht und musterte sie nun halb besorgt, halb interessiert.

Sie winkte ab. »Es ist wirklich nichts. Ich hab mir nur gerade gedacht, dass alle glücklichen Paare, die ich kenne, irgendeine besondere Story haben. Meine beste Freundin Chiara hat ihren Mann damals im Flugzeug kennengelernt, als sie versehentlich Rotwein über ihn gegossen hat. Denk nur an die Geschichte von Mum und Dad oder eben an deine und Lucis erste Begegnung.« Sie hoffte, dass sie nicht so neidvoll klang, wie sie sich fühlte. »Selbst die obercoole Kendra schwärmt davon, wie sie ihren Derek als gegnerischen Mandanten getroffen hat. Das sind alles Geschichten, die man noch seinen Enkelkindern erzählen kann.« Oder frustrierten, alleinstehenden Familienmitgliedern, die dann vor Neid zerfließen, fügte sie in Gedanken noch hinzu.

»Oh weh ...« Er kam einen Schritt näher und zog sie in seine Arme. »Dann hast du den Richtigen einfach noch nicht getroffen«, sagte er tröstend.

Seit wann war ihr kleiner Bruder so empathisch?, fragte sich Robin. Und seit wann war sie so schwach? Es fühlte sich gut an, von so viel solider Männlichkeit in den Arm genommen zu werden, selbst wenn sie zum eigenen Bruder gehörte.

»Du hast eine echt blöde Zeit hinter dir, Sis, aber manchmal lauert die Liebe an den unwahrscheinlichsten Orten. Halte einfach die Augen offen«, murmelte er in ihr Haar. »Wie läuft's eigentlich in deiner WG? Wäre dieser Sky nichts für dich? Luci behauptet, er sei ›süß‹.«

»Luci findet ja auch Drake süß, wenn er sich in Schlick oder feuchtem Sand gewälzt hat«, entgegnete Robin und machte sich von Ian los. Wie aufs Stichwort kam der Bluthund auf sie zugetrabt. Luci war heute mit Kendra in deren Hochzeitsangelegenheiten unterwegs, weshalb Drake mit ihnen am Strand unterwegs war.

»Also ist er kein Kandidat?«

»Wer? Drake?« Robin musste unwillkürlich lachen, als der große Hund sich umständlich am Ohr kratzte.

»Du musst mich nicht absichtlich falsch verstehen, ich spreche von deinem Mitbewohner.«

Robin dachte an ihre erste Begegnung mit Sky zurück – beide splitternackt im Bad. Das wäre in der Tat eine Geschichte, die das Zeug zur Legende hätte, doch sonst lief nichts zwischen ihnen. »Sky und ich sind nur Freunde«, gab sie daher zurück und musste zu ihrem Erstaunen feststellen, dass es stimmte. Sie hatte keine Ahnung, wann genau es passiert war, aber irgendwie hatten sie sich in den letzten paar Wochen angefreundet.

»Freunde?« Ian klang nicht überzeugt. »Das sagen alle. Wenigstens Freunde mit Extras?«

»Du meinst Sex?« Er nickte und sie fuhr empört fort: »Ich werde ganz bestimmt nicht mit meinem kleinen Bruder mein Sexleben diskutieren! Aber um deine Frage zu beantworten: nein, keine Extras. Einfach nur Freunde.«

»Na dann ...« Er zwinkerte ihr verschwörerisch zu. »Dann hast du ja noch Energie für zwei, drei weitere Kilometer.« Er pfiff nach Drake, der sich gerade wieder aus dem Staub machen wollte, und lief los.

Der Nebel am Strand lichtete sich etwas – und auch der über Robins Gemüt. Das Laufen tat gut und sie sinnierte über die letzten Wochen. Auch wenn sie es niemals für möglich gehalten hätte, inzwischen genoss sie es beinahe, nicht mehr ganz so viel zu arbeiten. Letzte Woche war sie nur an drei Vormittagen in der Kanzlei gewesen und hatte sich die restliche Zeit einfach treiben lassen. Wobei, ganz stimmte das auch nicht. Zum einen hielt Rosalynd sie und Sky ordentlich auf Trab – es verging fast kein Tag, ohne dass die alte Dame irgendeine Bitte an einen von ihnen oder alle beide herantrug –, zum anderen hatte sie ihre Leidenschaft fürs Stricken wiederentdeckt. Während ihrer Internatszeit hatte sie gerne und viel gestrickt – Pullover, Jacken, Mützen und Schals –, doch während der letzten zwanzig Jahre hatte sie noch nicht einmal mehr an Wolle gedacht. Ende letzter Woche hatte sie jedoch einen zauberhaften kleinen Handarbeitsladen entdeckt und war wie hypnotisiert in diese Welt aus weichen, bunten Garnen und fantastischen Stoffen eingetreten. Eine Stunde später hatte sie zwei Tüten voller »Beute« nach Hause getragen und gleich darauf mit dem Stricken begonnen. Zum Einstieg hatte sie sich Babyschühchen vorgenommen, inzwischen war sie mit einer Decke zugange, unter der wohl nicht nur Johnson-Stewart junior Platz fände, sondern auch noch seine Eltern und Hund Drake. Klarer Fall von Übersprungshandlung, dachte sie.

Was das WG-Leben betraf – das lief erstaunlich unkompliziert. Sie hatten nach der »Cremetopf-Krise« am ersten Abend tatsächlich noch einige Regeln aufgestellt, diese inzwischen aber alle gebrochen. Trotzdem arrangierten sie sich immer besser miteinander. Robin musste zugeben, dass sie es angenehm fand, nicht allein in dieser immer noch ein wenig fremden Stadt zu leben. Die Tage, an denen Sky zum Arbeiten in Los Angeles war, empfand sie als seltsam leer. Sie unternahmen gar nicht viel zusammen, wenn man von den Rosalynd-Jobs und zwei gemeinsamen Kinobesuchen mal absah, aber es war schön, jemanden zum Reden zu haben, wenn die Gedanken rausmussten. Oder auch nur zum Essen oder Trinken.

Wobei Robin zugeben musste, dass Sky ein wirklich sehr guter Gesprächspartner war. Er hatte einiges auf dem Kasten, war weitgereist und hatte interessante Ansichten zu vielen Themen. Außerdem verbarg er ein Geheimnis vor ihr. Da war sie sich inzwischen sehr sicher. Immer wenn die Sprache auf seine jüngere Vergangenheit kam, blockte er ab. Genau wie sie, wenn er sie fragte, warum genau sie denn nach San Francisco gekommen war.

Warum wollte sie ihm das nicht erzählen? Weil sie sich schämte? Weil sie nicht wollte, dass auch er schlecht von ihr dachte? Oder weil sie am liebsten selbst nicht mehr daran denken wollte? Sie wusste es nicht, ahnte aber, dass seine Geschichte ähnlich unangenehm war. Vielleicht war es an der Zeit für ein wenig mehr Offenheit?

»Was sind deine Pläne für heute?«, riss Ian sie schließlich aus ihren Gedanken.

»Ähm ...« Sie sah sich um. Sie hatte gar nicht so recht mitbekommen, dass sie offenbar eine große Schleife gelaufen und jetzt wieder in der Nähe des Parkplatzes angelangt waren. »Keine Ahnung«, sagte sie und begann mit einigen Dehnübungen. »Warum?«

»Weil ...« Er unterbrach sich und beobachtete kritisch ihre Verrenkungen. »Wenn du so weitermachst, verletzt du dich noch. Ich könnte dir ein paar Yogaübungen zeigen, die deine Muskeln viel sanfter und gleichzeitig intensiver dehnen.«

»Was habt ihr nur alle mit Yoga?« Sie stemmte ihre Hände in die Hüften und fixierte ihren Bruder aus schmalen Augenschlitzen. Hier in Kalifornien machte offensichtlich jeder Yoga, und in San Francisco gab es gefühlt mehr Yogastudios als Lebensmittelläden.

»Es tut einfach gut, aber das predige ich dir ja schon seit Jahren.« Er grinste und hob dann aufreizend den Saum seines Laufshirts hoch. »Woher kommen wohl diese Muskeln?«

»Von einem guten Chirurgen?« Sie verdrehte die Augen, auch wenn sie insgeheim zugeben musste, dass ihr Bruder verdammt gut in Form war. So einen hübsch definierten Oberkörper hatte sie länger nicht mehr gesehen. Wobei, doch – erst vor ein paar Wochen in ihrem Badezimmer ... Energisch verdrängte sie die Gedanken an den nackten Sky wieder, ehe sie in der Erinnerung tiefer gleiten konnte, zu anderen hübsch definierten Körperteilen.

»Vom Yoga!«, beteuerte er. »Du solltest es wirklich mal probieren.«

»Meine Vermieterin nervt mich jeden Tag damit. Nebenan ist das Yogastudio von einer ihrer zahlreichen Freundinnen, in dem die Mieter kostenlos trainieren können. Halt, nein, ›Training‹ ist es ja keines, eher die ›Synchronisation von Körper, Geist und Seele‹. Meine Fresse, wenn ich sowas schon höre ...« Sie schüttelte den Kopf.

»Ich weiß, Luci geht da immer noch voller Begeisterung hin und hat mich auch ab und an mitgeschleppt. Gracie hat aber wirklich tolle Stunden und bietet an den Wochenenden obendrein interessante Workshops aller Art an. Probier's doch mal aus, was hast du zu verlieren?«

»Meine Würde und meine Individualität? Ehrlich, ich habe keine Lust, zu einem Mainstream-Lemming zu werden, der jedem Trend hinterherhechelt. Aber zurück zu deiner Ausgangsfrage, was meine Pläne für heute sind: Bisher gibt es keine nennenswerten, aber vermutlich hat Rosalynd wieder irgendwelche Wünsche, die ich ihr nur schwer abschlagen kann.«

»Mainstream-Lemming ...«, murmelte Ian amüsiert. »Ich wollte vorhin aber nur fragen, ob du nicht mal wieder zum Essen kommen magst. Du kannst auch gerne deinen Freund mitbringen.«

»Er ist nicht mein Freund, er ist *ein* Freund!«, beharrte Robin. »Ich komme sehr gerne mal wieder, und vielleicht bringe ich dann auch Sky mit, aber nicht heute.« Sie wusste selbst nicht, warum sie die Einladung ihres Bruders ausschlug. Möglicherweise, weil sie sich vorgenommen hatte, heute noch hinter Skys dunkles Geheimnis zu kommen?

»Wie du willst, du bist jedenfalls jederzeit herzlich willkommen bei uns.« Ian leinte Drake an und legte seiner Schwester eine Hand auf die Schulter. »Ich will wirklich, dass es dir gutgeht, und ich könnte es verstehen, wenn dir unser Baby Probleme bereitet, aber wir sind deine Familie ...«

»Wieso sollte mir euer Baby Probleme bereiten?«, unterbrach sie ihn mit einem sehr irritierten Stirnrunzeln.

»Na ja, wegen der Sache damals«, druckste er herum und schien sich plötzlich recht unwohl in seiner Haut zu fühlen. Sein Blick glitt zu Robins zarter Goldkette mit dem kleinen Vögelchen an ihrem Hals.

»Du weißt davon?«, fragte sie schockiert und griff unwillkürlich nach dem Anhänger, den sie so gut wie nie ablegte.

»Natürlich weiß ich davon. Ich bin dein Bruder und ...«

»Wir haben nie darüber geredet. Damals warst du noch ein Kind ...« Sie schüttelte unwillig den Kopf. Das durfte ja alles nicht wahr sein. »Hast du es Luci erzählt?«, wollte sie wissen.

»Nein.«

»Gut. Dann lass es bitte. Und um deine ursprüngliche Frage zu beantworten: Ich habe überhaupt kein Problem damit, dass du und Luci bald Nachwuchs bekommt. Ganz im Gegenteil – ich freue mich wahnsinnig auf meine erste Nichte oder meinen ersten Neffen.« Sie sah ihren Bruder eindringlich an und hoffte, dass der Wahrheitsgehalt ihrer Aussage auch bei ihm ankam.

»Okay«, entgegnete er erleichtert. »Da bin ich sehr froh.«

Robin hatte gerade das Haus betreten, als die Tür der Erdgeschoss-Wohnung aufflog und Rosalynds weißgelockter Kopf auftauchte. »Da bist du ja endlich«, sagte die alte Dame in einem beinah vorwurfsvollen Tonfall.

»Waren wir verabredet?«, erkundigte sich Robin irritiert.

»Nein, aber ich muss dringend mit euch reden, also komm rein.«

»Darf ich erst mal rasch duschen? Ich bin völlig verschwitzt.«

»Das kannst du später machen.«

»Bist du krank? Brauchst du Hilfe?« Robins Verwunderung schlug in Sorge um. Andererseits wirkte Rosalynd ganz fidel.

»Nicht kränker als gestern und letzte Woche«, winkte sie auch prompt ab. »Nun hör schon auf zu diskutieren und komm endlich rein.«

Resigniert betrat Robin die Wohnung ihrer Vermieterin, die ihr inzwischen so vertraut war wie ihr eigenes Reich unterm Dach. Das hätte sie sich auch nicht träumen lassen, dass sie einmal eine knapp achtzigjährige Frau und ihren dreiunddreißigjährigen Enkel zu ihren engsten Freunden zählen würde. Der Enkel saß bereits in der Küche – mit einer Tasse Kaffee vor sich und einem düsteren Gesichtsausdruck. Also waren Rosalynds Ankündigungen doch besorgniserregend.

»Setz dich«, bat die alte Frau und stellte Robin gleich darauf eine Tasse Kaffee vor die Nase. »Willst du auch Wasser trinken?«

»Gerne. Noch lieber würde ich zwar duschen, aber das ist wohl im Moment keine Option.« Sie warf Sky einen fragenden Blick zu, doch der schüttelte nur den Kopf. Sollte wohl heißen, dass auch er keine Ahnung hatte, worum es ging.

Rosalynd reichte Robin eine Flasche Wasser, stellte dann eine Platte mit frisch gebackenen Muffins auf den Tisch und nahm selbst Platz. »Bedient euch«, forderte sie ihre Gäste auf.

»Willst du nicht endlich mal mit der Sprache rausrücken?«

»Nicht auf nüchternen Magen, also esst was.«

»Aber ungeduscht ist kein Problem ...«, raunte Robin Sky zu und grinste. Das alles hier war schon wieder so herrlich absurd. Zu Hause in Edinburgh hätte sie sich niemals so vereinnahmen lassen, doch seltsamerweise störte sie sich hier kein bisschen daran.

Dann saß sie eben in müffelnden Laufklamotten in der Küche ihrer exzentrischen Vermieterin – es war ja nicht so, dass sie heute noch etwas Dringendes vorhatte. Sie nahm sich einen der noch warmen Muffins und biss genüsslich hinein. Schokolade-Banane – köstlich.

»Sky, hör auf, Robin auf den Busen zu starren«, tadelte Rosalynd amüsiert und Robin öffnete die Augen, die sie genießerisch geschlossen hatte.

Sky sah ertappt zur Seite. Wurden seine Wangen etwa rot? Das fand Robin schon fast wieder niedlich – und aus irgendeinem Grund auch schmeichelhaft. Sie trug eine wadenlange Laufhose, ein knappes, enges Top und eine Laufjacke, die sie allerdings geöffnet hatte. Außerdem klebte ein Schokoladenbröckchen vom Muffin in ihrem Dekolleté. Nonchalant schnippte sie es weg und grinste Sky breit an. Der wurde noch eine Nuance röter.

»Ich brauche eure Hilfe«, unterbrach Rosalynd den kleinen Flirt und fuhr, als sie sich ihrer ungeteilten Aufmerksamkeit sicher war, fort: »Wie ihr wisst, ist Bruce letzte Woche ausgezogen, und ich hab den Eindruck, dass auch Tim und Marie aus der zweiten Etage nicht mehr lange bleiben werden. Sie hat ja diesen Job in New York angenommen und es scheint gut zu laufen, und da nehme ich an, dass er bald ebenfalls fest an die Ostküste ziehen wird. Über kurz oder lang wird das Haus hier also leer sein und ich überlege, was ich damit anstellen werde.«

»Willst du die Wohnungen nicht einfach wieder neu vermieten?«, fragte Robin verwundert.

»Nicht im klassischen Sinn. Ich hatte immer großes Glück mit meinen Mietern, aber ich habe auch immer einen sehr großen Aufwand dabei betrieben, mir die richtigen Leute zu suchen. Dafür fühle ich mich jetzt aber langsam zu alt. Stattdessen habe ich mir überlegt, eine Art Boarding House zu eröffnen.«

»Du fühlst dich zu alt für normale Mieter und willst stattdessen ein Hotel haben?« Sky starrte seine Großmutter ungläubig an. »Hast du zu viel geraucht oder wie bist du auf diese Absonderlichkeit gekommen?«

»Nicht frech werden, junger Mann! Ich habe mir das sehr genau überlegt und ich will auch kein ›Hotel‹ eröffnen, das wäre ja auch vollkommen absurd. Nein, es soll Wohnraum auf Zeit für besondere Menschen werden.«

»Klar, mit Ferienwohnungen lässt sich ja eine Menge Geld verdienen, vor allem in dieser Lage«, stimmte Robin ein. »Das dürfte die reinste Gelddruckmaschine werden. Allerdings weiß ich nicht, wie hier die rechtliche Situation ist, denn viele Kommunen gehen gegen die Flut an Ferienwohnungen vor, weil die dann auf dem normalen Wohnungsmarkt fehlen. Aber da kann ich mich gerne erkundigen und bestimmt ein Schlupfloch finden. Was ist?«, fragte sie, als sie Skys beinahe feindseligen Gesichtsausdruck sah. »Ich finde, das ist eine großartige Idee.«

»Ich finde, dass das eine absolut idiotische Idee ist!«, grollte er. »Dir scheint es ja immer nur ums Geld und um Gewinnmaximierung zu gehen. Das finde ich per se schon mal problematisch. Außerdem gibt es mit Ferienwohnungen doch immer Ärger – die Leute kommen für ein paar Tage und hausen wie die Wilden oder feiern endlose Partys. Das gibt doch nur Stress für die Nachbarn – und besonders für den Vermieter.«

»Nicht wenn die Vermietung über gute Portale läuft. Es gibt Organisationen, die sich auf eine ganz bestimmte Klientel spezialisiert haben. Menschen mit Geld und Stil, die aber individuell urlauben wollen und nicht in einem Hotel. Denen muss man natürlich auch einiges bieten, aber ...«

»Menschen mit Stil und Geld sind meiner Erfahrung nach die allerschlimmsten!«, unterbrach er sie ärgerlich. »Das ist eine absolute Schnapsidee! Hast du ihr das eingeredet?«

»Ich hab niemandem etwas eingeredet, und wie kommst du überhaupt dazu, mich derart anzumachen?«, fauchte Robin zurück.

»Jetzt hört aber mal auf!«, fuhr Rosalynd in erstaunlich scharfem Tonfall dazwischen. »Ihr macht euch gerade beide ziemlich lächerlich. Wollt ihr nicht erst einmal meine Pläne hören?«

Die Idee von Rosalynd Forrester war – wie mutmaßlich fast alles in ihrem Leben – ausgefallen, aber wohl durchdacht. Von Grace Turner, ihrer Yogastudio-Freundin, hatte Rosalynd von einer

Stiftung gehört, die kreative Geister – Künstler, aber auch Start-up-Unternehmer und innovative Wissenschaftler – unterstützte. Sei es mit Geldern, sei es mit Auftritts- oder Präsentationsmöglichkeiten, sei es mit Kontakten oder günstigem Wohnraum. Weil sie das toll fand, hatte sie sich prompt als »Patin« bei der Stiftung beworben und beschlossen, mindestens eine Wohnung zur Verfügung zu stellen. Als Pate hatte man die Möglichkeit, sich seinen Schützling selbst auszusuchen, und sie hatte bereits ein schwedisches Paar ins Visier genommen. Er war Dokumentarfilmer und sie Drehbuchautorin, doch beide wollten in einer Art Auszeit neue Projekte in Angriff nehmen. Sie wollte ihren ersten Roman schreiben und er einen Film über Immigranten in San Francisco drehen.

»Klingt spannend«, befand Robin, als Rosalynd rotwangig vor Begeisterung ihren Bericht beendet hatte. Sie hoffte, dass sie einigermaßen enthusiastisch wirkte, denn ihre Vermieterin war offensichtlich Feuer und Flamme für das Projekt. Zugegeben, es hörte sich toll an – in ihren Ohren viel zu gut, um wahr zu sein. »Was ist die Gegenleistung?«, wollte sie wissen.

»Welche Gegenleistung?«, fragten sie Rosalynd und Sky unisono und sahen sie mit identischer Verständnislosigkeit an.

»Na, es ist doch schön und gut, wenn du die beiden kostenlos in deiner Wohnung leben lässt, damit sie sich in Ruhe auf ihre – meiner unwesentlichen

Meinung nach – mutmaßlich erfolglosen Projekte konzentrieren können. Aber dafür musst du doch irgendeinen Profit erwarten. Vielleicht eine Umsatzbeteiligung bei den Tantiemen oder sowas in der Art.«

»Nein, natürlich nicht! Das würde doch das grundlegende Prinzip dieses Konzeptes ad absurdum führen. Sinn der Sache ist, dass ich diese Menschen dabei unterstütze, ihre Träume zu verwirklichen. Selbstverständlich ganz ohne Gegenleistung.« Rosalynd musterte Robin mit einem merkwürdigen Blick, in dem sich Unverständnis und Mitleid die Waage hielten.

»Aber warum?« Robin hatte den fast unwiderstehlichen Impuls, die alte Frau zu schütteln und ihr wenigstens ein bisschen Verstand in den Kopf zu pusten. So naiv konnte man doch gar nicht sein, oder?

»Weil es die Welt zu einem besseren Ort macht. Weil es im Leben nicht immer nur um Leistung und Gegenleistung geht. Weil man Kreativität fördern und unterstützen muss. Aber vor allem: weil ich es möchte!« Rosalynd lächelte versonnen. »Weißt du, ich bin in der glücklichen Lage, dass ich mir um Geld keine Sorgen machen muss, aber vielen Menschen geht es nicht so gut. Da ist es doch nur legitim, etwas davon abzugeben. Und weil ich nicht viel davon halte, einfach anonym Geld zu spenden, sondern lieber selbst etwas tue, habe ich mich für diesen Weg entschieden. Es ist wirklich unglaublich befriedigend

– solltest du vielleicht auch einmal ausprobieren.«

Robin öffnete den Mund, schluckte ihre Antwort dann aber wieder hinunter. Auch wenn sie es persönlich überhaupt nicht nachvollziehen konnte, irgendwie fand sie Rosalynds Verhalten bewundernswert.

»Klar, dass du das nicht verstehen kannst. In deiner Welt besteht doch alles nur aus Gewinnmaximierung.« Skys blaue Augen waren dunkel umwölkt und starrten sie missmutig an.

»Was weißt du naiver Sozialromantiker schon von meiner Welt?«, blaffte sie ihn an. Sie hatte es langsam satt, dass er sie regelmäßig als kaltschnäuzige Großkapitalistin hinstellte – auch wenn im Ansatz etwas dran war an dem Vorwurf. Vielleicht sogar mehr als nur im Ansatz, doch das war schließlich ihrem Beruf geschuldet und ganz sicher nicht verwerflich, oder?

»Ich weiß, dass du als Wirtschaftsanwältin dafür sorgst, dass reiche Menschen noch reicher werden«, begann er.

»Und das ist ein Charakterfehler?«

»Ja, wenn es auf Kosten anderer geht. Und es geht immer auf Kosten anderer. Auf Kosten der ärmeren, schwächeren, weniger privilegierten Menschen nämlich. Das gilt im Kleinen wie im Großen. Ja, das halte ich für einen Charakterfehler.«

»Gott, was für eine Schwarz-Weiß-Malerei«, stöhnte sie genervt. »Ich bin die Böse, weil ich Unternehmen bei Rechtsstreitigkeiten helfe, und ihr seid die Guten, weil ihr Entwicklungshilfe betreibt und mittellose Künstler unterstützt. Und da gibt's keinen Platz für Zwischentöne, was? Bravo.«

»Ehrlich gesagt habe ich keine Ahnung, warum ihr euch streitet«, ging Rosalynd milde lächelnd dazwischen. »Aber das könnt ihr bitte woanders klären, ich will mir meine gute Laune nicht verderben lassen.«

»Sorry, Nana«, murmelte Sky zerknirscht, doch seine Augen funkelten immer noch wütend.

»Tut mir leid, Rosalynd«, bat auch Robin um Verzeihung. »Du hast uns sicher nicht zu dir gebeten, um uns beim Streiten zuzuhören, oder auch nur, um uns von deinen Plänen in Kenntnis zu setzen. Du willst doch etwas, oder?« So großherzig und großzügig sich ihre Vermieterin auch gerne gab – ganz besonders bei dem neuen Projekt –, völlig ohne Hintergedanken war die alte Dame selten. Das nahm Robin ihr einfach nicht ab. Rosalynd machte nichts mehr Freude, als Strippen zu ziehen.

»Schon wieder so eine Unterstellung«, begann Sky prompt, wurde jedoch von seiner Großmutter mit einer ungeduldigen Handbewegung zum Schweigen gebracht.

»Ich möchte, dass ihr die Wohnung einrichtet«, kündigte sie mit einem breiten Lächeln an.

»Die Wohnung einrichten?«, wiederholte Robin. Sie hatte mit einigem gerechnet, aber nicht damit.

»Ja, nicht nur einrichten, sondern auch renovieren. Das kann Sky alleine machen, aber ich fände es schön, wenn du ihn in ästhetischen Fragen berätst. Das Apartment soll nämlich nicht nur zweckmäßig, sondern auch schön werden. Die beiden werden dort mindestens ein halbes Jahr lang leben, und da sollten sie ein echtes Zuhause bekommen – das Budget stelle ich natürlich zur Verfügung.«

Sky nickte schmallippig und Robin schloss ihren vor Überraschung geöffneten Mund wieder. Das war ja mal eine Ansage.

»Und weil es schnell gehen soll, wollte ich keine Zeit mehr verlieren, bevor ich euch informiere.«

»Was genau heißt ›schnell‹?«, erkundigte sich Robin vorsichtig.

»Die beiden kommen am ersten Mai an.«

»Aber das ist in zehn Tagen!«, rief Sky entsetzt. »Wie lange hat Bruce da oben gewohnt? Zwanzig Jahre?«

»Fast dreißig.«

»Dann ist da eine Kernsanierung fällig. Vermutlich muss ein neues Bad rein und eine neue Küche und ...« Er starrte seine Großmutter an, als sei sie von allen guten Geistern verlassen – eine Einschätzung, die Robin insgeheim teilte.

»Dann würde ich sagen, ran an die Arbeit!« Rosalynd strahlte übers ganze Gesicht. »Du hast doch reichlich Tagesfreizeit, bist praktisch veranlagt und grämst dich immer noch wegen unseres Mietarrangements. Jetzt kannst du dich revanchieren.«

Robin hatte keine Ahnung, wie das »Mietarrangement« zwischen Oma und Enkel im Detail aussah, vermutete aber ganz stark, dass es ein recht schmerzhafter wunder Punkt bei Sky war, denn er wirkte im Moment wie ein geprügelter Hund. Ihre Neugier auf seine Geschichte wuchs ins Unermessliche – so dass sie fast schon bereit war, ihm seine Ausfälligkeiten von eben zu verzeihen.

»Das klingt doch nach einer tollen Herausforderung«, sagte sie lächelnd. »Ich hab noch nie eine Wohnung eingerichtet oder gar renoviert, aber ich helfe dir gerne.«

»Schätzchen, das musst du nicht. Du brauchst ihn nur bei der Einrichtung zu beraten«, wandte Rosalynd ein und tätschelte ihr die Hand, doch ihr zufriedenes Lächeln sprach eine andere Sprache.

Sky stand abrupt auf. »Dann schau ich mir das Elend wohl mal an«, brummte er.

»Tu das, mein Liebling«, gurrte Rosalynd und erhob sich ebenfalls. »Ich hab hier auch eine Liste von Baumärkten und eine Kreditkarte, mit der du alles bezahlen kannst. Ich habe extra ein Konto für dieses Projekt angelegt«, berichtete sie vergnügt. Dann streichelte sie ihm liebevoll über die Wange und scheuchte ihn mit einem fröhlichen »Viel Spaß!« aus der Küche.

Robin schickte sich ebenfalls an, zu gehen. »Danke fürs Frühstück«, sagte sie zu Rosalynd. »Ich dusch mich jetzt rasch und dann sehe ich zu, dass ich Sky helfe.«

Glückskeks-Prophezeiungen

Etliche Stunden später

»So viel Spaß wie heute hatte ich schon lange nicht mehr«, sagte Robin und angelte sich mit ihren Stäbchen den letzten frittierten Wurm aus dem Schälchen. Zumindest sah es aus wie ein frittierter Wurm, doch Sky ging davon aus, dass es in Wirklichkeit dünne marinierte Rindfleischstreifen waren. Andererseits war es ihm auch egal, er hatte in seinem Leben schon ganz andere Sachen gegessen, und was ihnen heute Abend in dieser winzigen Hinterhof-Garküche in Chinatown vorgesetzt wurde, war – wenn auch weitgehend undefinierbar – zumindest sehr lecker.

Robin hatte ihm zu seinem großen Erstaunen tatsächlich geholfen, dieses vollkommen absurde Projekt seiner Großmutter in Angriff zu nehmen. Nach ihrem Streit beim Frühstück war er echt überrascht gewesen, als sie eine halbe Stunde nach ihm, frisch geduscht und mit Jeans und T-Shirt bekleidet, in der leeren Wohnung von Bruce aufgekreuzt war. Und auch wenn sie ganz offensichtlich noch nie in ihrem Leben einen Zollstock in der Hand gehabt hatte, war sie trotzdem eine Hilfe gewesen. Er musste ihr zugestehen, dass sie einen ziemlich guten Blick und ein besseres Vorstellungsvermögen als er selbst hatte. Den Nachmittag hatten sie dann in drei verschiedenen Baumärkten verbracht und Farbe, Bodenbeläge und ein komplettes neues Bad gekauft. All das würde am Montag geliefert werden. Er fand den Zeitrahmen immer noch lächerlich knapp, musste aber zugeben, dass der Tag wirklich schön gewesen war.

Auch wenn er Robin nach wie vor nicht vollständig einschätzen konnte und ein Teil von ihm sie vor allem als die arrogante, geldgeile Anwältin sah, als die sie sich gerne gab, war er sich langsam ziemlich sicher, dass dies nur eine Rolle war. Er hatte in den vergangenen gut fünf Wochen auch andere Facetten von ihr kennengelernt: ihre schier unerschöpfliche Geduld mit seiner verrückten Großmutter, ihre Großzügigkeit und Freundlichkeit gegenüber Kellnern und Baristas, ihr ausgelassenes Lachen im Kino, ihre neuerdings fast manische Strickwut und ihren Stolz auf die ersten Babysachen, die sie für den Nachwuchs ihres Bruders hergestellt hatte. Nicht zu vergessen die Hilfsbereitschaft, mit der sie ihm bei diesem Irrsinnsprojekt half. Sie musste das alles nicht tun – soweit er wusste, zahlte sie eine angemessene

Miete für die Wohnung – und doch engagierte sie sich gerne. Warum? Er hatte keine Ahnung. Auch nicht davon, was wohl wirklich hinter ihrer »Auszeit« steckte, von der sie immer sprach. Vermutlich könnte ihm Google weiterhelfen – er hatte natürlich kurz angefangen, sie im Internet zu suchen. Dabei hatte er festgestellt, dass sie die führende Wirtschaftsanwältin Großbritanniens war. Allein diese Aussage hatte jedes mögliche Interesse an ihr bei ihm ziemlich nachhaltig abgetötet, denn es gab kaum einen Menschenschlag, den er mehr verachtete als Wirtschaftsanwälte, denen es nicht um Gerechtigkeit, sondern nur um Geld ging. Vielleicht hätte er seine Recherche nicht ganz so schnell abbrechen sollen, dachte er jetzt, denn womöglich hätte er mehr über sie herausgefunden. Vielleicht sollte er besser einfach mal ganz altmodisch nachfragen? Auch auf die Gefahr hin, dass sie dann ihrerseits neugierig wurde und ihn hinterfragte. Nein, lieber den Ball flach halten und auf unverfänglichem Terrain bleiben.

»Ich hatte auch einen tollen Tag«, antwortete er schließlich und fügte hinzu: »Damit war ja am Vormittag noch nicht zu rechnen – und ich bleibe dabei, dass meine Großmutter total verrückt ist. Die Wohnung in zehn Tagen zu sanieren und neu einzurichten, ist echt sportlich.« Er ließ seinen Blick über die leeren Schüsseln auf dem Tisch schweifen. »Sollen wir noch was bestellen?«

»Oh bitte!«, rief sie und klang erleichtert. »Auch wenn du mich jetzt für komplett verfressen hältst, aber ich hab wirklich noch Hunger.«

»Das waren ja bisher nur Miniportionen«, behauptete er. Sie hatten nach dem dritten Baumarkt ein paar gekaufte Kleinigkeiten in die Wohnung gebracht und nach einem Blick in den fast leeren Kühlschrank beschlossen, dass sie dringend essen gehen wollten. Zu Fuß waren sie in Richtung Chinatown losgezogen, und als sie von einem plötzlichen Regenschauer überrascht wurden, hatten sie sich in diesen bizarren kleinen Laden geflüchtet. Erst nur, um dem Regen zu entkommen, doch dann waren sie so bezaubert gewesen von der Einrichtung dieses winzigen Restaurants und der charmanten Wirtin, dass sie geblieben waren. Die Chinesin hatte in einer lustigen Mischung aus Englisch und Mandarin auf sie eingeredet und gefragt, ob sie »authentisches« oder »zahmes« Essen haben wollten. Zumindest hatten sie das so verstanden und sich spontan für die echte Variante entschieden. Bis die ersten Schälchen serviert wurden, hatten sie kichernd darüber spekuliert, was sie machen sollten, wenn man sie mit Affenhirn oder Hunderagout konfrontierte, doch er war sich ziemlich sicher, dass beides in den USA nicht erlaubt war. Die Sorge war auch komplett unbegründet, denn die kleinen Portionen waren zwar nicht eindeutig definierbar, aber so lecker, dass sie sämtliche Vorbehalte gleich wieder verdrängten.

Was Robins Appetit betraf – das war eindeutig eine Sache, die er bei ihr auf der Plus-Seite verbuchte. Sie musste wohl exzessiv Sport treiben, denn sonst könnte sie unmöglich diese Wahnsinnsfigur halten.

Wieder blitzte das Bild vor seinem inneren Auge auf, wie sie bei ihrer ersten Begegnung nackt aus der Dusche gestiegen war – die Wassertropfen auf ihren üppigen Brüsten, der flache Bauch, die nackte Scham ... Nein, es war keine gute Idee, darüber weiter nachzudenken. Jedenfalls fand er es sexy, wenn Frauen über einen gesegneten Appetit verfügten, und noch anziehender, wenn sie – wie Robin – auch unerschrocken alles probierten.

»Was ist? Hab ich wieder einen Brösel im Ausschnitt?«, riss sie ihn aus seinen Gedanken und er ertappte sich dabei, wie sein Blick im tiefen V-Ausschnitt ihres T-Shirts hing.

Rasch schaute er weg und winkte stattdessen der chinesischen Wirtin. »Wir nehmen noch drei weitere Schälchen und lassen uns wieder überraschen«, bestellte er und hoffte, dass das schummerige Licht gnädig war und Robin nicht sehen konnte, wie seine Ohren glühten. Gut, dass er es immer noch nicht zum Friseur geschafft hatte, so hingen seine dunkelblonden Strähnen fast bis auf Kinnlänge. Als er sie wieder ansah, lächelte sie auf eine Art, dass ihm gleich noch eine Spur wärmer wurde. Flirtete sie etwa mit ihm? Und falls ja, sollte er darauf eingehen?

»Sehr gesprächig bist du heute nicht«, befand sie, als ein junger Kellner die leeren Teller und Schälchen abräumte, um Platz für den Nachschub zu machen.

»Ich denke nach«, sagte er. Das war auch nicht gelogen.

»Das soll ja in der Regel recht hilfreich in fast allen Belangen sein«, entgegnete sie amüsiert. »Generell wird ohnehin viel zu wenig gedacht, nicht wahr? Aber wenn du dir Sorgen wegen der Renovierung machst, dann kann ich dich beruhigen. Ich helfe dir wirklich gerne dabei. Es fällt vermutlich nicht mal jemandem auf, wenn ich nicht in die Kanzlei gehe – ich hab also Zeit. Wie ist es bei dir? Musst du in den nächsten Tagen nach L. A.?«

An die Renovierung hatte er während der letzten Minuten nicht gedacht, ganz und gar nicht. Aber da dies ein deutlich unverfänglicheres Thema war, stieg er gerne darauf ein. »Nein, ich war ja letzte Woche da, und vor Mitte Mai liegt nichts mehr groß an. Die Recherchearbeit kann ich auch von hier aus machen«, murmelte er und wurde von weiteren Ausführungen durch vier dampfende Schalen erlöst – eine war mit Reis gefüllt, und die drei weiteren? Es roch jedenfalls himmlisch und er bemerkte, dass ihr Fokus sofort wieder ausschließlich auf dem Essen lag. »Du isst wirklich gern!«, stellte er amüsiert fest.

»Ich bin ausgehungert«, behauptete sie. »Nach den fünf Meilen am Strand mit meinem Bruder heute Morgen hatte ich nur die zwei kleinen Bananen-Muffins von Rosalynd – sonst den restlichen Tag gar nichts. Ich hatte übrigens keine Ahnung, wie anstrengend Baumarktbesuche sind und ...« Der restliche Satz ging in genüsslichem Schmatzen unter.

»Du musst dich nicht rechtfertigen. Ich find's toll, dass du nicht zur Hüttenkäse-Salatblatt-Fraktion gehörst.« Nicht dass er mit dieser Art Frauen viel Erfahrung vorweisen konnte – bislang hatte er fast ausschließlich Afrikanerinnen oder Entwicklungshelferinnen in Afrika gedatet, und die hatten allesamt eine grundlegend andere Einstellung zum Essen als die durchschnittliche moderne West-Frau. Doch womöglich war das auch nur ein Vorurteil, auf das er reingefallen war? Er fand Robin jedenfalls sehr anziehend, auch – oder weil? – sie so gar nicht seinem üblichen Beuteschema entsprach. Warum in aller Welt schweiften seine Gedanken schon wieder in diese seltsame Richtung ab? War da etwa ein Aphrodisiakum im Essen? So vergnügt, wie die Wirtin grinste, würde es ihn nicht wundern. Doch auch wenn er Robin wirklich mehr als anziehend fand und schon seit einer mittleren Ewigkeit keinen Sex mehr gehabt hatte, war das schlicht keine Option! Noch mehr Komplikationen in seinem Leben brauchte er für den Moment wahrlich nicht.

»Mit Hüttenkäse und Salat hat das hier jedenfalls nichts gemein«, befand Robin, unbeeindruckt von seinen wirren Gedanken und offensichtlich selbst nur mit den Köstlichkeiten auf dem Tisch beschäftigt. »Ich glaube, das hier ist Schweinefleisch, aber mit einer wirklich wilden Würzung, und das scheinen mir Pilze oder so zu sein. Was das ist?« Sie klopfte mit ihren Stäbchen auf den Rand der dritten Schüssel, aus der es rot leuchtete. »Ich habe nicht den Hauch einer Ahnung, aber es schmeckt sehr interessant und macht merkwürdig warm ums Herz ...« In ihren grünen Augen blitzte in diesem Moment etwas, das seinen Atem kurz stocken ließ. Vielleicht war sie doch nicht so unbeeindruckt.

Irgendwie überstanden sie das restliche Essen ohne weitere Zweideutigkeiten. »Bist du satt geworden?«, erkundigte er sich lachend, als sie sich erschöpft sacken ließ.

»Gut, dass es auf dem Heimweg hauptsächlich bergab geht, dann kannst du mich rollen.« Sie signalisierte der Wirtin, dass sie zahlen wollten.

»Ich übernehme das!«, rief er, und sie hob überrascht eine Braue. »Was? Darf ich dich nicht einladen?«

»Klar, darfst du. Musst du aber nicht. Ist ja nicht so, dass wir hier ein Date hatten. Oder?«

»Ein Date? Quatsch. Natürlich nicht. Aber ...« Er kam sich gerade unsagbar dämlich vor. Vermutlich hatte sie einfach nur die Rechnung ordern wollen und sie hätten sich den Betrag geteilt – wie Bekannte oder Freunde das eben so machten. Wie sie es bisher auch immer gehandhabt hatten. Welcher Teufel hatte ihn gerade geritten?

»Hey, ganz so deutlich musst du es auch nicht machen, dass ich in deinen Augen kein Date-Material bin.« Klang sie jetzt etwa gekränkt? Oder zog sie ihn auf? Sky hatte das Gefühl, keinen klaren Gedanken mehr fassen zu können.

»So habe ich das doch nicht gemeint«, presste er verlegen hervor. »Ich will dich einfach einladen, weil du mir heute so geholfen hast, obwohl du das nicht müsstest. Und nur fürs Protokoll: Du bist toll, aber …«

»Aber du hältst mich für eine geldgeile Kapitalistin und ich dich für einen naiven Sozialromantiker«, vervollständigte sie erschütternd präzise seinen Satz, was sie beide schlagartig ernüchterte.

»›Aber wir sind Freunde‹, wollte ich sagen!«, versuchte er die Situation zu retten, doch so richtig glaubte er sich selbst nicht.

»Wir haben nebenan noch eine Cocktailbar«, sagte die Wirtin nun in plötzlich akzentfreiem Englisch und reichte Sky ein kleines Kästchen, in dem neben der Rechnung auch noch zwei Glückskekse lagen.

Der erstaunlich geringe Betrag auf der Rechnung überraschte ihn. »Wie sieht's aus?«, fragte er Robin. »Noch ein Drink, bei dem wir über unsere Glückskekse philosophieren können? Oder möchtest du lieber direkt nach Hause?«

Wieder ein grünes Blitzen aus ihren Augen. »Trocken sollten wir die Kekse jedenfalls nicht genießen.« Sie zwinkerte ihm zu. »Also ab nach nebenan! Wer weiß, vielleicht sind die Cocktails ja ähnlich ›authentisch‹ wie das Essen.«

»Sie werden sicher nicht enttäuscht sein«, behauptete die Chinesin und nahm mit einer kleinen Verbeugung das Geld von Sky entgegen.

»Was sagt dein Cookie?«, wollte Sky Minuten später von Robin wissen.

Sie hatte ihren Glückskeks aber noch gar nicht geöffnet, sondern sah sich um. Die Cocktailbar war ähnlich fantasievoll eingerichtet wie das kleine Restaurant, und genauso gut gefüllt. Sie hatten einen winzigen Tisch in einer Nische ergattert und saßen nun über Eck auf einer Bank, so dass ihre Beine sich ständig ins Gehege kamen. Sie packte ihren Keks aus, brach ihn auseinander und schaute den Zettel dann mit großen Augen an. »Puh, das ist schwere Kost: ›Die Wahrheit ist ein dunkler Schatten, über den man springen muss!‹ Was steht bei dir drin?«

»›Echte Freundschaft braucht Wahrheit, keine Geheimnisse!‹«, las er vor. »Krass, das scheint mir die Philosophen-Edition zu sein. Stehen da nicht normalerweise Weisheiten drin à la ›Am Ende des Regenbogens wartet dein Goldschatz‹?«

»Jedenfalls dann, wenn der Textdichter kein Chinese, sondern Ire war«, kicherte Robin.

»Hä?«

»Das mit dem Schatz und dem Regenbogen basiert auf einer irischen Sage.« Sie machte eine wegwerfende Handbewegung. »Spielt ja keine Rolle, aber wenn wir jetzt über dunkle Schatten und Wahrheiten sprechen wollen, dann brauche ich dringend Alkohol.« Sie beobachtete, wie Sky interessiert die Karte studierte.

»Schwierige Entscheidung?«, fragte sie nach einem Weilchen.

»Du hast ja keine Vorstellung«, erwiderte er und blätterte konzentriert weiter. Dann hob er den Blick. »Weißt du, wann ich das letzte Mal in einer echten Cocktailbar war?«

Sie schüttelte den Kopf, lehnte sich aber ein Stück zu ihm und raunte ihm ins Ohr: »Als echte Cocktailbar würde ich den Laden hier aber auch nicht bezeichnen. Hast du gesehen, was die hier für Drinks servieren?« Sie deutete in Richtung Tresen, wo gerade dunkle Gläser unter den verzückten Rufen zweier junger Frauen rötliche Dampfwölkchen ausstießen.

»Das müsste ein Cocktail namens ›Hot Volcano‹ sein«, mutmaßte er und zeigte ihr den entsprechenden Eintrag, wo auf einem kleinen Foto just diese Kreation abgebildet war.

»Noch ein Tipp – echte Cocktailbars haben keine Fotos in ihrer Karte.« Sie grinste.

»Nicht? Das ist aber schade, sonst bestellt man doch die Katze im Sack.« Er kratzte sich scheinbar nachdenklich am Kopf, und Robin war sich nicht sicher, ob Sky tatsächlich so ein naiver Junge war oder sie im Moment gewaltig auf den Arm nahm. »Was hältst du davon?« Er deutete auf einen schreiend bunten Drink, der auf den schauerlichen Namen »Unicorn's Delight« hörte. »Oder dieser hier, der klingt noch besser: ›Rainbow Treasure‹! Den nehme ich.« Er grinste zufrieden.

»Ernsthaft?«

»Klar. Wenn schon mein Glückskeks so enttäuschend war, will ich wenigstens einen Regenbogenschatz trinken. Was nimmst du?«

»Auf jeden Fall einen Doppelten ...«, murmelte sie und bestellte dann bei dem wie aufs Stichwort herangeeilten Kellner einen zwanzig Jahre alten Single Malt der Gordon Gibbs Distillery – dieser Laden war doch besser sortiert, als sie es für möglich gehalten hatte.

Sky orderte, ohne mit der Wimper zu zucken, seinen Regenbogen und lehnte sich dann zurück. Dabei streifte er mit seinem Knie wieder ihren Schenkel. »Sorry«, sagte er. »Das soll keine Anmache sein, das ist ein architektonisches Problem.«

»Schon klar, denn dass ich kein Date-Material bin, haben wir ja bereits vorhin geklärt.« Das war schärfer als beabsichtigt rausgekommen, aber irgendwie nagte es schon an ihr, dass Sky ständig betonte, dass er nichts von ihr wollte – und gleichzeitig kaum seinen Blick von ihren Brüsten lassen konnte.

»Ich bin ein Idiot«, entgegnete er daraufhin ziemlich überraschend und legte ihr – noch überraschender – seine Hand aufs Knie. »Ich bin offensichtlich nicht nur ahnungslos, was Cocktailbars angeht, sondern auch völlig aus der Übung, was ...«

»Was was?« Die Wärme seiner Hand strahlte durch den Stoff ihrer Jeans und brachte ihre Haut zum Prickeln. Es fühlte sich gut an. Erstaunlich gut ...

»Was das angemessene Verhalten in einer Cocktailbar betrifft«, vervollständigte er seinen Satz und nahm dann zu Robins Bedauern seine Hand wieder von ihrem Bein. »Ich hoffe, du kannst mir verzeihen.«

Wieder war sie sich nicht sicher, ob er das ernst meinte oder sie veräppelte, wurde jedoch vom Kellner gerettet, der die Drinks brachte. Ihr Scotch-Glas wurde auf einer Schottenkaro-Serviette kredenzt, die aber trotz ihrer grellen Farben – das war garantiert kein echtes Tartan-Muster! – nicht gegen das Regenbogen-Ungetüm anstinken konnte. Sie bekam bereits vom Hinschauen Kopfschmerzen, doch Sky wirkte höchst zufrieden. Lächelnd zupfte er das obligatorische Schirmchen aus seinem Cocktail und steckte es in ihren Pferdeschwanz, dann hob er sein Glas, prostete ihr feierlich zu und saugte einen ersten Schluck durch seinen Strohhalm.

Robin war sich sicher, dass sie unter »normalen« Voraussetzungen beim Anblick eines Mannes, der mit verzückter Miene einen knallbunten Mädchen-Cocktail schlürfte, umgehend den Abend beendet hätte. Unmännlicher ging es ja wohl kaum noch, oder? Doch irgendwas an Sky zog sie immer mehr in den Bann. Er sendete von albern-verspielt bis missmutig-ernsthaft derart verwirrende Signale, dass sie immer dringender wissen wollte, was wirklich hinter der Fassade dieses unglaublich jugendlich wirkenden Mannes steckte.

Sie trank einen Schluck von ihrem Scotch. Er schmeckte nach Heimat, und die Wärme, die sich umgehend in ihr ausbreitete, entspannte sie. »Und?

Bereit für die Stunde der Wahrheit?«, fragte sie ihn lächelnd und deutete auf die Glückskeks-Zettel.

»Wenn ich mit diesem Drink fertig bin, werde ich wohl gar nicht mehr reden können«, entgegnete er lachend und schob ihr sein Glas hin. »Probier mal.«

»Danke, aber nein danke.«

»Feigling.«

»Ich möchte nur nicht erblinden oder sonstige Körperfunktionen vor ihrer Zeit verlieren«, behauptete sie grinsend.

»Sei nicht so, mein Keks sagt, dass echte Freundschaft Wahrheit braucht und keine Geheimnisse. Und ich will das Geheimnis dieser ... ähm ... Getränkekreation wirklich wahnsinnig gerne mit dir lüften.« Er sah sie mit treuherzigem Blick an.

»Andere Geheimnisse würden mich deutlich mehr interessieren.«

»Okay, machen wir einen Deal: Du probierst einen Schluck Regenbogen und ich verrate dir alles, was du wissen willst.«

»Na schön«, sie lächelte kopfschüttelnd und griff nach dem Glas. Irgendwie fühlte sie sich gerade wie siebzehn und sehr an die peinlichen und verbotenen Trinkspiele in ihrem Internat erinnert. Gut, dass sie in diesem Moment keiner ihrer Geschäftspartner sehen konnte – sie würde mit einem Schlag ihren mühsam über Jahre aufgebauten Ruf als unbestechliche, coole Anwältin verlieren. Doch ihr früheres Leben war inzwischen so weit weg, dass sie es fast nicht mehr vermisste. Stattdessen genoss sie es, verrückte Dinge zu tun. Wobei es einiges über sie aussagte, wenn sie schon einen schrillen Cocktail in die Kategorie »verrückte Dinge« steckte ... Sie beschloss, nicht länger darüber nachzudenken, sondern stattdessen erst dem Geheimnis des Regenbogens auf den Grund zu gehen und dann Skys dunkler Geschichte. Todesmutig steckte sie sich den Strohhalm in den Mund und trank.

»Uaaagh!«, stieß sie angewidert hervor. »Das ist wirklich ... speziell.« Rasch griff sie zu ihrem Whiskyglas und hoffte, dass die bernsteinfarbene Flüssigkeit den Geschmack nach getöteten Gummibärchen in ihrem Mund möglichst rasch und nachhaltig neutralisieren möge.

»Hm, vielleicht ist die Optik doch nicht das entscheidende Kriterium bei der Drink-Auswahl.« Er sah sie nachdenklich an, doch in seinem Mundwinkel zuckte es. Sie war sich jetzt fast sicher, dass er sich einfach nur einen Riesenspaß mit ihr erlaubt hatte. Andererseits, womöglich war es auch ein Muskeltic als Nebenwirkung dieses Horror-Gesöffs.

Sie ging nicht auf seine Bemerkung ein, sondern winkte den Kellner herbei. »Wenn Sie keine Anzeige wegen versuchter Körperverletzung riskieren wollen, dann nehmen Sie das hier bitte umgehend mit« – sie deutete auf den flüssigen Regenbogen – »und bringen meinem Begleiter stattdessen ebenfalls einen Scotch.«

»Was ist?«, fragte sie Sky, der sie mit einem merkwürdigen Blick musterte. »Du wolltest das doch nicht etwa ernsthaft austrinken?«

»Weißt du, dass du wirklich furchterregend sein kannst? Ich glaube nicht, dass er es wagt, uns den Cocktail in Rechnung zu stellen.«

»Das will ich auch hoffen«, entgegnete sie. »Aber immerhin habe ich bitte gesagt.«

»Notiz an mich selbst: Niemals Robin verärgern!« Er lächelte sie an und nahm dann den Whisky entgegen, den der chinesische Kellner in Windeseile serviert hatte – zusammen mit einem weiteren für Robin und einem gemurmelten »Geht aufs Haus!«.

»Cheers!«, prostete er ihr zu. »Auf einen außergewöhnlichen Abend.« Er trank einen Schluck, dann holte er tief Luft und sagte: »Ich schulde dir ja noch meinen dunklen Schatten.«

»Und du hast es einfach so hingenommen?« Robin signalisierte dem Kellner, dass sie noch eine zweite Runde Whisky bestellen wollte.

Sky hatte nichts dagegen. Zum ersten Mal hatte er jemandem die ganze Geschichte erzählt, wie genau die Layla & Samuel Forrester Foundation gescheitert war. Oder besser gesagt, woran. Am Betrug seiner ehemaligen Finanzchefin und Lebensgefährtin Senait nämlich. Doch so viel Alkohol konnte er gar nicht trinken, dass sich das Gefühl der hilflosen Wut damit dämpfen ließe. Es fühlte sich immer noch genauso roh und schmerzhaft an wie vor ein paar

Monaten, als er es entdeckt hatte. Dabei konnte er noch nicht einmal sagen, was er am schlimmsten an der ganzen Sache fand. Die Tatsache, dass er schlicht zu gutgläubig war und einer führenden Mitarbeiterin blind vertraut hatte? Oder dass diese Frau, die er geliebt hatte und heiraten wollte, ihn betrogen und verlassen hatte? Oder dass ein Teil von ihm insgeheim froh war, dass alles vorbei war – die Stiftungsarbeit und die Beziehung zu Senait?

»Was hätte ich tun sollen?«, konterte er Robins Frage. »Sie hat mich buchstäblich an den Eiern gepackt – und das in mehr als einem Wortsinn.«

»Wenn die Finanzchefin das komplette Stiftungsvermögen veruntreut, kann man sehr wohl etwas unternehmen. Vollkommen spurlos geht so etwas nicht über die Bühne. Da gibt es Bankbewegungen, die man nachvollziehen kann und ...«

»Sie hat mich in der Hand«, unterbrach er sie.

»Wie meinst du das?«

»Sie erpresst mich. Sie hat mir zum Abschied einen Brief hinterlassen, in dem sie mir droht. Sollte ich sie öffentlich des Betrugs und der Veruntreuung von Stiftungsgeldern bezichtigen, wird sie im Gegenzug behaupten, ich hätte sie und Schülerinnen vergewaltigt. Sie hat ihrem Schreiben einen ganzen Stapel von Kopien eidesstattlicher Erklärungen beigefügt, in denen sie und einige der Mädchen beziehungsweise deren Mütter bezeugen, was ich ihnen angeblich angetan habe. Außerdem liegen Kopien von polizeilichen Anzeigeprotokollen vor.«

»Was?«, rief Robin schockiert. »Eidesstattliche Erklärungen und Anzeigen? Sowas ...«

»Die sind alle Fake! Das hat sie sogar in ihrem Anschreiben zugegeben. Doch wen interessieren in Zeiten wie diesen schon echte Fakten? Wenn diese angeblichen Protokolle erst einmal kursieren, in Boulevard-Medien und dem Internet, dann interessiert sich zunächst keiner für die Wahrheit. Die Story ist doch auch zu schön: Gelangweilter weißer Gutmensch vergeht sich an hilflosen Schutzbefohlenen. Senait ist zudem ziemlich bekannt in Äthiopien. Sie hat während ihres Studiums an einer TV-Show teilgenommen und stand an der Schwelle zu einer internationalen Modelkarriere – sie hatte sogar einige Shootings in Europa. Doch dann hat sie sich bei einem schweren Autounfall den linken Arm so verletzt, dass großflächige Narben von der Schulter bis zum Handgelenk geblieben sind. Das war's dann mit einer Model- oder TV-Karriere. Sie hat dann ihr BWL-Studium abgeschlossen und bei mir in der Stiftung angefangen.« Sky machte eine abwehrende Handbewegung, als Robin den Mund aufklappte. »Was ich damit sagen will: Ihre Lügengeschichte käme früher oder später ans Licht, das ist mir klar. Aber es wird immer einige Menschen geben, die glauben wollen, was Senait ihnen verkaufen will – der böse weiße Imperialist vergewaltigt hilflose schwarze Mädchen. Ganz ehrlich? Wahrscheinlich würde sogar ich so eine Story glauben. Selbst über dein Anwalts-Pokerface ist vorhin Zweifel geflattert. Ich möchte einfach nicht, dass der Name meiner Eltern mit so einer Schmutzkampagne in Verbindung gebracht wird, das kann ich schon Rosalynd nicht antun. Mal abgesehen davon, dass ich auch nur ungern meinen Namen und den Vergewaltigungsvorwurf als Kombi bei Google sehen will.«

»Kannst du mir diese Dokumente mal geben, sobald ich wieder völlig nüchtern bin?«, bat Robin. »Das ist die haarsträubendste Geschichte, die ich seit langem gehört habe ...« Sie zögerte. »Na ja, also zumindest genauso haarsträubend wie die Geschichte, die ich dir gleich erzählen werde. Aber eines ist klar, deine Ex fühlt sich offensichtlich viel zu sicher. Sie scheint dich gut zu kennen und zu wissen, dass du lieber auf viel Geld verzichtest, als deinen guten Ruf zu verlieren, aber ...«

»Kein Aber«, unterbrach Sky sie hitzig. »Genau das ist der entscheidende Punkt: Mit dem Verlust von Geld kann ich umgehen, aber ich habe nur dieses eine Leben. Ich mag gutgläubig sein oder ein ›naiver Sozialromantiker‹, wie du gesagt hast, aber ich bin ein anständiger Mensch, und das will ich mir nicht kaputtmachen lassen. Soll Senait mit dem Geld, das ja übrigens nicht meines war, sondern der Stiftung gehörte, ein schönes Leben in Südafrika führen. Sie hat in erster Linie nicht mich betrogen, sondern ihre Mitbürger, Menschen, die angeblich ihre Freunde waren, ihre Familie. Ich weiß nicht, wie sie das mit ihrem Gewissen vereinbaren will, aber da bin ich raus. Wenn du mich deshalb für ein rückgratloses Weichei hältst, kann ich das nicht ändern, aber die Welt wird nicht sauberer, wenn man Schmutz mit Schmutz bewirft. Deshalb will und werde ich keine rechtlichen Schritte einleiten, denn wenn ich dir und einigen deiner Anwaltskollegen Glauben schenken darf, geht es bei den allermeisten juristischen Prozessen nicht um Gerechtigkeit, sondern nur darum, wer überzeugender seine Position darstellt. Das ist kein Spiel, bei dem ich mitspielen will.«

Sie legte ihre Hand auf seine und sah ihn mit einem merkwürdigen Ausdruck an. »Du bist ein ganz besonderer Mann, Sky, und ich respektiere deine Entscheidung. Aber wenn du mich lässt, dann würde ich trotzdem gerne einen Blick auf die Unterlagen werfen, denn womöglich kann ich eine Art Fleckenmittel finden, um ein bisschen Schmutz zu entfernen.«

Sky hatte den Eindruck, dass sich in ihren moosgrünen Augen Mitgefühl und sogar ein Hauch von Bewunderung spiegelten, und unerklärlicherweise fühlte er sich dadurch deutlich besser. »So, über meinen dunklen Schatten bin ich gesprungen. Du bist jetzt, außer mir und Senait, der einzige Mensch, der die ganze Geschichte kennt.« Er lächelte schief. »Wenn du nichts mehr mit mir zu tun haben willst, kann ich das verstehen.«

»Ich schulde dir ja noch meinen dunklen Schatten«, begann sie mit einem Seufzer und ihre schönen Augen umwölkten sich düster.

Sky war sich sicher, dass Robins Geschichte gar nicht so haarsträubend wie seine eigene sein konnte, doch als sie Minuten später ihren sachlichen, knappen Bericht beendet hatte, saß er mit offenem Mund da und wusste zunächst gar nicht, was er dazu sagen sollte. »Du hast deinen eigenen Verlobten angezeigt? Am Tag vor eurer Hochzeit?«

Sie nickte und seufzte erneut. »So unähnlich sind sich unsere Erlebnisse nicht. Wir beide wurden nach Strich und Faden betrogen und verarscht – und nicht nur wir, sondern auch noch viele, viele andere Menschen.«

»Wir gehen nur grundlegend anders damit um«, fasste er matt zusammen.

»Weil wir beide glauben, das Richtige zu tun. Ich habe Thomas sicher nicht aus persönlichen Rachegefühlen in den Knast gebracht – oder nur ganz am Rande. Ich habe es getan, um mich und mein professionelles Ansehen zu schützen. Und um die Gesellschaft vor weiteren Missetaten seinerseits zu bewahren«, fügte sie noch rasch hinzu. »Doch was hat es mir gebracht? Von der persönlichen Demütigung mal ganz abgesehen, hat es mich beruflich ruiniert. Mein guter Ruf hat nicht nur einen leichten Kratzer bekommen, sondern schwer gelitten. Große Mandanten haben wegen dieses Vorfalls die Kanzlei verlassen oder wollen sich nur noch von anderen Kollegen beraten lassen. Mein Großvater hat mich praktisch vor die Tür gesetzt und mich hier aufs Abstellgleis geschoben. Ich habe keine Ahnung, wie es nun weitergehen soll – außer dass ich auf den Prozess gegen Tom warte, bei dem ich als Zeugin aussagen muss.«

»Das ist wirklich krass – und ganz schön schmutzig«, befand er schließlich.

»Ja, ist es«, sagte sie schlicht. »Ich verstehe den Reiz deiner Herangehensweise – den Bösewicht schonen, um sich selbst zu schützen. Das klingt einleuchtend. Genau wie deine Aussage, dass Schmutz auf Schmutz die Welt nicht sauberer macht.«

»Aber?« Sky war sich sicher, dass ein sehr großes Aber lauerte.

»Aber meine Erfahrung mit Menschen wie Senait und Thomas hat mich gelehrt, dass sie nie Ruhe geben, dass sie immer weiter versuchen werden, Profit für sich herauszuschlagen. Was wird sein, wenn Senait das Geld ausgeht? Ewig werden die drei Millionen Dollar nicht reichen – jedenfalls dann nicht, wenn sie das glamouröse Leben führen möchte, zu dem sich narzisstische Selbstdarsteller so magisch hingezogen fühlen. Toms Plan wäre fast aufgegangen und ich möchte mir gar nicht ausmalen, wie es gekommen wäre, hätten wir tatsächlich letztes Jahr geheiratet.« Sie schüttelte sich unwillkürlich.

»Ich glaube nicht, dass Senait so drauf ist«, murmelte Sky. »Sie ist keinen besonders aufwändigen Lebensstil gewohnt – und abgesehen davon kommt man mit drei Millionen Dollar in Südafrika erheblich weiter als hierzulande oder in Europa.«

»Das mag sein«, gab Robin zu. »Und vielleicht hast du auch recht und dieser eine Coup reicht ihr. Aber welche Garantie hast du, dass sie nicht doch noch versuchen wird, weiteres Geld aus dir rauszupressen?«

»Das kann sie gerne versuchen, das wird aber nicht klappen. Ich bin komplett pleite.«

»Du bist vielleicht im Augenblick nicht liquide, aber du wirst Rosalynds Vermögen erben – nicht morgen und nicht übermorgen, aber irgendwann in der näheren Zukunft. Und außerdem wirst du womöglich mit einer neuen Karriere selbst wieder signifikant Geld verdienen.«

»Geld in signifikanten Mengen interessiert mich aber nicht«, beharrte er. »Hat es noch nie und wird es auch nicht. Und was meine Großmutter betrifft, die lebt hoffentlich noch ewig und gibt ihr Geld schön selbst aus.«

»Das mag ja alles sein und ich glaube dir das auch. Doch entscheidend ist, was Senait glaubt. Das muss auch nichts mit der Realität zu tun haben – das hast du doch vorhin selbst gesagt. Lass mich bitte die Unterlagen prüfen. Wir müssen ja im Moment nicht aktiv werden, aber ich denke, es wäre wirklich besser, wenn wir vorbereitet sind, falls sie doch noch einmal zuschlagen will.«

»Und warum willst du mir dabei helfen?« Er runzelte misstrauisch die Stirn. Er hatte sich am Tag seiner Abreise aus Addis Abeba geschworen, dass er niemals wieder an die unglückselige Geschichte rühren würde, denn die Abwicklung seiner Stiftung hatte seinen Glauben an Gerechtigkeit und die Justiz endgültig zerstört. Doch nun saß da diese Anwältin und wollte wieder in alten Wunden wühlen. Auch wenn sie mit ihrer Einschätzung womöglich recht hatte, wollte er dieses Kapitel einfach nur abhaken.

»Es gibt zwei Gründe«, begann sie. »Zum einen sind wir laut Glückskeks-Orakel jetzt Freunde – denn ›Echte Freundschaft braucht Wahrheit, keine Geheimnisse‹«, zitierte sie den Spruch aus seinem Cookie. »Zum anderen bin ich mir sicher, dass es doch Gerechtigkeit geben kann – auch im juristischen Sinn. Das würde ich dir gerne beweisen.«

Er ließ das ein Weilchen auf sich wirken. An juristische Gerechtigkeit glaubte er zwar nicht mehr, aber es fühlte sich gut an, dass sie ihn als Freund betrachtete. Er winkte den Kellner mit der Whiskyflasche herbei und sagte, als beide Gläser wieder gefüllt waren: »Darauf trinke ich. Auf unsere Freundschaft!«

NESTBAUTRIEB

Am nächsten Morgen

Robin hatte nicht gut geschlafen – womöglich war es am Ende des Abends doch ein bisschen viel Whisky gewesen, auch wenn das laut ihrer schottischen Familie komplett unmöglich war. Der gestrige Tag war in jeder Beziehung außergewöhnlich gewesen und sie konnte sich beim besten Willen nicht daran erinnern, wann sie das letzte Mal an einem Samstag so viel Spaß gehabt hatte. Erst die Jogging-Runde mit Ian, dann Rosalynds Auftrag, danach das Baumarkt-Abenteuer und schließlich der Abend in diesem bizarren chinesischen Laden. Früher, in ihrem alten Leben, hätte sie einen freien Samstag – etwas, was es ohnehin fast nie gegeben hatte – mit einem Brunch begonnen und wäre anschließend mit einer Freundin zum Shoppen gegangen und abends irgendwo schick essen, in ein Konzert oder einen Club. Dabei hätte sie sich dreimal am Tag umgezogen – damit sie auch ja immer angemessen für jeden Anlass gekleidet gewesen wäre – und abgesplitterter Nagellack wäre die größte denkbare Katastrophe gewesen. Nun saß sie in ihrem Schlafshirt und einer Jogginghose in der Küche und betrachtete ihre Fingernägel. Zwei Nägel waren ihr gestern abgebrochen, als sie eine morsche Fußleiste von der Wand gerissen hatte. Dafür hatte sie nichts als ein kleines Schulterzucken erübrigen können, keine große Sache – auch die Welt war davon erstaunlicherweise nicht untergegangen. Stattdessen war die Abwesenheit von Perfektion unfassbar befreiend.

Was aber den gestrigen Abend so besonders und die folgende Nacht so schlaflos gemacht hatte, war kein vermeintlicher Schönheitsfehler, sondern Sky Forrester. Ihr ungeplanter Mitbewohner war ihr schon während der letzten Wochen ans Herz gewachsen – auch wenn ihr sein Nachhaltigkeits-Tick manchmal gewaltig auf die Nerven ging. Vor drei Wochen war er komplett ausgerastet, als sie einen leicht welken Salatkopf hatte wegwerfen wollen. Er hatte dann zum Beweis, dass das lasche Ding noch prima zum Verzehr geeignet war, einen ekligen grünen Smoothie gemixt und ihn tapfer getrunken. Seitdem achtete sie tatsächlich darauf, nicht unnötig Lebensmittel wegzuwerfen – oder entsorgte sie diskreter.

Seine Geschichte hatte sie berührt – nicht nur wegen der mehr als offensichtlichen Parallelen zu ihrer eigenen, sondern vor allem aufgrund seines

Umgangs damit. Sie hatte gemerkt, wie schwer es ihm gefallen war, davon zu erzählen, wie gedemütigt er sich gefühlt haben musste, dass diese Frau nicht nur ihn persönlich verraten hatte, sondern auch noch seine ganze Organisation. Selbst wenn ihm die Stiftung nicht wirklich sehr am Herzen lag – auch das hatte sie zwischen den Zeilen rausgehört –, musste es doch eine schmachvolle Niederlage gewesen sein. Sky war wirklich ein grundguter Mensch, mit einem soliden persönlichen Wertegerüst, was in der heutigen Zeit eine echte Ausnahme war. Die meisten Männer, die sie kannte – Kollegen, Mandanten, Bekannte –, waren da ganz anders: durchaus charmant zwar in den meisten Fällen, aber ganz sicher immer auf den eigenen Vorteil bedacht. Wenn sie ganz ehrlich war, galt das auch für viele Frauen, allen voran für sie selbst. Sky dagegen war auf herzerwärmende Art verschroben und verbohrt und gleichzeitig meinungsstark und zuverlässig. Er interessierte sich nicht für Äußerlichkeiten oder Geld, sondern sah hinter die Kulissen. Charaktereigenschaften, von denen sie nicht einmal geahnt hatte, wie unglaublich anziehend sie sie fand. Sie hoffte, dass er seine eher ungnädige Einschätzung ihres Berufes überwinden konnte, denn ... Sie schüttelte den Kopf über die Richtung, die ihre Gedanken plötzlich nahmen. Sky Forrester war ein zauberhafter, sensibler, ernsthafter und verdammt gutaussehender Mann, aber nichts für sie. Hätte sie ihn nicht so gern, käme er vielleicht sogar für eine kleine Affäre in Betracht, aber spätestens seit gestern wusste sie, dass er ein richtiger Freund war und als solcher viel zu wertvoll für eine belanglose Bettgeschichte. Sie seufzte bedauernd, denn Sex hätte sie – allen guten Vorsätzen zum Trotz – wirklich gerne mal wieder. Das war ein weiterer Nachteil ihrer vielen Freizeit: mehr Gelegenheit, Sehnsüchte zu entwickeln, für die sie bei einer Sechzigstundenwoche viel zu erschöpft war.

Robins Magen knurrte vernehmlich und erinnerte sie daran, dass sie seit mindestens elf Stunden nichts mehr gegessen hatte. Unfassbar, dass sie nach dem Gelage von gestern Abend überhaupt schon wieder an Essen denken konnte. Und noch schlimmer, dass ihr Appetit in eine sehr spezifische Richtung driftete: Pancakes mit Ahornsirup und Obst. Sie checkte den Kühlschrank auf Milch, Eier und Butter und fand im Vorratsschrank sogar eine Packung Mehl. Wenn das kein Wink des Schicksals war.

»Ich wusste gar nicht, dass du kochen kannst.«

Robin drehte sich erschrocken um. Sie hatte wegen des Lärms der Dunstabzugshaube nicht gehört, wie Sky in die Küche gekommen war. Er trug nur eine recht tief sitzende Jogginghose und sah mit seinen verstrubbelten Haaren und dem müden Schlafzimmerblick aus seinen blauen Augen fast so lecker wie die ersten Pancakes aus.

»Ich glaube nicht, dass das offiziell als Kochen gilt«, gab sie lächelnd zurück und wandte ihre Aufmerksamkeit mit einiger Mühe wieder den beiden Pfannen zu, in denen die kreisrunden kleinen

Köstlichkeiten vor sich hin brutzelten. »Aber auch wenn ich etwas aus der Übung bin, kann ich tatsächlich kochen. Ich stamme aus einer Familie, der nichts so heilig ist wie ein üppiges selbstgekochtes Essen.«

»Und warum haben wir uns in den letzten Wochen hauptsächlich von Pizza, Pasta und Salat ernährt?«, fragte er gähnend und fuhr sich mit einer unbewussten Geste über den Bauch. Über einen flachen und sehr hübsch definierten Bauch, wie Robin wieder feststellen konnte. Zu schade, dass sie Freunde waren.

»Wahrscheinlich, weil wir zu faul waren?«, mutmaßte sie und wendete dann die kleinen Küchlein. »Zieh dir ein Shirt an und setz dich.«

»Ja, Mama«, entgegnete er amüsiert und verließ die Küche.

Mama? Hatte er ernsthaft Mama zu ihr gesagt? Okay, das hatte sie sich mit ihrer Shirt-Bemerkung wohl verdient, aber während sie viel zu viel Zeit damit verbrachte, über seine Bauchmuskeln nachzudenken, machte er ihr Tag für Tag aufs Neue klar, dass er sie ganz bestimmt nicht als »datefähig« ansah. Was total in Ordnung ging, ermahnte sie sich selbst, denn zum gleichen Ergebnis war sie ja vor wenigen Minuten selbst schon gekommen. Doch trotzdem gab es ihr einen kleinen Stich.

»Weißt du, was ich dich schon die ganze Zeit über fragen wollte?«, begann sie, als er kurz darauf vollständig angezogen und mit gekämmten Haaren voller Wonne seinen ersten Pfannkuchen verputzte.

»Was denn?« Er schnappte sich einen weiteren Pancake und träufelte reichlich dickflüssigen, goldbraunen Sirup darüber.

»Dein Name. Ich meine, Sky ist ja recht ungewöhnlich. Ist das ein Spitzname oder hat er eine besondere Bedeutung?«

»Und ich hatte schon gehofft, dass es dir nicht aufgefallen wäre ...« Er lächelte verlegen, fuhr dann aber fort: »Ich heiße wirklich Sky und auch nur Sky. Ich hab nicht mal einen Zweitnamen. Und es gibt auch eine Geschichte dazu – streng genommen sogar mindestens drei.« Er schob sich ein großes Stück Pfannkuchen in den Mund und kaute genüsslich. Als er eine Erdbeere aufspießte, hielt Robin seine Hand fest.

»Nicht ablenken«, sagte sie streng. Erst die Erklärung, dann die Erdbeere.

»Na schön«, gab er sich geschlagen und lehnte sich zurück. »Zwei Erklärungen kenne ich, seit ich klein war. Meine Geburt war wohl ziemlich langwierig und verlief einigermaßen dramatisch, weil die Nabelschnur um meinen Hals gewickelt war. Als ich schließlich das Licht der Welt erblickte, war ich ganz blau angelaufen – deswegen haben die Leute im Krankenhaus von Addis Abeba nur vom ›blauen Baby‹ gesprochen.«

Robin verzog entsetzt ihr Gesicht und fasste sich an den Hals. »Wie schrecklich.«

»Na ja, es hätte schlimmer kommen können. Sie hätten mich nicht ›Himmel‹, sondern ›Schlumpf‹

nennen können«, entgegnete er lachend und aß schmatzend eine Erdbeere.

»Stimmt ...« Ein Lächeln stahl sich über ihre Lippen, und in ihren Augen blitzte es. »Und die beiden anderen Erklärungen?«

»Ganz offiziell haben mich meine Eltern wegen meiner Augen Sky genannt.«

»Wegen deiner Augen?«

»Sie sind blau«, sagte er unnötigerweise und riss seine Lider mit einer derart grotesken Grimasse auf, dass sie laut auflachte.

»Das sind sie«, gab sie zu. Seine Augen waren verdammt blau, das war ihr gleich am ersten Tag aufgefallen. Allerdings hatte sie mit ihnen seltsamerweise eher das Meer als den Himmel in Verbindung gebracht. »Du warst also ein blau angelaufenes Baby mit himmelblauen Augen«, fasste sie zusammen. »Jetzt bin ich auf die dritte Begründung gespannt.«

»Ich fürchte, das ist die einzig relevante«, seufzte er. »Ich heiße Sky, weil ich sozusagen im Himmel gezeugt wurde.« Robin hob verständnislos eine Braue und er fuhr fort: »Genauer gesagt in einer Flugzeugtoilette auf einem Flug von London nach Addis.« Er fuhr sich mit beiden Händen durch die Haare, was er häufig tat, wenn ihm etwas peinlich oder unangenehm war.

»Du bist das Ergebnis einer heißen Flugzeug-Sex-Nummer?«, prustete Robin. »Und deswegen heißt du Sky?«

»So sieht es aus«, sagte er resigniert und nahm sich einen weiteren Pfannkuchen.

»Und diese Geschichte haben dir deine Eltern erzählt?«, fragte sie ungläubig.

»Natürlich nicht!«, erwiderte er vehement. »Ich hab's in einem Tagebuch meiner Mutter nachgelesen«, fügte er leise hinzu.

»Oh«, hauchte sie und fühlte sich mit einem Mal ziemlich bedrückt. Die ausgelassene Stimmung war vollkommen verpufft. Rosalynd hatte ihr vor einiger Zeit erzählt, dass seine Eltern, also ihr Sohn und ihre Schwiegertochter, vor vielen Jahren bei einem Autounfall in Äthiopien ums Leben gekommen waren, als Sky gerade einmal dreizehn Jahre alt gewesen war. Gesprochen hatte sie mit ihm bislang noch nicht darüber, doch sie ahnte, dass es schrecklich für ihn gewesen sein musste – und womöglich immer noch war. Zeit heilte viele Wunden, aber manche gingen deutlich tiefer. Sollte sie jetzt etwas sagen?

»Jedenfalls stand da, dass sie sich absolut sicher war, dass es im Flugzeug passiert sein musste, und dass sie mich deshalb in jedem Fall Sky nennen würde – egal, ob ich ein Mädchen oder ein Junge würde«, unterbrach Sky mit fester Stimme ihre Überlegungen und sah ihr schließlich tief in die Augen. »Aber nun zu dir. Gibt's zu deinem Namen auch eine Geschichte?«

»Leider ja.« Sie nahm einen tiefen Schluck Kaffee. »Aber meine Story ist einfach nur peinlich.«

»Lass mich raten: Du heißt Robin, weil deine Mutter so ein großer Robin-Hood-Fan ist?«, mutmaßte Sky mit einem breiten Lächeln.

Sie starrte ihn verblüfft an – wie konnte er das ahnen?

»Ernsthaft?«, fragte er überrascht – offenbar hatte er ihren Gesichtsausdruck richtig interpretiert. Sie nickte und er fuhr fort: »Aber das ist doch ganz witzig. Besser jedenfalls als die Flugzeugtoilette.«

»Hm«, brummte sie. »Das würdest du nicht sagen, wenn du als schottisches Mädchen den Namen eines englischen Helden tragen müsstest.«

Sky runzelte verständnislos die Stirn. »Wo genau liegt das Problem? Du bist doch Engländerin!«

»Problem eins ist, dass wir Schotten ein ziemlich versnobtes Völkchen sind und größten Wert darauf legen, dass wir eben Schotten sind und auch Briten, aber keinesfalls Engländer!« Sie warf ihm einen warnenden Blick zu.

Er hob entschuldigend die Hände. »Wird nie wieder vorkommen!« Dann grinste er wieder. »Und weiter?«

»Problem zwei ist, dass Robin zwar hier in Amerika als Name für beide Geschlechter geläufig ist, in Großbritannien dagegen fast ausschließlich für Jungs verwendet wird.«

»Ich kann mir nicht vorstellen, dass du jemals für einen Jungen gehalten wurdest«, unterbrach er sie erneut und taxierte mit einem wohlwollenden Blick ihr Gesicht und ihren Oberkörper, so dass Robin schlagartig bewusst wurde, dass sie immer noch nur ihr dünnes Schlafshirt trug – ohne BH darunter. »In diesem Argument sehe ich auch kein Problem.«

Robin verdrehte kurz die Augen. »Es ist jedenfalls sehr ungewöhnlich, dass eine typische Schottin total auf Robin Hood steht. Wobei ich bei meiner Mutter gar nicht die Figur an sich im Verdacht habe, sondern irgendeine der zahllosen blöden Verfilmungen. Jedenfalls war sie während der Schwangerschaft wohl besessen von der Idee, ihren Sohn Robin zu nennen, denn zu allem Überfluss war sie sich auch absolut sicher, dass ich ein Junge werde. Als ich mich dann als Mädchen entpuppte, war sie angeblich schon derart an den Namen Robin gewöhnt, dass kein anderer mehr infrage kam. Mein Vater hatte in diesem Zusammenhang wohl nichts zu melden. Er schwört bis heute Stein und Bein, dass er mir das nicht angetan und mir einen hübschen Mädchennamen gegeben hätte, doch stattdessen kam meine Mutter noch auf die abstruse Idee, mich mit zweitem Namen Marian zu taufen. Du hast es also offiziell mit Robin Marian Stewart zu tun«, schloss sie düster.

»Warum habe ich das deutliche Gefühl, dass jeder, der dich wegen deines Namens aufgezogen hat, dies sehr schnell, sehr intensiv bereut hat?«, fragte er mit einem Augenzwinkern. »Robin – die Rächerin! Wenn nicht der Armen, dann wenigstens in eigener Sache.«

»Hey, nicht frech werden, du Produkt eines Flugzeug-Ficks.« Sie fuchtelte drohend mit ihrer

Gabel vor seiner Brust herum. »Sonst lernst du noch meine Spezialtechnik kennen.«

»Ich wüsste wenig, was ich heißer fände«, behauptete er und der Blick, den er ihr dabei zuwarf, ging ihr wieder durch Mark und Bein. Was musste dieser Kerl auch ständig so verwirrende und vor allem widersprüchliche Signale aussenden?

»Mein Großvater hat übrigens immer versucht, mir einzureden, dass ich in Wirklichkeit nach dem Rotkehlchen benannt wurde. Robin heißt eben nicht nur der ehrenwerte Dieb in Strumpfhosen, sondern auch das Rotkehlchen«, fuhr sie fort und beschloss, seine Zweideutigkeiten zu ignorieren.

»Das ist doch hübsch«, meinte er.

»Hast du schon mal ein Rotkehlchen gesehen? Die sehen aus wie dicke kleine Spatzen, nur mit einem rötlichen Latz. Damit will man als Mädchen auch nicht verglichen werden!« Robin schüttelte energisch den Kopf. »Ich finde, damit habe ich gewonnen.«

»Was gewonnen?«

»Na, den Wettbewerb um die peinlichste Namenslegende.«

»Mir war nicht klar, dass wir da in Konkurrenz stehen«, sagte er grinsend. »Aber keine Chance, meine Storys sind viel besser! Flugzeug-Sex zur Zeugung, halbersticktes Neugeborenes und himmelblaue Augen toppen niedliche Vögelchen und Strumpfhosen-Helden um Längen.«

»Na gut«, gab sie sich geschlagen, musste aber insgeheim zugeben, dass dieses Frühstück sich nahtlos an den gestrigen Abend anschloss, was die Albernheit betraf. Und die Nähe. Vor allem die Nähe. Mit Ausnahme ihrer besten Freundin Chiara und ihrer engsten Familie gab es keinen Menschen, mit dem sie so entspannt über Nichtigkeiten plaudern und gleichzeitig so viel von sich preisgeben konnte wie mit Sky. Was das wohl zu bedeuten hatte? Darüber wollte sie im Moment nicht weiter nachdenken, sondern wechselte abrupt das Thema: »Was hast du heute noch vor?«

»Ich wollte zu einem Möbelhaus fahren und mal sehen, welche Sachen wir innerhalb von zehn Tagen geliefert bekommen können«, kam es wie aus der Pistole geschossen. Er war ganz offensichtlich schon wieder bei den drängenden Problemen und hielt sich nicht mit irgendwelchen Befindlichkeiten auf. »Speziell bei der Küche wird das ziemlich sportlich.«

»Heute ist Sonntag«, gab sie zu bedenken. »Haben da die Läden auf?«

»Nicht alle, aber ein großes Möbelcenter schon. Da wollte ich hin. Magst du mitkommen?«

Eigentlich eine Schande, dass sie diesen prächtigen Tag in einem Möbelhaus verbringen sollten, dachte Sky, als er eine gute Stunde später neben Robin in ihrem alten Jaguar-Cabrio saß und die Stadt in Richtung

Hinterland verließ. Nach dem gestrigen Nebel-Regen-Tag schien heute die Sonne und zauberte goldene Reflexe auf Robins dunkelbraune Mähne, die unter ihrem bunten Seidentuch hervorflatterte. Überhaupt sah sie aus wie ein Filmstar aus den Sechzigerjahren mit ihrer großen Sonnenbrille, der schmalen Hose, die ihre schlanken, langen Beine betonte, und der taillierten weißen Bluse, die momentan unter einer beigen Lederjacke versteckt war. Zu schade, dass sie in ihm nur einen kleinen Jungen sah ... Er stellte fest, dass er sie wirklich gernhatte. Sehr gern sogar – obwohl sie als Anwältin in seinem Weltbild eigentlich das personifizierte Böse darstellte. Er hatte sich noch nicht entschieden, ob er ihr seine Unterlagen geben sollte. Der Impuls, einfach Gras über die Schmach wachsen zu lassen, war groß, aber andererseits hatte ihn ihre eindringliche Argumentation auch aufgewühlt. Was, wenn Senait tatsächlich keine Ruhe gab?

»Bist du bereit für ein Abenteuer?«, unterbrach Robin seine Gedanken. Sie war auf den Parkplatz des riesigen Möbelcenters gefahren und stellte den schicken Oldtimer zwischen zwei Pick-up-Trucks ab.

»Ich bin mir nicht sicher«, murmelte er, als er zu dem festungsartigen Gebäude blickte. Dagegen waren die drei Baumärkte gestern von geradezu putziger Überschaubarkeit gewesen. »Ehrlich gesagt war ich noch nie in so einem ... ähm ... Laden.«

»Ich auch nicht«, entgegnete sie fröhlich und starrte fasziniert auf die vielen Menschen, die in Richtung Eingang strömten. »Jedenfalls scheint es eine etablierte Sonntags-Beschäftigung hier in der Gegend zu sein. Komm, wir schaffen das!« Sie reichte ihm ihre Hand und schlang ihre Finger um seine.

War das jetzt wieder eine mütterlich-tröstende Geste? Er war sich nicht sicher, aber zumindest für ihn fühlte es sich nicht so an. Doch eigentlich war es auch egal, er konnte in diesem Moment jede Form der Aufmunterung gebrauchen, denn er fühlte sich bereits komplett überfordert. Wie sollte er bei der mutmaßlich riesigen Auswahl überhaupt eine Entscheidung treffen können? Robin dagegen wirkte, als hätte sie einen Plan. Zielsicher strebte sie zum Info-Counter im Eingangsbereich und fragte, ob man ihnen einen Berater zur Seite stellen könnte.

»Das ist bei uns nicht vorgesehen, Ma'am«, antwortete die junge Frau gelangweilt. »Wenden Sie sich bitte an die einzelnen Verkäufer in den jeweiligen Abteilungen.«

Sky wandte sich schon zum Gehen, doch Robin ließ nicht locker – weder an seiner Hand noch bei ihrer Mission. »Ich bin mir sicher, Sie werden gerne eine Ausnahme machen«, sagte sie freundlich, aber mit einem Tonfall in der Stimme, der klarmachte, dass sie keinen Widerspruch akzeptieren würde. »Wir haben ein Budget und müssen eine Dreizimmerwohnung innerhalb von wenigen Tagen komplett eingerichtet haben – inklusive Küche. Also, bekommen wir nun einen Berater oder nicht?«

»Das kann ich nicht entscheiden ...«, entgegnete die Frau nervös, von der Sky annahm, dass sie eine Studentin war, die hier nur am Wochenende jobbte.

»Das glaube ich gerne.« Robin lächelte verbindlich. »Aber Sie schaffen es bestimmt, jemanden zu rufen, der es kann. Nicht wahr?«

Vier Stunden später ließ sich Sky erschöpft neben Robin auf ein Sofa sinken. Er sah sie an und sie lachte lauthals los. »Was sagst du jetzt?«, gluckste sie.

»Du bist einfach unglaublich.« Er nahm wieder ihre Hand und drückte sie fest. Sie hatten es tatsächlich geschafft. Dank Robins Beharrlichkeit hatten sie eine Beraterin bekommen, die mit ihnen durch das gesamte Einrichtungshaus gezogen war und sie in jeder Abteilung mit einem der jeweiligen Fachverkäufer bei der Auswahl unterstützt hatte. Als letzten Punkt hatten sie sich das Wohnzimmer vorgenommen und warteten nun ermattet in der Wohnlandschaft auf die Rückkehr der guten Fee, die eine vollständige Übersicht aller Artikel inklusive Liefertermin und Rechnung erstellen wollte.

»Gib's zu, ein bisschen hat's dir auch Spaß gemacht.« Sie warf ihren Kopf zurück und streckte die Beine aus.

»Ich müsste so eine Art von Vergnügen jetzt nicht jeden Tag haben, aber ja, es war ein Erlebnis.« Er sah zu ihr und stellte fest, dass sie die Augen geschlossen hatte, aber immer noch lächelte. Vielleicht dachte sie auch an den großen Matratzentest zurück – sein persönliches Highlight. Sie waren albern über die Testbetten gehüpft und hatten kichernd darüber spekuliert, welche Vorlieben das schwedische Paar wohl haben mochte. Dabei waren sie sich einige Male ziemlich nah gekommen. Er schluckte bei dem Gedanken daran und blickte auf seine Hand, die immer noch ihre hielt – wie fast während der gesamten Zeit hier in dieser Möbelhölle. Diese an sich so harmlose und unschuldige Geste fühlte sich inzwischen dermaßen gut und vertraut an, dass er sie gar nicht mehr loslassen wollte. Und wenn er ehrlich war, empfand er es auch weder als harmlos noch als unschuldig. Aus einem plötzlichen unwiderstehlichen Impuls heraus beugte er sich zu ihr und küsste sie kurz auf die Lippen. Genau genommen war es nur ein rascher Schmatz, der notfalls auch als freundschaftlich durchgehen konnte, doch sie öffnete überrascht ihre Augen und lächelte ihn dann an.

»Danke. Ohne dich hätte ich das nicht geschafft«, sagte er und versank dabei in ihren schimmernden grünen Augen, die hier in dieser Beleuchtung tief und geheimnisvoll wie ein schottischer Moorsee wirkten.

»Es war mir ein Vergnügen«, entgegnete sie leise, und Sky bildete sich ein, dass sie dabei ein wenig atemlos klang. Sie rückte näher, senkte ihre Augenlider und war mit ihren Lippen nur noch Millimeter von seinen entfernt, als eine Stimme sie unterbrach.

»Da bin ich wieder!«, tönte die Möbelhaus-Fee und zerstörte jäh diesen magischen Moment. »Ich habe alles zusammengestellt und kann Ihnen die frohe Botschaft verkünden, dass wir Ihnen fünfzehn Prozent Rabatt auf alles gewähren!«, trällerte sie. »Und weil das ein Grund zum Feiern ist, habe ich mir erlaubt, etwas zum Anstoßen mitzubringen.«

Sky hätte ihr am liebsten den Hals umgedreht, doch Robin hatte sich schon wieder gefangen und antwortete charmant: »Wie nett!« Dann nahm sie die beiden Gläser vom Tablett, reichte ihm eines und prostete ihm mit einem Augenzwinkern zu.

Sky hatte recht präzise Vorstellungen davon gehabt, wie der restliche Sonntag aussehen sollte, und diese Fantasien beinhalteten nicht nur intensive Küsse in etwas privaterem Rahmen, sondern mindestens auch eine aufgeknöpfte Bluse und idealerweise reichlich nackte Haut. Doch das Schicksal hatte andere Pläne: Kaum hatten sie bezahlt, hatte Robins Handy geklingelt, und ein aufgeregter Ian hatte sie gebeten, in sein Haus zu kommen und sich über Nacht um Bloodhound Drake zu kümmern. Luci war nämlich beim Streichen der Kinderzimmerwand von der Leiter gestürzt und musste jetzt zur Beobachtung im Krankenhaus bleiben. Außer einer Prellung an der Hüfte und einer Beule am Kopf war ihr zwar nichts passiert, aber Ian und die Ärzte wollten sichergehen, dass es auch dem Baby gutging und sie nicht vorzeitige Wehen bekam. Selbstredend wollte Ian nicht für eine Sekunde von der Seite seiner Verlobten weichen, und so waren sie so schnell wie möglich nach Hause gefahren, wo sich Robin nur rasch ein paar Sachen geschnappt hatte und dann zu dem verwaisten Drake geeilt war. Sky hatte kurz überlegt, ob er mitkommen sollte, sich dann jedoch dagegen entschieden. Vielleicht war das ja ein Zeichen? Ein eindeutiger Hinweis darauf, dass außer Freundschaft nichts zwischen ihm und Robin laufen sollte? Vermutlich war es besser so. Nein, ganz sicher war es besser so, und daher hatte er den Abend damit verbracht, seine Stiftungsunterlagen und den Drohbrief von Senait zusammenzusuchen.

30. April, San Francisco

»Was sagst du?«, fragte Robin gespannt. Sie und Sky hatten Rosalynd in den ersten Stock gebeten, um die fertig renovierte Wohnung zu begutachten. Es war eine echte Punktlandung, denn bereits am nächsten Tag sollte das schwedische Paar eintreffen.

Rosalynd sagte zunächst nichts, sondern wanderte mit großen Augen durch die Räume.

»Sprachlos habe ich meine Nana auch noch nie erlebt«, stellte Sky fest. Er lächelte, doch auch er klang ein wenig nervös.

Während der letzten Tage hatte vor allem Sky geackert wie ein Pferd und dabei tatsächlich das meiste allein gemacht: neue Böden verlegt, das Bad frisch gefliest, alle Wände gestrichen und sämtliche Sanitärinstallationen erledigt. Robin dagegen war die meisten Vormittage über in der Kanzlei, wo sie eine großangelegte Recherche über Skys Stiftung und seine Ex begonnen hatte. Dank des internationalen Netzwerks von Stewart & Sons hatte sie schon einige wertvolle Informationen bekommen und sah langsam gute Chancen, die betrügerische Ex-Finanzchefin der Layla & Samuel Forrester Foundation ans Messer zu liefern. Doch davon hatte sie Sky bislang nichts erzählt. Als sie nach ihrer Dogsitter-Nacht bei Drake am nächsten Tag wieder in die Wohnung gekommen war, hatte sie den Stapel Unterlagen auf ihrem Bett vorgefunden, mit einer Notiz, dass sie damit machen könne, was sie wolle, ihn aber nach Möglichkeit außen vor lassen möge. Daran hatte sie sich gehalten und an den Nachmittagen, die sie mit ihm bei der Renovierung verbracht hatte, nur über unverfängliche Themen geredet. Auch den Kuss im Möbelhaus hatte keiner von beiden angesprochen oder gar versucht, ihn zu wiederholen. Ein wenig schade fand sie das schon, denn diese kurze Berührung seiner Lippen hatte ein vollkommen überraschendes Erdbeben in ihr ausgelöst, und hätte diese Einkaufsberaterin nicht mit ihrem Sekt dazwischengegrätscht, hätte sie ihn unter Garantie richtig geküsst. Doch vermutlich war es besser so – und eine Komplikation weniger in ihrem Leben. Sie waren Freunde, und das war zweifellos wertvoller als alles andere. An den Abenden hatte er sie ab und zu zu Luci begleitet. Ian war viel unterwegs und häufig nicht zu Hause, aber er hatte ein schlechtes Gefühl dabei, seine Freundin allein zu lassen. Die hatte den Sturz zwar problemlos überstanden, und auch dem Baby fehlte nichts, aber Ian entwickelte sich gerade zu einem überbehütenden Papa in spe. Auch wenn Robin sich vordergründig darüber lustig machte und ihren kleinen Bruder damit aufzog, fand sie sein Verhalten doch sehr süß. Insgeheim beneidete sie Luci sogar ein bisschen darum. Es musste schön sein, so geliebt und umsorgt zu werden.

»Ich war mir ja ganz sicher, dass ihr das hinbekommt«, sagte Rosalynd nach einer gefühlten Ewigkeit und strich mit ihren arthritischen Fingern zärtlich über die kuschelige Decke, die Robin vorhin noch übers Sofa geworfen hatte. »Aber dass es so schön wird, hätte ich nie zu träumen gewagt. Ihr habt die Wohnung nicht nur zweckmäßig, sondern vor allem mit Liebe eingerichtet. Diese ganzen Details ...« Die alte Frau schüttelte gerührt den Kopf, dann ging sie erst zu Sky, nahm ihn in den Arm und küsste ihn impulsiv auf beide Wangen und bedachte anschließend Robin mit der gleichen Behandlung. »Danke«, raunte sie ihr ins Ohr. »Falls es dir noch keiner gesagt hat: Du bist ein wahrer Schatz!«

Robin schluckte und versuchte den Kloß, der sich bei diesem überraschenden Lob in ihrem Hals gebildet hatte, loszuwerden, doch es wollte nicht so recht gelingen. Ja, sie war albern stolz auf ihr gemeinsames Werk mit Sky. Die Wohnung war wirklich unglaublich schön und gemütlich geworden, was nicht zuletzt auch den Accessoires zu verdanken war, die sie heute Mittag noch gemeinsam besorgt hatten. Es war nicht einfach nur eine seelenlose Ferienwohnung, sondern ... ein Nest. Und das alles für ein recht überschaubares Budget. Wenn sie ehrlich war, war dieses kleine Apartment sogar viel schöner als ihre schicke Altbauwohnung in Edinburgh. Was aber auch kein Wunder war, denn dort hatte sie die komplette Einrichtung einer hochklassigen Interiordesignerin überlassen, statt auch nur eine Minute darüber nachzudenken, was ihr gefiel – und was nicht. Der Kloß wurde immer dicker und sie verspürte ein merkwürdiges Gefühl in ihren Augen. Waren das etwa Tränen? Robin Stewart heulte nicht. Niemals! Bewusst hatte sie das letzte Mal vor zwanzig Jahren geweint, als ... Nein, daran konnte, daran durfte sie jetzt nicht denken. Doch wie traurig war allein das schon? Dass sie offensichtlich seit endlosen Jahren so hart und abgestumpft zu sich und ihrer Umwelt war und es nicht einmal gemerkt hatte. Was war das bitte für ein Leben? Was war sie bloß für ein Mensch geworden? Nun rann die erste Träne über ihre Wange, und Robin war darüber so entsetzt, dass sie sich aus Rosalynds Umarmung befreite und aus der Wohnung rannte.

Es dauerte ein ganzes Weilchen, bis sie sich wieder beruhigen konnte. Sie hatte sich wie ein kleines Kind auf ihr Bett geworfen und hemmungslos in ihr Kopfkissen geschluchzt. So vieles war hochgekommen, aber vor allem hatte sie die Leere in ihrem Leben beweint. Jetzt hatte sie, für den Moment zumindest, keine Tränen mehr in sich, doch das Gefühl der Sehnsucht war schier überwältigend – wenn auch nicht konkret greifbar. Sie sehnte sich nach ... ja, wonach denn? ... Nach mehr.

Robin tapste ins Bad und wusste nicht, ob sie beim Anblick ihrer vollkommen verquollenen Augen und der roten Nase lachen oder erneut weinen sollte. Sie entschied sich für ein mattes Lächeln und murmelte zu sich selbst: »Jetzt weiß ich wenigstens, warum ich so lange nicht mehr geheult habe.« Dann wusch sie ihr Gesicht mit kaltem Wasser und ging anschließend in die Küche, wo sie ein Rumoren gehört hatte.

»Geht's wieder?«, fragte Sky und musterte sie so liebevoll-besorgt, dass sie beinahe wieder mit Weinen angefangen hätte.

Sie nickte nur und holte sich aus dem Kühlschrank eine Cola. Eigentlich verabscheute sie dieses Zeug, nach dem Sky aber regelrecht süchtig war, doch jetzt brauchte sie dringend ein kaltes, süßes und koffeinhaltiges Getränk. »Darf ich?«, fragte sie und hielt die Flasche in seine Richtung.

»Klar. Ich hab auch Brownies von Rosalynd hier. Schokolade hilft immer.« Sie nahm am Tisch Platz und er schob den Teller in ihre Richtung.

»Danke«, murmelte sie leise und trank dann einen großen Schluck. Nachdem sie die halbe Flasche geleert und den ersten Brownie verdrückt hatte, fühlte sie sich so weit wiederhergestellt, dass sie Sky ansehen und mit ihm reden konnte. »Du musst mich für total durchgedreht halten«, begann sie mit rauer Stimme. »Ich selbst halte mich für total durchgedreht. Ich meine, wie bescheuert ist das denn, dass ich plärre wie eine Fünfjährige, nur weil mich deine Oma gelobt hat?« Sie versuchte ein ironisches Lachen, das aber gründlich misslang.

»Ich halte dich nicht für durchgedreht, und wir beide wissen, dass du nicht wegen Nanas Lob geweint hast«, entgegnete er schlicht, behielt weitere Theorien über den mutmaßlichen Grund ihrer Tränen aber dankenswerterweise für sich.

Sie seufzte. »Wahrscheinlich nicht«, gab sie zu. »Peinlich ist es mir aber trotzdem.«

»Muss es nicht. Und wir müssen auch nicht darüber sprechen – es sei denn, du möchtest gerne. Dann bin ich natürlich für dich da«, sagte er tapfer, jedoch mit einem Gesichtsausdruck, der eindeutig das Gegenteil bewies.

»Keine Sorge.« Diesmal war ihr Lächeln echt. »Ich habe mich für heute genug im Selbstmitleid gewälzt. Du brauchst also keine Angst vor Psychogesprächen und weiteren Frauentränen zu haben.«

»So habe ich das nicht gemeint.«

»Weiß ich doch.«

»Ich wollte gleich noch ein paar Lebensmittel für unsere neuen Nachbarn kaufen, damit die morgen nach dem langen Flug nicht völlig blank dastehen oder erst selbst losziehen müssen. Willst du mitkommen? Danach könnten wir essen gehen.«

»Das klingt nach einem sehr guten Plan. Aber wir könnten ja auch was für uns kaufen und selber kochen. Ich brauch im Moment dringend ein bisschen Normalität.«

Nun grinste er. »War klar, dass man dich mit Essen ködern kann, aber wenn wir schon unterwegs sind, könntest du mir vielleicht auch einen Tipp geben, was ich deinem Bruder zum Geburtstag schenken könnte.«

»Du willst sein Geschenk im Supermarkt kaufen?« Sie hob amüsiert eine Braue. Vorgestern Abend hatte Luci ihr und Sky ausgerichtet, dass Ian seinen Geburtstag Ende Mai mit einer großen Gartenparty feiern wollte und er sich freuen würde, wenn auch Sky käme. Seitdem war ihr Mitbewohner in Alarmbereitschaft.

»Keine Ahnung. Was weiß denn ich, was man einem schwerreichen Anwalt schenken soll?«

»Höre ich da etwa wieder das Vorurteil gegen böse Juristen in deiner Stimme?«, zog sie ihn auf, und als er nur mit den Schultern zuckte, fügte sie hinzu: »Es sind ja noch fast vier Wochen, bis dahin fällt uns was ein. Und wie ich Ian kenne, wird er sich noch irgendein albernes Motto ausdenken, dann wird's noch leichter.«

Zwanzig Jahre sind ein halbes Leben

4. Mai, San Francisco

Robin stand um acht Uhr morgens am Küchenfenster und starrte gedankenverloren auf die Straße. Rosalynd hatte sie gestern Nachmittag gebeten, sie heute tagsüber bei einigen nicht näher definierten »Besorgungen« zu begleiten, weshalb sie nicht in die Kanzlei ging und eigentlich einen entspannten Morgen verbringen könnte. Doch sie hatte nicht nur eine unruhige Nacht hinter sich, sondern war bereits vor sechs Uhr aufgewacht. Sky war gestern außerplanmäßig nach Los Angeles geflogen – angeblich, weil er dringend an einer Redaktionssitzung teilnehmen musste. Sie nahm ihm das nicht ganz ab, sondern vermutete, dass er nach dem Renovierungswahnsinn der letzten Tage dringend etwas Abstand brauchte. Fragte sich nur, wovon oder von wem genau. Wollte er seiner

Großmutter oder den neuen schwedischen Mietern aus dem Weg gehen? Greta und Leo hatten sich als außerordentlich entzückendes Paar Anfang dreißig herausgestellt und sich geradezu lächerlich dankbar für die herzliche Begrüßung in ihrem neuen Domizil auf Zeit gezeigt. Fürs Wochenende hatten sie ein typisch schwedisches Abendessen angekündigt und Robin hatte schon Visionen von Massen an Fleischbällchen in Rahmsoße. Doch konnte das der Grund für Skys beinah überstürzt wirkende Flucht gewesen sein? Oder war am Ende sie selbst der Grund? Er hatte nach ihrem völlig irrationalen Zusammenbruch neulich wirklich ausgesprochen zauberhaft reagiert, aber womöglich hatte er doch keinen Nerv für eine emotionale Zeitbombe. Nicht dass sie eine war, aber ... Sie schnaubte in ihren Kaffee. Wem machte sie etwas vor? Sich selbst etwa? Nein, vermutlich war es sogar gut, dass er heute nicht hier war, an diesem gottverdammten Scheißtag! Gut auch, dass sie ihren Bruder heute nicht sehen musste, und mit Rosalynd war sie auf der sicheren Seite. Die sorgte immer für so viel Ablenkung, dass sie bestimmt keine Sekunde zum Nachdenken kommen würde. Und morgen war dann ein neuer Tag.

In diesem Moment vibrierte ihr Telefon mit einer Nachricht. Robin tippte auf das Symbol und sah, dass ihre Mutter ihr ein Foto geschickt hatte – typisch für sie vollkommen verschwommen. Doch Robin hätte den kleinen grauen Granitstein, auf dem neben dem Buchstaben »G« lediglich ein kleines Vögelchen eingraviert war, selbst auf einem noch schlechteren

Bild erkannt. Vor dem Stein lag eindeutig eine frische weiße Rose. Sie schluckte und griff sich an ihre Halskette. Das war nun ganz und gar nicht die erwünschte Ablenkung. Ihre Hand zitterte, als das Telefon erneut vibrierte und eine Textnachricht ihrer Mutter anzeigte: *Er ist nicht vergessen! Wenn du reden willst, ruf jederzeit an. Love, M.*

Robin hatte das Gefühl, dass ihr Herz ein paar Schläge aussetzte und dann panisch stolpernd wieder seine Arbeit aufnahm. Der Schmerz fühlte sich auch nach zwanzig Jahren genauso roh und fürchterlich an wie damals. Sollte sie ihre Mutter anrufen? War sie in der Lage, mit ihr zu sprechen? Doch was sollte es bringen? Es gab nur einen einzigen Menschen, mit dem sie in den letzten Jahren überhaupt von Zeit zu Zeit »über die Sache« gesprochen hatte, doch Chiara saß in diesem Moment vermutlich in ihrem Büro und terrorisierte ihre Redakteure. In London war es jetzt kurz nach fünfzehn Uhr und damit kurz vor der Nachmittags-Redaktionskonferenz des Nachrichtenmagazins »The Beacon«, dessen Chefredakteurin ihre beste Freundin seit zwei Jahren war. Chiara Valentini war ein harter Knochen und hatte aus dem etwas verschnarchten und ziemlich konservativen Traditionsblatt innerhalb kurzer Zeit das führende Informationsmedium des Landes gemacht – und das als Frau und Italienerin in der stolzen britischen Medienlandschaft. Aller Wahrscheinlichkeit nach bereitete sie gerade den nächsten spektakulären Coup vor, der die Welt aus den Angeln heben würde – oder sie rief ihre Freundin via Video-Chat an.

Robin sah erstaunt auf ihr Display, als sie Chiaras breites Lächeln und deren blitzende braune Augen erkannte und das Gespräch annahm.

»Na, Principessa, wobei habe ich dich gerade ertappt?«, fragte Chiara betont fröhlich.

»Ähm ...«, begann Robin zögernd, dann fiel ihr Blick auf ihre Tasse. »Beim Kaffeetrinken.« Ob Chiara wohl an den Tag gedacht hatte? Oder war ihr Anruf nur reiner Zufall? Dann würde sie ganz bestimmt nicht damit anfangen, denn ...

»Es sind heute genau zwanzig Jahre«, unterbrach Chiara ihre Gedanken zielgenau wie immer. Natürlich hatte sie es nicht vergessen. Chiara vergaß nie etwas. Ihr Lächeln war verschwunden und hatte einem prüfenden, aber warmherzigen Blick Platz gemacht. »Wie geht es dir?«

»Gute Frage«, entgegnete Robin. Wie ging es ihr? Sie schüttelte den Kopf. »Ich kann es dir ganz ehrlich nicht sagen. An sich geht es mir ziemlich gut hier. Überraschend gut. Hab ich dir erzählt, dass mein Mitbewohner und ich innerhalb der letzten zehn Tage eine Wohnung renoviert haben?«

»Du hast so etwas erwähnt, aber du weißt auch, dass ich das nicht meine.«

»Weiß ich, aber ich habe trotzdem keine andere Antwort. Ich fühle mich in San Francisco erstaunlich wohl. Es ist sogar okay, dass ich nicht so viel arbeite, und ich verbringe viel Zeit mit Ians Freundin Luci, deren bekloppten Hund, meiner Vermieterin oder eben mit Sky. Das ist ... schön.«

»Schön?!« Chiara runzelte die Stirn.

»Ja, irgendwie schon.« Robin strich sich eine Strähne hinters Ohr. »Ich weiß, es klingt schrecklich banal, aber irgendwie ist es wirklich schön.« Sie lauschte ihren Worten nach und stellte fest, dass sie absolut der Wahrheit entsprachen. Sie fand ihr Leben im Augenblick tatsächlich schön. »Ich habe am Montag einen fürchterlichen Weinkrampf gehabt«, platzte es urplötzlich aus ihr hervor.

»Du hast geweint?« Chiara klang überrascht.

»Aus einem vollkommen trivialen Grund. Rosalynd hat mich für meinen Einsatz bei der Wohnungsrenovierung gelobt, mich in den Arm genommen und mir gesagt, dass ich ein großer Schatz sei. Und dann ging's los. Ich habe mindestens eine Stunde geheult, ehe ich mich wieder beruhigen konnte. Es war schrecklich, aber irgendwie auch ...« Sie suchte nach dem richtigen Wort.

»Befreiend?«

»Ja, auf eigenartige Weise tatsächlich befreiend«, gab Robin zu. »Aber ich habe Angst, dass es jetzt öfter passiert.« Sie seufzte.

»Süße, das ist die beste Nachricht des Tages!« Chiara strahlte sie an. »Du brauchst gar nicht so skeptisch zu gucken. Du weißt selbst, dass es nicht gesund war, so viele Jahre lang alle intensiven Gefühle derart krass abzukapseln. Endlich lebst du wieder!« Sie klang nun regelrecht euphorisch. »Das ist ein Grund zum Feiern!«

»So richtig in Feierlaune bin ich momentan nicht ...«, gab Robin zu bedenken.

»Du brauchst dich gar nicht hinter Ironie zu verschanzen. Natürlich bist du nicht in Feierlaune! Es ist genau zwanzig Jahre her. Selbstverständlich denkst du an ihn und daran, was aus ihm geworden wäre. Das ist gut so. Er ist ein Teil deines Lebens, wird es immer sein, aber es ist wichtig, dass du auch dein eigenes Leben wieder mit allen Sinnen erfährst! Wenn du Freude zulassen kannst und Freunde, dann hältst du auch die Trauer aus – und vielleicht ist irgendwann wieder Platz für die Liebe!«, rief sie eindringlich. »Robin, du hast mehr als dein halbes Leben in emotionaler Eiszeit verbracht, doch jetzt sehe ich endlich wieder Hoffnung für dich! Lache, weine, liebe!!«

»Gott, ich hoffe für dich, dass du allein in deinem Büro bist, sonst wäre dein Ruf als härteste Investigativ-Journalistin des Landes ein für alle Mal im Eimer«, entgegnete Robin mit mattem Sarkasmus. Sie wusste, dass ihre Freundin recht hatte, doch alte Gewohnheiten waren so viel bequemer und einfacher als die ersten unsicheren Schritte in eine neue Richtung.

»Oh, mach dir um mich mal keine Sorgen«, erwiderte Chiara fröhlich. »Ich mach mir auch keine mehr um dich. Hab einen guten Tag und vergiss nicht, das ist heute der beste vierte Mai seit vielen Jahren!« Sie warf Robin eine Kusshand zu und beendete die Verbindung.

Robin starrte noch ein Weilchen versonnen auf das schwarze Display, dann rief sie die Textnachricht ihrer Mutter erneut auf und antwortete: *Danke – ich hab euch lieb!*

Sie wusste nicht, ob es ein guter Tag werden würde, aber wenigstens fühlte sie sich ein klein wenig zuversichtlicher als noch vor ein paar Minuten.

Von diesem Gefühl war ein paar Stunden später nicht mehr allzu viel übrig. Nachdem sie Rosalynd zunächst zu einem Arzttermin begleitet hatte, stand sie nun neben ihr auf einem Friedhof vor einem stattlichen Grabmal – und versuchte verzweifelt, die nächste schockierende Neuigkeit zu verkraften.

»Mein Sohn Sam und seine Frau Layla sind zwar nicht hier begraben, sondern in Äthiopien, doch ich wollte ihnen auch hier in unserem Familiengrab ein Denkmal setzen. Das hier waren meine Großeltern«, erklärte Rosalynd, deutete auf zwei stark verwitterte Namen und sprach dann weiter.

Doch Robin bekam nicht mehr viel mit. Wie hypnotisiert starrte sie auf den Todestag von Skys Eltern. Samuel und Layla Forrester waren am 4. Mai 1998 ums Leben gekommen. Vor zwanzig Jahren, und das Datum war auf den Tag genau dasselbe wie ...

»Geht's dir nicht gut, meine Liebe?«, riss die besorgte Stimme der alten Dame Robin wieder aus ihren Gedanken.

»Alles in Ordnung«, murmelte sie und bemühte sich, langsam und tief ein- und auszuatmen. »Das war wohl der Grund, warum Sky gestern die Gelegenheit beim Schopf gepackt hat und nach Los Angeles geflohen ist«, fügte sie leise hinzu.

»Er spricht nicht gerne darüber«, sagte Rosalynd traurig. »Dabei ist es wichtig, sich zu erinnern. Wenn man sich an geliebte Menschen erinnert und über sie spricht, dann sind sie nicht wirklich tot.« Sie nahm Robins Hand und drückte sie mit erstaunlich viel Kraft. »Es ist nicht leicht für ihn, auch nach all den Jahren noch nicht, dabei sind sie nun schon mehr als sein halbes Leben lang tot. Es macht es nicht besser, dass er außer mir keine andere Familie mehr hat, und du weißt ...«

»Ja, ich weiß«, entgegnete Robin mit brüchiger Stimme und erwiderte den festen Händedruck, in der Hoffnung, dass diese hilflose Geste mehr aussagen möge als die Worte, die ihr im Moment partout nicht über die Lippen gehen wollten.

Ein ganzes Weilchen standen sie schweigend vor dem Grab, und Robin konnte den Blick nicht von den beiden weißen Rosen abwenden, die Rosalynd neben der Kerze auf die Steinplatte gelegt hatte. Das konnte doch kein Zufall sein, oder?

»Kommst du heute Abend mit zu Luci und Ian?«, fragte Rosalynd schließlich und klang beinahe so aufgeräumt wie üblicherweise. »Kendra und Derek werden auch da sein.«

Robin zögerte, denn eigentlich würde sie den Abend wirklich lieber in Gesellschaft verbringen und nicht allein, doch dann sagte sie: »Nein, ich bleibe zu Hause. Sky hat gestern gemeint, dass er wahrscheinlich heute Abend zurückkommt und dann ...«

»Danke«, unterbrach Rosalynd sie und wirkte erleichtert. »Ich hoffe, er merkt rechtzeitig, was er an dir hat«, fügte sie lächelnd hinzu.

Robin beschloss, dass sie auf den vielsagenden Blick ihrer Vermieterin lieber nicht eingehen wollte, und sagte stattdessen: »Komm, lass uns Kaffee trinken gehen. Mir ist nach einem sehr großen Stück Schokoladentorte.«

Einige Stunden später

Sky saß im Taxi vom Flughafen nach Hause und hielt sein Telefon umklammert. Der Trip nach Los Angeles hatte natürlich nicht den erwünschten Effekt gehabt. Klar hatten ihn die Diskussionen in der Redaktion ein wenig abgelenkt, Arbeit half schließlich immer irgendwie. Gestern Abend war er dann mit Jeremy noch in einer netten Bar gewesen, doch nichts hatte seine Gedanken wirklich nachhaltig vom Dauerkreiseln abgehalten. Verdammt noch mal, seine Eltern waren seit zwanzig Jahren tot – irgendwann musste das Gefühl der Verlassenheit doch endlich mal nachlassen! Er war schließlich längst nicht mehr der verzweifelte Dreizehnjährige, dessen Welt von einem zum anderen Moment untergegangen war, sondern ein erwachsener Mann. Aber es gelang ihm einfach nicht, das Gefühl der Ohnmacht abzuwehren, und er schämte sich gleichzeitig schrecklich dafür, dass er es den ganzen Tag krampfhaft vermieden hatte, seine Großmutter anzurufen. Dabei musste es für Nana Rosalynd doch ähnlich schlimm sein wie für ihn, oder? Er sah auf die Uhr, schon nach neun. Nun war es sicher zu spät, um noch mit ihr zu sprechen, redete er sich ein und wusste doch, dass es nur eine dumme Ausrede war. Rosalynd Forrester war eine echte Nachteule und für ihren Enkel ohnehin zu jeder Tageszeit zu sprechen.

Seine Gedanken schweiften in Richtung Robin ab, die bei seinem abrupten Aufbruch gestern ziemlich erstaunt gewirkt, jedoch nichts gesagt hatte. Aus unerklärlichen Gründen hoffte er, dass sie zu Hause sein würde. Es tat so gut, einfach über Nichtigkeiten mit ihr zu plaudern – und selbst wenn das Gespräch auf seine Eltern käme, dann ... Tja, was dann? Die widerstreitenden Gefühle in ihm machten ihn immer nervöser. Er wollte nicht darüber reden – und irgendwie doch. Er wünschte sich, dass Robin daheim war, und doch hatte er mit keiner Silbe etwas zu ihr gesagt oder ihr wenigstens eine Nachricht geschickt. Er schnaubte verärgert – was war er doch für ein erbärmlicher Feigling!

Er nahm sich vor, das umgehend zu ändern: Sollte bei seiner Ankunft Licht bei Nana Rosalynd brennen, würde er direkt zu ihr gehen und dann anschließend mit Robin sprechen.

Als das Taxi jedoch hielt, stellte er fest, dass die Fenster im Erdgeschoss alle dunkel waren. Entweder war seine Großmutter also schon im Bett oder nicht zu Hause. Dann eben morgen. In der Dachwohnung dagegen war die Küche beleuchtet. Robin war demnach da und vielleicht hatte sie sogar etwas zu essen. Erleichterung machte sich in ihm breit, und so stieg er rasch die Stufen in den dritten Stock hinauf.

»Ich bin wieder da«, rief er, als er die Wohnungstür hinter sich geschlossen hatte, und hoffte, dass er nicht so atemlos klang, wie er sich fühlte.

»Wie schön.« Robin stand im Türrahmen der Küche und lächelte ihn an. »Hast du Hunger? Ich könnte dir einen Teller Pasta machen. Salat wäre auch noch da und Wein sowieso.«

Er warf seine kleine Reisetasche in Richtung seines Zimmers und ging dann in die Küche, in der es himmlisch duftete. »Hi«, murmelte er und hauchte ihr einen kleinen Begrüßungskuss auf die Wange. Viel lieber würde er sie fest in die Arme nehmen und sein Gesicht in ihren langen schwarzen Haaren vergraben, sie anschließend um den Verstand küssen und dann ... »Nudeln klingen toll, aber du musst nicht extra ...«

»Ich habe vorhin einen großen Topf Bolognese gekocht«, unterbrach sie ihn. »Ich würde auch noch einen Teller mitessen. Setz dich.«

Kaum hatte er am Tisch Platz genommen, hatte sie ihm ein Glas Rotwein in die Hand gedrückt und begonnen, sich am Herd zu schaffen zu machen. Er wurde den Verdacht nicht los, dass sie auf ihn gewartet hatte. Wie sonst ließe sich der Topf mit dem simmernden Wasser erklären, der innerhalb von wenigen Augenblicken sprudelnd kochte und in den sie die frischen Nudeln kippte? Er entspannte sich merklich. Es tat gut, dass es mit Robin einen Menschen gab, der sich so offensichtlich über seine Anwesenheit freute und ihn umsorgte. Es hatte fast etwas Mütterliches an sich.

Dieser letzte Gedanke ernüchterte ihn schlagartig wieder. Mütterliche Sorge war nicht das, wonach ihm der Sinn stand. Sky seufzte resigniert und trank einen großen Schluck Wein. »Der ist lecker«, stellte er fest und griff nach der Flasche – ein italienischer Amarone della Valpolicella.

Robin lächelte, stellte einen dampfenden Teller vor ihn und reichte ihm ein großes Stück Parmesan und eine Käsereibe, dann holte sie sich selbst eine Portion und nahm ebenfalls Platz. »Guten Appetit.«

»Du überraschst mich immer wieder«, stellte er nach einigen Minuten fest. Er konnte sich kaum daran erinnern, jemals etwas Besseres gegessen zu haben.

»Warum? Weil ich halbwegs gut kochen kann? Da kannst du dich bei meiner Mutter und meiner besten Freundin Chiara bedanken. Die ist Italienerin und hat mir einige Tricks für das perfekte Soulfood beigebracht.«

»Soulfood? Ich würde es eher Trostessen nennen«, erwiderte er und hätte sich am liebsten auf die Zunge gebissen. Das klang ja gerade so, als würde er Trost brauchen ...

Sie sah ihn ein Weilchen schweigend an, dann schob sie ihren leeren Teller beiseite. »Ich war heute mit Rosalynd auf dem Friedhof«, sagte sie leise.

»Und dann hast du dir gedacht, ich hätte Trost nötig?«, fragte er bitter.

Sie zuckte mit den Schultern. »Wer sagt denn, dass ich es für dich gekocht habe?«, entgegnete sie nonchalant und griff – wie so häufig, wenn sie etwas emotional aufwühlte – zu ihrer Halskette und dem kleinen Vogelanhänger. »Aber wenn meine Eltern zwanzig Jahre tot wären, wäre dies mit Sicherheit ein Anlass, bei dem ich Trost brauchen könnte«, fuhr sie fort.

»Wie geht es Nana?«, wollte er wissen. Dass seine Großmutter ausgerechnet mit Robin das Grab ihrer Lieben besucht hatte, überraschte ihn – und dann auch wieder nicht. Nana hatte einen echten Narren an Robin gefressen, doch dass es ausgerechnet an diesem Tag hatte sein müssen? Andererseits war er ja nicht da gewesen ... Er schüttelte unwillig den Kopf.

»Deine Großmutter ist eine wirklich bemerkenswerte Frau. Sie stand vor dem Grab, in dem fast ihre ganze Familie ihre letzte Ruhe gefunden hat, doch statt verbittert zu sein, war sie dankbar. Dankbar für die Zeit, die sie mit diesen Menschen verbracht hat, und voller Liebe für sie. Nach allem, was sie mir erzählt hat, waren deine Eltern ganz wunderbare Idealisten – genau wie du«, sagte sie sachte und sah ihn an.

»Ich bin vor allem ein Idiot und ein Feigling«, brummte er. »Ich hätte heute bei ihr sein sollen.«

»Ja, hättest du. Aber Rosalynd versteht auch, warum du es nicht konntest.«

»Dann weiß sie mehr als ich.«

Robin lächelte bei dieser Aussage nur, legte ihre Hand auf seine und drückte sie leicht.

»Ich war erst seit ein paar Monaten im Internat in Südafrika. Die ersten Wochen waren der totale Horror für mich, weil ich meine Eltern und mein bisheriges Leben so wahnsinnig vermisst habe. Wir waren immer unterwegs gewesen, sind durch ganz Afrika gereist, weil sich meine Eltern für die unterschiedlichsten Organisationen engagiert haben. Wir waren kaum jemals länger als ein Jahr an einem Ort und ich habe es geliebt. Für mich war das Abenteuer pur. Ab und zu war ich in einer der örtlichen Schulen, aber meist hat mich meine Mutter selbst unterrichtet. Ich fand das schön, auch wenn es in der Rückschau betrachtet ein ungewöhnliches Lebensmodell war. Irgendwann kamen meine Eltern dann auf die Idee, mich in ein Internat zu stecken, damit ich mehr Struktur in meinem Leben bekäme, die Chance hätte, ernsthaft Freundschaften zu schließen und einen soliden Schulabschluss zu machen. Du kannst dir vorstellen, dass ich das als Zwölfjähriger nicht wirklich eingesehen habe, und ich hatte Nana im Verdacht, dass sie dahintersteckte. Sie hatte vorgeschlagen, dass ich doch zu ihr nach San Francisco ziehen und dort eine Highschool besuchen könnte, aber das wollte ich nicht. Dann lieber ein Internat in Südafrika, wo ich wenigstens die Chance hatte, ab und zu mal an den Wochenenden meine Eltern zu sehen.« Sky holte tief Luft, selbst überrascht über seinen Redefluss, doch nachdem er einmal angefangen hatte, konnte er nicht aufhören zu erzählen. Robin schenkte ihm noch etwas von dem Wein nach und schaute ihn aufmunternd an.

»In der ersten Zeit fand ich es, wie gesagt, grauenvoll, doch nach und nach habe ich mich an den regelmäßigen Schulalltag gewöhnt und mich auch mit einigen Jungs angefreundet. Am Wochenende vor dem Unfall wollten mich meine Eltern eigentlich besuchen, doch ich habe ihnen abgesagt. Wir hatten ein großes Rugbyturnier und ich war gerade erst in die Stamm-Mannschaft meiner Jahrgangsstufe aufgenommen worden. Ich hatte zwar ein schlechtes Gewissen gegenüber meinen Eltern, aber es hat sich so gut angefühlt, endlich Teil einer Gruppe Gleichaltriger zu sein. Gott, ich war dreizehn, und es wäre mir peinlich gewesen, wenn meine Eltern als einzige dabei gewesen wären. Doch dann wurde ich zwei Tage später aus dem Unterricht geholt und zum Direktor gebracht, der mir mit versteinerter Miene vom tödlichen Unfall meiner Eltern berichtet hat. Ich saß in diesem furchteinflößenden Büro, geblendet von den schräg stehenden Strahlen der Morgensonne, und hörte zu, wie der Direktor mir von dem Unfall berichtete. Sie waren am Vortag in ihrem kleinen, klapprigen Geländewagen unterwegs gewesen, als ihnen ein riesiger Sattelschlepper entgegenkam, der gerade einen Eselskarren überholen wollte.« Sky stockte und trank einen Schluck Wein. »Ich weiß nicht, was dann passiert ist, jedenfalls ist der LKW wohl ins Schleudern gekommen und auf das Auto meiner Eltern gestürzt. Angeblich waren sie sofort tot.« Er rieb sich mit beiden Händen übers Gesicht – über seine trockenen Augen und die kratzigen Bartstoppeln.

»Das tut mir sehr leid«, murmelte Robin tonlos.

»Seit diesem Tag frage ich mich zwei Dinge: was aus dem Esel geworden ist und ob ich Schuld am Tod meiner Eltern trage, weil ich nicht wollte, dass sie mich besuchen.« Seine Stimme klang selbst in seinen eigenen Ohren schroff und brüchig, und es kostete ihn unendliche Mühe, Robin in die Augen zu blicken. Aber er musste ihre Reaktion sehen.

Sie schluckte. »Die Schuldgefühle sind das Allerschlimmste«, sagte sie leise.

Sie hatte es als Feststellung formuliert, so als wüsste sie genau, wovon sie sprach. Doch da sie nichts weiter hinzufügte, fuhr er fort: »Ich kann mich nicht mehr genau erinnern, was in den nächsten Tagen und Wochen passiert ist. Nana kam, und zusammen waren wir bei der Beerdigung in dem kleinen Dorf in Äthiopien, in dem sie zuletzt gelebt hatten. Offensichtlich hatten sie ein Testament hinterlassen, in dem drinstand, dass sie nicht nach San Francisco überführt werden, sondern in ihrem Herzensort ihre letzte Ruhe finden wollten. Meine Mutter war eine Waise und ist in Pflegefamilien groß geworden – ich hatte also mit einem Mal fast niemanden mehr auf der Welt außer Nana Rosalynd, die ich jedoch kaum kannte und die in meinen Augen überhaupt schuld an allem war. Hätte sie nicht auf einer soliden Schulbildung für mich insistiert, wäre ich nie im Internat gelandet ... Was man als verzweifelter Teenager eben so denkt.« Er zuckte hilflos mit den Schultern. »Nana hat mich dann mit nach San Francisco genommen und ich kam auf die Highschool. Na ja, und irgendwann ist es besser geworden. Irgendwann habe ich aufgehört, sie zu hassen, meine neuen Mitschüler zu hassen, die Stadt zu hassen – nur mir selbst habe ich bis heute nicht verziehen.« Sein Hals schnürte sich zusammen. Er hatte das noch nie ausgesprochen, genau genommen hatte er das bis eben nicht einmal gedacht, doch das änderte nichts am Wahrheitsgehalt seiner Worte. Vergebens versuchte er die Tränen wegzublinzeln, die sich nun doch ihren Weg bahnten. »Nach dem Highschool-Abschluss bin ich sofort wieder nach Afrika gegangen und habe in Kapstadt Agrarbiologie studiert. Ich war geradezu besessen von der Idee, irgendetwas zu tun, was meine Eltern stolz gemacht hätte, ohne zu begreifen, dass ich damit nur vor mir selbst davonlaufe. Was das gebracht hat, sieht man ja«, schloss er bitter und wischte sich verärgert die Tränen aus den Augen. Dann sah er wieder zu Robin, über deren Wangen ebenfalls Tränen rannen und deren linke Hand regelrecht verkrampft den goldenen Anhänger ihrer Kette umschlungen hielt.

»Was hat es mit deiner Kette eigentlich auf sich?«, fragte er. Diese unwillkürliche Geste war ihm schon oft aufgefallen, aber dass sie, wie im Moment, den kleinen Vogel festhielt wie einen Anker, hatte er noch nicht erlebt.

Ertappt ließ sie die Hand sinken und öffnete den Mund zu einer Antwort. Doch dann überlegte sie es sich anders, öffnete die Kette und reichte sie ihm wortlos.

Das goldene Vögelchen war warm in seiner Hand und er betrachtete es eingehend. Auf seinem Bauch war etwas eingraviert, das er nur mit Mühe entziffern konnte: »G 4. 5. 98«.

Der Schock, den er beim Anblick dieser Zahlen verspürte, schoss ihm durch Mark und Bein. Hatte sie an diesem Tag auch jemanden verloren? Hatte sie das mit dem Trostessen vorhin also tatsächlich auf sich selbst bezogen? »Wer ist G?«

»Gregory ist mein Sohn«, entgegnete sie kaum hörbar.

»Dein Sohn?«, rief er entsetzt. »Aber ...«

»Er ist vor zwanzig Jahren tot zur Welt gekommen.«

Die Wucht dieser Aussage und das kaum merkliche Zittern in ihrer ruhigen Stimme raubten ihm die Fähigkeit, auch nur einen klaren Gedanken zu fassen.

»Du hast mir deine Geschichte erzählt, jetzt würde ich dir gerne von meiner berichten«, begann sie und er nickte nur matt.

»Ich muss ein bisschen ausholen«, sagte sie und goss noch einmal ein wenig Wein in die beiden Gläser. »Ich war sechzehn, als ich mit Colin MacClaggan zusammenkam. Er war zwei Jahre älter als ich, Sohn einer Whisky-Dynastie, sah unglaublich gut aus und ich war rettungslos verliebt in ihn. Ich war zu dieser Zeit schon seit ein paar Jahren in einem Internat in Edinburgh und nur an den Wochenenden zu Hause. In meinem letzten Jahr hat Colin dann sein Studium in Edinburgh begonnen und daher konnten wir uns auch unter der Woche ab und zu sehen. Und weil er sogar sein eigenes Apartment hatte und nicht etwa in einem Studentenwohnheim hausen musste, haben wir das weidlich ausgenutzt. Ich hab damals die Pille genommen und außerdem haben wir eigentlich immer auch ein Kondom benutzt, aber trotzdem bin ich schwanger geworden. Du kannst dir den Schock vielleicht vorstellen. Ich war siebzehn, superehrgeizig, und dann das! Für ihn war die Sache sonnenklar: Ein Kind kam nicht infrage und ich sollte um jeden Preis abtreiben! Und wenn ich dazu nicht bereit wäre, würde er sich von mir trennen – ganz einfach. Natürlich wollte ich zu diesem Zeitpunkt kein Baby bekommen, aber dass mein Freund, meine große Liebe, derart vehement dagegen war und mir quasi ein Ultimatum gestellt hat, fand ich entsetzlich. Ich habe mich sofort von ihm getrennt. Blieb aber immer noch das eigentliche Problem – wie passte ein Baby in meinen Lebensentwurf? Vordergründig natürlich gar nicht, schließlich hatte ich große Pläne: Ich wollte gleich nach meinem Abschluss ein Jurastudium in Oxford beginnen, um so schnell wie möglich in die Familienkanzlei einsteigen zu können. Meine beste Freundin Chiara und meine Eltern waren toll und hätten mich bei jeder Entscheidung unterstützt, aber letztlich war es mein superkonservativer Großvater, der mich auf Spur gebracht hat. Er sagte, dass es doch womöglich einen besonderen Grund hätte, wenn ich trotz doppelter Verhütung schwanger würde, und dass dies nun wahrlich keine Katastrophe, sondern eher ein Grund zur Freude sei. Mit einem Mal schien alles so einfach zu sein. Der geplante Geburtstermin war Mitte Juli, also ein gutes Stück nach meinem achtzehnten Geburtstag am fünften Juni und den Abschlussprüfungen im Mai und Juni – die sollten also entspannt machbar sein für mich. Und statt direkt im Herbst das Studium zu beginnen, konnte ich mir ein paar Monate mehr Zeit gönnen und erst im Frühjahr oder im folgenden Herbst starten. In Oxford gab es eine Betreuung für den Nachwuchs der Dozenten und Universitätsangestellten, doch auch einige Studenten brachten dort immer wieder ihre Kinder unter.« Robin seufzte und trank einen Schluck Wein.

»Nachdem also der erste Schock abgeklungen war und mein gebrochenes Herz wegen Colin langsam verheilte, habe ich mich richtig gefreut. Du machst dir keine Vorstellungen, was für ein Gefühl es ist, das eigene Kind auf Ultraschallbildern zu sehen, seinen Herzschlag zu hören und seine Bewegungen zu spüren.« Sie lächelte und tastete unwillkürlich nach ihrem Hals, aber die Kette lag immer noch in Skys Hand, der sie ihr jedoch sofort reichte.

»Und was ist dann passiert?«, fragte er – und wollte es im Grunde seines Herzens lieber nicht wissen. Seine eigene Geschichte zu erzählen hatte zwar sehr wehgetan, ihn aber erstaunlicherweise auch erleichtert. Doch nun von einem anderen Drama zu erfahren, das offenbar zeitgleich zu seinem schlimmsten Tag stattgefunden hatte, verstörte ihn zutiefst.

»Zunächst nicht viel. Ich bin immer runder geworden und habe wie eine Besessene für meine Abschlussprüfungen gelernt, mit dem ehrgeizigen Ziel, einen besseren Abschluss als Chiara zu schaffen, die immer die Jahrgangsbeste war. Wenn wir nicht gerade gebüffelt haben, waren wir Babysachen shoppen, haben gestrickt und Namenslisten durchgeackert. Chiara hat mich zu jedem Arzttermin begleitet, und als irgendwann klar war, dass es ein Junge werden würde, hat sie darauf bestanden, dass ich meinen Sohn Orlando nenne. Sie war überzeugt davon, dass einem Orlando Stewart die Welt offenstehen würde.« Sie stieß ein leises Lachen aus und fuhr dann fort: »Dann kam der zweite Mai mit den Sportturnieren und einer großen Party, ehe zehn Tage später die Prüfungsphase begann.« Sky zog scharf die Luft ein und Robin legte wieder ihre Hand auf seine. »Ich habe natürlich bei keinem Wettbewerb mitgemacht. Neun Wochen vor dem Geburtstermin wäre das sicher keine gute Idee gewesen. Aber natürlich habe ich abends mitgefeiert – ganz brav ohne Alkohol, aber bis in die frühen Morgenstunden. Am Sonntag habe ich mich irgendwie merkwürdig gefühlt, gleichzeitig schlapp und nervös, wenn auch nicht wirklich greifbar. Von Gregory habe ich den ganzen Tag keinen Mucks gespürt, doch ich habe mir eingeredet, dass er vermutlich auch schlief nach der wilden Partynacht. Es war außerdem schon öfter vorgekommen, dass er sich wenig bewegte, und meine Frauenärztin hatte mich erst ein paar Tage vorher bei einer Untersuchung beruhigt und mir versichert, dass das vollkommen normal wäre. Manche Kinder seien eben aktiver als andere. Ich habe mir also keine übermäßigen Sorgen gemacht, sondern bin – wie alle anderen auch – am Sonntagabend recht früh schlafen gegangen. Als ich am nächsten Morgen aufgewacht bin, habe ich leicht geblutet und mich so matt und schwindlig gefühlt, dass Chiara gleich den Notarzt gerufen und mich ins Krankenhaus begleitet hat. Dort hat man festgestellt, dass Gregory tot war und mein Körper offenbar schon versuchte, ihn loszuwerden.« Sie schloss kurz die Augen, wie um sich zu sammeln. »Dann hat man mich an einen Tropf gehängt und mir ein wehenförderndes Mittel verpasst, um die Geburt zu beschleunigen.«

»Die haben von dir verlangt, dass du dein totes Kind auf natürlichem Weg zur Welt bringst?«, brachte Sky entsetzt hervor. »Ich meine, sie hätten dich doch auch in Narkose legen und einen Kaiserschnitt machen können oder so.«

»Das macht man nur in Ausnahmefällen«, entgegnete sie und drückte seine Hand. »Ein Kaiserschnitt ist ja ein großer Eingriff, und eine natürliche Geburt verkraftet der Körper in der Regel besser.«

»Und was ist mit der Seele?« Er war schockiert und empört. Wie konnte man so etwas Barbarisches einer ohnehin schon verzweifelten Frau antun?

»Angeblich ist es auch für die Seele besser.« Robin seufzte und klang, als hätte sie daran ihre Zweifel. »Wenigstens ist es recht schnell gegangen«, fuhr sie fort. »Und ich war auch nicht allein. Chiara war die ganze Zeit an meiner Seite. Sie hatte meine Eltern angerufen, aber bis die von Inverness in Edinburgh waren, war bereits alles vorbei.« Sie schluckte. »Die Hebamme hat ihn in ein Handtuch gewickelt und mir in den Arm gelegt. Er war winzig, aber absolut perfekt. Er hatte sogar schon Haare – rote, wie meine Mutter und mein Bruder.« Nun rannen ihr die Tränen wieder ungehindert die Wangen hinunter und auch Sky weinte bei ihren Worten. »Ich hatte ihn fast drei Stunden im Arm und habe mich von ihm verabschiedet und zusammen mit Chiara und später auch mit meinen Eltern um ihn geweint. Es war so schrecklich – und gleichzeitig auch wunderschön«, schluchzte sie.

»Weiß man denn, woran er gestorben ist?«, fragte er nach einer Weile vorsichtig.

Sie schüttelte den Kopf. »Nein. Man hat mir nur gesagt, dass sogenannte ›Spätaborte‹ immer mal wieder vorkommen. Manchmal sogar erst rund um den errechneten Geburtstermin. Schreckliches Wort, nicht wahr? Jedenfalls haben mir alle versichert, dass es nicht an meinem wilden Tanzexzess bei der Party gelegen haben konnte. Ich nehme an, auch dir haben alle gesagt, dass du nichts dafür kannst, dass deine Eltern den Unfall hatten.«

Er nickte. »Und genau wie ich wolltest du es nicht glauben«, mutmaßte er.

»Richtig. Aber inzwischen glaube ich, dass es einfacher ist, die Schuld bei sich selbst zu suchen, als akzeptieren zu können, dass es so etwas wie Schicksal gibt. Deine Großmutter hat etwas Ähnliches gesagt und wahrscheinlich hat sie recht. Wir sollten nach zwanzig Jahren beginnen, uns selbst zu verzeihen. Du kannst nichts dafür, dass deine Eltern ihren Unfall hatten, und ich kann nichts dafür, dass mein Baby gestorben ist – und selbst wenn wir Schuld hätten, wir können ja nichts mehr daran ändern. Aber wir können aufhören, uns endlos selbst zu bestrafen.«

»Ich weiß nicht, ob ich das kann«, murmelte er.

»Ich auch nicht, aber wir sollten es versuchen.« Sie stand auf und sah ihn an. »Weißt du, was ich jetzt brauche?« Er schüttelte den Kopf. »Eine zweite Flasche Wein. Alkohol ist keine Lösung, schon klar, aber kein Alkohol auch nicht. Doch vorher brauche ich dringend eine Umarmung. Könntest du mich bitte in den Arm nehmen und einfach nur halten, ja?«

Salsa im Schottenrock

Drei Wochen später – 25. Mai, San Francisco

»So kann ich unmöglich das Haus verlassen«, brummte Sky verdrossen und sah sich im Spiegel an. Robins vermaledeiter Bruder Ian war auf die total bescheuerte Idee gekommen, an seinem Geburtstag eine Schotten-Party zu veranstalten, und bestand darauf, dass alle männlichen Gäste im Kilt erschienen. Robin hatte ihn und Leo, den neuen schwedischen Nachbarn, vor ein paar Tagen in einen kleinen Laden geschleppt, in dem es original schottische Tartans zu kaufen gab. Leo, der das alles wahnsinnig witzig fand, hatte einen Kilt mit Clan-Cameron-Muster bekommen, Sky selbst einen Stewart-Rock. Zu seinem großen Erstaunen hatte sich herausgestellt, dass Forrester auch ein schottischer Name war – allerdings der eines Clans aus den »Lowlands«, was bei den echten Highlandern für Naserümpfen sorgte. Zumindest hatte der winzige Schottenladen kein Forrester-Muster da, wohl aber eine Brosche mit dem eingravierten Clan-Motto »Blaw Hunter Blaw Thy Horn« drauf. Die war an seiner Weste befestigt, die er über einem weißen Hemd mit weiten Ärmeln trug. Kurz, er kam sich gerade unsagbar dämlich vor.

»Du siehst fantastisch aus«, behauptete dagegen Robin, die hinter ihm stand und ihn mit einem fröhlichen Lächeln musterte.

»Wieso darfst du eine Hose tragen, und ich muss diesen idiotischen Rock anziehen? Und ja, ich weiß, dass es kein ›Rock‹, sondern ein Kilt ist – das hast du mir hundert Mal erklärt, auch wenn sich mir der Unterschied immer noch nicht erschließt.« Er betrachtete sie missmutig im Spiegel. Sie trug eine enge, dreiviertellange Hose im selben Karomuster wie sein Kilt, dazu eine schmale weiße Bluse mit tiefem Ausschnitt und hochhackige Sandalen. Ein Outfit, das zweifellos sexy war, aber weder praktisch für eine Gartenparty noch stilecht für das vorgegebene Motto.

»Weil sich der strenge Dresscode nur auf die Männer bezieht«, erwiderte sie lachend. »Aber jetzt komm, lass uns Greta und Leo abholen.«

»Können wir vielleicht ein Taxi nehmen?«, bat er kläglich. Die Vorstellung, in diesem Aufzug zu Fuß durch die Stadt zu laufen, fand er grauenvoll.

»Jetzt stell dich nicht so an, du siehst absolut zum Anbeißen aus. Wahrscheinlich muss ich dich vor sabbernden Frauen beschützen, die dich verfolgen werden, um zu überprüfen, was du unter deinem Kilt trägst.« Sie zwinkerte ihm zu, dann nahm sie seine Hand und zog ihn in Richtung Wohnungstür.

Unbekannte sabbernde Frauen konnten ihm gestohlen bleiben, dachte er, aber Robin würde er gerne zeigen, was er unter seinem Rock trug. Oder vielleicht besser nicht. Er hatte stilecht sein wollen, dann aber festgestellt, dass der Wollstoff des Kilts unangenehm an seinem Penis gekratzt hatte – jedenfalls dann, wenn er sich beim Gedanken an ihre üppigen Brüste freudig aufstellte. Was in letzter Zeit wieder erschreckend oft vorkam ... Aus diesem Grund hatte er enge Boxershorts daruntergezogen, um etwaigen Peinlichkeiten vorzubeugen. Und überhaupt sollte er jetzt auf der Stelle aufhören, über solche Dinge nachzudenken! Basta!!

Seit dem Abend vor drei Wochen, als sie sich gegenseitig von ihren schwärzesten Tagen erzählt hatten, waren sie noch enger zusammengerückt – blöderweise auf rein freundschaftlicher Ebene. Er hatte sie damals in den Arm genommen und sie mehrere Stunden lang nicht mehr losgelassen. Sie hatten um ihre Lieben geweint, unfassbar viel Wein getrunken und waren schließlich vollkommen erschöpft auf dem Sofa eingeschlafen. Als hätte dieser Abend Dämme gebrochen, sprachen sie seitdem fast permanent über ihre Vergangenheit. Sie kannte inzwischen jedes Detail seiner Kindheit in Afrika, wusste, was er mit seinen Eltern alles erlebt hatte, und auch, wie dann seine Jugend in San Francisco, sein Studium in Kapstadt und sein weiteres Leben in Äthiopien verlaufen waren. Er seinerseits wusste nun gefühlt auch alles von ihr – und von den seltsamen schottischen Riten, mit denen sie aufgewachsen war. Dagegen nahmen sich afrikanische Stammesbräuche geradezu gewöhnlich aus. Sie beide waren so froh, endlich jemanden zu haben, mit dem sie über all die vergessenen oder verschwiegenen Dinge sprechen konnten – einen echten Freund eben. Dieses Gefühl der Freundschaft, ja fast der Seelenverwandtschaft, war überwältigend stark und übertünchte alle anderen Optionen. Zumindest schien es bei ihr so zu sein. Sky konnte sich inzwischen ganz andere Dinge vorstellen, als nur Robins Seelenverwandter und Heulkamerad zu sein ...

Im Treppenhaus hörten sie schon, wie das schwedische Pärchen Greta und Leo mit Rosalynd scherzte. Die beiden waren wirklich eine Bereicherung für die Hausgemeinschaft und benahmen sich, als lebten sie schon ewig hier. Greta schien ernsthaft an ihrem Roman zu arbeiten, doch mit Leo war Sky fast jeden Nachmittag unterwegs gewesen. Leos ursprüngliche Idee, einen Dokumentarfilm über das Leben von Einwanderern zu drehen, war offenbar noch nicht ganz in Stein gemeißelt. Zumindest fasste er seine Recherche recht weit – man könnte auch sagen, er ließ sich treiben. Sky hatte jedoch gemerkt, wie viel Spaß es ihm machte, mit Leo übers Filmemachen zu reden, Ideen zu entwickeln und kleine Probeclips zu drehen.

Leo hatte ihn auch bei seinem letzten Trip nach Los Angeles begleitet. In der nächsten Sendung von Jeremy Sandberg würde es um Charity-Organisationen gehen, die schwerpunktmäßig in Äthiopien tätig waren. Dafür hatte Sky nicht nur recherchiert und Material gesichtet, sondern auch ein Interview gegeben, das in dieser Sendung gezeigt werden sollte – zusammen mit alten Bildern aus der Reportage, die Jeremy vor Jahren über seine Stiftung gemacht hatte. Die Sendung würde morgen ausgestrahlt werden und Sky hoffte, dass sie viel Aufmerksamkeit erregen würde, denn auch wenn er im Moment selbst nicht mehr für eine Hilfsorganisation arbeiten wollte, war ihm das Engagement immer noch sehr wichtig. Leo hatte ihm, wie zuvor schon Jeremy, eine tolle Präsenz vor der Kamera bescheinigt und vorgeschlagen, dass er doch mal selbst versuchen sollte, eine Sendung zu präsentieren. Das fand er zwar ziemlich schmeichelhaft, aber auch komplett abwegig. Als ernsthaften Beruf konnte er sich das jedenfalls nicht recht vorstellen. Allerdings hatten er und Leo in den letzten Tagen tatsächlich ein kleines Filmchen mit ihm als Moderator gedreht: »Schotten in San Francisco«.

Luci, die die beiden Neuankömmlinge vor lauter Neugier bereits an deren erstem Tag überfallen hatte, war Greta und Leo ebenso schnell verfallen wie Rosalynd, Robin und er selbst und hatte sie prompt als neue Familienmitglieder »adoptiert«. Was bedeutete, dass die beiden auch zu Ians Geburtstagsfeier eingeladen waren – und ähnlich ahnungslos an der Geschenkefront waren wie Sky. Als Ian dann vor zwei Wochen sein Party-Motto kundgetan hatte, hatten Sky und Leo die Idee entwickelt, einen kleinen Film über die schottische Community an der Westküste zu drehen. Erstaunlich genug, hatten sie etliche Exil-Schotten gefunden, die mehr als willig waren, für ihren »Clansman« vor der Kamera zu posieren. Somit war immerhin das Problem des Mitbringsels gelöst.

Schwerer wog in Skys Augen jedoch die Tatsache, dass er sich in seinem ungewohnten Outfit wechselweise wie ein Karnevalsnarr oder wie ein Hochstapler fühlte. Beides nicht sehr angenehm. Es wurde auch nicht dadurch besser, dass Rosalynd einen spitzen Schrei der Begeisterung ausstieß, als sie Sky und Robin die Treppe hinunterkommen sah. »Lass dich anschauen, Junge!«, quietschte sie so vergnügt, dass er annehmen musste, dass sie unmittelbar vorher wieder eine entspannende Rauchpause eingelegt hatte. »Schneidig siehst du aus – wie ein echter schottischer Krieger! Stimmt's, Robin?«

»Ja, vor allem sein grimmiger Gesichtsausdruck ist sehr authentisch«, stellte Robin gut gelaunt fest und Sky bemerkte, dass ihr Akzent immer mehr in Richtung Schottisch abdriftete.

Normalerweise sprach sie ein lupenreines britisches Englisch, das er wahnsinnig sexy fand, aber jedes Mal, wenn sie mit ihrer Familie telefonierte oder mit ihrem Bruder redete, wurde ihre Sprache immer weicher. Offenbar wurde dieses seltsame Phänomen auch durch den Anblick von Schottenkaros getriggert. Wenn das so weiterging, würde er am Ende des Abends kein Wort mehr verstehen. »Ich gucke nicht grimmig, das ist die schiere Verzweiflung«, behauptete er und wandte sich dann an seine Großmutter: »Du siehst aber auch sehr ... ähm ... schottisch aus.« Er betrachtete seine kleine alte Nana, die ein kariertes Kleid, einen karierten Sommermantel und einen karierten Hut trug. Selbstverständlich alles in unterschiedlichen Karos. In ihrer Armbeuge klemmte eine knallrote Lackhandtasche, und ihre roten Lackschuhe hatten Schleifen, die ebenfalls kariert waren. Sie sah aus wie die englische Queen im Drogenrausch – was, wie er feststellte, eine erschütternd präzise Beschreibung war. »Ich wusste gar nicht, dass du auch zur Party gehst.«

»Also entschuldige mal, junger Mann, das lass ich mir doch nicht entgehen«, erwiderte sie gespielt empört und hakte sich dann bei ihm unter. »Wollen wir?«

Am späteren Abend saß Robin etwas abseits vom Partygeschehen auf einer Schaukel, die an einem großen Baum befestigt war, in dem es auch ein Baumhaus gab. Das erinnerte sie an ihre Kindheit.

Im Garten des Anwesens, auf dem sie aufgewachsen war, gab es auch so ein Baumhaus mit Schaukel – und sie verstand immer mehr, warum Ian sich in dieses alte Haus verliebt hatte. Hier würde er mit seiner kleinen Familie zweifellos glücklich werden.

Sie schwang ein wenig vor und zurück und blickte versonnen auf das kleine Bündel, das in ihrem Arm schlief. Das drei Monate alte Baby hieß Riley und war die Tochter von Ians Kumpel Tristan und dessen Freundin Abby. Tristan war Musikproduzent und Mitglied dieser seltsamen Clique, die sich Millionaires Club nannte und die Ian so herzlich in ihrer Mitte aufgenommen hatte, als er vor drei Jahren von Schottland nach Los Angeles gekommen war. Außer Tristan waren noch einige andere Mitglieder dieser illustren Truppe anwesend. Wenn man es genau nahm, schwirrten überhaupt reichlich Millionäre in Ians Garten herum: Derek Edwards, der Erbe von ET-Polymeres, der mit seiner Verlobten und Ians bester Mitarbeiterin Kendra Stark hier war, Rosalynd natürlich und zu Robins großer Überraschung auch Alistair Gibbs von der Gordon Gibbs Distillery, ihrem bevorzugten Whisky-Hersteller. Sie hatte weder gewusst, dass es eine Dependance in den USA gab, noch dass einer der Gibbs-Erben ein Freund ihres Bruders war. Sie hatte sich sehr angeregt mit ihm und seiner schwangeren Verlobten, der Cellistin Audrey DeClerk, unterhalten. Generell herrschte in Ians Freundeskreis ein wahrer Babyboom. Lucis Kugel war unübersehbar – der oder die jüngste

Stewart sollte Mitte Juli das Licht der Welt erblicken –, und Becca Norton, auch eine Mitarbeiterin von Stewart & Sons, erwartete ebenfalls ein Kind. Robin streichelte der kleinen Riley sanft über eine pralle Wange und die rötlichen Haare auf ihrem Köpfchen. Genauso rot wie der Flaum ihres Sternenbabys Gregory. Sie schluckte und kämpfte gegen die mit aller Macht aufwallenden Emotionen – Trauer und Sehnsucht.

Sehnsucht war seit drei Wochen ohnehin ein ziemlich präsentes Gefühl in ihrem Leben. Vermutlich schon davor, doch da war sie meist nicht wirklich greifbar gewesen, fast immer ohne ein konkretes Ziel, aber immer latent wie ein bittersüßer Dauerschmerz. Doch seit sie Sky vor drei Wochen von Gregory erzählt hatte, schien es ihr, als hätte der jahrzehntelang eingesperrte Geist seine Flasche verlassen. »Himmel, was bin ich für eine pathetische Kuh«, sagte sie leise zu dem schlafenden Baby. Dass sie ihre biologische Uhr ticken hörte, war wohl nur natürlich mit fast achtunddreißig. Erstaunlicher war doch, dass sie das Ticken jetzt zum ersten Mal wahrnahm. Kinder waren für sie seit Gregory kein Thema mehr gewesen. Hätte sie sich vorstellen können, welche mit Thomas zu bekommen? Vermutlich. Aber darüber geredet hatten sie nie – wie auch sonst über keine wirklich wichtigen Dinge. Und wie hätte das auch gehen sollen bei ihrem Arbeitspensum? Jetzt, wo sie seit drei Monaten deutlich weniger arbeitete, hatte sie schlicht die Zeit, sich über diese Dinge Gedanken zu machen – sie war sich nur nicht sicher, ob das gut oder schlecht war.

Ihr Blick fiel auf Sky, der gerade so ausgelassen mit Luci tanzte, dass sein Kilt flog – wenn auch nicht hoch genug, dass sie hätte überprüfen können, wie intensiv er in der Rolle des Schotten aufgegangen war. Sie lächelte, als sie sein erhitztes Gesicht sah. Wie fröhlich und glücklich er im Moment wirkte. Das war zu Beginn des Festes noch ganz anders gewesen. Als er nämlich realisiert hatte, dass sich in Ians Garten nicht nur etliche Anwälte tummelten, sondern noch mehr Millionäre, die sich zum Teil auch noch das Etikett »Millionaires Club« ans Revers geheftet hatten, wäre er um ein Haar schnurstracks wieder nach Hause gegangen. Weil das jedoch grob unhöflich gewesen wäre und sein neuer schwedischer Kumpel Leo auf genau diese Gästeliste ausgesprochen enthusiastisch reagiert hatte, war er geblieben – und hatte wohl im Laufe des Nachmittags und Abends einige seiner Vorurteile über Bord geworfen. Gut für ihn, dachte sie. Was seine Sturheit betraf, könnte er wirklich ein lupenreiner Schotte sein. Dass die Schroffheit, die er so häufig an den Tag legte, aber vor allem ein Schutzschild war, der sein sehr empfindsames Wesen schützen sollte, wusste sie spätestens seit drei Wochen genau. Ihm war es mit Sicherheit genauso schwer gefallen, über den Tod seiner Eltern und seine Schuldgefühle mit ihr zu sprechen, wie umgekehrt. Was sie bei allen Parallelen und ähnlichen Erfahrungen jedoch sehr betroffen machte, war die Tatsache, dass Sky, im Gegensatz zu ihr, tatsächlich fast mutterseelenallein auf dieser Welt war. Sie hatte ihre große, verrückte Familie und ihre beste Freundin Chiara, die sich nie von ihrer harten Fassade abschrecken ließen, sondern stets ganz nah an ihrem Herzen waren. Sky dagegen hatte nur noch seine Großmutter Rosalynd, von wirklich engen Freunden dagegen keine Spur. Er war ein kontaktfreudiger Mensch und konnte sehr charmant und einnehmend sein, aber er hatte es sein ganzes Leben lang vermieden, jemanden nah an sich rankommen zu lassen. Nun, Luci würde er sich nicht lange widersetzen können. Ihre zukünftige Schwägerin hatte Sky ganz offensichtlich tief in ihr großes Herz geschlossen und würde ihn sicher nicht so schnell wieder von der Angel lassen. Und dann war ja auch noch sie selbst da ...

»Ich kann sie dir gerne wieder abnehmen, damit du dich um deinen Freund kümmern kannst.«

Robin sah überrascht zur Seite. Sie hatte nicht mitbekommen, wie Rileys Mutter Abby zu ihr getreten war. »Das ist kein Problem. Die Kleine ist so süß und schläft wie ein Engel. Ich pass gerne noch ein bisschen auf sie auf«, entgegnete sie. »Ich nehme an, du hast in den letzten Wochen nicht viel Zeit mit Tristan alleine verbringen können?«

Abby nickte und sagte: »Ja, das stimmt schon, aber ...«

»Ich finde es wirklich schön hier mit der kleinen Maus. Da kann ich schon meine Tanten-Fähigkeiten trainieren. Die werden in ein paar Wochen ja auch sehr gefragt sein.« Robin lächelte die rothaarige Frau an, die sie in ihrer ganzen Lebhaftigkeit an eine jüngere Version ihrer eigenen Mutter erinnerte.

»Und dein Freund? Vermisst er dich nicht?« Abby sah zu Sky, der Luci gerade so herumwirbelte, dass Ian besorgt die Stirn runzelte und dazwischenging.

»Sky? Das ist nicht mein Freund. Also, ja, er ist mein Freund, aber nicht mein Partner, sondern nur mein Mitbewohner und Freund-Freund halt.« Warum klang das jetzt auch in ihren Ohren seltsam?

»Bist du dir sicher?«, fragte Abby prompt mit deutlicher Skepsis in der Stimme. »Wenn man euch zusammen sieht, dann wirkt ihr so vertraut wie ein eingespieltes Team. Und die Blicke, die ihr euch zuwerft ...«

»Ähm ...« Robin fühlte, wie ihr die Hitze in die Wangen schoss. Warum nur? Sie räusperte sich. »Wie gesagt, er ist mein Mitbewohner und wir haben in den letzten Wochen sehr viel Zeit zusammen verbracht, aber mehr läuft da nicht.«

»Wenn du meinst«, entgegnete Abby gedehnt. »Dann lass ich Riley noch ein bisschen bei dir. Aber sobald sie dich nervt oder du doch noch etwas anderes vorhast, nehme ich sie dir auf der Stelle ab. Okay?«

»Einverstanden«, sagte Robin und sah Abby hinterher, die ihrem Mann geradezu in die Arme flog. Bei dem Anblick bekam sie wieder einen kleinen Stich ins Herz. So viel Liebe überall, nur nicht für sie.

Sie seufzte und schaute auf das kleine Gesichtchen in ihrem Arm. Einmal noch so klein und unschuldig sein und nichts von den Schwierigkeiten des Lebens wissen. Als sie wieder hochblickte, stand Sky vor ihr – mit einem Lächeln im Gesicht, einer Flasche Bier in der einen und einem Glas Champagner in der anderen Hand. Letzteres reichte er ihr.

»Geht's dir gut?«, wollte er wissen und prostete ihr zu.

Jetzt ja, dachte sie. »Prima«, antwortete sie stattdessen und trank einen kleinen Schluck. »Danke dafür.« Sie hob ihr Glas.

»Ich weiß ja, dass du lieber ›was Richtiges‹ trinkst, aber bei der zerbrechlichen Fracht in deinem Arm erschien mir Whisky zu riskant.«

»Wie aufmerksam von dir«, gab sie trocken zurück. »Aber dir ist schon klar, dass mich ...«

»Ja, ja, sonnenklar«, winkte er lachend ab. »Aber du weißt doch, dass ich nur ein dummer Amerikaner bin, dessen schottische Vorfahren – so sie denn auch außerhalb deiner blühenden Fantasie existieren – nur billige Lowlander sind, und überhaupt habe ich ja keine Ahnung von den Gepflogenheiten echter Schotten. Aber ich bin trotzdem der Meinung, dass Babys und harter Alkohol nicht gut zusammenpassen.«

»Ähm, ich habe nicht vor, sie zu stillen oder so.« Sie sah ihn aufmerksam an und ertappte ihn prompt dabei, wie sich sein Blick wieder in ihrem Ausschnitt verhakte und so etwas wie Bedauern in seinen blauen Augen aufblitzte.

»Gib sie mir mal«, bat er und wartete gar nicht auf ihre Reaktion, sondern stellte seine Bierflasche auf den Boden und nahm ihr das schlafende Baby einfach ab.

Robin hatte das Gefühl, dass ihr Herz stehen blieb. Was war das nur mit Männern und Babys? Offensichtlich waren ihre Hormone im Ausnahmezustand, aber der Anblick, wie Sky das kleine Mädchen in seinen Armen wiegte, ließ sie fast zerfließen – vor Sehnsucht und vor ... nein, in diese Richtung konnte sie nicht weiterdenken.

»Oh, wie süß«, jauchzte in diesem Moment Luci auf, die mit Ian neben ihnen aufgekreuzt war. »Es gibt doch nichts Hinreißenderes als Männer mit Babys im Arm.«

»Ja, aber ich will auf keinen Fall eine Frühgeburt im Arm haben, deswegen setzt du dich jetzt hierhin und hältst die Füße still«, sagte Ian streng und zog Robin mit einem vielsagenden Seitenblick aus der Schaukel, damit Luci Platz nehmen konnte. Dann nahm er Sky das Baby ab, legte es seiner Verlobten in den Arm und befahl Bluthund Drake, der nie weit von seinem Frauchen entfernt war: »Und du passt auf, dass sie sich nicht von der Stelle bewegt.«

»Hab ich dir schon mal gesagt, wie scharf es mich macht, wenn du den strengen Highlander rauskehrst?« Luci strahlte Ian mit einem Blick an, der in Robin einen spontanen Fluchtreflex auslöste. Das musste sie jetzt nicht bezeugen ... »Komm«, wandte sie sich an Sky und nahm ihn bei der Hand. »Ich will mit dir tanzen!«

Bei der Musikauswahl war Ian glücklicherweise weniger traditionell als bei seinem Dresscode gewesen. Statt Dudelsack, Laute und schottischem Linedance gab's einen DJ, der für den perfekten Partygroove sorgte. Gerade hatte er seine Salsa-Phase, und die heißen Rhythmen schossen Robin direkt ins Blut. Sky war wirklich ein fantastischer und begeisterter Tänzer, das hätte sie gar nicht von ihm gedacht, doch er führte sie unfallfrei selbst durch komplexere Figuren.

»Das war toll«, keuchte sie atemlos, als der DJ ein Einsehen hatte und eine sanfte Ballade auflegte.

»Ja, das war es«, raunte er in ihr Haar – offensichtlich kein bisschen außer Atem. Dann zog er sie enger an sich. »Und ich glaube, es wird gerade noch besser.«

Robin versteifte sich nur ganz kurz, doch dann gab sie nach und legte ihren Kopf an seine Schulter, fühlte, wie sich ihre Brüste an seinen muskulösen Oberkörper drückten. Eine seiner Hände vergrub sich in ihren Haaren, die andere glitt über ihren Rücken und landete dann auf ihrem Po. Sie wiegten sich im Rhythmus des langsamen Songs, doch Robin bekam von der Melodie nichts mehr mit. Sie hörte nur noch, wie das Blut in ihren Adern rauschte, angefeuert von ihrem rasenden Herzschlag, und presste sich enger an ihn. Die Beule unter seinem Kilt war nicht zu ignorieren. Alles, was ihr so vernünftig und richtig erschienen war in den letzten Wochen, hatte sich mit einem Schlag in Luft aufgelöst. Sie wollte nicht nur seine Mitbewohnerin, Leidensgenossin und vielleicht sogar Seelenverwandte sein. Sie wollte mehr von ihm, viel mehr. Als sie ihren Kopf hob, warteten seine Lippen bereits auf die ihren.

»Wollt ihr unser Gästezimmer oder schafft ihr es noch bis nach Hause?« Ians Kommentar wirkte wie eine eiskalte Dusche.

»Was?«, japste Robin verwirrt und erschrocken. Sie hatte keine Ahnung, ob sie Sky drei Sekunden und drei Stunden geküsst hatte – sie wusste nur, dass sie bislang nie Derartiges empfunden hatte.

»Ich meine nur, dass mein Garten vielleicht nicht der geeignete Rahmen für euer Schäferstündchen ist – auch wenn es einige Gäste zweifellos reizvoll fänden.« Ian grinste.

»Sorry«, murmelte Sky verlegen. »Vielleicht gehen wir wirklich besser?«

»Das machen wir«, sagte Robin. »Danke für die Party, Bruderherz!«

Auf dem Heimweg mussten sie an jeder Ecke anhalten und ausführlich knutschen. Es war albern, kindisch – und einfach nur großartig.

»Gott, lass uns jetzt echt nach Hause, sonst muss ich dich hier an dieser Hauswand nehmen«, stöhnte Sky und rieb seinen harten Schwanz an ihrer Hüfte.

»Ich find dich so sexy, wenn du die Kontrolle verlierst«, kicherte sie und küsste ihn erneut. Dann löste sie sich von ihm. »Deine Weste vibriert«, stellte sie fest.

»Das ist nur mein blödes Handy. Das macht es schon seit einer ganzen Weile. Vergiss das Ding.«

»Vielleicht ist es wichtig?«

»Ich kann mir nichts Wichtigeres vorstellen als das, was ich gleich mit dir tun werde«, entgegnete Sky, und diesmal war er es, der sie an der Hand packte und hinter sich herzog.

»Schau trotzdem mal drauf«, beharrte sie, als sie ihr Haus erreicht hatten. »Vielleicht braucht ja jemand deine Hilfe oder es ist etwas passiert.«

Sky schüttelte unwillig den Kopf, doch dann zog er das Telefon aus der Tasche.

»Was ist?«, wollte Robin wissen, als er ganz blass wurde. Wortlos reichte er ihr das Telefon. Es waren ungefähr zwei Dutzend neue Nachrichten darauf, die meisten von seinem TV-Kontakt Jeremy Sandberg, und die letzte lautete: *Ich hoffe, du hast einen guten Anwalt!*

AM ABGRUND

26. Mai, San Francisco

Sky hatte wirklich gedacht, er hätte das alles hinter sich: betrogen von Menschen, denen er vertraute, vorgeführt, blamiert. Das Gefühl, dass seine Welt in Trümmern lag. Die traurigen, fassungslosen, resignierten Blicke einiger Dorfbewohner, als er ihnen hatte sagen müssen, dass er ab sofort nicht mehr für sie da sein würde. Die Feindseligkeit anderer, die sich in all ihren Vorurteilen bestätigt gesehen hatten. Die gierigen Anwälte der beiden größeren Stiftungen, die seine Arbeit fortführen wollten. Die Klauseln, die er hatte unterschreiben müssen, damit alles »geräuschlos« abgewickelt werden konnte.

Drei Monate Ruhe. Drei verdammt kurze Monate Verschnaufpause hatte er gehabt, ehe ihn der Tsunami erneut verschlang. Ob er es noch einmal überleben würde? Er hatte keine Ahnung. Er konnte vor allem nicht mehr klar denken. Er verfluchte sich immer noch dafür, dass er gestern Abend nach der Party auf sein Handy geschaut hatte. Hätte er es doch bloß ignoriert! Dadurch wären die Umstände jetzt zwar nicht besser, aber er hätte wenigstens eine mutmaßlich tolle Nacht gehabt mit einer Frau, die gerade vor zwei riesigen Stapeln Unterlagen am Küchentisch saß und eindringlich auf ihn einredete. Doch von dem, was sie sagte, bekam er nichts mit.

Die Sendung über Äthiopien, die er mit Jeremy Sandberg gemacht hatte, war aus bislang ungeklärten Gründen in Ausschnitten bereits vor der Ausstrahlung ins Internet gestellt worden. Offenbar gab es einen Mitarbeiter, der nicht nur ihm persönlich schaden wollte, sondern allen privaten Initiativen. Gezielt waren Interviewschnipsel in einen völlig falschen und verzerrenden Kontext gebracht worden, so dass sich innerhalb kürzester Zeit ein wahrer Shitstorm in den sozialen Medien zusammengebraut hatte – das hatte man ihm zumindest glaubhaft versichert. Er selbst hatte um Facebook, Twitter und Co. schon immer einen Bogen gemacht. Geldwäsche, Korruption, Menschenhandel waren dabei noch die harmloseren Unterstellungen. Es gab Stimmen, die hatten ihm persönlich Sklaverei und Sexpartys mit Mädchen aus seiner Schule vorgeworfen – und sein Stiftungs-Aus damit begründet, dass er seine »schändlichen Taten« vertuschen wollte.

»Hast du irgendwas von dem registriert, was ich dir in den letzten Minuten gesagt habe?«

Sky hob matt den Kopf und schaute zu Robin, die ihn stirnrunzelnd, aber mitfühlend ansah. Wie konnte sie so klar und aktiv sein? Sie hatte in der letzten Nacht genauso viel geschlafen wie er – nämlich gar nicht – und war stattdessen sofort in Aktionismus ausgebrochen. Hatte ihren Computer hochgefahren und mit der Recherche begonnen. Vorhin war sie drei Stunden lang in der Kanzlei gewesen – am Samstag! – und war mit einem Stapel Akten, zwei üppig belegten Bagels und einer Tüte Donuts zurückgekommen. Wie sie in dieser Situation essen konnte, war ihm schleierhaft. »Was?«, murmelte er, als sie ein ungeduldiges Geräusch von sich gab.

»Ob du mir zugehört hast, wollte ich wissen.«

Er schüttelte den Kopf. Warum sollte er ihr auch zuhören? Was konnte sie schon sagen, das die Situation nicht noch schlimmer für ihn machte?

»Sky, du musst mir jetzt zuhören«, begann sie eindringlich und griff wie zur Verstärkung nach seiner Hand. »Es ist wirklich wichtig!«

»Okay.« Er räusperte sich und versuchte, sich zu konzentrieren.

»Gut. Zunächst einmal die schlechte Nachricht: Das, was gerade passiert, wird nicht schnell vorbei sein. Das wird langwierig, schmerzhaft und sehr schmutzig werden! Ich weiß, dass du kein Kämpfer bist und nicht daran glaubst, dass man zurückschlagen sollte, wenn man angegriffen wird, doch diese Sache betrifft nicht nur dich. Sie betrifft ein ganzes System, das auch daran krankt, dass zu viele Idealisten zu gutgläubig waren.«

Gutgläubiger Idealist? Das war exakt die gleiche Kategorie wie »naiver Sozialromantiker«. Sky merkte, wie Ärger in ihm aufwallte, und er wollte seine Hand wegziehen, aber sie hielt ihn fest.

»Schön, du wirst wütend. Das ist gut so, denn du hast jedes Recht darauf, wütend zu sein«, entgegnete sie ruhig. »Aber ich bin nicht der Feind. Ich bin auf deiner Seite – wenn du mich lässt.«

»Ach, du willst also für den doofen Naivling den Karren aus dem Dreck ziehen«, schnaubte er verächtlich. »Das wird mein Ego ganz bestimmt schön streicheln.« Erneut versuchte er, seine Hand zu befreien, doch sie hatte einen eisernen Griff.

Und Stahl in der Stimme: »Erstens ist mir dein Ego im Moment vollkommen egal, denn das spielt für das aktuelle Problem nicht die geringste Rolle. Zweitens halte ich dich nicht für einen doofen Naivling – und selbst wenn, wäre das ebenfalls irrelevant. Drittens habe ich nicht vor, für dich den Karren aus dem Dreck zu ziehen, aber ich biete dir meine Unterstützung dabei an. Und glaub mir, die wirst du dringend brauchen, um das halbwegs unbeschadet zu überstehen!«

»Ich ...«, begann er hitzig, wusste aber im Grunde nicht, was genau er eigentlich sagen wollte. Schließlich gab er auf. »Okay, ich hör dir zu.«

»Fein. Diesmal aber bitte wirklich.« Sie fixierte ihn mit ihren moosgrünen Augen, in denen vor ein paar Stunden noch wilde Leidenschaft geglüht hatte. Jetzt strahlten sie nur noch Ruhe und absolute Konzentration aus. Er nickte vollkommen demoralisiert und sie fuhr fort: »Wir haben es genau genommen nicht nur mit einem Problem zu tun, sondern gleich mit dreien. Zunächst mal ist da die Schmutzkampagne, die seit gestern durchs Netz schwappt und erst langsam Fahrt aufnimmt. Darauf habe ich unsere Online-Recherche-Teams angesetzt, die das gesamte Internet auf relevante Stichworte hin durchkämmen und sämtliche Beiträge sammeln.«

»Welche Online-Recherche-Teams?«

»Sky, du bist nicht der erste Mensch, der Opfer von Cybermobbing wurde. Stewart & Sons beschäftigt schon seit Jahren eine eigene Abteilung, die sich mit solchen Dingen befasst, und wir haben große Teams von Mitarbeitern, die nichts anderes tun, als das Netz zu durchsuchen.«

»Lass mich raten, das sind indische Callcenter, deren prekär beschäftigte Mitarbeiter für einen Hungerlohn die Drecksarbeit machen müssen«, blaffte er sie genervt an. »Und das soll mich beruhigen?«

Robin schloss kurz die Augen, als müsste sie sich schwer zusammennehmen, um ruhig zu bleiben. »Es handelt sich dabei um gut bezahlte IT-Spezialisten in Mumbai und Kapstadt, die jeweils Angestellte der dortigen Niederlassungen von Stewart & Sons sind. Beide Teams haben einen so guten Ruf, dass sie – wenn Kapazitäten frei sind – auch von anderen Organisationen engagiert werden und richtig viel

Umsatz machen, falls dich das interessiert. Aber ich wäre dir verbunden, wenn wir uns jetzt auf das eigentliche Thema konzentrieren könnten.« Er brummte unwillig, aber zustimmend, und daher sprach sie weiter: »Wie gesagt, diese Teams sammeln die Infos und bereiten entsprechende Dossiers auf. Doch das ist nur ein kleiner Teil. Als du mir vor ein paar Wochen die Unterlagen von der Abwicklung deiner Stiftung und den Drohbrief deiner Ex gegeben hast, habe ich mich etwas tiefer in die Materie eingearbeitet und feststellen müssen, dass das gesamte Entwicklungshilfesystem – und damit meine ich gleichermaßen staatliche wie private Organisationen – ein ziemlich undurchsichtiges Geflecht ergibt, mit zum Teil regelrecht mafiösen Strukturen.«

»Erzähl mir was Neues«, murmelte er und verdrehte die Augen. »Du machst dir keine Vorstellungen von den bürokratischen Hürden, die es zu überwinden gilt, und von den recht individuellen Interessen einzelner ›Entscheider‹ vor Ort. Wenn der Zollchef keine Lust hat, gibt er den Container mit den Hilfsgütern eben erst frei, wenn die Ware verdorben ist. Da ist es doch klar, dass man seine Hilfsbereitschaft etwas motivieren muss.«

»Mit ›motivieren‹ meinst du Bestechung?« Robin klang weder überrascht noch schockiert, sondern lediglich um Klarheit bemüht.

»Natürlich meine ich Bestechung! Und damit man sich selbst nicht die Finger schmutzig machen muss, gibt es sogenannte ›Agenten‹, in der Regel Einheimische, die diese Dinge für einen gewissen Obolus regeln.« Er seufzte. »Das ist ein altbekanntes Problem und kein Geheimnis, sondern leider eine Tatsache. Entscheidend ist bei vielen Organisationen nur die Frage, wie hoch der Anteil der ›administrativen Kosten‹ ist und wie viel von den Spendengeldern tatsächlich dem Projekt zugutekommt.«

»Kurz, die gute Sache ist ein verdammt schmutziges Geschäft«, fasste Robin mit einem freudlosen Lächeln zusammen.

»Ja, das ist es. Aber ohne das Engagement der vielen naiven Sozialromantiker und gutgläubigen Idealisten wäre es um unseren Planeten noch viel düsterer bestellt.« Diesmal gelang es Sky, seine Hand zu befreien, und er verschränkte seine Arme in einer defensiven Geste vor der Brust.

»Da liegst du ganz bestimmt richtig«, stimmte sie ihm zu seiner Überraschung zu. »Meine Recherchen haben mir jedoch gezeigt, dass es inzwischen eine regelrechte Industrie gibt, die darauf spezialisiert ist, Stiftungen wie die deine auszubluten. So gesehen, kannst du noch sehr stolz darauf sein, dass bei dir tatsächlich fast siebzig Prozent der Gelder in die eigentliche Arbeit geflossen sind. Dubiose Mittelsmänner, korrupte Politiker, findige Anwälte größerer Organisationen – das ist schon ziemlich starker Tobak und nichts für schwache Nerven. Insofern haben die Trolle und Hater im Internet sogar recht, wenn sie diese Machenschaften anprangern.

Allerdings liegt das Problem weniger bei den einzelnen Individuen als vielmehr beim System. Dass sie dich nun exemplarisch an den virtuellen Pranger stellen, ist jedoch vollkommen inakzeptabel.«

»Wie erfreulich, dass du das auch so siehst ...« Sein Versuch, mit düsterem Sarkasmus zu punkten, schlug jedoch kläglich fehl. Robins knappe, aber klare Analyse der Situation hatte nicht dazu beigetragen, dass er sich auch nur ein winziges bisschen besser fühlte. Ganz im Gegenteil. Was ihn aber gleichermaßen beunruhigte wie berührte, war die Tatsache, dass sie sich während der letzten Wochen offenbar intensiv mit alldem beschäftigt hatte. Warum tat sie das nur?

»Ach ja, eine gute Nachricht habe ich aber auch«, fuhr sie nun mit forcierter Munterkeit fort. »Senait wird dir keine Probleme bereiten.«

»Wie das?«

»Ich habe herausgefunden, dass sie ebenfalls ein Teil dieses mafiösen Geflechts ist. Sie und andere gut ausgebildete junge Einheimische – meist hübsche Frauen mit Ambitionen – werden angeheuert und auf einflussreiche Positionen in kleineren Organisationen und Stiftungen geschleust, wo sie dann in der Regel im Handumdrehen unentbehrlich werden.«

Er nickte fassungslos. Konnte das denn stimmen? Klar war, dass ohne Senait die Layla & Samuel Forrester Foundation schon viel früher in den Mühlen der lokalen Bürokratie aufgerieben worden wäre. Sie hatte den Laden zusammengehalten und dafür gesorgt, dass alles rundlief und er sich eben nicht mit dem schmutzigen Teil des Geschäfts befassen musste. Er hatte gedacht, dass er sich auf sie verlassen könnte, doch dann hatte er erkennen müssen, dass sie nur an sich selbst gedacht und in ihre eigene Tasche gewirtschaftet hatte. Oder etwa nicht? Er rieb sich mit beiden Händen das Gesicht, als könne diese Geste das Denken verbessern.

»Meine Kollegen in Kapstadt haben Senait gefunden. Sie hatte sich tatsächlich nach Südafrika abgesetzt, aber nicht mit dem Lehrer – diese Beziehung war wohl nur Fassade, und ihn suchen wir noch –, sondern um dort auf ihren neuen Einsatz zu warten.«

»Ernsthaft?«

»Ernsthaft! Aber das wird nicht passieren, denn wie sich herausstellte, ist sie gar nicht mehr sonderlich erpicht darauf, wieder jahrelang undercover für eine Stiftung in Äthiopien zu arbeiten, sondern würde lieber in ihrem netten kleinen Apartment in Kapstadt bleiben. Um es abzukürzen: Wir haben sie mit guten ... nennen wir es: Argumenten ... davon überzeugt, dass sie die Fronten wechseln und ab sofort für uns arbeiten sollte. Jedenfalls hat sie gesungen wie ein Vögelchen und uns darüber hinaus reichlich wertvolle Informationen geliefert, die wir gegen diese Charity-Mafia verwenden können.«

»Oh Mann ...« Sky schüttelte den Kopf, das war langsam alles ein bisschen viel. »Ihr habt sie also erst erpresst, ihr dann einen Job verpasst und haltet sie euch jetzt als Kronzeugin warm?«

»›Erpressung‹ ist in diesem Zusammenhang ein bisschen harsch formuliert, aber der Rest stimmt in etwa. Du hattest übrigens recht – sie ist ziemlich clever und kennt sich verdammt gut aus mit den lokalen Gepflogenheiten. Ich denke, wir werden noch viel Freude mit ihr haben. Sie hat dir übrigens ein förmliches Entschuldigungsschreiben zukommen lassen.« Robin blätterte in einer Aktenmappe und zog dann den Ausdruck einer Mail hervor, die sie Sky reichte. »Sie wollte dich auch direkt kontaktieren, aber das erschien uns nicht opportun. Selbstredend hat sie uns sämtliche der angeblichen Original-Dokumente überlassen, mit denen sie dich erpresst hat, und hat eine schriftliche Erklärung abgegeben, dass all dies nicht der Wahrheit entspricht. Nur für den Fall, dass irgendwas von diesen Gerüchten doch noch an die Öffentlichkeit kommen sollte. Womit wir aber nicht rechnen.«

»Wie beruhigend!« Diesmal klappte es bei Sky schon besser mit dem Sarkasmus.

»Es würde zwar kaum eine Rolle spielen, denn all die anderen Vorwürfe, die gerade kursieren, sind schon schlimm genug. Aber es ist vielleicht wichtig für dich, dass es nichts Persönliches war, sondern dass sie im Auftrag gehandelt hat.«

»Hmpff.« Sky war sich nicht so sicher. Sein Hirn mochte in der Lage sein, einen Unterschied im Schweregrad des Betrugs zu erkennen, sein Herz und seine Seele bestimmt nicht. Zumindest akut nicht.

»Möchtest du wissen, wie wir weiter vorgehen werden?«

»Was genau heißt in diesem Zusammenhang eigentlich ›wir‹?«

Robin sah ihn verständnislos an. »Na, du, ich und mein Team.«

»Ich kann mich nicht erinnern, dass ich dich oder dein ›Team‹ gebeten hätte, mir zu helfen«, entgegnete er bockig. Er wusste selbst nicht, warum er so ungehalten reagierte, aber alles in seinem Leben entglitt ihm gerade – offenbar sogar seine Probleme.

»Denkst du wirklich, du kommst da ohne Hilfe zurecht?« Sie sah ihn an – liebevoll und mitfühlend, aber auch eine winzige Spur ungeduldig.

»Vermutlich nicht«, gab er zu.

»Zunächst solltest du alle Menschen aus deinem unmittelbaren Umfeld informieren und sie vorwarnen, dass da eine Welle auf sie zurollen könnte. Ich denke, das dürfte in erster Linie auf Rosalynd zutreffen, nicht wahr?« Er nickte und sie fuhr fort: »Ich bin mir sicher, dass sie das gut verkraften wird. Hast du sonst noch irgendjemanden, der mit dir in Verbindung gebracht werden könnte? Mit diesen Leuten sollten wir dann auch reden. Ein ganz wichtiger Punkt wird auch ein Gespräch mit Jeremy Sandberg und seinem Sender sein. Wie wird man dort mit der Situation umgehen? Ich habe schon den Justitiar des Senders angeschrieben und warte auf seine Rückmeldung. Wir sollten da unbedingt eine Sprache sprechen – oder uns klar distanzieren, falls sie versuchen wollen, dir alles in die Schuhe zu schieben. Darüber hinaus haben wir auch schon eine Presseerklärung vorbereitet, aber ehe wir sie verbreiten, wollen wir noch abwarten, in welche Richtung sich die Lage konkret entwickelt.« Sie sprach noch eine ganze Weile weiter und erklärte ihm geduldig jeden Schritt, den sie plante, schließlich endete sie mit den Worten: »Es kann also sein, dass wir in den nächsten Wochen viel unterwegs sein werden.« Dann schob sie ihm den Teller mit dem Bagel vor die Nase. »Du musst jetzt unbedingt etwas essen!«

Essen? Sky musste fast ein wenig lächeln, dieses beinahe mütterliche Bedürfnis in Robin, dafür zu sorgen, dass er genug aß, war irgendwie süß. Er hatte zwar überhaupt keinen Appetit, aber trotzdem biss er ein Stück ab und stellte nach einem Weilchen fest, dass es ihm tatsächlich ein bisschen besser ging.

»Warum hast du mich eigentlich nicht gefragt, ob an den ganzen Anschuldigungen etwas dran ist?«, fragte er, als er nicht nur den Bagel, sondern auch noch zwei Donuts verputzt hatte.

»Dafür gibt es zwei Gründe«, entgegnete sie mit einem Lächeln. »Einen professionellen und einen persönlichen. Welchen möchtest du hören?«

»Wird mir der professionelle Grund gefallen?«

»Vermutlich nicht, aber ich verrate ihn dir trotzdem: Ich habe mich als Anwältin dafür entschieden, dich in diesem Fall zu unterstützen und damit deine Interessen zu verteidigen. Deine Interessen sind sicher nicht, als pädophiler Sklavenhändler bezeichnet zu werden, oder?«

Er schluckte hart. »Ganz sicher nicht!«

»Eben.«

»Aber ist es nicht wichtig, dass du von meiner Unschuld überzeugt bist?«

»Für meine Arbeit? Nein, dafür ist es nicht entscheidend. Sonst könnte ja kein Strafverteidiger jemals einen Mörder ...«

»Das ist genau der Grund, warum ich euch Anwälte so verabscheue«, unterbrach er sie aufgebracht. »Es geht euch nicht um Lüge oder Wahrheit, um Gerechtigkeit oder Unrecht – es geht nur um Interessen oder Geld. Wie könntest du einen Mörder verteidigen?«

»Gar nicht. Deswegen bin ich auch keine Strafverteidigerin geworden«, antwortete sie mit einem Schulterzucken. »Aber das Leben ist viel zu komplex, als dass man es nach simplen Schwarz-Weiß-Maßstäben beurteilen könnte. Die Grauzonen sind entscheidend. Aber lass mich zu meinem persönlichen Grund kommen, warum ich dich nicht gefragt habe: weil ich weiß, dass du ein Guter bist! Deswegen helfe ich dir, und ich verspreche dir, dass wir das gemeinsam durchstehen. Erfolgreich durchstehen.« Sie ließ ihn nicht aus den Augen.

»Aber ... aber warum?«

»Weil du mein Freund bist und Hilfe brauchst. Ganz einfach.«

4. Juni, London

»Was sagst du?«, wollte Chiara Valentini mit einem zufriedenen Lächeln nach der Redaktionskonferenz von Robin wissen.

»Du bist die Beste«, entgegnete Robin mit einem erleichterten Lächeln. »Das wird für ein mittleres Erdbeben sorgen, wenn am Mittwoch der neue ›Beacon‹ rauskommt.«

Robin hatte ihrer besten Freundin schon vor Wochen von ihrer Recherche erzählt, mit der sie begonnen hatte, als Sky ihr die Unterlagen von seiner Stiftung überlassen hatte – inklusive des Drohbriefs seiner Ex-Freundin. Chiara hatte daraufhin ihr Investigativ-Team auf die Machenschaften der »Charity-Mafia«, wie sie das undurchsichtige Geflecht nannte, angesetzt, das seitdem zahllose neue Erkenntnisse und haarsträubende Geschichten gesammelt hatte. Nachdem die haltlosen Anschuldigungen gegen Sky vor gut zehn Tagen hochgekocht waren, hatten Robin und Chiara gemeinsam beschlossen, die Angelegenheit nicht nur juristisch zu beackern, sondern auch medial. Das Nachrichtenmagazin »The Beacon« würde in seiner nächsten Ausgabe in zwei Tagen eine erste große Enthüllungsgeschichte bringen – die Redaktion hatte nämlich einen hochrangigen Regierungsbeamten aus dem Kongo dazu gebracht, über die Praktiken in seinem Land auszupacken. Weitere Reportagen und Berichte für die nächsten Wochen waren bereits vorbereitet, und in drei Tagen wollten zwei Reporter nach Äthiopien fliegen, um dort Sky bei der Vor-Ort-Aufklärung zu begleiten.

»Es ist wirklich unglaublich, was da alles passiert – und noch unglaublicher ist, dass im zuständigen Entwicklungshilfeministerium alle davon wissen, doch keiner greift ein«, empörte sich die temperamentvolle Italienerin. »Weil man die Spendenbereitschaft der Bevölkerung nicht gefährden will!«

»Das war und ist ja auch Skys größte Sorge. Bis zu einem gewissen Grad kann ich die Bedenken sogar nachvollziehen, denn ohne Spendengelder stünden viele Organisationen vor dem Aus und könnten ihre wertvolle Arbeit nicht fortführen. Doch diese Einstellung schützt das korrupte System ja geradezu. Es ist wirklich wie mit der Mafia.« Robin schüttelte den Kopf. »Doch die haben die Rechnung ohne uns gemacht!«, fügte sie mit kaum verbrämter Genugtuung hinzu.

»So langsam machst du deinem Namen alle Ehre – Robin Hood-Stewart, die Rächerin der Philanthropen!«, kicherte Chiara. »Wann geht dein Flieger?«

»Um halb zehn.«

»Dann haben wir ja noch Zeit für ein frühes Abendessen, oder? Ich muss noch zwei kurze Telefonate führen, aber dann könnte ich los. Passt dir das?«

Zwei Telefonate konnten dauern, auch wenn Chiara sie als kurz angekündigt hatte, doch Robin war die kleine Wartezeit ganz recht. Sie musste selbst noch einige Mails checken. Die letzten Tage waren derart intensiv gewesen, dass sie kaum zum Nachdenken gekommen war. Wobei, ganz stimmte das natürlich nicht. Sie hatte ja so gut wie nichts anderes getan, als Strategien auszutüfteln, Aufgaben zu verteilen und das ganze Arsenal der Gegenmaßnahmen zu orchestrieren. Es war fast wie früher, wenn sie sich mit Haut und Haaren in einen neuen Fall geworfen hatte – und ja, es fühlte sich gut an und war elektrisierend, doch irgendetwas fehlte ihr. Das Innehalten, das Hineinhören in sich selbst, der scheinbare Müßiggang. Hatten die drei Monate in San Francisco sie so verändert?

Sie lächelte, als sie eine Mail von Sky entdeckte. Er war seit drei Tagen in Äthiopien – begleitet von Leo, der spontan beschlossen hatte, Sky zum Protagonisten seiner Dokumentation zu machen, die sich nun weder mit Einwanderern in den USA noch mit dem Millionaires Club befasste, sondern mit der Lage privater humanitärer Organisationen in Afrika. Sie war immer noch schockiert, als sie an die Reaktion von Jeremy Sandberg dachte. Er und der Fernsehsender, für den er arbeitete, hatten Sky fallen gelassen wie eine heiße Kartoffel. Statt gemeinsam für Aufklärung zu sorgen und nach dem Mitarbeiter im eigenen Redaktionsteam zu suchen, der die inkriminierenden Ausschnitte überhaupt erst in Umlauf gebracht hatte, war man nur darauf bedacht, »die Sache zu schützen, die größer ist als wir alle«. So hatte die offizielle Pressemitteilung des Senders gelautet, in der man sich mit aller Vehemenz von Sky Forrester und seinen »dubiosen Machenschaften« distanzierte. Der ohnehin schon widerwärtige Shitstorm hatte daraufhin prompt Tornadostärke angenommen, und Robin war nur froh, dass Sky so ein vollkommener Social-Media-Ignorant war, denn zu lesen, was im Netz abging, hätte ihn vermutlich völlig gebrochen. Nun ja, wenn das Sandberg und dem Sender mal nicht bald leidtun würde, denn Robin prüfte bereits rechtliche Schritte. Umso besser jedoch, dass sich Leo, ohne zu zögern, auf Skys Seite geschlagen hatte und ihn nun nach Kräften unterstützte. Sie hatten bislang alle Interviewanfragen abgelehnt – es waren auch keine seriösen Publikationen dabei gewesen. Robin war sich aber ziemlich sicher, dass sich das schon nach dem ersten Bericht im »Beacon« ändern würde. Erst wenn die Faktenlage eine eindeutige war, würde sie zulassen, dass Sky sich den Medien stellte. Bisher hatten sie nur eine Presseerklärung veröffentlicht und sich ansonsten bedeckt gehalten.

Robin klickte auf seine Mail. Sie freute sich immer, von ihm zu hören oder zu lesen, und wenn sie ehrlich war, vermisste sie ihn schon nach diesen wenigen Tagen der Trennung fürchterlich. Was hätte wohl aus ihnen werden können, wenn nicht diese Katastrophe passiert wäre? Sie wusste, dass es müßig war, darüber nachzudenken, denn ein Was-wäre-wenn-Spiel brachte niemanden weiter. Nun waren die Positionen klar abgesteckt: Sky war ihr Mandant, sie seine Anwältin, und dieses Verhältnis ließ keinen Interpretationsspielraum zu. Leider. Doch jetzt wollte sie wissen, was er geschrieben hatte. Es war eine enttäuschend kurze Nachricht: *Hole dich morgen früh vom Flughafen ab. Hab eine Überraschung – weiß nicht, ob sie gut ist. Sky*

Hm. Das war seltsam – normalerweise gab er sich nicht so sparsam mit seinen Auskünften, und eine verbindlichere Abschiedsformel als nur sein Name war sonst auch drin. Doch er hatte eine Überraschung erwähnt und das stimmte sie auf kindische Art fröhlich. Also hatte er an ihren Geburtstag gedacht. Morgen wurde sie achtunddreißig, was für sich genommen nicht besonders erfreulich war, denn die böse Vierzig rückte damit immer näher, aber ...

»Wollen wir?«, unterbrach Chiara Robins Gedanken und sie klappte rasch ihr Laptop zu und verstaute es in ihrer Aktentasche.

»Du hast dich verändert«, konstatierte Chiara ohne weitere Vorrede, als sie in dem kleinen italienischen Restaurant saßen, das nur wenige Meter von der Redaktion entfernt war. Man kannte Chiara hier ganz offensichtlich, denn gleich drei Kellner begrüßten sie mit enthusiastischen Wangenküssen und einem Schwall Komplimente, von denen Robin nur die Hälfte verstand, obwohl sie ganz passabel Italienisch sprach. Außerdem waren sie unverzüglich in eine ruhige Nische verfrachtet worden, wofür Robin dankbar war, denn trotz der frühen Stunde herrschte schon einiger Betrieb. Chiara hatte rasch »Primo«, »Pasta« und »Secondo« geordert, dazu eine Flasche Wein und Wasser. Nun kaute sie auf einer Olive herum und sah Robin erwartungsvoll an.

Hatte sie sich verändert? Vermutlich. »Wie meinst du das?«, fragte sie jedoch nach und nahm sich auch eine Olive aus dem Schälchen.

»Ich kann's nicht wirklich greifen, aber irgendwas ist anders.« Chiara musterte sie mit einem Stirnrunzeln. »Du wirkst weicher und empfindsamer.«

»Du hast ja gar keine Ahnung. Ich habe das Gefühl, dass mein kompletter innerer Schutzschild zerschmettert ist. Seit ich neulich zum ersten Mal in Tränen ausgebrochen bin, muss ich ständig weinen. Aber glücklicherweise nur privat. Ich hoffe, dass ich im Job nach wie vor normal funktioniere.«

»Oh, da habe ich keine Zweifel. Du funktionierst wie eine gut geölte Maschine, und man merkt, wie viel Spaß dir die Sache macht.«

»Als Spaß würde ich es jetzt nicht gerade bezeichnen«, unterbrach sie ihre Freundin, doch die winkte nur ab.

»Gib's zu – du hast es vermisst, in einem großen, komplizierten Fall zu stecken. Aber das meine ich gar nicht. Ich freu mich über die neue, sensible Robin – und will jetzt alles über den Auslöser hören.« Chiara grinste verschmitzt.

Robin verdrehte die Augen. Sie wusste genau, worauf ihre beste Freundin anspielte. »Ich fass es nicht. Du bist das Muster einer emanzipierten Frau, hast dich trotz unseres ›genetischen Makels‹ als Journalistin durchgesetzt und bist die Chefredakteurin des führenden Nachrichtenmagazins des Landes. Aber gleichzeitig unterstellst du mir, dass meine Veränderung auf einen Mann zurückgeht?«

»Ha! Ertappt!«, rief Chiara begeistert. »Ich habe dir gar nichts unterstellt. Ich habe nur gemutmaßt, dass dir deine Auszeit sehr guttut und du in San Francisco offensichtlich wieder zu dir selbst gefunden hast. Dass *du* das jetzt an einem Mann festmachen willst, finde ich aber hochinteressant.« Sie lehnte sich zurück und in ihren Augen blitzte es. »Lass mich raten, es geht um den Unglückswurm, wegen dem wir hier den ganzen Aufriss machen.«

»Wenn du nicht meine beste Freundin wärst, würde ich dir jetzt den Hals umdrehen«, brummte Robin. »Ich weiß nicht, ob es die Stadt war, die mich verändert hat, die Leute, mit denen ich viel Zeit verbringe, oder einfach die Tatsache, dass ich zum ersten Mal seit Jahren wieder Zeit habe, mich mit mir selbst zu beschäftigen. Ich weiß nur, dass es sich gut anfühlt – und dass es ganz bestimmt nicht ursächlich an Sky liegt!«

»Aber eine gewisse Rolle spielt er schon«, beharrte Chiara.

»Natürlich spielt er eine Rolle, eine große sogar. Er ist in der Tat, wie du es so schön formuliert hast, der Grund für ›den ganzen Aufriss‹. Oder nein, nicht der Grund: der Auslöser! Denn dieser ganze Sumpf geht ja viel tiefer. Und selbstverständlich beschäftigt mich das – und er. Er ist aber so viel mehr als nur ein Unglückswurm – er ist ein echter Freund geworden. Ich hab dir doch vom Tod seiner Eltern erzählt? So eine Parallele, so ein gemeinsamer Schmerz – das macht etwas mit einem. Er hat sich wirklich tief in meinem Herzen eingenistet.« Außerdem küsst er wie ein Gott, ist witzig, sexy und zweifellos ein toller Liebhaber, fügte sie in Gedanken hinzu.

»Du bist in ihn verliebt!«, rief Chiara so laut, dass sich einige Gäste interessiert zu ihnen umdrehten.

»Selbst wenn ich es wäre – er ist jetzt mein Mandant«, entgegnete Robin.

In diesem Moment kam ein Kellner mit den Getränken und zwei Tellern Vitello Tonnato als Vorspeise. Als er den Weißwein ausschenken wollte, legte Chiara eine Hand auf ihr Glas. »Nicht für mich, danke.«

»Was sind denn das für Töne?«, wollte Robin verwundert wissen, probierte einen Schluck und nickte dem Kellner dann zustimmend zu, der daraufhin ihr Glas weiter füllte.

»Lenk nicht vom Thema ab. Er ist dein Mandant, na schön, aber wenn du Gefühle für ihn hast, dann solltest du sie nicht unterdrücken. Ist er gut im Bett?«

»Ich habe keinen Sex mit meinen Mandanten. Das wäre hochgradig unprofessionell«, knurrte Robin leise und funkelte ihre Freundin an. »Und ich will jetzt wissen, was in dich gefahren ist.«

»Wenn du es genau wissen willst: Bruno!«

Robin starrte Chiara verständnislos an. »Das musst du mir bitte genauer erklären.«

»Ich bin schwanger!«, platzte es aus der Italienerin heraus und sie strahlte über das ganze Gesicht.

Robins Gabel fiel polternd auf ihren Teller. »Du bist schwanger?«, wiederholte sie stumpf den letzten Satz. Wie konnte das sein? Chiara hatte immer getönt, dass sie keine Kinder haben wollte, dass ihre Karriere wichtiger als Familienglück sei, und überhaupt – warum waren im Moment wirklich alle mit Kinderkriegen beschäftigt?

»Ich wollte es dir eigentlich nicht so zwischen Tür und Angel sagen, aber weil du ja schon nachgefragt hast ...«

»Hab ich das?« Robin konnte sich an nichts Derartiges erinnern. »Ich wollte nur wissen, warum du meine Professionalität in Zweifel ziehst.«

»Ach Süße, ich freu mich einfach so sehr. Kannst du dich nicht mitfreuen?«

»Doch natürlich, ich bin nur einfach ein bisschen ... ähm ... überrascht. Und überrumpelt. Wie kam es denn zu diesem Sinneswandel und wann ist es so weit?«

»Anfang Dezember ist es so weit. Wir haben das genau geplant, weil Bruno und ich ja immer im Dezember und Januar verreisen. Diesmal werde ich die Auszeit eben ein bisschen verlängern und erst Ende Februar, Anfang März wieder voll einsteigen. Wir haben das in Jamaika beschlossen. ›Jetzt oder nie‹, hat Bruno gesagt, ›wir werden schließlich alle nicht jünger.‹ Jedenfalls habe ich mir dann Ende Januar die Spirale entfernen lassen und im März hatten wir ohne Gummi Sex, und voilà – Baby ist unterwegs!«

Robin hatte einige Mühe, diese gleichermaßen offenherzig präsentierten wie überraschenden Informationen zu verdauen. Schließlich schlich sich ein breites Lächeln auf ihr Gesicht. »Chiara Valentini, hat dir eigentlich schon mal jemand gesagt, was für ein unglaubliches Glückskind du bist? Restlos alles, was du dir vornimmst, gelingt auch! Herzlichen Glückwunsch!« Sie stand auf und breitete ihre Arme aus. »Ich freue mich von ganzem Herzen für euch«, raunte sie ihrer Freundin ins Ohr und zog sie eng an sich. »Und ich verspreche, dass euer Baby die beste Tante der Welt bekommen wird.« Sie schluckte ein paarmal hart, hatte sich dann aber gleich wieder im Griff und nahm, nachdem sie sich wieder hingesetzt hatte, ihr Glas in die Hand. »Auf Valentini-Manzetti junior!«

»Bruno wird übrigens das erste Jahr komplett zu Hause bleiben und im zweiten maximal zwanzig Stunden arbeiten«, berichtete Chiara glücklich.

Robin lachte. »Natürlich tut er das. Was bleibt ihm auch anderes übrig? Schöner Wohnen kann man immer, aber die Welt dreht sich jeden Tag – und Nachrichten gehen einfach vor.« Chiaras Ehemann Bruno Manzetti war erfolgreicher Architekt, der seiner Frau von der ersten Minute an verfallen gewesen war – und eindeutig der mütterlichere Typ, dachte Robin insgeheim. Geld spielte bei den beiden ohnehin keine Rolle. Chiaras Vater war früher italienischer Botschafter in London gewesen – weswegen Chiara auch das gleiche Internat wie Robin besucht hatte – und hatte eine lange Zeit geheime Zweitkarriere als Thrillerautor etabliert. Etliche seiner Romane waren verfilmt worden. Inzwischen lebte er mit seiner zweiten Frau, einer englischen Lady, in Cornwall und veröffentlichte weiterhin einen Roman pro Jahr. Bruno betrieb mit seinem Onkel und einem Cousin ein großes Architekturbüro in Rom, London und Sydney und übernahm ohnehin nur die Aufträge, auf die er besondere Lust hatte. Ob er zwei Monate oder zwei Jahre Babypause machte, fiel da wohl nicht sehr ins Gewicht.

»Ja, so ein häuslicher Mann hat Vorteile«, bestätigte Chiara lächelnd und verputzte hungrig ihre Vorspeise. »Wie ist denn diesbezüglich dein Sky drauf?«

»Chiara!«, sagte Robin warnend.

»Schon gut, schon gut, ich hör ja auf. Aber wie du vorhin so schlau festgestellt hast, bin ich ein Glückskind, und mir gelingt alles, was ich mir vornehme. Und mein nächster Vorsatz ist, die Weste von Sky Forrester wieder blütenweiß zu waschen und wenigstens zu beginnen, den korrupten Sumpf in Afrika trockenzulegen. Anschließend konzentriere ich mich dann ganz auf dich und dein Glück! Grazie, Giovanni«, bedankte sie sich beim Kellner, der gerade die Spaghetti mit Limettenschaum brachte.

»Ist das eine Drohung?« Robin rollte die ersten Nudeln auf ihre Gabel.

»Nein, ein Versprechen.«

»Ich bin verloren ...« Robin seufzte gespielt resigniert. »Aber im Ernst, du solltest dich dann lieber auf dich und deinen Nachwuchs konzentrieren. Wisst ihr eigentlich schon, was es wird?«

»Das Westewaschen wird nicht so lange dauern, danach habe ich noch reichlich Zeit für mich und unsere zukünftige Tochter. Wir haben am Freitag erfahren, dass wir ein Mädchen bekommen.«

»Kein Orlando also?«

»Kein Orlando. Das ist dein Job.« Sie warf ihr einen vielsagenden Blick zu. Dann hob sie ihr Wasserglas und prostete einer kopfschüttelnden Robin damit zu: »Cincin!« Nachdem sie schweigend die Pasta aufgegessen hatten, kramte sie aus ihrer Tasche ein kleines Päckchen hervor. »Weil morgen dein Geburtstag ist.« Sie schob die kleine Schachtel über den Tisch.

»Dann sollte ich es auch erst morgen öffnen.«

»Auf gar keinen Fall, da habe ich ja nichts davon!«

»Und wo bleibt dein Aberglaube?« Robin linste über den Rand ihres Weinglases. »Sonst würdest du dir doch eher die Zunge abhacken, als jemandem zu früh zum Geburtstag zu gratulieren.«

»Ich gratuliere ja gar nicht, ich geb dir nur dein Geschenk. Also los, mach auf.«

Robin seufzte und griff vorsichtig zu dem kleinen Päckchen. Das Glitzern in Chiaras Augen gefiel ihr gar nicht, aber wie schlimm konnte es schon werden? Sie schenkten sich seit vielen Jahren nur noch Kleinigkeiten zu ihren Geburtstagen und zu Weihnachten. Dinge, die häufig witzig und manchmal peinlich waren, immer aber eher einen symbolischen Wert als einen monetären hatten. Doch vor genau dieser Symbolik graute ihr jetzt.

»Nun mach es schon auf«, forderte Chiara mit kaum verhohlener Ungeduld.

Na schön. Robin seufzte, trank noch einen Schluck Wein und zupfte dann an der Schleife. Ein Sexspielzeug wie vor zwei Jahren konnte es schon mal nicht sein, dafür war die cremefarbene Schachtel viel zu leicht. Nachdem sie die Satinschleife in Pink gelöst hatte, hob sie den Deckel hoch. Darunter lag ein gefaltetes Stück Papier, das Robin herausholte, auffaltete und las:

Liebe Robin, vergiss nicht: Dein Herz ist größer, als du denkst! Lass es schlagen für die, die du liebst, und mach es weit für die, die noch kommen mögen. Love, Chiara

Ihr Hals schnürte sich wieder zu und ihre Augen brannten. Mit zitternden Fingern faltete sie das Briefchen wieder zusammen und blickte dann hoch. Sie und Chiara hatten seit fünfundzwanzig Jahren eine fast symbiotische Beziehung, aber dass ihre Freundin nun so präzise erfasst hatte, was zurzeit in ihr vorging, war fast schon erschreckend. »Danke«, krächzte sie heiser und konnte nicht verhindern, dass die ersten Tränen flossen.

»Genau das habe ich mir gewünscht, ich wollte dich nach zwanzig Jahren endlich wieder weinen sehen!«, sagte Chiara lächelnd und fügte dann liebevoll hinzu: »Irgendwann kapierst du, wie wichtig es ist, alle Gefühle zuzulassen. Und jetzt schau noch mal in die Schachtel.«

Robin putzte sich die Nase. »Auch wenn ich es ein bisschen fragwürdig finde, dass du mich zum Heulen bringen willst, ich glaube, ich weiß, was du meinst.« Dann sah sie noch einmal in das kleine Kästchen. Unter einem flachen Satinkissen lag ein filigranes Goldarmband mit einem Unendlichkeitssymbol und einem kleinen Herzen – und ein frischer Schwall Tränen wallte auf.

»Komm, ich helfe dir«, sagte Chiara leise, nahm Robin das zarte Kettchen ab und befestigte es an ihrem linken Handgelenk. »Ich finde, es passt ausgesprochen gut zu deinem Vögelchen.« Sie deutete auf Robins immer präsente Halskette.

»Danke«, schniefte Robin erneut und tupfte sich die feuchten Wangen ab. »Aber jetzt wird's Zeit, dass ich mich wieder einkriege, denn eine schluchzende Anwältin hilft weder Sky noch der Sache weiter – und außerdem kommt jetzt der Fisch.«

Zur gleichen Zeit in einem äthiopischen Dorf bei Ziway

»Afrika gilt als die Wiege der Menschheit – insofern ist es fast konsequent, dass dem ›Schwarzen Kontinent‹ auch die düsteren menschlichen Eigenschaften vertraut sind: Erpressung, Korruption, Verrohung«, tönte eine schicksalsschwangere Stimme aus dem Off.

Sky kratzte sich am Kopf, nicht sicher, wie er den ersten Video-Blog-Post von Leo finden sollte. »Das ist schon ein bisschen dick aufgetragen«, sagte er schließlich zu seinem Kumpel, der ihn erwartungsvoll ansah.

»Nach all dem, was man dir angetan hat, findest du, dass das dick aufgetragen ist?«, erwiderte Leo ungläubig. »Mir würden da noch ganz andere Begriffe einfallen. Denk nur mal an deinen Schock von heute Morgen.«

Daran dachte Sky lieber nicht – und konnte es gleichzeitig auch nicht verhindern. Zwei Tage lang war er mit Leo in der äthiopischen Hauptstadt Addis Abeba unterwegs gewesen, hatte dem schwedischen Filmemacher seine Lieblingsorte gezeigt, ihn aber auch zu einem Termin mit seinem ehemaligen Stiftungsanwalt mitgenommen. Heute früh waren sie dann in das Dorf gefahren, in dem er fast zehn Jahre lang mit seiner Stiftung gearbeitet und gelebt hatte. Die meisten Dorfbewohner hatten sich sehr gefreut, ihn wiederzusehen, und ihm stolz gezeigt, wie es beim Weinanbau lief, doch dann war ihnen Nesanet über den Weg gelaufen. Nein, das musste er erst einmal verdauen. »Du hast ja recht«, lenkte er daher ein. »Aber es geht ja nicht nur um mich. Es geht um die gute Sache, und du weißt, wie die Menschen sind. Sie neigen zum Vereinfachen. Ich habe einfach Angst, dass durch einen tendenziösen Beitrag die Spendenbereitschaft noch weiter sinkt – und das ist ganz sicher nicht in meinem Interesse.«

»Ich verstehe dich, aber andererseits hat doch auch Robin schon mehrfach betont, dass man vor diesem korrupten System nicht einknicken darf, weil man es sonst nur stärkt. Totschweigen ist keine Option, wir müssen den Finger in die Wunde legen.« Leo sah Sky so eindringlich an, als wolle er ihn allein mit Blicken überzeugen. »Ein Geschwür lässt sich ja auch nicht behandeln, indem man ein Pflaster draufpappt. Da muss man schon den Eiterherd entfernen. Das ist eklig und tut weh, ist aber mittel- und langfristig die einzig sinnvolle Maßnahme!«, fügte er noch voller Leidenschaft hinzu.

»Danke für den drastischen Vergleich«, entgegnete Sky trocken und fuhr sich mit beiden Händen durch die Haare. »Na schön, lass es erst mal so, aber ehe du es veröffentlichst, sollten wir noch mit Robin darüber sprechen und vielleicht auch abwarten, wie die Reaktionen auf den Bericht in der nächsten ›Beacon‹-Ausgabe ausfallen, ja?«

»Alles klar«, lenkte Leo ein. »Wann kommt sie eigentlich?«

»Sie landet morgen früh um sieben in Addis.«

»Holst du sie ab?«

»Klar. Ich fahr jetzt gleich wieder zurück in die Stadt. Kommst du mit? Es gibt da noch ein paar sehr nette Bars, die ich dir zeigen könnte.«

»Nö, das Gegurke muss ich heute nicht noch mal haben. Ich bleibe hier und schau mich weiter um. Dass es hier Wein gibt, habe ich immer noch nicht verkraftet. Den werde ich nachher mal testen.«

»Die Bar mit dem Tasting-Raum ist neu, die haben sie erst vor ein paar Wochen eröffnet. Ganz in der Nähe gibt's ein größeres Weingut, das schon richtig Touristen anzieht. Ich hoffe, das kriegen sie hier auch hin«, berichtete Sky mit einem stolzen Lächeln.

»Die Leute hier liegen dir immer noch sehr am Herzen, was?«

»Wäre ja auch schlimm, wenn es anders wäre, oder? Ich habe fast zehn Jahre hier gelebt. Wir waren unter den Ersten, die es hier mit dem Weinbau gewagt haben. Natürlich freue ich mich, dass sie jetzt langsam Erfolg haben.«

»Kannst du dir vorstellen, wieder hier zu leben?«, wollte Leo nun wissen, und erst jetzt fiel Sky auf, dass sein schwedischer Begleiter seine Kamera auf ihn gerichtet hatte.

»Für mich ist Äthiopien immer noch mehr Heimatland als Amerika. Ich bin hier geboren und habe sehr viele Jahre hier verbracht, ich mag die Menschen und spreche die Sprache, aber trotzdem war ich nie einer von ihnen, sondern immer ein Außenseiter.« Er zuckte ratlos mit den Schultern, es war das erste Mal, dass er sich das selbst eingestanden hatte – noch dazu vor laufender Kamera. Doch was bedeutete das nun wirklich? Wollte er wieder hier leben? Gestern hätte er das ganz klar verneint, aber nach den neuesten Entwicklungen? »Um deine Frage zu beantworten«, fuhr er schließlich fort, »ich weiß es nicht.«

»Ich bin mir relativ sicher, dass die nächsten Tage noch ziemlich erkenntnisreich werden«, sagte Leo mit einem wissenden Zwinkern.

»Da könntest du recht haben ...« Sky sah aus dem Fenster des Gästehauses, in dem sie untergebracht waren, auf den Dorfplatz, wo ein paar Kinder und Hunde spielten. »Ich fahr dann mal los«, kündigte er an und stand auf. »Ach ja, nach Einbruch der Dunkelheit solltest du das Dorf nicht mehr verlassen. Hier gibt's ziemlich viele Flusspferde, und die sind wirklich mit Vorsicht zu genießen.« Er klopfte Leo noch einmal kurz auf die Schulter, dann schnappte er sich seine Tasche und verließ den Raum. Es war sieben Uhr am Abend – er hatte nun also noch ziemlich genau zwölf Stunden Zeit, um sich zu überlegen, wie er Robin die Sache mit Ayana beibringen konnte. Falls ihm dabei auch eine schlüssige Erklärung für sich selbst einfiele, wäre das umso besser.

5. Juni, Addis Abeba

Von einem wie auch immer gearteten Erklärungsansatz war Sky aber auch am nächsten Morgen meilenweit entfernt, zudem war er übernächtigt und hatte Kopfschmerzen, denn die Nacht war alles andere als erholsam gewesen. Doch gleich erwartete er Robin, die jeden Moment durch die Schiebetür kommen musste. Ihre Maschine aus London war jedenfalls schon vor rund vierzig Minuten planmäßig gelandet. Er freute sich so sehr darauf, sie wiederzusehen, auch wenn es ihn fast erschreckte, wie abhängig er sich inzwischen von ihr fühlte. Nicht nur wegen ihrer juristischen Unterstützung, sondern vor allem emotional. Es tat gut, dass sie ihm so rückhaltlos vertraute und ihm das Gefühl gab, dass alles gut werden würde – irgendwie. Er ahnte, dass es keine gute Idee war, denn so nah hatte er sich zuletzt nur seinen Eltern gefühlt ... Nein, darüber konnte er jetzt auch nicht weitergrübeln, zumal er davon ausging, dass die neueste Hiobsbotschaft ihr Vertrauen in ihn gehörig durchrütteln würde.

Unruhig tigerte er in der Ankunftshalle des Flughafens auf und ab, doch dann stand sie mit einem Mal vor ihm und lächelte ihn an. »Hallo, Fremder«, begrüßte sie ihn und drückte ihm einen kleinen Kuss auf die Wange. Leider nur die Wange, und doch war seine persönliche Sonne aufgegangen. Er war wirklich vollkommen am Arsch!

»Hallo, Schönheit«, entgegnete er und hoffte, dass er lässiger klang, als er sich fühlte. Insgeheim hatte er befürchtet, dass sie hier in ihrem typischen Anwaltszwirn aufschlagen würde, im klassischen Kostümchen oder Hosenanzug, wie sie es sonst immer tat, doch sie hatte eine schmale beige Hose und eine weiße Bluse mit derben braunen Chelsea Boots und einer lässigen braunen Lederjacke kombiniert. Die langen dunklen Haare hatte sie zu einem schlichten Pferdeschwanz gebunden und um den Hals ein buntes Seidentuch geschlungen. »Du siehst toll aus. Wie war der Flug?«

»Ging so, ich hab nicht besonders viel geschlafen«, murmelte sie gähnend und musterte ihn kritisch. »Du siehst nicht gut aus. Was ist los?«

Das war so typisch Robin, oder besser gesagt, typisch Anwalts-Robin: keine Zeit verlieren, sofort zum Punkt kommen. Er hätte gern noch ein bisschen Schonfrist gehabt. »Hast du Hunger?«, fragte er deshalb ausweichend. »Bis zum Dorf sind es zwar nur knapp hundertachtzig Kilometer, aber bei den hiesigen Straßen- und Verkehrsverhältnissen sind wir dafür mindestens drei Stunden unterwegs.« Er nahm ihren Rollkoffer und zeigte auf einen kleinen Imbiss am anderen Ende der Flughafenhalle.

»Wie glamourös«, befand Robin halb amüsiert, halb spöttisch, ging aber bereitwillig mit. »Dann sehe ich heute also nichts von der pulsierenden Metropole, von der du mir so viel vorgeschwärmt hast?«

»Ich dachte, es ist sinnvoller, wenn wir erst ins Dorf fahren und dort beginnen. Leo ist schon da und ...« Sie waren bei dem Café angekommen und er deutete fragend auf zwei freie Tische.

»Hier ist es doch okay«, sagte sie und setzte sich auf einen Plastikstuhl.

»Ich bin gleich wieder da«, versprach er, eilte zum Verkaufsstand, um Kaffee und etwas zu essen zu besorgen, und fragte sich, warum er so befangen war.

»Das sieht interessant aus«, bemerkte sie, als er wenige Augenblicke später einen großen Teller mit Firfir und zwei Tassen Kaffee auf den Tisch stellte.

»Das ist Firfir«, erklärte Sky. »Also das traditionelle Sauerteigfladenbrot Injera, das mit Soße vollgesogen ist. Könnte scharf sein.« Er nahm sich ein Stück und aß es. »Kriegt man auch besser, aber es ist okay.« Sie hob eine Braue und er fühlte sich genötigt, leicht gereizt hinzuzufügen: »Sie hatten leider keine Croissants oder westliche Sandwiches, sondern nur das. Aber für jemanden, der mit ›Full Scottish Breakfast‹ und

Absonderlichkeiten wie Haggis aufgewachsen ist, sollte das wohl machbar sein.«

»Ich sag doch gar nichts. Ich bin mir sogar sicher, dass es lecker ist, und du weißt, dass ich eine unerschrockene Esserin bin. Ich frage mich nur, warum du so fürchterlich nervös bist.« Sie trank einen Schluck Kaffee und schloss dann genießerisch die Augen. »Der ist wirklich köstlich!« Dann nahm sie sich auch ein Stück von dem leicht matschigen Fladenbrot und probierte es. »Ich habe schon schlechter gegessen. Also raus mit der Sprache – du hast gestern in deiner Mail etwas von einer Überraschung angedeutet.«

Sky überlegte krampfhaft, mit welchem Ablenkungsmanöver er sich noch ein wenig mehr Zeit verschaffen konnte, doch es fiel ihm nichts ein, und abgesehen davon war es ohnehin sinnlos. Robin musste es erfahren, und dann konnte es auch gleich sein. »Ich bin Vater«, sagte er daher schlicht.

Robins grüne Augen wurden riesig und sie verschluckte sich an ihrem Stück Firfir. Als der folgende Hustenreiz abgeklungen war, krächzte sie: »Na dann, herzlichen Glückwunsch!«

»Hmpff«, brummte er genervt.

»Was denn? Gratuliert man nicht bei unverhofftem Kindersegen?«, fragte sie voller Ironie und fügte hinzu: »Es war doch unverhofft, oder handelt es sich um ein Wunschkind?«

Sky wusste nicht genau, mit welcher Reaktion er gerechnet hatte, aber mit dieser sicherlich nicht. »Es ist natürlich kein Wunschkind! Ich bin gestern aus allen Wolken gefallen, als Nesanet mir die Kleine präsentiert und sie mir als meine Tochter vorgestellt hat.«

»Oh, du hattest neben deiner Senait noch eine andere?« Sie formulierte diese Feststellung eher als Frage und klang dabei – eifersüchtig, enttäuscht? Er konnte es nicht wirklich abschätzen, denn nach dem ersten Schock hatte sie wieder ihr vollkommen neutrales Anwalts-Pokerface aufgesetzt.

»Ich hatte ganz bestimmt nichts mit Nesanet! Sie ist heute gerade mal achtzehn, und ihre Tochter ist anderthalb«, rief er wütend. »Ich würde niemals mit einem Teenager schlafen – mal ganz abgesehen davon, dass ich auch meine Freundin nicht betrogen habe. Jedenfalls hatte ich definitiv keinen Sex mit Nesanet!«, schloss er seine aufgebrachte, etwas wirre Erklärung.

»Ist ja gut.« Robin hob beschwichtigend eine Hand. »Wenn das so ist, dann kann das Mädchen ja auch nicht deine Tochter sein. Ganz einfach.«

»Es wäre schön, wenn es so einfach wäre«, knurrte er und kramte sein Smartphone aus der Gesäßtasche seiner Jeans. Dann wischte er ein paarmal auf dem Display herum und reichte ihr das Gerät. »Und was sagst du jetzt?«

Ein tonloses »Oh« war zunächst das Einzige, was als Reaktion kam, und Sky konnte es ihr nicht verdenken. Auf dem Bild, das Robin gerade vergrößerte, war er abgebildet, mit dem kleinen Mädchen auf seinem

Arm. »Sie ist dir wie aus dem Gesicht geschnitten«, sagte sie schließlich und schüttelte dann verwundert den Kopf. »Aber wie ...«

»Ich habe keine Ahnung, wie das möglich sein kann«, unterbrach er sie unwirsch und nahm ihr das Telefon aus der Hand. »Darüber zerbreche ich mir seit inzwischen zwanzig Stunden den Kopf.«

»Wenn du nicht mit der Mutter der Kleinen – wie heißt sie eigentlich? – geschlafen hast, dann muss es eine andere Erklärung geben.« Sie griff noch einmal nach seinem Telefon. »Es ist wohl eindeutig, dass ihr Vater ein Weißer ist, aber es könnte ja auch ein anderer blonder, blauäugiger Mann gewesen sein. Will man dich erpressen?« Sie sah ihn kurz an, und er meinte, diesmal Mitgefühl in ihren Augen erkannt zu haben, dann blickte sie wieder aufs Display. »Aber sie ist wirklich sehr niedlich.«

»Das ist sie. Sie heißt übrigens Ayana, und wie unser Freund Leo gestern so treffend festgestellt hat, scheine ich echte Boris-Becker-Gene zu haben. Der konnte seine Besenkammer-Affäre nach den ersten Bildern von seiner Tochter auch nicht länger leugnen – mit dem großen Unterschied, dass ich nie eine Affäre mit Nesanet hatte. Weder in der Besenkammer noch sonst wo.«

»Irgendeine Erklärung wird es dafür geben«, sagte Robin stirnrunzelnd. »Wir werden in jedem Fall auf einem Vaterschaftstest bestehen, nur um wirklich sicher zu sein. Vielleicht hat sie dich mit K.-

o.-Tropfen betäubt und dich quasi vergewaltigt?«, mutmaßte sie.

»Umgekehrt wäre das ja kein Problem, aber ich habe keine Ahnung, ob ein Mann unter solchen Bedingungen funktionsfähig ist.« Er lachte freudlos. »Und ich kann mir auch nicht vorstellen, dass Nesanet zu so etwas imstande wäre. Sie war extrem schüchtern und traute sich damals kaum, mir in die Augen zu schauen.«

»Was hat sie denn gesagt? Und wieso hast du es überhaupt erst gestern herausgefunden?«

»Nesanet hat vor ungefähr zwei Jahren das Dorf verlassen. Ich erinnere mich dunkel, dass es ziemlich plötzlich kam, angeblich sollte sie bei ihrer Tante in Abbis Abeba wohnen und dort auf eine höhere Schule gehen. Seit ein paar Wochen ist sie jedoch wieder zurück – mit ihrer Tochter. Was sie gesagt hat? Gar nichts. Das Reden hat ihre Mutter Makeba übernommen: ›Das ist Ayana, deine Tochter. Du wirst für sie sorgen.‹ Dann hat mir Nesanet die Kleine in den Arm gedrückt und ist in Tränen ausgebrochen. Leo war glücklicherweise geistesgegenwärtig genug und hat das alles gefilmt, denn ungefähr drei Sekunden später hat sie mir das Kind wieder entrissen und ist schluchzend davongerannt, ihrer Mutter hinterher. Danach habe ich nicht mehr mit ihnen gesprochen.«

»Aber sie konnte doch nicht wissen, dass auch du wiederkommst, oder? Und was soll das überhaupt heißen: ›Du wirst für sie sorgen‹? Will sie Geld? Oder sollst du hierbleiben, um dich zu kümmern?«

»Ich habe nicht die leiseste Ahnung«, gab Sky mit hängenden Schultern zu. »Ich fühle mich immer noch komplett überrumpelt. Und alle anderen Dorfbewohner, mit denen ich gesprochen habe, waren total ausweichend. Keiner hat irgendwas Konkretes zu mir gesagt.«

»Ich finde, das klingt alles sehr, sehr merkwürdig ...« Robin unterdrückte ein Gähnen.

Unter ihrer makellosen Fassade sah sie ziemlich müde aus, fand Sky – und das nur seinetwegen. Ehe er jedoch etwas entgegnen konnte, klingelte ihr Telefon.

»Ist das schon senile Bettflucht, oder was?«, sagte sie lachend zu ihrem Anrufer. »In London ist es doch erst kurz nach sechs. – Ja, der Flug war okay, ich hab nur nicht besonders viel geschlafen. – Was? Die Überraschung? Ja, die war gelungen.« Robin warf Sky einen kurzen Seitenblick zu. »Wie es aussieht, kommt zu allen anderen Anschuldigungen noch ein Kind dazu, das man ihm unterschieben will. Ich weiß auch noch nicht viel mehr, aber ich schreibe dir nachher alles. – Tja, man kann es sich nicht aussuchen, und so besonders ist es ja auch nicht. Danke noch mal für gestern. Wir hören uns!« Damit legte sie auf und wandte sich wieder Sky zu. »Das war Chiara.«

»Das habe ich mir schon zusammengereimt, aber du hättest ihr ja nicht gleich von dem Kind erzählen müssen«, brummte er – und wusste selbst nicht, warum ihn das so störte.

»Chiara schickt uns in drei Tagen zwei Reporter, und je mehr Informationen die haben, desto besser können sie ihre Geschichte erarbeiten. Was vor allem auch in deinem Interesse sein sollte.« Sie sah auf die Uhr. »Ich hatte mir eigentlich überlegt, dass ich heute schon mal bei deinem Anwalt vorbeischauen sollte. Dieser Dr. Lilesa scheint mir auch mehr zu wissen, als er bislang zugegeben hat. Bei dem einen Telefonat mit ihm wurde sein Englisch erstaunlicherweise von Satz zu Satz schlechter, ich denke, persönlich komme ich da schneller ans Ziel. Aber angesichts der neuesten Entwicklungen will ich tatsächlich erst ins Dorf. Wollen wir los?«

Nach zwei Stunden Fahrt hielt Sky plötzlich am Straßenrand an, stellte den Motor aus, wandte sich Robin zu und rief: »Ich bin ein gottverdammter Vollidiot!«

Chiara war die Erste einer ganzen Latte von Anrufern gewesen: Robins Eltern hatten sich gemeldet, ihr Großvater, ihr Bruder und jetzt sogar noch Nana Rosalynd, obwohl es für die tief in der Nacht sein musste. Mit jedem hatte sie ein paar Minuten fröhlich geplaudert und sich artig bedankt – offensichtlich für Glückwünsche, denn nun war auch ihm endlich eingefallen, dass heute ihr Geburtstag war.

Sie sah ihn mit einem nachsichtigen Lächeln an. »Bist du nicht.«

»Doch, bin ich!«, beharrte er. »Ich bin ein selbstsüchtiger, ignoranter Eigenbrötler, der deinen Geburtstag vergessen hat. Und statt eines anständigen Geburtstagsfrühstücks und eines hübschen Geschenks habe ich dich in diese abgewrackte Flughafen-Cafeteria geschleppt und die nächste Hiobsbotschaft platzen lassen.« Er raufte sich mit einer verzweifelten Geste die Haare und rieb sich über das Gesicht. »Kannst du mir verzeihen?«, fragte er dann und hoffte, dass ein Blick treuherzig wirkte und nicht irre.

»Natürlich. Mal abgesehen davon, dass es auch gar nichts zu verzeihen gibt. Du hast im Moment wahrlich andere Sorgen, und so aufregend ist mein Geburtstag wirklich nicht.« Sie hob ihre linke Hand und fuhr ihm über die Haare. Kurz berührte sie dabei auch seine Wange, und eine Welle der Sehnsucht schlug über ihm zusammen. Er griff nach ihrer Hand und führte sie an seine Lippen.

»Ich mach's wieder gut«, versprach er mit rauer Stimme und streichelte mit dem Daumen über ihren Handrücken. Sie schluckte, sagte aber nichts. Dann fiel ihm ein zartes Armkettchen auf, das er noch nicht kannte. »Ist das neu?«, fragte er und war froh, dass seine Stimme wieder normal klang.

»Ja, das hat mir gestern Chiara geschenkt.«

Er strich nun zart über das Schmuckstück. »Ein Herz und ein Unendlichkeitssymbol. Das bedeutet wohl, dass du ein unendlich großes Herz hast?« Sie gab ein leicht ersticktes Geräusch von sich, und Sky stellte erschrocken fest, dass sie Tränen in den Augen hatte.

»So ungefähr«, krächzte sie und entzog ihm sanft ihre Hand. Dann kramte sie in ihrer Handtasche nach einem Taschentuch und tupfte sich die Tränen von den Wangen. »Und jetzt sollten wir dringend weiterfahren.«

Robin hatte im Vorfeld reichlich recherchiert – auch über Land und Leute, und doch war sie überrascht, wie wunderschön Äthiopien war. Schwer vorstellbar, dass dieses Land schon so oft von verheerenden Hungersnöten heimgesucht worden war. Das kleine Dorf in der Nähe des Ziway-Sees war jedenfalls ganz zauberhaft und lag inmitten von Weinbergen.

Sie war froh, als sie endlich angekommen waren und sie der Enge des Autos entfliehen konnte. Genau genommen war nicht der Wagen das Problem gewesen, sondern eher die Nähe zu Sky. Er hatte so zerknirscht gewirkt, als ihm ihr Geburtstag eingefallen war, und der Impuls, ihn in den Arm zu nehmen, ihn zu trösten und zu küssen, war fast übermenschlich stark gewesen. Als er dann auch noch so scharfsinnig ihr Armkettchen kommentiert hatte, war sie kurz davor gewesen, komplett die Fassung zu verlieren. Doch im Moment und mutmaßlich in den nächsten Tagen und Wochen brauchte sie vor allem eines: einen kühlen und klaren Kopf! Den konnte und durfte sie auf keinen Fall riskieren.

»Schön ist es hier«, sagte sie, als er vor einem schmucklosen, einstöckigen Gebäude parkte und sie ausstiegen.

»Ja, das ist es wirklich«, entgegnete er und deutete dann auf das Haus. »Das ist das Gästehaus. Es ist nicht sehr komfortabel, aber für einige Tage wird es hoffentlich gehen. Ich bin mit Leo im Zimmer, du hast ein eigenes, aber das Bad müssen wir uns teilen.«

»Also ganz wie zu Hause.« Sie zwinkerte ihm zu, bemüht, den Ton leicht und locker zu halten. »Dann bring ich mal meine Sachen rein und anschließend kannst du mir alles zeigen.« Sie ging zum Kofferraum, doch Sky war schneller, wuchtete ihren großen Koffer aus dem Wagen und trug ihn anschließend in ihr Zimmer.

Nachdem sie sich kurz frisch gemacht hatte, traf sie draußen auf Sky und Leo, die sich angeregt unterhielten. »Hallo, Leo!«, begrüßte sie den Schweden freudig. »Hast du das Dorf schon aufgemischt und alle mit deiner Kamera vergrault?«

»Nein, das nicht. Aber ich habe gestern Abend eine echt gruselige Begegnung mit zwei Flusspferden gehabt«, berichtete er fröhlich. »Ich muss euch nachher mal die Bilder zeigen.«

»Ich hab dir doch gesagt, dass die gefährlich sind.« Sky schüttelte den Kopf. »Die sind aggressiver als Raubkatzen. Durch Hippos kommen in Afrika mehr Menschen zu Tode als durch alle anderen Wildtiere zusammen.«

»Für gute Bilder muss man eben was riskieren.« Der blonde Schwede zuckte nur unbeeindruckt mit den Schultern.

»Ich werde es Greta ausrichten, wenn wir ihr deine Überreste in einem Schuhkarton mitbringen. Ehrlich, Mann, das ist nicht witzig. Wir sind hier nicht im Zoo, wir sind in Afrika!«

»So wie die Weinberge aussehen, könnte es auch in der Toskana oder am Kap sein«, schaltete sich Robin ein, um von dem Tierdrama abzulenken.

»Ich habe übrigens auch mit Nesanet gesprochen«, wechselte Leo das Thema. »Also, im Rahmen des Möglichen, denn sie spricht ja fast kein Englisch, und mein Amharisch ist praktisch nicht existent.«

»Ich finde es ja schon bewundernswert, dass du überhaupt weißt, wie die Landessprache heißt«, bemerkte Robin amüsiert. »Also, was hat sie gesagt?«

»Nicht viel, ich glaube, sie hat wirklich große Angst«, berichtete Leo, »aber nachdem ich sie gefragt habe, ob sie denn tatsächlich mit Sky gepimpert hat …«

»Ich habe nicht mit ihr geschlafen!«

»Und *wie* genau hast du sie das gefragt, wenn du die Sprache nicht sprichst?«, wollte Robin wissen, ohne auf Skys Ausruf einzugehen.

»Na ja, mit nonverbaler Kommunikation eben.« Leo machte eine eindeutige Handbewegung und grinste breit. »Das hat sie verstanden.«

Sky schnaubte genervt.

»Verrätst du uns auch ihre Antwort oder müssen wir sie erraten?« Nun klang auch Robin eine Spur ungeduldig.

»Sie hat entsetzt den Kopf geschüttelt und ›No, no‹ gerufen. Als ich dann was von unbefleckter Empfängnis und Heiligem Geist erwähnte, hat sie irgendwas von ›Taye, teacher‹ gebrabbelt, und dann kam wieder ihre Mutter, hat sie am Arm gepackt und davongezogen.«

Sky starrte ihn bei diesen Worten nur vollkommen ratlos an und Robin sagte: »Ich würde zwar wirklich rasend gerne erfahren, wie du die unbefleckte Empfängnis und den Heiligen Geist pantomimisch dargestellt hast, aber« – nun wandte sie sich an Sky – »ist Taye nicht der Lehrer gewesen, mit dem deine Senait vermeintlich durchgebrannt ist?«

»Ja, das war er, doch das macht immer noch keinen Sinn.«

»Wieso nicht, dann ist wohl dieser Taye der Vater der kleinen Ayana.« Für Leo schien der Fall klar zu sein.

»Taye ist genauso dunkelhäutig wie Nesanet, die beiden würden wohl kaum ein Kind bekommen, das mir lächerlich ähnlich sieht«, schnappte Sky gereizt. »Du hast doch gestern selbst was von meinen Boris-Becker-Genen gesagt. Nein, da ist irgendwas gewaltig faul. Ich glaube, ich muss mit der jungen Dame jetzt mal ein ausführliches Gespräch führen.«

»Ich komme mit.« Robin legte ihm eine Hand auf die Schulter. »Aber du solltest unbedingt darauf achten, dass du sie nicht zu sehr unter Druck setzt und in die Ecke treibst. Wenn wir erfahren wollen, wie es wirklich passiert ist, darf sie keine Angst vor dir haben. Außerdem sollten wir uns wohl dringend auch ihre Mutter vorknöpfen, denn ganz offensichtlich wollte sie nicht, dass Nesanet noch mehr ausplaudert.«

»Ich bin auch dabei und werde alles filmen.«

»An sich eine gute Idee, dann hätten wir einen Beweis, aber wenn du heimlich filmst, wird es gerichtlich womöglich nicht anerkannt, und wenn du es offen machst, dann sagt sie vielleicht nichts«, überlegte Robin.

»Wir sind ja noch weit entfernt von einer gerichtlichen Auseinandersetzung«, entgegnete Sky. »Und ich wage zu bezweifeln, dass Nesanet und ihre Mutter überhaupt kapieren würden, wofür die Filmaufnahmen sind.«

Robin runzelte die Stirn, ihr gefiel das alles ganz und gar nicht. »Unterschätze sie nicht. Wenn irgendein Komplott im Spiel war, das dazu geführt hat, dass du – ohne aktiv beteiligt gewesen zu sein – Vater geworden bist, dann verstehen die auch, wofür wir die Filmaufnahmen brauchen.«

»Ich habe bisher allen Leuten erzählt, dass ich eine Dokumentation über ihr Dorf drehe, über die Bewohner und den Weinanbau. Das finden alle super. Sogar die junge Spanierin, die für die Yes-we-care-Stiftung die Schule betreut, ist ganz angetan. Es sollte also keine Probleme geben.«

Robin sah das nicht so optimistisch, behielt ihre Gedanken aber für sich. »Mit der Spanierin würde ich mich dann auch gerne unterhalten«, sagte sie stattdessen. »Aber jetzt bin ich zunächst sehr gespannt auf Nesanet und Ayana.«

Sie hatten Glück, denn die Mutter war nicht da, als sie zur Hütte kamen, nur Nesanet und das kleine Mädchen. Das Foto auf Skys Handy – ein Standbild von Leos Videoaufnahme – war schon ziemlich eindeutig gewesen, doch als Robin die kleine Ayana zu Gesicht bekam, wusste sie, dass jeder Vaterschaftstest nur dokumentarische Notwendigkeit hatte. Es war frappierend, wie ähnlich die Kleine Sky sah. Sie hatte milchkaffeebraune Haut, dunkelblonde Locken und die gleichen himmelblauen Augen wie ihr Vater. Nesanet war eine zarte junge Frau, die nicht nur vollkommen verängstigt war, sondern auch krank wirkte. Robin verstand kein Wort von dem, was Sky mit ihr redete, aber sein Tonfall war leise und freundlich, und nach sehr aufgeregten ersten Minuten beruhigte sich auch Nesanet und sprach weniger stockend. Leo hielt alles mit seiner Kamera fest – notfalls konnte man den Dialog von einem offiziellen Dolmetscher übersetzen lassen. Ayana dagegen, die offenbar gerade laufen lernte, tapste fröhlich und zutraulich umher und erzählte Robin in ihrer niedlichen Babysprache von allerhand wichtigen Dingen. Irgendwann krabbelte sie auf allen vieren zu Sky, hielt sich an seinem Knie fest, zog sich hoch und schaute ihn so eindringlich an, dass er den Gesprächsfaden verlor und die Kleine auf seinen Schoß hob. Er strich ihr sanft über den Lockenkopf, und Ayana kuschelte sich selig an seine Brust. Als Robin den Blick erhaschte, mit dem Sky seine Tochter ansah, zog sich ihr Herz zusammen – da hatte sich ein Mann gerade rettungslos verliebt.

Mit einem Mal wurde es ihr viel zu eng in dem kleinen Raum, sie musste dringend an die frische Luft. Leise stand sie auf und verließ die Hütte, nur um sich gleich darauf einer aufgebrachten älteren Frau gegenüber zu finden, die sie erst anblaffte und sie dann, als Robin nur verständnislos mit den Schultern zuckte, mit einer wütenden Schimpfkanonade bedachte.

»Ich habe nicht die leiseste Ahnung, was Sie von mir wollen«, sagte Robin hilflos und sah fragend zwischen der tobenden Furie und der jungen, dunkelhaarigen Frau, die sie offensichtlich begleitete, hin und her.

»Kommen Sie mit«, wandte sich nun die Junge an Robin. »Ich bin Laura Rodriguez von Yes-we-care«, stellte sie sich vor und steuerte einen Container an, der neben dem Gästehaus stand.

Das musste die Spanierin sein, die Leo erwähnt hatte, dachte Robin. »Ich bin Robin Stewart, die Anwältin von Sky Forrester. War das die Mutter von Nesanet?«, fragte sie.

»Ja«, entgegnete Laura und öffnete die Tür des Containers, der sich als eine Art Wohnbüro entpuppte. »Kommen Sie doch rein. Darf ich Ihnen einen Kaffee anbieten?«

»Gerne«, antwortete Robin und sah sich interessiert um. Hier herrschte blankes Chaos. »Sind Sie schon lange hier im Dorf?«

»Seit vier Wochen«, berichtete die junge Frau enthusiastisch und befüllte die Kaffeemaschine. »Es macht mir unglaublich viel Spaß.«

»Wie schön. Aber ist es nicht ungewöhnlich, dass es schon wieder einen Wechsel bei den Ansprechpartnern vor Ort gibt? Yes-we-care hat die Arbeit der Layla & Samuel Forrester Foundation doch erst im März übernommen.« Robin runzelte die Stirn.

»Nein, gar nicht«, erwiderte die Spanierin fröhlich. »Wir sind auf Kurzeinsätze spezialisiert und jeweils maximal drei Monate bei einem Projekt.«

»Ist das sinnvoll und nachhaltig?« Robin hatte da so ihre Zweifel und ahnte, dass von Laura Rodriguez auch keine wertvollen Hinweise kommen würden, wie sie eigentlich gehofft hatte.

Laura zuckte nur mit den Schultern. »Das ist bei uns die Stiftungspolitik, um Korruption zu verhindern.«

»Verstehe«, murmelte Robin. »Doch zurück zu Nesanets Mutter. Worüber hat sie sich denn so aufgeregt?«

»Ich hab es nicht genau verstanden, aber sie hat Sie wirklich übel beschimpft und glaubt wohl, dass Sie ihr ein gutes Geschäft kaputtmachen wollen.«

»Aber ich kenne die Frau doch überhaupt nicht. Wir haben uns vorher noch nie gesehen«, entgegnete

Robin zunehmend irritiert und nahm dann die Tasse Kaffee entgegen, die Laura ihr reichte. »Danke.« Sie trank einen Schluck. »Und von welchem Geschäft hat sie gesprochen?«

Die junge Entwicklungshelferin zuckte erneut mit den Schultern. »Ich habe keine Ahnung. Ich weiß nicht genau, was Makeba macht. Sie ist nur seit ein paar Tagen in wirklich guter Stimmung und hat überall im Dorf hinausposaunt, dass bald all ihre Sorgen Vergangenheit sind.«

Das ergab alles überhaupt keinen Sinn, dachte Robin. Das »gute Geschäft« könnte die Erpressung von Sky sein, falls denn eine geplant war. Das kam ihr zwar wahrscheinlich vor, doch Sky war ja erst gestern ins Dorf zurückgekehrt, und das konnte keiner vorher gewusst haben. Wie viel diese Laura wohl wusste? »Ich nehme an, dass sich Makeba um ihre Tochter und das Enkelkind sorgt«, sagte sie schließlich. Das schien ihr am neutralsten zu sein.

»Hm«, machte Laura vage. »Das glaube ich eher nicht. Nesanet kam mit ihrer kleinen Tochter erst vor gut drei Wochen zurück, ein paar Tage nachdem ich hier angefangen habe, und Makeba war alles andere als begeistert davon. Wie man mir erzählt hat, ist Nesanet wohl ihr jüngstes Kind, ihre drei Geschwister sind deutlich älter und leben alle woanders. Es kann sogar sein, dass eine Schwester schon tot ist, aber da bin ich mir nicht ganz sicher. Nesanet hat Aids, und Makeba fürchtet, dass sie am Ende mit dem kleinen Mädchen allein sein wird.«

»Was?«, rief Robin schockiert. Sie hatte zwar den Eindruck gehabt, dass Nesanet krank aussah, aber Aids? »Was ist mit der Kleinen? Ist sie auch infiziert? Außerdem gibt's doch Medikamente, die helfen. Bekommt Nesanet denn keine?«

»Keine Ahnung«, gab Laura zu.

»Sollten Sie solche Dinge als zuständige Entwicklungshelferin nicht wissen?«

»Yes-we-care ist hier nur für die Schule zuständig«, erklärte Laura lapidar. »Die Leute erzählen mir zwar viel, aber ich kümmere mich nur um den Unterricht.«

Robin musste sich stark zusammenreißen, damit sie die junge Frau nicht einfach durchschüttelte, denn das brachte sicherlich gar nichts. Stattdessen fragte sie beherrscht: »Gibt's hier in der Nähe eine Klinik oder zumindest einen Arzt?«

»Ja, im nächstgrößeren Ort ist eine Krankenstation, in der zwei Schwestern arbeiten. Einmal pro Woche ist auch ein Arzt vor Ort. Immer donnerstags.«

Also übermorgen. Sie würde nachher mal hören, was Sky im Gespräch mit Nesanet herausgefunden hatte, und dann dafür sorgen, dass das Kind untersucht wurde und seine Mutter angemessene Medikamente bekam. Doch weil sie nicht unhöflich sein wollte, plauderte sie noch ein wenig mit Laura Rodriguez über deren Aufgaben – hier im Dorf und in ihrer Stiftung.

»Sehr schön, ihr seid unversehrt«, stellte Robin eine Stunde später fest, als sie Sky und Leo vor dem Gästehaus traf. Die beiden saßen auf wackeligen Plastikstühlen und hatten die Köpfe zusammengesteckt. Von Laura hatte sie tatsächlich noch einige interessante Dinge erfahren, unter anderem die Kontaktdaten des Geschäftsführers der Yes-we-care-Stiftung, mit dem sie sich noch ausführlich beschäftigen wollte. Doch nun interessierte sie sich erst für das Gespräch mit Nesanet.

»Sind wir, aber es war knapp«, berichtete Leo mit einem breiten Grinsen. Für den schwedischen Filmemacher schien das alles hier ein großes, exotisches Abenteuer zu sein.

»Ähnlich knapp wie das mit dem Flusspferd?«, wollte Robin wissen.

»Vor allem noch erschreckender.«

Sky blickte gequält zwischen Robin und Leo hin und her – er fand den Flusspferdevergleich wohl nicht besonders witzig. »Wieso bist du vorhin gegangen?«, fragte er mit einem leicht vorwurfsvollen Tonfall in der Stimme.

»Ich hatte nicht den Eindruck, dass dir das überhaupt aufgefallen ist«, entgegnete sie kühl und fragte sich, warum sie so dünnhäutig reagierte.

»Natürlich ist es mir aufgefallen! Ich hätte ...« Sky stoppte abrupt mitten im Satz.

»Du hättest was?«

»Nichts. Vergiss es«, brummte er und klang deutlich defensiver.

»Na schön, was hast du denn herausgefunden?«, lenkte Robin ein und angelte sich einen weiteren

Stuhl, um ebenfalls an dem klapprigen Tisch Platz zu nehmen, auf dem ein Laptop stand, in das Leo offensichtlich gerade sein Video übertrug.

Sky schüttelte den Kopf. »Diese Geschichte ist so haarsträubend, die mag ich gar nicht glauben.« Er rieb sich mit den Handballen die Augen, und Robin sah, wie erschöpft er wirkte.

»Ich glaube inzwischen fast alles – notfalls auch an die unbefleckte Empfängnis.«

»Unbefleckt war es garantiert nicht!«, presste Sky hervor. »Nesanet hat mir erzählt, dass Taye eines Nachts heimlich zu ihr gekommen ist. Sie war damals sehr in einen Jungen aus dem Nachbarort verliebt, der aber nichts von ihr wissen wollte, und war deswegen fürchterlich verzweifelt. Offenbar hatte sie sich in ihrer Not auch ihrem Lehrer anvertraut, der eine halbgottartige Stellung unter seinen Schülern genoss. Taye hatte ihr versprochen, dass er einen machtvollen Liebeszauber über sie legen könnte, der aber nur Wirkung zeigen würde, wenn sie bei allem mitmachte und sich die restliche Nacht über absolut ruhig verhielt und nicht bewegte. Außerdem durfte sie niemandem davon erzählen.«

»Hat er sie etwa vergewaltigt?«

»So ungefähr.« Sky schluckte angewidert. »Er hat sie wohl geküsst und an ihren Brüsten und zwischen ihren Beinen begrapscht. Dann hat er ihr seinen Penis in den Mund geschoben und verlangt, dass sie ihm einen bläst und alles schluckt – das würde den Zauber besonders stark machen. Zu guter Letzt hat er eine große Spritze in sie eingeführt und behauptet, dass dieses Liebeselixier sie unwiderstehlich machen würde und der Junge aus dem Nachbardorf in spätestens zwei Wochen um ihre Gunst betteln würde.«

»Was?« Robin wurde regelrecht übel.

»Ja, allerdings«, sagte Sky bitter. »Sie war zu diesem Zeitpunkt noch Jungfrau, und ich muss wohl nicht extra erwähnen, dass ihr Schwarm sie auch nach zwei Wochen noch ignoriert hat, oder? Kurze Zeit später hat sie dann festgestellt, dass sie schwanger war, und ihre charmante Mutter hat sie wütend vom Hof gejagt, weil sie nicht verraten wollte, wer der Vater ist. Woher sollte das arme Ding das denn auch wissen? Sie war dann tatsächlich bei einer Tante in Addis Abeba, hat ihr Baby bekommen und ...« Er stockte.

»Und sich dann bei irgendeinem Typen mit HIV infiziert«, schloss Robin. Sky sah sie verwundert an. »Hat mir Laura Rodriguez erzählt«, berichtete sie und holte dann tief Luft. »Wir können also davon ausgehen, dass Taye Nesanet mit deinem Sperma befruchtet hat. Fragt sich nur, woher er es hatte.«

Leo, der die ganze Zeit lediglich interessiert zugehört hatte, murmelte nun mit kaum verbrämter Sensationsgier: »Samenraub – das wird ja immer heftiger! Also, wie ist er an deinen Stoff gekommen? Du hast ihm doch wohl nicht freiwillig in eine Tasse gewichst, oder?«

»Natürlich nicht!«, rief Sky wütend und schwieg dann ein Weilchen. »Es gibt eigentlich nur eine

Möglichkeit«, sagte er schließlich und klang mehr als nur schockiert. »Senait muss ihm ein benutztes Kondom gegeben haben.«

»Die Geschichte wird besser und besser«, freute sich Leo und tippte hektisch in seinen Computer.

»Dir ist schon klar, dass du bis ans Ende deiner Tage nicht mehr glücklich wirst, wenn irgendwas von diesem Gespräch ohne meine ausdrückliche Genehmigung ins Netz gerät«, erinnerte ihn Robin warnend. »Wenn das passiert, werden alle Flusspferde und Makebas dieses Landes dein geringstes Problem sein.«

»Sonnenklar«, krächzte er. »Aber ...«

»Kein Aber! Ich bin mir sehr sicher, dass wir etwas davon veröffentlichen werden, aber erst zum richtigen Zeitpunkt! Verstanden?«

»Völlig.« Jeder Humor war aus dem blonden Schweden gewichen, der Robin nun eingeschüchtert musterte. »Ich bin auf eurer Seite. Zu hundert Prozent!«, fügte er sicherheitshalber noch hinzu.

»Gut«, entgegnete sie knapp und wandte sich dann wieder an Sky. »Und weiter?«

»Wie gesagt, Nesanet hat bei einer alten Tante gelebt und nebenbei alle möglichen kleinen Jobs angenommen, um für sich und ihr Kind zu sorgen. Die meiste Zeit war sie in einem Hotel – zumindest hat sie behauptet, dass es ein Hotel war, doch nach ihrer Beschreibung klang es eher nach einem Puff.«

»Und da hat sie als Prostituierte gearbeitet?«

»Nein, als Zimmermädchen. Sie hat saubergemacht und ab und zu auch gekellnert. Ein Mann, der wohl häufig ›zu Gast‹ war, hat sich angeblich in sie verliebt und ihr das Blaue vom Himmel versprochen. Ein sicheres Zuhause für sie und ihr Kind, schöne neue Kleider – solche Sachen. Ab und zu hat er ihr auch Kleinigkeiten geschenkt und sich so ihr Vertrauen erschlichen. Logisch, dass sie sich auch in ihn verliebt hat und schließlich regelmäßig Sex mit ihm hatte.«

»Lass mich raten, natürlich ohne Kondom«, unterbrach ihn Robin resigniert. »Armes, dummes Ding. Was für ein Glück, dass sie nicht noch mal schwanger wurde.«

»Das habe ich vergessen zu erwähnen«, fuhr Sky fort. »Die Geburt von Ayana war wohl nicht einfach und sie wäre fast dabei gestorben. Sie war allein in der Wohnung ihrer Tante und hat einfach nicht zu bluten aufgehört. Gerade noch rechtzeitig kam die Tante nach Hause und hat sie in ein Krankenhaus gebracht, wo man ihr in einer Notoperation die Gebärmutter entfernen musste, um die Blutungen zu stoppen. So habe ich es zumindest verstanden.«

»Das ist so fürchterlich«, stöhnte Robin und umklammerte ihre Halskette. »Sie ist Jungfrau, wird schwanger, stirbt fast bei der Geburt, weiß mit erst siebzehn Jahren, dass sie nie ein weiteres Kind bekommen wird, und fällt dann auf einen Freier herein, der ihr schöne Augen macht, aber nur gratis und vor allem ohne Schutz mit ihr schlafen will und sie mit HIV infiziert.«

»Treffende Zusammenfassung«, bemerkte Sky schwach, »aber es gibt noch ein weiteres Highlight. Vor ungefähr drei Wochen ist ihr Taye zufällig wieder über den Weg gelaufen – zumindest glaubt sie, dass es Zufall war – und sie hat sich ihm erneut anvertraut. In ihren Augen ist er immer noch eine Art Zauberer oder so etwas. Jedenfalls hat er ihr versichert, dass alles gut werden würde, wenn sie wieder nach Hause in ihr Dorf zurückkehrt. Er war wohl so überzeugend, dass sie noch am selben Tag ihre Habseligkeiten zusammengepackt und mit Ayana eine fast zweitägige Anhalter-Odyssee hierher begonnen hat. Übrigens gegen den Willen der Tante, die sie davon überzeugen wollte, sich medizinisch behandeln zu lassen, und die sich immer um die Kleine gekümmert hat. Ihre Mutter Makeba war zuerst gar nicht begeistert, als sie hier aufschlug, doch nach einigen Tagen hat sich das Verhalten der Alten wohl total geändert. Sie war plötzlich gut drauf und hat Nesanet eingeredet, dass ich der Vater von Ayana wäre, bald wiederkäme und mich dann um alles kümmern würde.« Er sah Robin ratlos an.

»Okay«, kam es gedehnt von Robin. »Wir müssen unbedingt diesen Taye auftreiben. Ich habe das Gefühl, dass der seine Finger viel tiefer im Spiel hat als bisher gedacht.« Sie zog ein Notizbuch aus ihrer Tasche und begann, sich einige Dinge aufzuschreiben. »Weißt du, ob bei Nesanet wirklich schon Aids ausgebrochen ist oder ob sie nur infiziert ist? Und was ist mit der Kleinen? Hat sie das Virus auch?«, fragte sie Sky.

»Ich weiß es nicht. Ich schätze, dass es bei Nesanet schon ausgebrochen ist, aber ehe ich sie dazu befragen konnte, kam ja Makeba in die Hütte geschossen und hat einen Riesenaufstand gemacht. Ich habe versucht, vernünftig mit ihr zu reden, aber sie hat sich gleich wütend auf Nesanet gestürzt und sie gefragt, was sie mir alles gesagt hätte.« Er holte tief Luft.

»Die Alte hat Nesanet mit voller Wucht ins Gesicht geschlagen«, berichtete Leo, »und dann schlimme Drohungen ausgestoßen. Ich hab ja nichts davon verstanden, aber es klang grausig.«

»Glaub mir, du willst es auch nicht wissen«, entgegnete Sky düster.

»So kann es jedenfalls nicht weitergehen«, befand Robin. »Wir müssen Nesanet und ihre Tochter schützen. Aber vermutlich sind sie einigermaßen in Sicherheit, solange die Mutter glaubt, dass sie dich erpressen kann. Bin gespannt, wann die Forderung kommt. Aber egal wie, wir bringen die beiden spätestens übermorgen zum Arzt, lassen sie untersuchen und einen Vaterschaftstest durchführen. Jetzt entschuldigt mich, ich muss telefonieren.«

27. Juni, in einem Dorf im Äthiopischen Graben

»Ich werde heute noch mit Robin nach Kapstadt fliegen«, sagte er zu dem verwitterten beige-grauen Felsen, der das Grab seiner Eltern markierte. Sie lagen auf dem Friedhof des Dorfes begraben, in dem sie in den letzten Jahren vor ihrem Tod gelebt hatten. »Sosehr ich euch auch vermisse, vielleicht ist es besser, dass ihr nicht mitkriegen musstest, was in der letzten Zeit alles passiert ist.«

Der letzte Monat speziell hatte sich wie ein Hochgeschwindigkeits-Schleudergang in einer Waschmaschine angefühlt, doch nun kam er endlich wieder ein bisschen zur Ruhe.

Als Robin an ihrem Geburtstag vor gut drei Wochen angekündigt hatte, sie müsse telefonieren, war ihm nicht klar gewesen, welche Mächte diese Frau entfesseln konnte. Wobei, das hörte sich viel zu esoterisch an. Besser: auf welch enorme Ressourcen sie zurückgreifen konnte, um an ihr Ziel zu kommen. Nach und nach hatte er erfahren, was sie mit diesen Telefonaten alles angestoßen hatte. Zuerst hatte sie länger mit ihren Kollegen in Kapstadt gesprochen, die zum einen Senait nochmals gründlich auf den Zahn gefühlt und zum anderen einen Privatdetektiv engagiert hatten, der Taye aufspüren sollte. Senait hatte zugegeben, tatsächlich die benutzten Kondome an Taye weitergereicht zu haben, der dann mit Skys Sperma mehrere Schülerinnen beglückt hatte. Ziel dieser Aktion war es von Anfang an gewesen, »Beweise« für später zu kolportierende Sexpartys zu erzeugen. Glücklicherweise hatte es nur im Fall von Nesanet geklappt. Sky konnte sich also einigermaßen sicher sein, dass er nicht noch mehr Kinder hatte. Kollegen von anderen Organisationen hatten da weniger Glück, wie der Detektiv herausgefunden hatte.

Robins zweiter Anruf an diesem Nachmittag hatte ihrer Freundin Chiara in London gegolten, die zwar menschlich entsetzt war ob der abscheulichen Entwicklungen, professionell aber völlig begeistert. Sie hatte ihr Reporter-Team spontan um zwei weitere Journalisten aufgestockt, die Tage später in Addis Abeba gelandet waren und bis heute recherchierten, Beweise sammelten und Geschichten schrieben. Die unfassbar menschenverachtende Samenraub-Methode war der Aufmacher der heutigen Ausgabe des »Beacon« – mit dem Ergebnis, dass nun gefühlt minütlich Interviewanfragen aus aller Welt bei ihm eintrudelten. Ihm wurde das alles zu viel, aber immerhin schien sich die mediale Wahrnehmung seiner Person langsam, aber sicher zu wandeln. Vom weißen imperialistischen Ausbeuter, der sich unschuldige und hilflose schwarze Schulmädchen als Sex-Sklavinnen hielt und von den Stiftungsgeldern in Saus und Braus lebte, zum gutherzigen, naiven Opfer. Auch das gefiel ihm ganz und gar nicht, doch Robin versicherte ihm, dass es allemal besser war, als Opfer wahrgenommen zu werden, denn als Täter. Sky sah das anders. Er war weder Opfer noch Täter, sondern schlicht eine Randfigur in einem Spiel, das wohl so enorme Dimensionen an Abscheulichkeiten aufwies, dass bislang erst die Spitze des Eisbergs bekannt war.

Dank Senaits eidesstattlicher Aussage hatte man wenigstens Taye in Gewahrsam nehmen können, wo er nicht nur seine widerwärtigen Taten zugegeben, sondern auch seine Mittelsmänner genannt hatte. Einer von denen war es tatsächlich gewesen, der den Redaktionsmitarbeiter von Jeremy Sandberg dazu gebracht hatte, vor einem guten Monat die haarsträubenden Anschuldigungen gegen Sky im Internet zu verbreiten.

Sky war selten so froh gewesen wie im Moment, dass er sich nie auf irgendeiner Social-Media-Plattform registriert und engagiert hatte, ihm reichten schon die Berichte, die er auf den diversen News-Seiten zu lesen bekam. Die Welle, die nach den neuesten Enthüllungen durchs Netz waberte, hatte laut Robin und Leo jedenfalls inzwischen Tsunami-Stärke angenommen, und darauf konnte er persönlich gut verzichten.

Leo hatte mittlerweile auch seinen Video-Blog begonnen und das, was er hautnah erlebt hatte, ins Netz gestellt. Natürlich waren die Inhalte von Sky und vor allem von Robin abgesegnet, die mit Argusaugen über die kleinsten Nuancen wachte. Diese Beiträge wurden immerhin auch hunderttausendfach angeklickt und geteilt.

Nesanet hatte zugestimmt, wieder zu ihrer Tante nach Addis Abeba zurückzukehren und sich dort in medizinische Behandlung zu begeben, die er bezahlte. Genauso wie er für die Bedürfnisse von Ayana, die glücklicherweise nicht infiziert war, aufkommen würde. Zumindest in der Theorie, denn praktisch hatte er momentan ja kaum ernsthafte Summen Geld zur Verfügung, doch Robin war zuversichtlich, dass sich das bald ändern würde. Sie ging sogar davon aus, dass einiges vom Stiftungsvermögen zurückzubekommen wäre, und so lange streckten sie und ihre Kanzlei die Kosten für die Therapie und den Unterhalt vor. Nach westlichen Maßstäben waren das ohnehin lächerlich geringe Summen, aber in einem der ärmsten Länder der Welt konnten diese Dollars den Unterschied zwischen Leben und Tod ausmachen. Er hoffte wirklich sehr, dass die Medikamente bei Nesanet gut anschlugen und sie ein einigermaßen gutes Leben würde führen können. Und was Ayana betraf: Sie war tatsächlich sein Kind – inzwischen auch genetisch bestätigt und offiziell anerkannt. Wie er seine Rolle als Vater ausfüllen konnte? Da hatte er bisher nicht die geringste Ahnung. Er wusste nur, dass er dem kleinen Mädchen tatsächlich ein Vater sein wollte – nicht nur unfreiwilliger Erzeuger und Sponsor.

»Tja, ihr seid also Großeltern«, schloss er, wieder hörbar, seinen weitgehend lautlosen Monolog.

»Von einem ganz zauberhaften kleinen Mädchen.«

Sky fuhr herum. Er hatte Robin nicht kommen gehört, doch nun trat sie neben ihn ans Grab und nahm seine Hand.

»Das war alles ein bisschen viel in den letzten Wochen, stimmt's? Aber andererseits haben wir auch schon viel geschafft. Wir machen einfach einen Schritt nach dem anderen.«

»Glaubst du, Ayana wird es gutgehen bei ihrer Mutter?«, stellte er die Frage, die ihn seit Tagen quälte.

»Ich glaube, Ayana ist der einzige Grund, warum sich Nesanet auf die Behandlung eingelassen hat«, behauptete Robin. »Außerdem habe ich einen guten Eindruck von der Tante. Die scheint Nichte und Großnichte gut im Griff zu haben.«

»Meinst du?« Er war sich da nicht so sicher.

»Ich hoffe es.« Sie drückte fest seine Hand und suchte dann seinen Blick. »Sky, ich weiß, dass du dich rettungslos in deine kleine Tochter verliebt hast – und wer könnte es dir verübeln? –, aber ehe du irgendwelche weitreichenden Entscheidungen triffst, solltest du gründlich über die Konsequenzen nachdenken.«

»Wie meinst du das?«, wollte er wissen und wunderte sich über den ernsten, ja fast traurigen Glanz in ihren Augen.

»Du bist Ayanas biologischer und durch die Anerkennung der Vaterschaft auch ihr rechtlicher Vater. Du hättest vermutlich keine ganz schlechten Karten, solltest du dich dafür entscheiden, die Kleine zu dir zu nehmen. Doch was wäre dann mit Nesanet? Könntest du ihr guten Gewissens ihr Kind wegnehmen? Oder würdest du sie mitnehmen? Wenn ja, wohin? Nach San Francisco, in eine völlig fremde Kultur mit einer Sprache, die sie nicht spricht? Oder gehst du zurück nach Äthiopien? Fängst vielleicht wieder mit einer Tätigkeit bei einer Organisation an – dann wärst du in Ayanas Nähe. Aber ist es das, was du willst?«

»Was ich will?« Er schüttelte mit einem freudlosen Lachen den Kopf. »Wer hat mich in meinem Leben schon mal ernsthaft gefragt, was ich will? Und in den wenigen raren Momenten, in denen ich mir sicher war, was ich will, hat mir das Schicksal fies eins reingewürgt.«

»Es ist nicht deine Schuld, dass deine Eltern gestorben sind«, sagte Robin ruhig und blickte auf das schmucklose Grabmal. »Sie sind ganz bestimmt nicht deshalb ums Leben gekommen, weil du bei einem Rugbyturnier mitspielen wolltest. Diese kruden Gedanken solltest du wirklich ganz dringend aus deinem Kopf streichen. Ich bin mir sicher, dass die beiden das genauso sehen würden.« Sie drückte erneut seine Hand, die sie immer noch fest umschlossen hielt.

»Ich meinte gar nicht den Unfall. Ich meinte eher die Geburtstagsparty deines Bruders. Die war vor nicht einmal fünf Wochen. An diesem Abend war ich mir ganz sicher, was ich wollte: dich nämlich!« Er schluckte. »Doch dann ging dieses Elend los. Ich war in der öffentlichen Wahrnehmung erst Schurke, jetzt Opfer, womöglich bin ich übernächste Woche ein Held, und dann fängt es vielleicht wieder von vorne an. Ich habe keine Kontrolle über mein Leben! Dafür habe ich ein Kind, aber mir ist nicht klar, welche Rolle ich in seinem Leben spielen soll, darf, muss und werde. Das ist sehr verwirrend und sehr unbefriedigend. Wenigstens sind zwischen uns die Fronten nun eindeutig eingezeichnet. Ich bin dein Mandant, du meine Anwältin und Stimme des Gewissens. Wow. Also frag mich bitte nicht mehr, was ich will!«, schloss er bitter und versuchte, ihr seine Hand zu entziehen, doch wie so oft hielt sie sie einfach fest.

»Ich bin immer noch deine Freundin«, erwiderte sie so leise, dass er es kaum hörte. »Falls das etwas wert ist.«

Wortlos standen sie noch einige Minuten vor dem Grab, dann sagte sie schließlich: »Wir müssen los und zum Flughafen fahren.«

29. Juni, Kapstadt

Er liebte diese Stadt einfach, stellte Sky zum wiederholten Mal fest. Äthiopien war ein wunderschönes Land, aber in Kapstadt konnte er freier atmen und denken. Das war ihm sogar als Kind schon aufgefallen. Wahrscheinlich war die exponierte Lage am Meer der Grund. Der Blick in die Ferne, auf endlosen Himmel und Wasser, und die Gewissheit, dass in Richtung Süden sehr lange nichts anderes mehr käme als Wasser und Himmel, hatten eine beruhigende Wirkung auf ihn. Was ziemlich gut war, denn in einer halben Stunde würde er Senait wiedersehen, und da konnte er jedes bisschen innere Ruhe dringend gebrauchen.

»Kann ich dich mit ihr allein lassen oder soll ich bleiben?«, wollte Robin wissen, die vor dem großen Panoramafenster stand und auf die Bucht blickte. Sie waren in einem Besprechungsraum in der südafrikanischen Niederlassung von Stewart & Sons, die mit ihren knapp siebzig Mitarbeitern in seinen Augen riesig war, laut Robin aber eher Mittelklasse. Die Kanzleien in London, New York und Los Angeles waren allesamt deutlich größer – und sie waren alle mehr oder weniger intensiv in seinen Fall involviert. Was wohl auch für die weiteren Dependancen galt, aber darüber wollte er nicht nachdenken. Er war ausgesprochen dankbar für alles und doch belastete es ihn enorm, dass er für so viel Wirbel sorgte.

Er sah sie an. Sie wirkte müde und angespannt, und irgendwie herrschte seit vorgestern eine etwas seltsame Stimmung zwischen ihnen, ohne dass er den Grund wirklich benennen konnte. Er sehnte sich nach einem echten Gespräch mit ihr, in Ruhe und idealerweise über ein anderes Thema als in den letzten Wochen. Außerdem schien sie etwas vorzuhaben – vermutlich wieder irgendwelche dringenden Telefonate – und legte offensichtlich keinen größeren Wert darauf, beim ersten Zusammentreffen des Ex-Pärchens dabei zu sein. »Ich komm allein klar«, antwortete er daher, auch wenn es ihm lieber wäre, wenn sie bliebe. »Sie wird mich ja wohl nicht umnieten, oder?«, scherzte er schwach.

»Alle Besucher und Mitarbeiter müssen durch die Sicherheitskontrolle, wie du weißt«, entgegnete sie mit ungerührter Miene.

»War nur ein Witz«, murmelte er.

»Mhmm.« Sie packte ihre Unterlagen in die Aktentasche und zog sich die Kostümjacke an, die sie über eine Stuhllehne gelegt hatte. Sie hatten vorhin zwei Stunden lang mit einigen Kollegen und der Pressefrau der Kanzlei darüber diskutiert, welchen Medien man in welcher Form für Interviews, Talkshows oder Reportagen zur Verfügung stehen sollte. »Ich bin nebenan und muss telefonieren.«

»Natürlich«, brummte er und wusste gleichzeitig nicht, warum ihn das so störte. »Robin!«, rief er ihr hinterher, als sie schon drauf und dran war, den Konferenzraum zu verlassen.

»Ja?«

»Denkst du, wir können heute Abend oder in den nächsten Tagen mal zusammen essen gehen? Nur wir zwei? Ich ...« Er zögerte, dann fuhr er fort: »Ich vermisse dich. Ich vermisse uns.«

»Das wäre schön«, sagte sie und schenkte ihm das erste ehrliche Lächeln seit Tagen. »Viel Glück mit Senait.«

Robin hatte vorgehabt, sich sofort in ein leeres Büro zurückzuziehen, ihre Mails abzuarbeiten und einige Telefonate zu führen, doch als sie zum Empfangsbereich der Kanzlei ging, um sich nach einem freien Arbeitsplatz zu erkundigen, stand dort eine wirklich atemberaubend attraktive junge Frau. »Senait Tulu, ich habe eine Verabredung mit Sky Forrester«, sagte sie in perfektem Englisch zur Empfangsdame.

Das war also die sagenhafte Senait. Robin hatte natürlich einige Fotos von ihr gesehen und zweimal mit ihr telefoniert, aber trotzdem einen vollkommen anderen Eindruck von der Frau gehabt, die Sky so übel mitgespielt hatte. Ein seltsamer Gefühlsmix wallte in ihr auf – Eifersucht und das fast unwiderstehliche

Bedürfnis, ihn zu beschützen. Beides war natürlich völlig albern, denn erstens war Sky erwachsen und konnte auf sich selbst aufpassen, zweitens wollte er ganz bestimmt nichts mehr mit Senait zu tun haben, drittens dürfte sie, Robin, ja wohl nur dann eifersüchtig sein, wenn zwischen ihr und Sky mehr als nur Freundschaft und eine Geschäftsbeziehung herrschen würde, und viertens war ihr das alles jetzt zu blöd.

»Hallo, ich bin Robin Stewart«, sagte sie zu Senait, ehe die Empfangsdame überhaupt reagieren konnte. »Wir kennen uns vom Telefon. Ich bringe Sie zu Sky.« Sie war selbst überrascht über die Worte, die so ungeplant aus ihrem Mund gepurzelt waren, doch sie überspielte ihre plötzliche und vollkommen unangemessene Unsicherheit mit ihrem jahrelang einstudierten Pokerface. Dann wandte sie sich an die Empfangssekretärin. »Wären Sie bitte so nett, uns Kaffee und Kaltgetränke in den Konferenzraum zu bringen?«

»Schön, meinen neuen Boss persönlich kennenzulernen«, bemerkte Senait ohne erkennbare Emotion, als sie in Richtung Konferenzraum gingen.

»Sie sind hier in der Kanzlei angestellt«, entgegnete Robin kühl und wunderte sich, dass sie derart gereizt auf diese Frau reagierte. »Ich mische mich nicht in die Personalentscheidungen der Niederlassungen ein. In der Regel jedenfalls.«

»Ich wollte mich auch nur für die Chance bedanken, hier arbeiten zu dürfen. Ich empfinde das als Privileg.« Senait taxierte Robin mit einem merkwürdigen Blick.

»Dann tun Sie das am besten, indem Sie Sky alles erklären, was er wissen will.« Robin war stehen geblieben und fixierte ihr Gegenüber. Sie konnte bis zu einem gewissen Grad verstehen, warum Sky in sie verliebt gewesen war – oder zumindest geglaubt hatte, verliebt zu sein. Senait Tulu war eine schöne und offensichtlich sehr intelligente Frau, doch Robin bezweifelte, dass die Äthiopierin irgendwas aus reiner Menschenfreundlichkeit oder Zuneigung tat.

»Was hat denn meine Beziehung zu Sky mit meinem Arbeitsverhältnis zu tun?« Senait hob fragend eine Braue.

»Alles, meine Liebe. Restlos alles.« Damit öffnete Robin die Tür zum Konferenzraum. »Sky, dein Gast ist hier«, sagte sie und nahm dann wieder in genau dem Sessel Platz, den sie vorhin verlassen hatte. Falls Sky überrascht über ihren Sinneswandel war, ließ er es sich nicht anmerken. Genau genommen beachtete er sie gar nicht, sondern starrte nur Senait an.

Sie war tatsächlich hier! Skys Mund war mit einem Mal vollkommen trocken. Monatelang hatte er sich ausgemalt, was er zu Senait sagen würde, falls er sie noch einmal zu Gesicht bekäme. In den letzten Tagen – nach der Erkenntnis, dass er dank ihrer »Hilfe« Vater geworden war – waren einige neue Argumente und Fragen hinzugekommen. Doch jetzt fiel ihm nichts ein, was er sagen konnte. Er hatte wahrgenommen, dass auch Robin wieder da war, warum auch immer, aber auch ihre Anwesenheit konnte den riesigen Eisklumpen, der sich urplötzlich um sein Herz gebildet hatte, nicht zum Schmelzen bringen.

»Hallo, Sky«, begann Senait und sah ihn mit ihren großen, schokoladenbraunen Augen an. Hatte er gehofft, dort Reue zu erkennen? Mitgefühl? Zuneigung? Nichts davon war zu bemerken. »Es tut mir leid«, sprach sie weiter. Sie klang aufrichtig, aber sie war ja auch immer schon eine gute Schauspielerin gewesen.

»Was genau?«, presste er hervor und ärgerte sich, dass seine Stimme leicht zitterte. »Was tut dir leid? Dass du mich betrogen hast? Dass du die Menschen im Dorf betrogen hast? Dass du das Leben von Nesanet ruiniert hast? Dass du versucht hast, noch weitere Leben zu ruinieren? Oder nur, dass deine perfide Verschleierungstaktik aufgeflogen ist?«

»Alles«, antwortete sie auf Amharisch. »Oder fast alles, denn dass alles rausgekommen ist, ist das Beste, was mir in meinem ganzen Leben passiert ist. Es hat mir die Chance eröffnet, etwas Sinnvolles zu tun.«

»Du fandest also die Arbeit bei meiner Stiftung nicht sinnvoll?«, knurrte Sky auf Englisch.

»Warum sprichst du Englisch mit mir?«, fragte sie, wieder in ihrer Muttersprache. »Damit dein Anstandswauwau – Pardon: deine Anwältin – alles versteht? Schläfst du mit ihr?« Sie warf einen kurzen Seitenblick auf Robin, die den Dialog mit unbewegter

Miene beobachtete. »Sky, es tut mir wirklich leid, was passiert ist, aber glaub mir, ich hatte meine Gründe.«

Sky schaute sie lange an. Er hatte ihr so viel sagen wollen, sie so vieles fragen wollen, auf Antworten gehofft, auf Erklärungen. Doch nun, da sie vor ihm stand, wusste er nur noch eines: Er wollte diese Frau nie wieder sehen. Nie wieder ein Wort mit ihr wechseln und nie wieder in diese verlogenen braunen Augen blicken. »Weißt du, was?«, sagte er schließlich. »Deine Gründe interessieren mich nicht. Nicht mehr. Ich wünsche dir ein schönes Leben.« Damit drehte er sich um und ging zum Fenster. Es wurde bereits dämmrig, und die bunten Lichter an der Waterfront, auf die er beste Sicht hatte, spiegelten sich im Wasser.

»Aber?«, begann Senait und klang nun zum ersten Mal ein wenig verunsichert.

»Sie haben ihn gehört«, schaltete sich Robin ein und deutete zur Tür. »Auf Wiedersehen.«

Als die Tür mit einem Klicken ins Schloss fiel, atmete Sky hörbar durch.

»Alles klar?«, wollte Robin wissen, die neben ihn ans Fenster getreten war.

»Ich glaube schon«, krächzte er und drehte sich zu ihr um. Es war eine Lüge. Er war zwar froh, dass Senait weg war, aber klar oder gar gut war noch lange nichts.

Wortlos breitete Robin ihre Arme aus und zog ihn an sich. »Einen Schritt nach dem anderen«, raunte sie ihm ins Ohr. »Das war eben ein großer und wichtiger.«

3. Juli, Stellenbosch, Südafrika

»Es ist wunderschön hier«, schwärmte Robin und sah sich um. Nachdem Sky und sie vorhin noch bei einer Frühstücks-Fernsehshow in Kapstadt gewesen waren, hatten sie ihre Koffer ins Auto geladen und waren nach Stellenbosch – eins der berühmten Weinörtchen der Kapregion – gefahren. Am frühen Abend ging ihr Flug nach London, doch nun wollten sie noch ein paar Stunden Freizeit genießen, etwas, was in den letzten Wochen praktisch nicht mehr vorgekommen war.

»Im Sommer ist es noch schöner«, behauptete Sky, »dann ist alles grün und blüht.« Er parkte den Mietwagen auf einem gekiesten Parkplatz unter großen Bäumen. »Herzlich willkommen bei Jordan. Das ist eines der beiden Weingüter, auf denen ich während meines Studiums meine Praktika absolviert habe.«

»Langsam wird mir klar, warum du so gerne hier bist«, sagte Robin, der nicht entgangen war, dass Sky trotz aller Anspannung und der unschönen Begegnung mit Senait hier, am südlichsten Zipfel Afrikas, viel ruhiger und ausgeglichener war als in Äthiopien. »Es ist ein Traum.« Das war es wirklich. Allein die Fahrt hierher war schon ein Erlebnis gewesen. Nach der quirligen Metropole waren sie durch riesige Townships gefahren, vorbei an einem

Filmgelände, wo – wie Sky ihr berichtet hatte – Teile der »Outlander«-Serie gedreht worden waren, nur um dann Minuten später in einer lieblichen Region zu landen, die sie stark an die Toskana erinnerte. Sie hatten einige wunderschöne, teilweise uralte Weingüter passiert und waren schließlich beim »Jordan Wine Estate« angekommen.

»Das ist eine sehr beliebte Hochzeitslocation – wobei, das sind die meisten Weingüter, aber hier gibt es ein Restaurant, das ich dir unbedingt zeigen wollte.« Sky wirkte so enthusiastisch, wie sie ihn schon lange nicht mehr erlebt hatte. »Aber erst bekommen wir von Gary und Kathy Jordan eine Führung durch ihren Weinkeller.«

»Und wie soll ich jetzt noch etwas essen können?«, fragte Robin mit gespielter Verzweiflung knapp zwei Stunden später, als sie in dem schicken Restaurant saßen, das zum Anwesen gehörte. Das Betreiberpaar Gary und Kathy hatte sie herzlich begrüßt und ihnen gefühlt jeden einzelnen Weinstock persönlich vorgestellt. Außerdem hatten sie einige Weine probiert und dazu leckere Häppchen genascht – so viele, dass Robin fast satt war.

»Ich bin sehr zuversichtlich, dass du das schaffst«, entgegnete Sky mit einem Grinsen. »Willst du in die Karte schauen oder lassen wir uns einfach überraschen?«

»Überraschung klingt gut. Dann muss ich ausnahmsweise mal keine Entscheidung fällen.« Sie legte die Karte auf den Tisch und lehnte sich zurück. »Und wie kommen wir nachher zum Flughafen? Wir werden zum Essen ja wohl kaum nur Wasser serviert bekommen.«

»Mach dir darum keine Sorgen, im Gegensatz zu dir habe ich ja nur genippt und werde auch zum Essen nicht viel trinken. Ich werde uns sicher und pünktlich zum Flughafen bringen.«

Warum fand sie das jetzt plötzlich so schade? Womöglich, weil ihnen Kathy vorhin voller Stolz ihre noch recht neuen Gästezimmer präsentiert hatte? Wobei »Gästezimmer« eine reichlich unpräzise Benennung für die luxuriösen Suiten war, die sie vermieteten. Einfach ein paar Tage abtauchen, das wär's, dachte sie, doch das war leider nicht drin. Sie hatten ab morgen Nachmittag in London Termine, bis sie in vier Tagen in die USA zurückfliegen würden. Allerdings auch nicht direkt nach San Francisco, sondern erst für ein paar Tage nach New York, dann nach Los Angeles, ehe sie hoffentlich pünktlich zu Rosalynds achtzigstem Geburtstag wieder zu Hause sein würden. Zu Hause? Nein, San Francisco war nicht ihr Zuhause – und auch nicht Skys. Doch sie fühlte sich unglaublich wohl in der Stadt, sie war der Ort, der untrennbar mit einem Gefühl verbunden war, das sie nicht wirklich benennen konnte. Vage bekam sie mit, wie Sky die Bestellung aufgab, und nickte abwesend, als sie eine Frage wahrnahm, ohne deren Inhalt verstanden zu haben.

»Wo bist du gerade?«

»Was? Wie?« Sie fühlte sich wie aus einer Trance gerissen und irgendwie ertappt, als Sky sie anlächelte.

»Du warst in Gedanken gerade ganz weit weg, kann das sein?«

»Nein, eigentlich war ich ganz nah. Ich habe mir vorgestellt, wie schön es wäre, einfach ein paar Tage hier auf dem Weingut zu verbringen. Doch dann sind mir all unsere Termine eingefallen und ...« Sie seufzte und trank einen Schluck aus ihrem Wasserglas, das sich, ohne dass sie es bemerkt hätte, gefüllt hatte.

»Ich würde so gerne mal mit dir durch mein Afrika reisen. Dir die Orte zeigen, die mir viel bedeuten – unbelastet von all den Ereignissen der letzten Zeit.«

»Einige kenn ich ja wohl schon«, sagte sie leise und griff nach seiner Hand. »Aber ich weiß, was du meinst. Vielleicht schaffen wir das ja mal. Ich fände das sehr schön.« Das stimmte, sie würde unglaublich gerne mit Sky durch Afrika reisen, die Welt entdecken und noch viel mehr mit ihm erleben. Doch vermutlich würde es nie dazu kommen. Vor ein paar Tagen hatte sie von ihrem Großvater erfahren, dass der Prozess gegen ihren Ex-Verlobten Thomas Stanley Anfang August in Edinburgh beginnen würde. Ihre Zeugenaussage war auf den 10. August terminiert. Angus Stewart hatte angedeutet, dass er in Erwägung zog, ihre Auszeit für beendet zu erklären. Sie könnte also direkt wieder in ihr altes Leben einsteigen. So betrachtet war es bestimmt besser, dass sie an Ians Geburtstag nichts miteinander angefangen hatten. Mal abgesehen davon, dass sie jetzt ja ein lupenreines

Arbeitsverhältnis hatten, wäre eine echte Beziehung vermutlich sowieso zum Scheitern verurteilt. Sie liebte ihren Job und ihre Heimat Schottland. Er bekam seit Tagen zwar laufend Jobangebote aller Art, doch hatte er so gar keine Vorstellung, wohin sein Weg ihn führen sollte. Robin war sich sicher, dass er früher oder später wieder in Afrika landen würde, denn es war offensichtlich, dass er sich hier sehr wohlfühlte – zumal er so in der Nähe seiner Tochter sein könnte. Und dann war da ja auch noch die Sache mit Rosalynd. Ob er inzwischen etwas wusste? Sie glaubte nicht, denn das hätte er ganz bestimmt nicht für sich behalten können, und wahrscheinlich wollte die eigensinnige alte Dame ihren Enkel nicht noch mehr belasten. Doch früher oder später ... Sie musste mit ihm reden. Musste ihm alles erzählen. Von Rosalynd und vom Prozess.

»Ich muss dir was sagen«, begann sie und wurde prompt von ihrer Kellnerin unterbrochen, die den ersten Gang servierte: kunstvoll arrangierte Fischvariationen. Dazu gab es ein Glas Chenin Blanc vom letzten Jahr.

Nach der Vorspeise zog Sky ein kleines Päckchen aus seiner Jackentasche und reichte es ihr. »Ich schulde dir ja noch ein Geburtstagsgeschenk«, sagte er und klang leicht verlegen.

»Du schuldest mir gar nichts.« Doch warum klopfte plötzlich ihr Herz schneller? Es fühlte sich beinahe an wie ein Déjà-vu – vor ziemlich genau vier Wochen hatte ihr Chiara beim Essen ebenfalls ein

Geschenk überreicht, das sie unglaublich gerührt und sie zum Weinen gebracht hatte. Das Armband hatte sie seitdem nicht mehr abgenommen. Sie schluckte.

»Es ist mir jedenfalls ein Bedürfnis und außerdem nur eine Kleinigkeit. Komm, mach auf.«

Täuschte sie sich oder wirkte er auch ein bisschen nervös? Mit zitternden Fingern versuchte sie, das Bastband zu entwirren, das um dickes, möglicherweise handgeschöpftes Papier gewickelt war, um ihr Geschenk zu öffnen. Lieber Gott, lass mich bitte nicht wieder losheulen, betete sie stumm. Schließlich schaffte sie es und packte vorsichtig eine erstaunlich filigrane Holzschnitzerei aus, die einen majestätischen Adler zeigte, der auf einem Felsen saß und gerade seine Schwingen ausbreitete. Der Vogel hatte bequem auf ihrem Handteller Platz und war doch so detailreich dargestellt, dass sie das Gefühl hatte, er würde gleich abheben. Andächtig strich sie mit den Fingerspitzen über die eleganten Flügel. »Vielen Dank«, hauchte sie. »Er ist wunderschön. Wo hast du ihn gefunden?« Dann holte sie tief Luft – ihr war gar nicht aufgefallen, dass sie vor lauter Sorge offensichtlich den Atem angehalten hatte. Doch dieses Geschenk war nicht das befürchtete bedeutungsschwangere Symbol, sondern einfach nur ein zauberhaftes Andenken an Afrika. Völlig sicher.

»Auf einem Markt in Addis Abeba.« Er sah sie an und schien zu zögern. »Der Künstler hatte wirklich die unglaublichsten Dinge aus Holz, aber dieser Adler ...«

»Ja?«

»Es ist vielleicht total anmaßend, was ich gleich sagen werde, aber du hast doch diesen kleinen Vogel an deiner Kette, der dich an deinen toten Sohn erinnert. Als ich den Adler gesehen habe, habe ich spontan an Gregory gedacht. Er wäre jetzt doch zwanzig Jahre alt und ganz sicher ein stolzer Adler, der nach Unabhängigkeit strebt. Vielleicht solltest du ihn fliegen lassen?«

Robin konnte nichts mehr sagen. Seine Worte hatten sie in einem Moment erwischt, in dem sie sich vollkommen sicher gefühlt hatte und daher ganz ohne emotionalen Schutzschild gewesen war. Herz und Seele völlig nackt und ausgeliefert.

»Ich will damit nicht sagen, dass du ihn vergessen sollst, ganz bestimmt nicht«, fügte er hastig und mit höchst alarmiertem Gesichtsausdruck hinzu. »Ich dachte nur, dass es vielleicht leichter wird, wenn du ihn dir als ... oh Mann, das war wohl eine echt bescheuerte Idee«, schloss er zerknirscht.

»Nein«, schluchzte sie mit tränenerstickter Stimme. »Es ist absolut perfekt. Oh Sky, vielen Dank.« Dann stand sie auf und er erhob sich ebenfalls schnell genug, um sie in den Arm zu nehmen und ihr hilflos über den Rücken zu streicheln.

»Pardon, soll ich den Hauptgang noch einmal mit in die Küche nehmen?«, unterbrach eine Kellnerin die innige Umarmung.

»Schon in Ordnung«, schniefte Robin und sah auf die Teller. Filetsteaks auf einem Gemüsebett.

»Lassen Sie bitte alles hier.« Dann wandte sie sich an Sky: »Fang schon an, ich bin in einer Minute wieder zurück!« Damit schnappte sie sich ihre Handtasche und rannte buchstäblich auf die Toilette.

Ganz Gentleman, hatte Sky natürlich mit dem Essen gewartet, als sie wenige Minuten später zurückkehrte – einigermaßen wiederhergestellt. Zumindest äußerlich. »Tut mir leid, vermutlich ist jetzt alles kalt«, murmelte sie.

»Selbst wenn, wird es noch gut schmecken«, sagte er und sah sie prüfend an. »Mir tut's leid, ich wollte dich nicht so aus der Fassung bringen.«

»Glaubst du mir, wenn ich dir sage, dass ich erst neuerdings zur Heulsuse geworden bin?«, fragte sie und spießte ein Stück Gemüse auf die Gabel. »Das ist mir wirklich peinlich.«

»Muss es nicht.«

»Stell dir vor, das wäre mir in einem anderen Rahmen passiert. Bei einem Fernsehinterview oder als ich deinen äthiopischen Anwalt in die Mangel genommen habe.«

»Da wäre es nicht passiert. Da bist du voll auf deine Arbeit konzentriert, aber jetzt waren wir zum ersten Mal seit langem wieder einfach nur wir selbst – und die empfindsame Robin mag ich viel lieber als die harte Anwältin. Auch wenn die mir den Arsch gerettet hat.« Er lächelte schief.

»Danke noch einmal. Das ist eines der besten Geschenke überhaupt. Aber ich kann im Moment nicht weiter darüber reden, sonst versinkt das schöne

Steak in einer Flutwelle.« Entschlossen schnitt sie ein Stück Fleisch ab, schob es sich in den Mund und hoffte, dass sie sich bis morgen wieder vollständig im Griff haben würde.

»Du wolltest mir vorhin etwas sagen?« Sky war augenscheinlich darum bemüht, das Thema zu wechseln – und hatte prompt die nächste emotionale Tretmine erwischt.

»War nicht wichtig«, winkte sie ab und prostete ihm mit dem samtigen Cabernet Sauvignon zu, der zum Steak ausgeschenkt wurde. »Lass uns einfach die letzten Stunden hier genießen.«

13. Juli, San Francisco

»Mein Junge, du bist wieder hier!«, rief Rosalynd, als Sky und Robin in den Garten traten.

Sie hatten es tatsächlich geschafft, rechtzeitig nach San Francisco zurückzukehren. Rosalynd feierte ihren achtzigsten Geburtstag bei prächtigem Wetter mit Freunden, Nachbarn und Wegbegleitern in ihrem wunderschönen, blühenden Garten. Er hatte heute Morgen ein letztes Fernsehinterview in Los Angeles gegeben und war dabei unerwartet auf Jeremy Sandberg getroffen. Der hatte sich dann vor laufender Kamera dafür entschuldigt, dass er und sein Sender sich nach den ersten öffentlichen Anschuldigungen so unschön von Sky distanziert hatten. Insgeheim hatte er Robin im Verdacht, dass sie das eingefädelt hatte, doch egal wie, es hatte gutgetan, war eine

Art persönlicher Abschluss für ihn. Natürlich war nicht alles aus der Welt, der Kampf gegen die Missstände, die Korruption, den ganzen Sumpf – das stand alles noch ganz am Anfang, aber seine persönliche Tortur war zumindest für den Moment weitgehend beendet. Er stand zwar derzeit in einer Art und Weise im Fokus der Öffentlichkeit, wie er es nie gewollt hatte, doch vermutlich würde diese Aufregung sehr bald wieder abebben. Man konnte schließlich darauf wetten, dass die nächste Ungeheuerlichkeit schon in den Startlöchern stand. Im Augenblick war er einfach nur froh, bei seiner Großmutter zu sein und ihren Ehrentag mit ihr zu verbringen.

»Natürlich bin ich hier! Das hätte ich mir für nichts in der Welt entgehen lassen«, sagte er und zog seine Nana in die Arme. Sie fühlte sich so unglaublich zerbrechlich an – war das vor sechs Wochen auch schon so gewesen? »Happy Birthday, Nana«, wünschte er ihr und küsste beide Wangen. Aus dem Augenwinkel nahm er wahr, wie Robin sich entfernte, zweifellos um ihnen ein bisschen ungestörte Großmutter-Enkel-Zeit zu schenken.

»Schatz, ich bin so stolz auf dich«, sagte Rosalynd und zog ihn zu der kleinen Bank, die unter dem Rosenbogen stand, damit sie ungestört sein konnten. »Ich will jetzt alles über deine Abenteuer hören, und vor allem über deine kleine Tochter.«

»Es ist so schön, wieder hier zu sein«, stellte Robin mit einem behaglichen Seufzer fest und ließ sich neben Luci in die weichen Polster der Hollywoodschaukel in Rosalynds Garten sinken.

»Ich bin auch froh, dass ihr wieder da seid«, sagte Luci und versuchte, eine bequemere Position einzunehmen. Während der letzten Wochen war ihre Babykugel geradezu riesig geworden und Robin beobachtete fasziniert, wie sich die Bauchdecke ihrer Schwägerin bewegte.

»Sieht aus wie bei ›Alien‹.«

»Fühlt sich auch so an«, stöhnte Luci. »Willst du mal?« Sie nahm Robins Hand und legte sie auf ihren Bauch, dessen Bewohner gerade ziemlich aktiv war.

»Wow«, sagte Robin andächtig.

»Ja, schon irgendwie«, gab Luci zu. »Allerdings lässt der Reiz von Stunde zu Stunde nach. Es wird Zeit, dass der kleine Parasit endlich auszieht und ich wieder die Hoheit über meine Körperfunktionen zurückbekomme.«

»Wisst ihr denn inzwischen, was es wird?«

»Ich ja, aber Ian will es nicht wissen. Er möchte sich überraschen lassen und ich werde ihm die Freude nicht verderben.« Luci lächelte versonnen. »Er ist ein absolutes Nervenbündel, was total untypisch für ihn ist. Normalerweise ist er ja Mister Supercool.«

»Ach, das ist normal«, behauptete Robin, auch wenn sie den Grund für Ians ausgeprägte Nervosität zu kennen glaubte. »Aber jetzt ist es ja bald so weit, oder?«

»Termin war gestern. Wegen mir könnten wir direkt loslegen.«

»Ach, vielleicht nicht sofort.« Robin rutschte unwillkürlich ein Stückchen zur Seite und Luci lachte.

»Keine Sorge, ich sag rechtzeitig Bescheid. Aber jetzt erzähl mal, wie geht's euch?«

»Sky hat sich gut geschlagen – ich hätte nicht gedacht, dass so ein Kämpferherz in ihm schlägt, doch er hat sich nicht unterkriegen lassen. Ich bin mir sicher, dass er viel stärker aus der ganzen Sache rauskommt, als ihm selbst klar ist.« Sie sah in seine Richtung. Er saß neben Rosalynd und berichtete ihr mit ausdrucksvollen Gesten offensichtlich von seinen Erlebnissen.

»Da ist aber jemand stolz«, stellte Luci amüsiert fest und Robin wusste nicht, auf wen sie diese Aussage bezog. Auf Sky, auf Rosalynd, die ihren Enkel tatsächlich anstrahlte, als sei er das achte Weltwunder – oder auf sie selbst?

»Und was ist mit dir?«, hakte Luci nach.

»Mir geht's prima. Es klingt vielleicht seltsam, aber mir hat es richtig Spaß gemacht, mich in diesen ganzen Sumpf hineinzuarbeiten. Von Skys persönlicher Geschichte mal ganz abgesehen – und er ist wahrlich kein Einzelfall –, ist es wirklich unfassbar, was sich Organisationen, die Menschen helfen wollen, alles gefallen lassen müssen. Das sind Missstände, gegen die noch viel zu wenig unternommen wird.«

»Ihr habt aber schon ziemlich für Aufsehen gesorgt. Die Artikel, die in ›The Beacon‹ erschienen sind, werden überall zitiert. So gut wie alle Sender haben diese Geschichten in ihre Nachrichten aufgenommen. Ich denke, da bewegt sich jetzt schon einiges.«

»Hoffentlich ist es nicht nur ein Strohfeuer, sondern nachhaltiger. Aber bei all den anderen Aufregern, die fast täglich durchs Netz gespült werden, ist das wohl schwierig.«

»Dann müsst ihr eben am Ball bleiben«, meinte Luci, als sei dies die logischste Sache der Welt.

»Das wäre sicher gut, aber ...«

»Was aber? Für mich klingt es so, als hättest du ein neues Betätigungsfeld gefunden.« Luci zwinkerte ihr zu.

Robin zuckte mit den Schultern. »Keine Ahnung. Mal schauen. Es ist eine ganz andere Aufgabe als meine bisherigen Fälle, aber irgendwie befriedigender. Man wird sehen, wohin die Reise geht. Demnächst steht ja auch der Prozess gegen Thomas an, danach wollte mein Großvater entscheiden, wie es in der Firma mit mir weitergehen soll.« Sie hatte das so leichthin gesagt, dass sie davon ausging, dass Luci nichts von ihren wahren Gefühlen mitbekam. Ihr graute nämlich fürchterlich vor alldem. In nicht einmal einem Monat würde sie wieder zu Hause sein, würde den Mann, der sie und so viele andere Menschen betrogen hatte, hoffentlich endgültig hinter Schloss und Riegel schicken, würde ihr altes Leben wieder aufnehmen. Doch wollte sie das wirklich? Konnte sie einfach da weitermachen, wo sie vor ein paar Monaten aufgehört hatte, so als sei nichts gewesen? Und wie würden die Menschen reagieren, die ihr in den letzten Monaten so ans Herz gewachsen waren? Luci, Rosalynd, die Schweden und Sky. Vor allem Sky!

»Aber dein Grandpa hat doch mitbekommen, was du in den letzten Wochen gemacht hast, oder?«

»Natürlich. Ich habe ja auch fast alle Niederlassungen in Alarmbereitschaft versetzt und mit eingespannt. Das war und ist eine große Sache und, so blöd es in deinen Ohren vielleicht klingt, womöglich auch gut fürs Geschäft.«

Luci winkte ab. »Ian hat mir das alles schon auseinandergesetzt, aber trotzdem rede ich mir ein, dass du das machst, weil du ein großes Herz hast, und nicht, weil du dir Profite versprichst. Vor allem aber glaube ich, dass du es für Sky getan hast. Wie läuft es denn nun zwischen dir und ihm?«

»Wie soll es laufen? Wir sind Freunde und haben einen ziemlichen Höllenritt hinter uns.«

»Als ich euch das letzte Mal gemeinsam gesehen habe, wart ihr drauf und dran, auf der Tanzfläche in unserem Garten eine heiße Nummer hinzulegen. Also erzähl mir nichts von Freunden!« Luci fixierte Robin mit einem Blick, der wohl einschüchternd wirken sollte, vor allem aber Sensationsgier spiegelte.

Robin seufzte. Wie oft hatte sie an diese Momente gedacht? Es hatte sich so gut angefühlt, so richtig – und trotzdem war sie inzwischen froh, dass sie der Leidenschaft nicht nachgegeben hatte. »Hätten wir damals Ernst gemacht, hätte ich ihn nicht verteidigen können«, entgegnete sie schlicht.

»Und warum nicht?«

»Weil ich nicht mit meinen Mandanten schlafe – und weil meine Liebhaber nicht meine Mandanten werden können. Ganz einfach. Und ich glaube, dass ich Sky als Anwältin besser helfen konnte denn als ...« Robin runzelte irritiert die Stirn, als Luci lauthals zu lachen anfing. »Was ist?«

»Du bist genauso störrisch wie dein Bruder, der würde mich auch nicht verteidigen, wenn ich in Schwierigkeiten wäre. Aber er würde mich unterstützen und trösten und dafür sorgen, dass ich die besten Anwälte bekomme. Ich bin mir sicher, Ian oder Kendra oder irgendjemand anderes aus dem phänomenalen Stewart-Imperium hätte sich genauso engagiert um Skys Fall gekümmert wie du.« Sie schüttelte den Kopf. »Ihr seid so süß miteinander, und gib's zu, du bist auch wahnsinnig scharf auf ihn. Warum also diese Komplikation?«

Über genau diese Frage grübelte Robin selbst schon seit Wochen. Sie hatte es mit Sky nicht weiter thematisiert. Er hatte, seitdem die Bombe geplatzt war, keinerlei ernsthafte Versuche mehr unternommen, ihr näherzukommen. Was sie ihm nicht verdenken konnte, schließlich wäre ihr in vergleichbarer Lage vermutlich auch die Lust auf alles vergangen – auf Sex, auf Intimität ... auf Liebe? Stattdessen hatten sie eng zusammengearbeitet und gemeinsam an allen Fronten gekämpft – Seite an Seite. Das hatte sie auch noch mit niemandem erlebt, aber es war nicht das Gleiche. Doch jetzt, wo sie in weniger als einem Monat wieder nach Großbritannien zurückkehren würde, wäre sicherlich der ganz falsche Zeitpunkt, eine Beziehung auch nur in Erwägung zu ziehen. Denn wenn, käme nur eine ernsthafte Beziehung infrage. Für eine nichtige Affäre waren sie sich schon viel zu nah. Sie seufzte erneut, und als Luci sie weiterhin erwartungsvoll ansah, antwortete sie vorsichtig: »Ich glaube, ganz ehrlich, dass wir den richtigen Zeitpunkt verpasst haben. Das Zeitfenster, in dem aus unserer Freundschaft mehr hätte werden können, hat sich wieder geschlossen. Und vielleicht ist das auch besser so.«

»Das ist doch kompletter Blödsinn!« Luci schüttelte unwillig den Kopf. »Liegt es daran, dass er ein Kind hat?«

»Was hat Ayana damit zu tun? Woher weißt du überhaupt von ihr?«, fragte Robin verblüfft.

»Woher ich von ihr weiß? Das war doch die größte Geschichte überhaupt! Und ein Ausschnitt aus dem Video-Blog von Leo wurde auch in allen Nachrichten gezeigt. Du hättest mal Rosalynd erleben sollen, die ist außer sich vor Begeisterung. Die Kleine ist aber auch wirklich unglaublich süß.«

»Ja, das ist sie. Und Sky ist ganz verliebt in sie.«

»Und wo liegt dann das Problem?«

»Ich weiß nicht, ob ich es als Problem bezeichnen würde, aber Ayana lebt mit ihrer Mutter in Äthiopien, Sky hat für den Moment hier in San Francisco seine Homebase und ich bin demnächst wieder in Europa. Ich finde, das sind keine idealen Voraussetzungen für eine Beziehung.«

»Aber ihr könntet doch die Kleine adoptieren und dann zusammen ...«

»Luci, ich verstehe ja, dass du im Moment alles durch deine rosarote Babybrille siehst«, unterbrach Robin sie. »Aber Ayana hat eine Mutter und ein Zuhause!«

»Könntest du sie denn nicht lieben?«

»Was ist das denn für eine Frage?« Robin merkte, dass sie langsam ärgerlich wurde. Dieses Gespräch ging gerade dermaßen am Thema vorbei! »Natürlich könnte ich die Kleine lieben. Genauso, wie ich euer Kind lieben werde und das Baby meiner besten Freundin Chiara. Doch das spielt keine Rolle: Ayana hat eine Mutter! Ich könnte höchstens eine Art Tante sein. Und außerdem hat sie nicht das Geringste damit zu tun, dass es für Sky und mich wohl eher keine gemeinsame Zukunft geben wird. Wir werden ganz sicher immer Freunde bleiben, aber mehr eben nicht.«

»Wenn du das ernsthaft glauben willst, ist dir wohl nicht zu helfen.« Luci schüttelte den Kopf, wechselte dann aber abrupt das Thema: »Stimmt es, dass du die Frau von George Clooney kennst?«

»Amal?« Robin sah ihre Schwägerin verblüfft an. Wie kam es denn zu diesem plötzlichen Sinneswandel? »Klar kenne ich sie. Wir waren gemeinsam in Oxford. Das heißt, sie war schon zwei Jahre weiter als ich, aber wir haben damals bei einem Projekt unseres Professors zusammengearbeitet und haben immer noch sporadisch Kontakt. Warum fragst du?«

»Weil Ian mir erzählt hat, dass ein Mitarbeiter ihrer Kanzlei heute Vormittag bei ihm angerufen hat, weil sie mit dir Kontakt aufnehmen will. Wegen der ganzen Afrika-Geschichte.«

»Wie nett.« Robin grinste, als sie Lucis glühende Wangen sah.

»Oh ja, freunde dich ruhig wieder enger mit ihr an. Vielleicht kommt sie dann ja mal zu einer unserer Gartenpartys und bringt George mit.«

»Das klingt ja nach verschärftem Fangirl-Alarm. Ich hätte geschworen, dass dir Clooney viel zu alt ist, und dich eher in die Holden-Fanning-Kategorie eingeordnet.«

»Ach, Holden ist süß, aber ... George ...«

»Ähm, beide Herren sind in festen Händen. Ziemlich solide, wie ich annehme, und Väter obendrein. Was auf dich übrigens auch zutrifft. Also, die festen Hände. Und der Vater deines Kindes fände es wohl eher befremdlich, wenn ...«

»Was fände ich befremdlich?«, wollte Ian wissen, der in diesem Moment bei ihnen aufgetaucht war.

»Hallo, Bruderherz!«, rief Robin und stand auf, um ihn zu umarmen. »Schön, dich zu sehen.«

»Ebenso«, entgegnete er amüsiert. »Ich muss schon sagen, das hast du ziemlich geschickt eingefädelt: Da hat dir unser lieber Großvater eine radikale

Zwangspause verpasst und dich von allen Wirtschaftsfällen ferngehalten – und was machst du? Du eröffnest prompt ein völlig neues Geschäftsfeld und verpasst Dutzenden Kollegen reichlich Überstunden. Weißt du eigentlich, wie viele Anfragen wir von Menschenrechtsorganisationen bekommen haben, die uns um juristische Unterstützung bitten?«

»Glaub mir, das war keine Absicht.« Robin linste zu Sky, der immer noch bei Rosalynd saß, ihre Hand hielt und eindringlich auf sie einredete. Ob sie ihm endlich auch reinen Wein eingeschenkt hatte?

»Absicht oder nicht, es ist jedenfalls ziemlich genial, und Großvater erwägt ernsthaft eine Ausweitung auf diesen Bereich. Prominente Mitstreiter haben sich auch schon gemeldet. Heute Vormittag hat ein Mitarbeiter von Amal Clooney bei mir angerufen, weil sie sich mit dir treffen will.«

»Das hat mir Luci schon erzählt«, entgegnete sie grinsend. »Aber an deiner Stelle wäre ich nicht so scharf darauf, denn die Mutter deines Kindes träumt wohl schon von gemeinsamen Gartenpartys mit George.«

»Ach?«, fragte Ian mit gespielter Empörung.

»Klärt das mal untereinander, ich muss jetzt endlich auch mal Rosalynd gratulieren.« Sie kam jedoch nicht weit. Nach ein paar Schritten hörte sie ein entsetztes Aufquieken hinter sich und fuhr herum. »Was ist los?«

»Ich glaube, meine Fruchtblase ist gerade geplatzt«, sagte Luci mit einem merkwürdigen Gesichtsausdruck.

»Findet ihr es übertrieben, dass wir alle mit ins Krankenhaus gefahren sind?«, fragte Robin vier Stunden später in die Runde. Die Geburtstagsparty hatte sich schlagartig aufgelöst, als Ian Luci ins Auto gepackt und in die Klinik gebracht hatte. Kendra wollte ihrer besten Freundin beistehen und Derek seiner Verlobten, Rosalynd konnte sich nichts Aufregenderes vorstellen, als an ihrem achtzigsten Geburtstag quasi Ehren-Uroma zu werden, und musste natürlich auch mit. Robin hatte kurz überlegt, ob sie die Stellung halten und auf Drake aufpassen sollte, doch Sky hatte nur gesagt: »Willst du die Geburt deiner ersten Nichte oder deines ersten Neffen wirklich verpassen?« Dann hatte er den Hund bei den Schweden geparkt und Robin ins Auto verfrachtet. So tigerten sie nun zu fünft nervös durch den Wartebereich und terrorisierten sämtliche Schwestern und Pfleger, die sich in die Nähe wagten.

»Es ist kein bisschen übertrieben«, beharrte Sky. »Es ist wichtig, in so einem Moment bei seiner Familie zu sein.«

Familie? Ja, Ian und Luci waren natürlich ihre Familie. Für Luci gehörten zweifellos auch Kendra und Rosalynd in diese Kategorie, doch Sky? »Ja, das stimmt«, gab sie ihm recht, »aber warum bist du hier?«

Er zögerte nur einen kurzen Moment, dann sagte er: »Wegen dir. Weil du meine ...«

Was auch immer er noch als Erklärung nennen wollte, ging in dem lauten Schrei unter, den Kendra bei Ians Anblick ausgestoßen hatte.

»Es ist ein Junge! Es ist alles dran. Luci geht's gut und sie will euch alle sehen.«

Robin schossen die Tränen in die Augen, als sie ihren kleinen Bruder sah, der vollkommen überwältigt die fantastische Nachricht überbracht hatte. Mit zwei großen Schritten war sie als Erste bei ihm und umarmte ihn. »Herzlichen Glückwunsch!«

»Drake ist nicht hier?«, fragte Ian, als er sich von Robins Umklammerung befreit hatte. »Nach ihm hat sie nämlich als Erstes gefragt.« Er schaute sich um, als hätte sich der Riesenhund tatsächlich irgendwo versteckt.

»Ich fürchte, es wird noch etwas dauern, bis Drake seinen kleinen Bruder kennenlernt«, sagte Sky lachend.

»Nicht sehr lange. Sobald Luci grünes Licht hat, sind wir hier raus«, entgegnete Ian. »Aber jetzt kommt mit und lernt meinen Sohn Niklas Robin Stewart kennen!« Er zwinkerte seiner Schwester zu und ging dann voran.

Robin blieb wie angewurzelt stehen und starrte ihrem Bruder hinterher. »Sie haben ihr erstes Kind nach mir benannt«, hauchte sie, fassungslos vor Rührung.

»Das haben sie wohl«, sagte Sky und zog sie in seine Arme. »Herzlichen Glückwunsch, Tante Robin.«

Weitreichende Entscheidungen

26. Juli, John F. Kennedy Airport, New York

»Alter, das war echt der Hammer!«, sagte Leo grinsend zu Sky.

Sie saßen am Gate und warteten, dass sie endlich in ihren Flieger nach San Francisco einsteigen konnten. Am Montag hatte Sky einen überraschenden Anruf von der Redaktion einer Late-Night-Show bekommen, mit der Frage, ob er und der schwedische Dokumentarfilmer, der mit seinem Video-Blog aus Afrika derart für Furore gesorgt hatte, nicht zusammen in die Sendung kommen wollten. Natürlich hatten sie zugesagt und waren gestern nach New York geflogen. Leo hatte unbedingt ein bisschen Sightseeing machen und abends um die Häuser ziehen wollen, weil er noch nie in Manhattan gewesen war. Heute am frühen Nachmittag war dann die Aufzeichnung der Show gewesen, die zu später Stunde ausgestrahlt werden würde. Es war gut gelaufen und Leo war geradezu berauscht von diesem Abenteuer.

»Das hast du in der letzten Stunde ungefähr hundert Mal gesagt«, erwiderte Sky mit einem leicht abwesenden Lächeln. Er war mit seinem Handy beschäftigt.

»Wenn's doch stimmt! Du bist ja inzwischen der große Fernsehprofi, aber für mich war das eine geile Erfahrung. Ich bin gespannt, wie die Show die Zugriffszahlen von meinem Blog beeinflusst.«

»Die werden sicher noch weiter durch die Decke gehen als ohnehin schon. Kommst du eigentlich noch dazu, an deinem eigentlichen Filmprojekt zu arbeiten?« Sky blickte seinen Kumpel an.

»Ich arbeite praktisch Tag und Nacht daran«, behauptete der Schwede. »Du wirst sehen, das wird dann die fette Sensation. Ich hab schon eine Anfrage von einem kleinen Indie-Filmfestival bekommen.«

»Dann war der ganze Mist vielleicht für irgendwas gut«, brummte Sky resigniert.

»Was ist los mit dir? Ich weiß ja, dass du in den letzten Wochen ein paarmal durch die Hölle und wieder zurück marschiert bist, aber letztlich hat sich für dich doch alles zum Guten gewendet, oder? Außerdem ist es dir doch auch wichtig, dass diese Missstände endlich mal aufgedeckt und bekämpft werden.«

Sky gab einen undefinierbaren Laut von sich. Natürlich war es gut, dass sich etwas bewegte – auch wenn es vermutlich nur ein Tropfen auf den heißen Stein war. Derart tief verankerte korrupte Systeme ließen sich nicht von einem auf den anderen Tag aushebeln. Und selbst wenn, was würde an deren Stelle treten? Nein, das war ein schwieriger, langwieriger Prozess, da machte er sich nichts vor. Trotzdem war es natürlich gut und wichtig, dass etwas in Bewegung geraten war, und er hoffte, dass diese Bewegung noch weiter Fahrt aufnahm. Ob er dabei in Zukunft überhaupt eine Rolle spielen würde, und falls ja, welche, war noch vollkommen unklar. Er hatte etliche Jobangebote bekommen – einige Organisationen wollten ihn als Berater, andere als Manager vor Ort. Zwei Verlage hatten ihm angeboten, sein Buch zu veröffentlichen. Welches Buch?, fragte er sich. Das müsste er erst mal schreiben. Das waren alles tolle Möglichkeiten, die sich ihm eröffneten, und doch konnte er sich spontan für keine einzige entscheiden. Er war schlicht komplett ahnungslos, wie es mit ihm weitergehen konnte. Was wollte er tun? Wo wollte er leben? Hier in den USA, in Afrika, um in der Nähe seiner Tochter zu sein, oder vielleicht sogar in Europa? Bei Robin? Seit sie von ihrem Afrika-Trip wieder zurückgekommen waren, hatte er sie kaum gesehen. Zum einen bekam er nach wie vor ständig irgendwelche Medienanfragen, zum anderen war sie ziemlich ausgiebig in der Kanzlei oder bei Luci und dem Baby. Das letzte intensivere Gespräch hatten sie in Südafrika geführt, als er ihr den Adler geschenkt hatte ...

»Erde an Sky, Erde an Sky – Sky, bitte melden«, tönte es neben ihm.

Sky schreckte hoch und bemerkte, wie Leo wild feixend mit den Armen fuchtelte. »Sorry, was hast du gesagt?«

»Ich hatte dich vor einem ganzen Weilchen gefragt, was mit dir los ist, und warte immer noch auf eine Antwort«, entgegnete Leo.

»Ich auch ...«, murmelte Sky und riss sich dann zusammen. »Tut mir leid, ich kann's dir nicht sagen. Nicht, weil ich es nicht will, sondern weil ich es nicht weiß.«

»Was weißt du nicht?«

»Na alles. Oder nichts. Ich hab keine Ahnung, wie es weitergehen soll. Soll ich eines der vielen Jobangebote annehmen oder nicht? Und falls doch, welches? Wo soll ich leben?«

»Wow, wir werden ja geradezu existenzphilosophisch.« Leo hob mit einem ironischen Grinsen eine Braue.

»Tja, was soll ich sagen? Ich werde in zweieinhalb Monaten vierunddreißig und habe nicht die leiseste Ahnung davon, wie es in meinem Leben weitergehen soll.«

»Das glaube ich nicht. Du hast einfach zu viele Optionen. Was ist eigentlich mit dir und Robin?«

»Was soll sein?«, gab sich Sky ahnungslos.

»Komm schon, wir haben euch alle auf Ians Geburtstagsparty knutschen sehen, doch seitdem war nichts mehr.«

»Als ›nichts‹ würde ich es nicht gerade bezeichnen, was in den letzten Wochen los war.«

»Nicht insgesamt, sondern zwischen euch. Du musst mich nicht absichtlich falsch verstehen. Greta hat mir erzählt, dass Luci ihr gesteckt hat, dass Robin angeblich so einen komischen Ehrenkodex hat, der es ihr verbietet, etwas mit einem Mandanten anzufangen. Aber da du jetzt rehabilitiert bist, ist ihr Job ja quasi gelaufen und ihr könntet endlich ...«

»Ich weiß nicht, warum ihr alle überhaupt darüber nachdenkt, von Diskussionen ganz zu schweigen.« Sky winkte gereizt ab.

»Vielleicht, weil wir euch mögen und der Meinung sind, dass ihr ein tolles Paar wärt? Aber du brauchst mir nicht gleich an die Gurgel zu springen. Ich hab's schon kapiert. Geht mich nichts an.« Leo machte eine beschwichtigende Geste. »Wie geht's eigentlich Ayana?«

»Ganz gut, denke ich.« Sky hatte wieder sein Telefon zur Hand genommen und rief den Messenger-Dienst auf. »Nesanet hat mir gestern wieder neue Bilder geschickt.« Er zeigte Leo die beiden neuesten Fotos. Er war froh, dass er Nesanet ein Smartphone besorgt hatte, so dass sie unkompliziert in Kontakt bleiben konnten. Ab und zu schickte sie Bilder, aber mit Informationen darüber, wie es ihnen ging, war sie sehr sparsam.

»Wann fliegst du wieder hin?« Sky sah Leo überrascht an, der hinzufügte: »Was denn? So abwegig ist die Idee doch nicht?«

Zu Skys großer Erleichterung wurden in diesem Moment die Passagiere zum Boarden aufgerufen, und da der TV-Sender Businessclass-Tickets hatte springen lassen, waren sie als Erste dran. »Ich denke, jetzt fliegen wir erst einmal wieder nach San Francisco, dann sehen wir weiter.«

1. August, San Francisco

Robin hätte nie gedacht, dass es sie so wahnsinnig stolz und glücklich machen würde, Tante zu sein und ihren kleinen Neffen im Arm zu halten. Doch auch gut zwei Wochen nach Nicks Geburt hatte der Reiz noch nicht nachgelassen. Glücklicherweise sahen Luci und Ian das ziemlich entspannt. Überhaupt waren die beiden erschreckend lockere Eltern, was sie selbst beim besten Willen nicht nachvollziehen konnte. Dieses kleine Wesen war so zart, zerbrechlich und wertvoll, aber Luci schien nicht das geringste Problem damit zu haben, dass ihr Riesenköter Drake dem Kleinen regelmäßig das Gesichtchen ableckte. Selbst Ian, der während der Schwangerschaft sehr nervös gewesen war, hatte eine Hundertachtzig-Grad-Wende vollbracht und gab sich nun ebenfalls total lässig.

»Findet ihr nicht, dass es eine Zumutung für den Kleinen ist, ihn so kurze Zeit nach der Geburt zu einer riesigen Hochzeit zu schleppen?«, fragte sie stirnrunzelnd zum gefühlt hundertsten Mal. »Ich verstehe auch nicht, warum Kendra ihre Hochzeit auf den vierten August legen musste. Sie ist deine beste Freundin und hätte da doch einen Puffer einbauen müssen. Wenn es blöd gelaufen wäre, wärst du immer noch schwanger und hättest am Ende am Traualtar Wehen bekommen.« Robin konnte gar nicht aufhören, sich darüber zu aufzuregen, und redete wie ein Wasserfall auf Luci ein, die gerade Kleider für das große Fest am kommenden Wochenende anprobierte.

»Es ging leider nicht anders«, entgegnete sie schulterzuckend. »Sie hat es versucht, aber es hängen da einfach viel zu viele Terminsachen bei Derek und ihrem Schwiegervater dran, als dass es zu einem späteren Zeitpunkt gegangen wäre. Erst im Winter wieder, und das ist auch blöd. Zumal Ian und ich ja im Winter in Schottland heiraten wollen.«

»Ich find's trotzdem nicht gut«, brummte Robin. »Der arme kleine Schatz sollte nicht so einen Stress haben. Stimmt's, Nicky?« Sie küsste den weichen Flaum auf dem Babyköpfchen, der genauso rötlich war wie der von Gregory. Wie sehr sie ihn vermissen würde, wenn sie in einer Woche nach Europa zurückkehrte. Bisher hatte sie es immer noch nicht über sich gebracht, ihren Lieben davon zu erzählen, doch langsam musste sie wohl mit der Sprache rausrücken. Erst nach der Hochzeit, schob sie den düsteren Gedanken wieder weg. Auch wenn das dann unmittelbar vor ihrem Abflug war ... Aber jetzt konnte sie es einfach nicht sagen.

»Weißt du eigentlich, wie süß du bist?« Luci sah ihre Schwägerin lächelnd an. »Ich glaube, das Phänomen nennt man Helikopter-Tante. Ich verspreche dir hiermit hoch und heilig, dass dem kleinen Prinzen nichts passieren wird!«

»Mich nimmt hier keiner ernst.«

»Wir nehmen dich alle ernst! Aber du solltest jetzt auch mal an dich denken, wenn du schon nicht zu Kendras Hochzeit kommst.«

»Höre ich da einen Vorwurf in deiner Stimme?« Robin schüttelte den Kopf. »Ich fand es sehr nett von Kendra, dass sie mich auch eingeladen hat, doch ich bin mir sicher, dass sie es nur getan hat, weil ich irgendwie ihr Boss bin, und nicht, weil sich mich an ihrem Ehrentag unbedingt dabeihaben will. Wenn ich etwas aus meiner geplatzten Hochzeit gelernt habe, dann dass man keine doofen Kompromisse machen sollte. Und sie hat's mit Fassung getragen, als ich abgesagt habe.«

»Kein Vorwurf«, beteuerte Luci. »Ganz im Gegenteil. Aber ich finde wirklich, dass du die freien Tage ohne uns mal sinnvoll nutzen solltest. Vielleicht nimmst du dir für das Wochenende etwas Schönes mit Sky vor. Zum ersten Mal allein mit ihm? Ohne Schlammschlacht-Drama und ohne Tanten-Alarm? Wie wäre das?«

Das wäre toll, dachte Robin, sprach es aber nicht aus, denn sie hatte keine Ahnung, wie Sky zu dem Konzept »Wochenende zu zweit« stehen würde. Direkt nach Nickys Geburt hatte er sie im Krankenhaus in den Arm genommen und freundschaftlich geküsst, aber dann? Dann war er ständig bei irgendwelchen Fernsehauftritten gewesen, und sie selbst hatte ehrlicherweise fast jede freie Minute bei Luci und Ian verbracht. Vielleicht auch, weil ihr insgeheim davor graute, herauszufinden, wie es nun wirklich zwischen ihm und ihr stand? Und weil die Antwort auf diese ungestellte Frage ihr Leben nicht gerade vereinfachen würde.

»Keine Antwort ist auch eine Antwort!«, stellte Luci lachend fest und drehte sich vor Robin im Kreis. »Kann ich das Kleid anziehen?«

»Klar, du siehst aus wie eine ätherische Elfe. Dass du vor zwei Wochen ein Baby bekommen hast, glaubt dir kein Mensch. Dieses Yoga scheint ja wirklich Wunder zu wirken.«

»Sag ich doch. Solltest du dringend mal probieren.« Luci zwinkerte ihr schelmisch zu. »Vor allem, weil Yoga auch andere erfreuliche Aspekte hat ...«

Am nächsten Tag

»Ich hoffe wirklich, ihr nehmt an diesem Seminar teil!«, sagte Rosalynd mit einer Eindringlichkeit, die Sky selten bei seiner Großmutter erlebt hatte.

»Achtsamkeit für Körper, Geist und Seele«, las Sky den Text auf dem Flyer vor, den Rosalynd ihm in die Hand gedrückt hatte. Ein dreitägiger Workshop in der Yogaschule von Rosalynds Freundin Grace. Eigentlich hätte er sich ein völlig anderes Programm für das Wochenende vorgestellt. Drei Tage allein mit Robin – ohne Ablenkung von seiner Oma und dem zwar zweifellos zauberhaften, aber doch erschütternd dominanten Niklas.

»Nach all dem, was ihr gemeinsam durchgemacht habt, wäre das der perfekte Ausgleich für euch«, schwadronierte Rosalynd weiter. »Grace ist so enttäuscht, dass ich diesmal nicht dabei sein kann, dabei ist Guru John so ein sensibler Lehrer mit absolut bewusstseinserweiternden Workshops. Ich habe schon einige Kurse bei ihm erlebt und mir geschworen, keinen zu versäumen, solange ich lebe. Aber die Hochzeit von Kendra kann ich natürlich auch nicht verpassen. Ich bin so froh, dass meine Mädchen beide so glücklich sind.«

»Ja, das ist auch schön, aber ...«

»Ich wünsche mir, dass du auch glücklich wirst! Luci und Kendra sind die Enkelinnen meines Herzens, aber du bist der Enkel meines Bluts und meiner Seele. Ich kann diese Welt nicht verlassen, ohne dass ich sicher sein kann, dass auch du dein Glück gefunden hast.«

Was war das jetzt? »Nana, was sind denn das für Töne? Ich hoffe, dass du diese Welt noch sehr lange nicht verlassen wirst! Oder geht es dir etwa nicht gut?«, fragte Sky alarmiert.

»Ach, bei mir ist alles in Ordnung. Wie immer. Aber ich werde nicht jünger. Ich bin achtzig, und da muss man sich langsam mit der eigenen Sterblichkeit vertraut machen. Mach dir keine Sorgen um mich.«

»Hm.« Er klang nicht überzeugt und musterte sie gründlich. Hatte sie abgenommen? War sie blasser als sonst?

»Schatz, wenn du mir eine Freude machen willst, dann geh mit Robin zu diesem Workshop. Das würde mich wirklich sehr, sehr glücklich machen.« Sie lächelte ihn an und streichelte seine Wange – und irgendwie fühlte er sich gerade ziemlich manipuliert.

»Hast du eine bessere Idee?«, fragte Sky am Abend Robin. Er hatte ihr gerade den Vorschlag von Rosalynd präsentiert. Wobei »Vorschlag« es ja nicht wirklich traf. Rosalynd hatte direkt Nägel mit Köpfen gemacht, ihn und Robin fest für den Workshop angemeldet und auch gleich die Gebühr bezahlt. Nun fühlte er sich reichlich unbehaglich, weil Robin ihn mit diesem undurchdringlichen Blick aus ihren moosgrünen Augen musterte, der alles bedeuten konnte. Alles von »Bist du komplett übergeschnappt?« über »Ich hätte reichlich bessere Ideen – und bei den meisten sind wir nackt« bis hin zu »Na gut, was soll's?«.

Irritierenderweise sagte sie nichts, sondern sah ihn bloß an, was ihn prompt dazu brachte, seinerseits dummes Zeug zu brabbeln. Diesen Trick hatte sie sehr gut drauf, das hatte er in den letzten Wochen oft genug bezeugen können. Damit hatte sie etliche Menschen dazu gebracht, Dinge zu offenbaren, die sie zweifellos lieber für sich behalten hätten. Doch der Impuls war einfach zu stark: »Ich weiß, es klingt schräg – und auch ziemlich nebulös. Kein Wort zu den Techniken, wie genau dieser Guru John denn Körper, Geist und Seele synchronisieren will. Das kann ja alles bedeuten. Aber Rosalynd scheint es unglaublich wichtig zu sein, dass wir da mitmachen. Sie hält allergrößte Stücke auf diesen John, und ihre Freundin Grace hat extra zwei angeblich heiß begehrte Plätze für uns frei gehalten. Aber wenn du nicht willst … Ich meine, wir könnten auch was anderes tun. Oder ich geh alleine zu dem Workshop. Oder ...« Vor allem sollte er jetzt ganz dringend seine Klappe halten! Sky schloss die Augen, doch Robins Röntgenblick fühlte er trotzdem. »Für diesen Blick brauchst du einen Waffenschein«, beklagte er sich schließlich. »Das ist nicht fair. Du schaust einen unschuldigen Menschen an und er verrät dir im nächsten Moment seine intimsten Geheimnisse.«

Robin lachte laut auf. »Du übertreibst schamlos! Erstens glaube ich nicht, dass du so unschuldig bist, und zweitens würde es mich außerordentlich enttäuschen, wenn dein intimster Wunsch dieses Seminar wäre.«

»Du weißt genau, wie ich es gemeint habe.«

»Ich habe nicht die leiseste Ahnung«, sagte sie grinsend und beugte sich dann ein Stückchen nach vorn, um ihn noch besser ins Visier nehmen zu können. »Aber ich will unbedingt herausfinden, was dein intimstes Geheimnis ist«, hauchte sie.

»Hör auf damit! Hier, du kannst mein letztes Stück Pizza haben.« Er schob ihr seinen Teller hin, um sie abzulenken. Auf keinen Fall wollte er riskieren, dass er herausplapperte, was tatsächlich sein größter Wunsch war: sie nackt unter ihm. Oder gerne auch auf ihm. Auf jeden Fall aber er in ihr! Doch sie schien jedes körperliche Interesse an ihm verloren zu haben. Er war in den letzten Wochen einfach nur ihr Mandant gewesen, ein Mandant zwar, dem sie sich freundschaftlich verbunden fühlte, aber eben auch nicht mehr.

»Ablenkung durch Pizza? Und du denkst, das funktioniert?«

»Ich bin mir ziemlich sicher. Komm schon, du willst es doch auch. Da ist extra viel Peperoni drauf.«

»Okay«, sagte sie schlicht, nahm sich das Pizzastück und biss hinein. »Das ist so gut«, schwärmte sie schmatzend und mit halb geschlossenen Augen.

Sky nutzte den Moment der Ablenkung. »Also, was ist nun? Bist du dabei ab morgen?«

Robin zuckte mit den Schultern. »Meinetwegen. Vielleicht ist es ja irgendwas mit Yoga und das wollte ich jetzt doch mal ausprobieren, nachdem Luci so schwärmt. Im Flyer steht was von bequemen Klamotten und Handtüchern, die man mitbringen soll. Braucht man für Yoga Handtücher?«

»Keine Ahnung. Vielleicht für dieses Hot Yoga?«, spekulierte Sky. »Lassen wir uns einfach überraschen, ja?«

»Einverstanden. Aber jetzt lass uns aufs Sofa ziehen und ›Outlander‹ gucken. Ich muss wissen, wie es weitergeht.«

3. August, San Francisco

Am nächsten Morgen verabschiedeten sich Sky und Robin von Rosalynd, die von Ian, Luci, Drake und Nicky abgeholt wurde, um zu den dreitägigen Hochzeitsfeierlichkeiten auf dem Anwesen von Dereks Vater zu fahren. Dann gingen sie die wenigen Schritte zum Nachbarhaus, in dem das sagenumwobene Yogastudio von Grace Turner residierte. Sky war im April schon zweimal dort gewesen, nicht zum Trainieren, sondern für kleinere Reparaturarbeiten, aber irgendwie hatte er es ganz anders in Erinnerung gehabt. Normalerweise konnte man durch das große Schaufenster in den einladenden Eingangsbereich schauen, in dem eine gemütliche Tee-Ecke untergebracht war, doch heute war das Fenster mit bunten Saris blickdicht verhängt.

»Oh, für das authentische indische Flair«, stellte Robin mit einem Grinsen fest. »Ob man uns so überhaupt reinlässst?« Sie trug dreiviertellange Sportleggins, ein Top und darüber ein weites T-Shirt. Die langen dunklen Haare hatte sie zu einem Pferdeschwanz gebunden und unter ihrem Arm klemmte ein großes Handtuch.

»Ich fürchte, sie werden uns auf jeden Fall reinlassen«, raunte Sky ihr zu. Er hatte bereits Grace erspäht, die ihnen enthusiastisch von der Tür aus zuwinkte.

»Wie schön, dass ihr da seid, meine Lieben«, begrüßte sie die beiden überschwänglich und zog erst Robin, dann ihn in ihre Arme.

War das ein normales Willkommen? Er linste etwas irritiert zu Robin, die seinen Blick mit einem leichten Grinsen erwiderte.

»Mit euch sind wir auch schon komplett«, sagte Grace und sperrte die Tür hinter ihnen ab. Dann zog sie auch da einen Vorhang vor, so dass der Eingangsbereich nur noch schummrig beleuchtet war. Das schien Sky ganz und gar nicht mehr normal zu sein. »Nehmt euch einen Tee, sucht euch einen Platz und dann beginnen wir gleich mit der Einführung.«

Sky sah sich um. Außer ihm und Robin waren an die zwanzig weitere Menschen aller Altersklassen im Raum, die meisten ähnlich leger und sportlich gekleidet wie sie. Robin zuckte nur mit den Schultern und deutete dann wortlos in eine Ecke. Er reichte ihr sein Handtuch, holte zwei Tassen mit duftendem

Kräutertee vom Tresen und nahm neben ihr auf einem Sitzkissen am Boden Platz, gespannt, was ihn erwartete.

»Herzlich willkommen zu unserem dreitägigen Achtsamkeits-Workshop«, begann Grace ihre Begrüßung. »Die meisten von euch werden mich kennen, allen anderen stelle ich mich rasch vor: Ich bin Grace Turner, Besitzerin dieses Studios, Yoga-Lehrerin und Tantra-Meisterin. In den kommenden Stunden und Tagen werde ich aber Jonathan Wilson, besser bekannt als Guru John, assistieren, der mit uns seine neue, ganzheitliche Achtsamkeitslehre einüben will. John, magst du ein paar Sätze dazu sagen?«

Ein schlanker Brillenträger mittleren Alters und mit schütteren Haaren trat hinter einem Vorhang hervor und stellte sich mit feierlich-ernster Miene neben Grace. Sky hatte Mühe, sich ein Lachen zu verkneifen. Er hatte zwar keine Vorstellung davon, wie ein Guru auszusehen hatte, aber dieser John wirkte eher wie ein Versicherungsvertreter oder Bankberater. Er bemerkte, dass Robin sich auf ihre Unterlippe biss, offenbar auch, um nicht laut loszuprusten. Alle anderen Teilnehmer im Auditorium schienen John jedoch entweder zu kennen oder schon viel von ihm gehört zu haben, denn sie spendeten freundlichen Applaus und sahen ihn voll Bewunderung und freudiger Erwartung an.

»Auch von mir ein herzliches Willkommen«, sagte Guru John mit einer erstaunlich tiefen und wohltönenden Stimme, die Sky nicht von ihm erwartet hatte. »Ich freue mich sehr, so viele bekannte Gesichter wiederzusehen, möchte aber auch alle Neuankömmlinge bei uns begrüßen. Wie Grace schon angekündigt hat, beschäftigen wir uns in den nächsten drei Tagen mit meiner ganzheitlichen Achtsamkeitslehre, die ich über viele Jahre hinweg entwickelt habe und die wesentliche Elemente aus dem Tantra und dem Yoga enthält. Ein weiterer zentraler Punkt ist die Meditation, die heute, am ersten Tag, im Mittelpunkt steht. Wir werden mit einigen Yoga-Asanas beginnen und dann unterschiedliche Techniken kennenlernen, so dass sich jeder abgeholt fühlt. Generell möchte ich betonen, dass alles, was wir hier tun, vollkommen freiwillig ist. Keiner muss bei den Übungen mitmachen, wenn er oder sie sich dabei nicht wohlfühlt. Das gilt besonders für morgen und übermorgen, wenn wir uns mit der eher körperlichen Sensualität beschäftigen, mit Berührungen und Massagen zur Selbstheilung und für Paare. Hier ist ein geschützter Raum. Nichts von dem, was hier passiert, wird je nach außen dringen, aber noch mal, niemand wird zu etwas gedrängt.«

John sprach noch weiter, doch Sky war abgelenkt. Von seinen eigenen Gedanken und von Robin.

»Ich fass es nicht, deine Oma hat uns für einen Sex-Workshop angemeldet?!«, zischte sie ihm ins Ohr – und er konnte nicht genau erkennen, ob sie es lustig, anmaßend oder schlicht absurd fand. Vermutlich alles zusammen, denn ihm ging es nicht besser.

»Ich ... ich weiß nicht, was ich sagen soll«, murmelte er fassungslos. Er wusste nur, dass er gerade große Lust verspürte, seine Großmutter kräftig durchzuschütteln. Was hatte sie sich dabei bloß gedacht?

»Vielleicht sollten wir mit Rosalynd mal über ihren Drogenkonsum sprechen.« Nun klang Robin eindeutig amüsiert. »Zu blöd, dass sie uns keinen Joint dagelassen hat, ich könnte jetzt wirklich ein paar Züge brauchen.«

»Ich bring sie um«, raunte er.

»Ach was.« Robin legte ihm eine Hand auf den Arm. »Lass uns ruhig meditieren, aber wenn ich zugucken muss, wie sich gewisse Leute nackig machen und mit heilenden Berührungen anfangen, bin ich raus hier. Deal?«

»Deal!«

Am nächsten Nachmittag

»Wir sind immer noch hier«, sagte Sky leise zu Robin, als ungefähr zwei Meter neben ihnen jemand laut und voller Lust aufstöhnte.

»Und das, obwohl sich viele nicht nur nackig gemacht haben, sondern ganz offensichtlich tätig werden«, entgegnete sie mit einem halb amüsierten, halb entrückten Lächeln.

Sie lagen einander zugewandt auf einer Matte. Mit seiner rechten Hand hielt er ihre linke, seine linke lag auf ihrer Hüfte, ihre rechte auf seiner Taille. Es war eine gleichermaßen unbequeme wie innige Haltung, und er hatte das Gefühl, dass eine ganz besondere Energie zwischen ihnen pulsierte. So musste es sich in einem Kokon anfühlen, dachte er, nur dass diese Schutzhülle weder vor optischen noch vor akustischen Außenreizen ernsthaft schützte. Doch so absurd er dieses ganze Seminar gestern Morgen noch gefunden hatte, so natürlich kam es ihm jetzt vor, dass andere Teilnehmer ganz ungeniert ihre »Sensualität erforschten«, wie es Guru John genannt hatte.

Der gestrige Seminartag war erstaunlich erfüllend und gut gewesen – sowohl die Yoga- wie auch die Meditationsübungen hatten ihnen Spaß gemacht und gutgetan. Zu Hause hatten sie gar nicht mehr groß darüber gesprochen, sondern jeder hatte sich nach einem kleinen Snack in sein Zimmer zurückgezogen, um sich mit »der großen Innenschau« zu befassen. Das war die Hausaufgabe von John und Grace gewesen: dass sich jeder Teilnehmer anhand eines recht komplexen Fragenkatalogs mit sich selbst und seinen tiefsten Empfindungen auseinandersetzte. In Skys Fall war das durchaus schmerzhaft gewesen, aber auf beinah wundersame Weise hatte er nach und nach seinen Frieden mit sich machen können. Ehe er jedoch zur letzten Aufgabe gekommen war – das Formulieren eines großen Wunsches oder des nächsten großen Ziels –, war er eingeschlafen. Wie es Robin mit ihrer Aufgabe gegangen war, wusste er nicht, doch hatte sie heute früh genauso aufgeräumt und entspannt gewirkt wie er und war ebenso entschlossen gewesen, auch den zweiten Seminartag in Angriff zu nehmen – neugierig und offen für alles Weitere. Robin war entgegen ihrer gestrigen Ankündigung sogar dann geblieben, als John an Grace einige grundlegende Massagetechniken aus dem Tantra demonstriert hatte. Sie waren beide gleichermaßen fasziniert von der vollkommenen gegenseitigen Hingabe, die nichts Schlüpfriges an sich hatte, obwohl Grace nach ungefähr zwei Stunden einen unglaublichen Orgasmus bekommen hatte.

Guru John hatte die Teilnehmer danach dazu aufgefordert, dem eben Gesehenen nachzuspüren – in welcher Form auch immer –, und einige bemühten sich offensichtlich um eine präzise Nachstellung der »Show«. Sky selbst war zufrieden damit, Robin einfach nahe zu sein, in ihren geheimnisvoll schimmernden Augen zu versinken, die ihn liebevoll und wissend anblickten. Gleichzeitig fühlte er, wie sich ein merkwürdiges Kribbeln in ihm breitmachte, als würde sich die Luft um sie herum elektrisch aufladen. Vielleicht schlief aber auch nur sein Arm ein, wegen der unbequemen Lage ... Was es auch war, er verlor vollkommen jegliches Zeitgefühl, und die Umgebungsgeräusche verschwammen zu einer unspezifischen Soundkulisse, vor der seine Gedanken immer präziser seinen größten Wunsch formulierten.

»Wir sind nun am Ende unseres zweiten Seminartages angekommen«, drang plötzlich die sanfte, sonore Stimme von Guru John in Skys Bewusstsein und langsam nahm er wieder mehr von seiner Umgebung wahr. Als Robin ihre Hand von seiner Taille nahm, war die beinahe magische Verbindung zwischen ihnen unterbrochen. Fast mit einer Spur Bedauern rappelte er sich hoch und packte seine Sachen zusammen.

»Wir wissen, dass morgen nicht mehr viele von euch kommen werden. Einige werden ihren Weg alleine weitergehen und eigene Techniken entwickeln. Euch wünschen wir viel Freude damit«, sprach John weiter. »Ihr könnt dabei nichts falsch machen, lasst euch einfach von euren Bedürfnissen leiten und passt auf, dass Körper, Geist und Seele gleichermaßen auf ihre Kosten kommen. Alles Gute euch – und den anderen: Bis morgen.«

Als sie das Yogastudio verließen, nahm Robin wortlos Skys Hand und ging mit ihm die paar Schritte nach Hause. Sie musste ihn einfach berühren, seine Nähe fühlen. Auch wenn sie nach wie vor nicht verstand, was heute während des Seminars passiert war, wollte sie »es« doch um jeden Preis konservieren. Seine

Hand war warm und sie fühlte wieder dieses sanfte, energetische Pulsieren zwischen ihnen, das sie schon während der letzten Stunden gespürt hatte. Doch es reichte ihr nicht. Sie waren in ihrer Wohnung angekommen, und ein Blick hatte gereicht: Ihm ging es ganz genauso!

Ohne ein einziges Wort zu wechseln, ließen sie ihre Sachen im Flur fallen und gingen langsam in Skys Zimmer, wo er, ohne Hast und ohne sie aus den Augen zu lassen, begann, sich auszuziehen. Sie tat es ihm nach, und als sie ebenfalls nackt vor ihm stand, nahm er sie fest in seine Arme. Sie küssten sich nicht, bewegten sich kaum, sondern genossen nur das Gefühl nackter Haut auf nackter Haut. Sie legte ihren Kopf auf seine Schulter, schloss die Augen und konzentrierte sich nur noch auf die winzigen, elektrisierenden Signale, die ihr Tastsinn an ihr Gehirn sendete. Ihre weichen Brüste drückten gegen seinen muskulösen Oberkörper, und ihre Herzen pochten im gleichen Rhythmus – zuverlässig, regelmäßig und doch immer schneller. Und noch etwas pochte. Sein harter Penis presste sich an ihren Bauch, und ihr Schoß vibrierte regelrecht. Mit einem kehligen Laut löste Sky plötzlich die Umarmung, nahm ihre Hand und zog sie in Richtung Bett.

Aus dem Nachttisch holte er ein Kondom hervor und sie sah, dass seine Hand etwas zitterte – vor Aufregung oder vor Vorfreude? Robin nahm es ihm ab, öffnete die Packung und streifte das Präservativ über seine Erektion. Dann drückte sie ihn auf die

Matratze, setzte sich rittlings auf ihn, nahm ihn langsam und tief in sich auf und verschlang ihre Beine hinter seinem Rücken.

War sie erregt? Ganz sicher, doch das spielte im Augenblick nicht wirklich eine Rolle. Stattdessen war sie gefangen von seinen Augen. Die Abendsonne stand tief, sie warf warme, weiche Strahlen auf sein Gesicht und ließ seine himmelblauen Augen geheimnisvoll leuchten. Sie sahen sich an, tasteten mit Blicken aber nicht über ihre Körper, sondern über ihre Seelen. So etwas hatte sie noch nicht gefühlt oder erlebt, aber auch diese Überlegungen waren vollkommen bedeutungslos. Im Moment zählte nur die reine Energie, die zwischen ihnen floss, die Empfindungen, für die sie keinen Namen hatte. Es war wie vorhin im Yogastudio, nur dass dort auf der Matte das Gefühl der Erfüllung noch gefehlt hatte, das sich nun mit jedem Herzschlag, jedem Atemzug weiter intensivierte.

Noch nie hatte sie Sex mit so wenig Action und so viel Innigkeit gehabt. War das überhaupt Sex? Das klang viel zu banal für diese tiefe Verbindung, die sie mit Sky teilte. Sie wusste nicht, was er in ihren Augen sah, hoffte aber, dass es ähnlich schön war wie das, was sie in seinen erkannte: Vertrauen, Geborgenheit, Offenheit ... und Liebe. Eine Träne löste sich aus ihrem Augenwinkel und wurde gleich darauf von mehreren Kollegen begleitet. Sie wusste nicht, warum sie jetzt weinte – in einem Moment, in dem sie sich glücklicher fühlte als jemals zuvor in ihrem Leben. Sky hob eine Hand und strich ihr mit einer zärtlichen Geste die Wassertropfen von der Wange. Diese kleine Bewegung war seltsamerweise der Startpunkt einer wahren Kettenreaktion. Als sein Daumen über ihre Wange fuhr, schloss sie intuitiv die Augen und unterbrach damit den intensiven Blickkontakt, gleichzeitig spannte sie unwillkürlich ihren Beckenboden an, was ihn scharf Luft einziehen ließ. Robin merkte, wie Seele und Geist sich dezent zurückzogen und ihrem Körper das Regime überließen. Jede Nervenfaser war auf Empfang gestellt und jede Zelle in ihr pulsierte und prickelte, aber sie brauchte jetzt mehr. Sie beugte sich zu Skys Gesicht und küsste ihn. Allein der erste Kontakt ihrer Lippen überschüttete sie mit fast unerträglichen Erregungsschauern. Als sich ihre Zungen berührten, begann sie gleichzeitig, langsam mit ihrem Becken zu kreisen, und keuchte laut auf. Das, was sich gerade tief in ihr zusammenbraute, würde sich nicht mehr lange kontrollieren lassen. Sky schien es ähnlich zu gehen, denn mit einem Mal packte er sie an den Hüften und stieß ihren Unterleib gegen den seinen.

»Ich brauch dich ... ich brauch dich so sehr ... genau so«, stöhnte er, als sie seinen Rhythmus aufnahm und ihn immer schneller ritt. Sie brauchte ihn auch, noch tiefer, noch härter. »Oh Gott«, keuchte er und sprach damit aus, was sie empfand. »Oh Gott, ich kann nicht länger ... aaaaaaaaahh.« Sein Erlösungslaut ging in ihrem langgezogenen Schrei fast unter.

Zitternd klammerte sie sich an ihn und er hielt sie so fest, dass sie fast keine Luft mehr bekam. Doch das war egal, sie war ihm nah, war eins mit ihm, und das war das Einzige, was im Moment zählte.

Es dauerte lange, bis sie sich voneinander lösten, und das auch nur so weit, dass er das Kondom entsorgen und sie neben sich unter die Decke ziehen konnte.

»Ich ...«, begann er zögernd. Offensichtlich verspürte er genau wie sie das Bedürfnis, das eben Erlebte in Worte zu fassen, aber genau wie sie hatte er keine Begriffe dafür.

»Schon gut, mir geht's genauso«, flüsterte sie und küsste sein Schlüsselbein. Langsam strich sie mit einer Hand über seinen Oberkörper, fühlte seine harten Muskeln unter ihren tastenden Fingern. Sie glitt tiefer und merkte, wie sich sein Schwanz schon wieder regte – was sich günstig traf, denn sie war zwar vollkommen ausgepumpt, aber weit davon entfernt, wirklich befriedigt zu sein. »Denkst du, wir können den zweiten Gang ohne Tantra-Gedöns absolvieren?«, fragte sie und wunderte sich selbst, wie keck sie schon wieder klang.

Er richtete sich mit entschlossenem Gesichtsausdruck auf und drückte sie ins Kissen. »Ich will jetzt all das mit dir machen, was ich mir seit einer gefühlten Ewigkeit ausmale«, sagte er leise und kniete sich neben sie.

»Und das wäre?« Sie betrachtete seinen harten Penis, der schon wieder stramm und einsatzbereit abstand. Unwillkürlich öffnete sie leicht die Beine und fühlte die Nässe auf ihren nackten Schamlippen.

»Seit ich dich das erste Mal nackt im Bad gesehen habe, wollte ich deine wunderbaren Brüste berühren«, raunte er und legte beide Hände auf ihren Busen. Ihre harten Nippel drückten sich in seine Handflächen, und als er sie sanft knetete, schossen Lustblitze in ihren Schoß. Er rückte noch näher und beugte sich über sie, stützte sich mit einer Hand ab und nahm seinen Schwanz in die andere. Dann kreiste er mit seiner heißen Eichel über ihre Brustwarzen, und Robin konnte nur noch wimmern vor Lust.

»Und was hast du dir danach vorgestellt?«, fragte sie mit rauer Stimme.

»Das hier.« Er veränderte seine Position so, dass er mit dem Gesicht über ihren Schoß wanderte. Er blies kurz auf ihre nassen, geschwollenen Schamlippen, und der kühle Luftzug ließ sie erbeben. Dann öffnete er mit zwei Fingern ihre Labien und hauchte einen ersten Kuss auf ihre Klit, ehe er sie leicht und langsam mit der Zunge reizte.

Es fühlte sich so unglaublich gut an, noch viel besser, als sie es sich in ihrer Fantasie ausgemalt hatte. Denn das war ihre Lieblingskopfkinostelle beim Masturbieren, dass Sky sie leckte. Hätte sie geahnt, wie gut er es in Wirklichkeit machte ... Sie stemmte ihre Fersen in die Matratze. Wie konnte es sein, dass sie nur wenige Minuten nach diesem markerschütternden Orgasmus von eben schon wieder kommen konnte? Kommen wollte? Nein, kommen musste!

Mit dem letzten bisschen Selbstbeherrschung hielt sie seinen Kopf fest und keuchte: »Wenn du auch nur zehn Sekunden so weitermachst, dann gibt es kein Zurück mehr.«

Er lachte leise, was sich an ihrem empfindlichen Fleisch genauso erregend anfühlte wie alles, was er tat. Doch dann schob er zwei Finger in ihre gierige, nasse Vagina und brachte sie mit einigen – erschütternd wenigen – Zungenstrichen über die Klippe.

Als sie halbwegs wieder bei Atem war, stellte sie fest, dass er über ihr kniete und sie anlächelte. »Willst du wissen, wie meine Fantasie weitergeht?«

Sie schüttelte den Kopf und griff dann mit der rechten Hand nach seinem Schwanz. »Lass mich raten, du hast dir vorgestellt, dass ich dir einen blase.« Sie rieb mit dem Daumen über seine Eichel und fuhr sich mit der Zunge über die Lippen. »Das würde ich mit dem allergrößten Vergnügen tun.«

»Das ist sehr verführerisch und vielleicht komme ich später auf das Angebot zurück, aber das war nicht meine Fantasie. Zumindest nicht meine Hauptfantasie.«

»Dann stülp ein frisches Gummi über und leg los!«, sagte sie und fügte, als sie sein Zögern bemerkte, hinzu: »Oder willst du das auch nicht?«

»Doch, aber ...« Röte schoss ihm in die Wangen. Das konnte Erregung sein, dachte Robin, oder Verlegenheit. Sie tippte auf Letzteres.

»Jetzt hast du mich neugierig gemacht. Sag schon, was ist deine Fantasie? Oder besser noch, zeig es mir.

Egal, was es ist, es ist in Ordnung.« Sie hatte so einen Verdacht und begann, mit ihren Brüsten zu spielen. »Komm schon«, raunte sie. »Spritz mich an.«

»Aber findest du es nicht erniedrigend, ekelhaft und pornös?«, fragte er fast schon verzweifelt, konnte aber den Blick nicht von ihren Händen lassen, die ihren Busen kneteten und ihre Nippel zwirbelten.

Die Welle der Zärtlichkeit, die sie bei diesen Worten erfasste, war fast größer als die Lust, die sie für ihn und mit ihm spürte. Nichts, was er tat, könnte sie jemals als erniedrigend empfinden. »Ich finde es vor allem ziemlich geil«, entgegnete sie daher. »Und jetzt möchte ich wirklich sehen, was du zu bieten hast.«

Es war ein atemberaubendes Spektakel und machte sie unglaublich an. Er nahm seinen Penis in eine Faust und begann mit langsamen, methodischen Pumpbewegungen. Sie hatte in den achtunddreißig Jahren ihres Lebens noch nie gesehen, wie ein Mann sich selbst befriedigte. Die Vorstellung hatte sie immer enorm erregend gefunden, aber die Kerle, mit denen sie ihr Bett geteilt hatte, waren dafür nicht zu haben gewesen. Umso faszinierter beobachtete sie ihn. Wie er immer wieder mit dem Daumen über seine beschnittene Eichel fuhr und sich die Muskeln seiner Oberschenkel hart abzeichneten. Als sein Schwanz zum Bersten gespannt schien, wichste er immer schneller und spritzte schließlich seinen heißen Saft auf ihren Bauch und ihre Brüste.

»Wow«, raunte sie ihm ins Ohr, als er sich matt neben sie auf die Matratze sinken ließ.

»Findest du mich jetzt nicht abstoßend und eklig?«, fragte er besorgt und angelte nach seinem T-Shirt, um damit die Sauerei auf ihrem Bauch abzuwischen.

»Ich finde, dass du ein Idiot bist«, schimpfte sie leise und zog ihn über sich. »Du bist süß und sexy, hinreißend, liebevoll, manchmal störrisch wie ein Esel, habe ich ›sexy‹ erwähnt? Du bist der gutherzigste Mensch, den ich kenne – und manchmal der verbohrteste. Du bist der beste Freund, den ich jemals hatte, der erotischste Mann, mit dem ich jemals geschlafen habe. Du bist mein Ein und Alles. Aber ganz sicher bist du nicht abstoßend und eklig.«

Er sah sie mit großen Augen an und sie konnte es ihm nicht verdenken. Sie selbst wunderte sich über all das, was da aus ihr hervorgesprudelt war. Es war eine lupenreine Liebeserklärung – minus der drei magischen Worte. So erschreckend es für sie auch war, es war die Wahrheit: Sie liebte ihn! Und das schon eine ganze Weile. Doch dann fiel ihr ein, dass sie für Dienstag bereits das Ticket nach London gebucht hatte, und ihr Herz wurde schwer. Sie konnte es ihm nicht sagen, aber sie musste es tun.

»Schon gut«, erwiderte er. »Du kannst es nicht aussprechen. Aber ich schaffe es: Ich liebe dich.«

Wenn du denkst, es geht nicht mehr …

7. August, San Francisco

»Und das fällt dir heute ein?« Sky starrte Robin fassungslos an. Sie war vorhin im Morgengrauen aus seinem Bett gekrochen, im Bad verschwunden und hatte dann länger in ihrem Zimmer rumort. Schließlich war sie in voller Anwaltsmontur, in Hosenanzug und High Heels, in der Küche erschienen und hatte ihm mitgeteilt, dass in drei Stunden ihr Flieger nach London ginge, weil sie in drei Tagen im Prozess gegen ihren Ex aussagen musste.

»Ich konnte es dir nicht sagen«, begann sie kläglich. »Ich weiß, das ist eine lahme Entschuldigung, aber …«

»Das ist gar keine Entschuldigung!«, rief er aufgebracht. »Seit wann weißt du, für wann der Prozess terminiert ist?«

»Seit ungefähr sechs Wochen.«

»Seit sechs Wochen? Und da hat sich in der ganzen Zeit keine Gelegenheit ergeben, mit mir darüber zu sprechen?«

»Wir waren da ja noch in Afrika unterwegs, das wollte ich erst geklärt haben. Und dann, als wir zurück waren, kam ja schon Nicky auf die Welt, und dann waren die Hochzeit und unser Wochenende ... Ach, Sky, ich hatte das so nicht geplant.«

Sky war kaum in der Lage, einen klaren Gedanken zu fassen. Ungefähr sechzig Stunden hatten Robin und er in einem wahren Sinnesrausch verbracht. Er konnte sich nicht erinnern, dass er sich jemals derartig geliebt gefühlt hatte wie in diesen wenigen, kostbaren Stunden. Es war wie eine Befreiung für ihn gewesen, sich einem anderen Menschen vollständig zu offenbaren und hinzugeben, in der sicheren Gewissheit, dass es diesem Menschen genauso ging und sie beide in ihrer Zweisamkeit, ihrer Liebe geschützt waren. Doch offensichtlich war Robin eine erheblich bessere Schauspielerin, als er es für möglich gehalten hätte. Plötzlich wurde ihm alles zu viel. Er ertrug es keine Sekunde länger, in ihrer Anwesenheit zu sein. Er sprang auf, so dass sein Stuhl polternd umfiel, und hastete aus der Küche. Im Flur zog er sich rasch Sneakers und seine Lederjacke an und rannte dann türknallend aus der Wohnung. Er konnte sie nicht mehr ansehen, nicht mehr mit ihr sprechen, wollte auch mit niemand anderem reden, und so winkte er nur unwirsch ab, als er auf der Straße Leo traf.

Ziellos lief er durch die Stadt und fühlte sich mit jedem Schritt schwerer und verzweifelter. So elend war ihm nicht mal zumute gewesen, als er festgestellt hatte, dass seine Stiftung pleite war und seine Freundin ihn verlassen hatte. Das war eine Katastrophe gewesen, ja, aber kein Vergleich zu seinen jetzigen Gefühlen. Die waren, wenn überhaupt, nur vergleichbar mit der Nachricht vom Tod seiner Eltern. Wie hatte er sich nur so in Robin täuschen können? Er hatte wirklich geglaubt, dass sie seine beste Freundin, seine Seelenschwester, seine Geliebte, seine Frau fürs Leben war, doch es war alles nur eine Lüge. Er hatte ihr seine Seele, sein Herz und seinen Körper geschenkt und sie war heute Morgen darauf herumgetrampelt, als sie ihm verkündet hatte, sie würde zurück nach Großbritannien gehen. Er hatte ihr vertraut, und sie hatte es nicht einmal für nötig gehalten, ihn von ihrer Entscheidung in Kenntnis zu setzen. Warum war sie nur so grausam?

Er lief stundenlang, bis er schließlich unweit der Golden Gate Bridge an den Strand kam. Dort waren sie ab und zu gemeinsam beim Joggen gewesen, aber sie waren ja überall in dieser gottverdammten Stadt gemeinsam gewesen, so dass er keinerlei Ausweichmöglichkeiten hatte. Alles erinnerte ihn an sie. Alles! Er wollte weg von hier, doch er war so erschöpft, dass er einfach nicht mehr konnte, und so setzte er sich auf einen Felsen und starrte über die San Francisco Bay.

Er war so in Gedanken versunken, dass er nichts von seiner Umgebung wahrnahm und hochschreckte, als er etwas Feuchtes, Kaltes an seinem Gesicht fühlte. Es war der vermaledeite Bluthund von Luci. Und wo Drake war, da konnte sein Frauchen nicht weit sein.

»Sky?«, erklang auch prompt ihre besorgte Stimme und sie baute sich vor ihm auf. »Sky, ist alles in Ordnung mit dir?«

Nichts war in Ordnung. Gar nichts. Daher schüttelte er nur den Kopf.

»Ist was mit Rosalynd? Ist sie gestorben?«, rief sie nun so alarmiert, dass Niklas, den sie in einem Tuch an ihrem Bauch trug, zu schreien begann.

Rosalynd gestorben? Wie kam sie denn auf diese Idee? Er konnte immer noch nichts sagen, schüttelte daher nur erneut den Kopf.

»Aber was ist denn dann los? Warum weinst du so?« Sie hopste vor ihm auf und ab, wohl um Nicky zu beruhigen, aber Sky fand es so irritierend, dass er aus seiner Trance erwachte.

Mechanisch fuhr er sich mit der Hand übers Gesicht. Er hatte nicht bemerkt, dass er weinte, doch seine Wangen waren tränennass. »Robin«, krächzte er nur.

»Robin? Was ist mit ihr? Ist ihr etwas passiert? Gestern ging's ihr doch noch gut. Sie war kurz bei uns und hat einen Brief dagelassen, den wir erst heute lesen sollten. Mist, den hab ich vergessen.«

»Darin steht, dass sie zurück nach Schottland geflogen ist«, presste er hervor.

»Aber warum?«

»Wegen des Prozesses gegen ihren Ex. Und weil ihr Großvater ihr ihren alten Job wiedergeben will.«

»Aber das kann sie doch nicht machen!? Sie war doch so happy hier. Bei uns, mit Nicky – mit dir.« Sie sah ihn prüfend an. »Außerdem dachte ich, dass sie in Zukunft vielleicht einen anderen Schwerpunkt setzt. Dass sie mit dir zusammen gegen die Missstände kämpft, unter denen so viele Hilfsorganisationen zu leiden haben. Sie hat mir selbst gesagt, dass ihr das Spaß macht und dass es sogar gut für die Firma ist und Geld bringt.«

Sky stieß ein verächtliches Geräusch aus. »Gut für die Firma. Ja, das scheint tatsächlich ihr einziger Antrieb zu sein. Für alles. Jedenfalls ist sie weg und ich glaube nicht, dass wir sie jemals wiedersehen.«

»Hm, das kommt mir jetzt ein bisschen arg drastisch ausgedrückt vor«, gab Luci zu bedenken. »Immerhin ist sie Ians Schwester und Nickys Patentante und ...«

»Lass es mich anders formulieren: Ich glaube nicht, dass *ich* sie jemals wiedersehen werde!«

»Oh.«

»Hmpff.«

»Du liebst sie.« Es war eher eine Feststellung als eine Frage, und er blickte hoch zu ihr. Luci sah ihn mit ihren ungewöhnlichen Augen voller Mitgefühl an.

»Und was bringt es mir?«, fragte er bitter.

»Wenn sie dich auch liebt, habt ihr noch eine Chance«, behauptete sie.

»Wenn. Tut sie aber nicht. Denn wenn sie mich auch lieben würde, hätte sie mir das alles nicht angetan. Dann hätte sie mir von dem Prozess-Termin erzählt, als sie davon erfahren hat, und nicht zwei Stunden ehe sie ins Flugzeug steigt.«

»Ich weiß nicht, was ihre Gründe dafür waren, aber ich bin mir sicher, dass sie welche gehabt hat. Und ich bin mir auch sicher, dass sie dich ebenfalls liebt. Die Stewarts sind in diesen Dingen manchmal ein bisschen seltsam.«

»Luci, ich weiß deinen Trost wirklich zu schätzen, aber ich glaube nicht, dass die Sache zwischen mir und Robin auch nur ansatzweise mit dir und Ian zu vergleichen ist. Ich werde schon irgendwie damit klarkommen, mach dir keine Sorgen.« Er versuchte, zuversichtlicher zu klingen, als ihm zumute war, nur um Luci loszuwerden. Er hatte sie sehr gern, aber im Moment ertrug er ihren lebensbejahenden Pragmatismus einfach nicht.

Sie schien nicht überzeugt. »Ich seh doch, wie beschissen es dir geht. Bitte versprich mir, dass du nichts Unüberlegtes tust.«

»Ich habe nicht vor, mich umzubringen!«

Nun schaute sie ihn vollkommen schockiert an. »Das habe ich auch nicht gemeint«, entgegnete sie entsetzt. »Ich dachte eher, dass du Robin nicht aus dem ersten schlimmen Schmerz heraus endgültig aus deinem Leben streichen solltest.«

»Luci, ich ...«

»Ich weiß, ich nerve dich und du willst deine Ruhe haben, aber so läuft das nicht in dieser Familie. Du kommst jetzt mit zu uns, dann schauen wir weiter.« Sie streckte ihre Hand aus, doch er sah sie nur verständnislos an.

»Ich bin nicht deine Familie«, murmelte er matt.

»Doch, bist du! Quasi eine Mischung aus Cousin, Schwager und Herzensbruder – das ist der entscheidende Punkt. Und jetzt komm mit.« Sie packte ihn mit erstaunlicher Kraft an der Hand, zog ihn hoch und hinter sich her in Richtung Parkplatz.

»Hier, trink einen Schluck«, sagte Ian und reichte Sky ein Glas, das sehr großzügig mit Whisky gefüllt war.

»Danke.« Er nahm das Glas und leerte es mit zwei großen Schlucken. Der harte Alkohol brannte in seiner Kehle, wärmte ihn aber von innen. Luci hatte ihm vorhin einen Tee gekocht und sich vergeblich bemüht, ihm ein paar Kekse schmackhaft zu machen. Dazu hatte sie pausenlos auf ihn eingeredet und behauptet, dass er irgendwas an Robins Verhalten falsch verstanden haben musste. Sie hatte sogar versucht, Robin auf dem Handy anzurufen, doch das war natürlich ausgeschaltet, weil sie im Flugzeug saß.

»Das ist ein zwanzig Jahre alter Single Malt, den genießt man«, tadelte Ian mit einem amüsierten Kopfschütteln, goss ihm aber noch einmal nach.

»Ich weiß gar nicht, warum du das lustig findest«, krächzte Sky.

»Glaub mir, ich finde es nicht lustig, dass mich meine Frau wegen eines angeblichen Notfalls in der Kanzlei alarmiert und ich mitten im Gespräch meinen Mandanten sitzen lasse und nach Hause rase, nur um den ›Mitbewohner‹ meiner Schwester trösten zu müssen. Nein, das ist nicht lustig, das ist einfach nur abstrus.« Er schüttelte grinsend den Kopf.

Hätte sich Sky nicht so elend gefühlt, dann hätte er diesem selbstgerechten Anwalt jetzt die Fresse poliert. »Sie hat mich verlassen.«

»Himmel noch mal, sie ist nach Schottland geflogen, weil sie im Prozess gegen ihren bescheuerten Ex aussagen muss!«, rief Ian ungeduldig und wedelte Sky mit dem knappen Brief, den Robin ihm und Luci hinterlassen hatte, vor der Nase herum. »Sie wird wiederkommen!«

Sky hatte den Brief inzwischen auch mehrmals gelesen, doch sein erschöpfter, verzweifelter und zunehmend vom Whisky benebelter Geist war der Meinung, dass man aus ihren Worten nicht unbedingt schließen konnte, dass sie vorhatte, wiederzukommen. »Sie hat mir gesagt, dass euer Großvater sie wieder bei sich in der Kanzlei haben will!«, entgegnete er störrisch.

»Natürlich hat er das gesagt! Er wäre ja auch bescheuert, wenn er das nicht sagen würde. Jede einzelne Dependance von Stewart & Sons auf der ganzen Welt wäre glücklich, wenn Robin sich bei ihnen niederlassen würde, von anderen Kanzleien mal ganz zu schweigen. Weißt du eigentlich, was sie in letzter Zeit für Angebote bekommen hat? Aber das alles spielt doch keine Rolle, denn entscheidend ist nur, was Robin will«, behauptete Ian.

»Mich will sie jedenfalls nicht, sonst hätte sie mich nicht so überrumpelt und vor vollendete Tatsachen gestellt«, beharrte Sky.

»Kann es sein, dass du ein klitzekleines bisschen überreagierst?« Ian fuhr sich über sein kantiges Kinn, auf dem am späten Nachmittag bereits wieder einige Bartstoppeln sprossen, und warf Luci einen kurzen Seitenblick zu. »Letzte Woche war doch alles noch wie immer zwischen dir und meiner Schwester. Angeblich wart ihr nur gute Freunde, nicht dass euch das irgendjemand geglaubt hat, aber gut, nehmen wir mal an, dass es so war. Warum machst du so ein Drama draus, wenn deine ›gute Freundin‹ für ein paar Tage nach Schottland fliegt?«

Sky stöhnte – halb genervt, halb verzweifelt. Er hatte wirklich keine Lust, Robins Bruder und Luci von dem Workshop und seinen weitreichenden Folgen zu erzählen, doch andererseits musste es für die beiden ja wirklich seltsam aussehen, wie er sich benahm. Und ja, womöglich hatte er tatsächlich überreagiert. Er hatte Robin heute Morgen ja nicht mal ausreden lassen. »Ich bin ein Idiot!«

»Schön, dass du es selbst merkst«, entgegnete Ian mit einem Grinsen und erntete dafür einen bösen Blick von Luci.

»Du bist kein Idiot! Du hast Liebeskummer und bist unglücklich. Da kann es schon mal sein, dass man nicht klar denken kann. Ruf sie an, rede mit ihr. Ich bin mir sicher, dann klärt sich alles«, sagte sie liebevoll zu Sky. »War das Wochenende also ein voller Erfolg?«, fügte sie noch sensationslüstern hinzu.

»Kein Kommentar«, brummte Sky.

»Möchtest du vielleicht jetzt etwas essen?«, fragte sie stattdessen.

»Vielleicht eine Kleinigkeit.« Sky war heute Morgen ohne Frühstück aus dem Haus gerannt und hatte auch seitdem nichts mehr zu sich genommen, außer ein paar Schlucken Tee und Whisky. Er fühlte sich leicht schwindlig.

»So, Schätzchen, dann pass du mal auf deinen Onkel auf, während ich ihm etwas zum Essen mache«, flötete Luci ihrem Söhnchen ins Ohr, das sie aus seinem Tragetuch wickelte und prompt Sky in die Arme legte.

»Ich bin nicht ...«, wollte Sky protestieren, doch er verstummte sofort wieder, als er Lucis Blick sah. Mit Mama Bär legte er sich lieber nicht an. Nicky war wach, schaute ihn mit seinen großen blauen Kulleraugen an und hielt sich an Skys Zeigefinger fest. Der kleine, warme, aber erstaunlich solide Körper in seinem Arm fühlte sich gut an, und Sky entspannte sich etwas. Langsam formten sich auch wieder andere Gedanken in seinem Kopf als jene, die stundenlang nur um seinen Schmerz und den vermeintlichen Verlust seiner großen Liebe gekreist waren. Unter anderem kam ihm jetzt auch wieder in den Sinn, was Luci am Strand zu ihm gesagt hatte.

»Warum hast du vorhin geglaubt, dass Nana tot ist?«, fragte er, als er mit Nicky im Arm vom Wohnzimmer in die Küche kam und dort am Esstisch Platz nahm. Luci war gerade dabei, einige Sandwiches zu belegen, doch Sky hatte das Gefühl, dass sie sich bei seinen Worten unbehaglich wand. Jedenfalls vermied sie es, seinen Blick zu erwidern. »Luci, was ist los mit Rosalynd?«

»Das sollte sie dir besser selbst erzählen«, schaltete sich Ian ein, der gerade wieder in die Küche kam, nachdem er seine Anwaltsmontur gegen Jeans und T-Shirt ausgetauscht hatte.

»Ich sage Rosalynd schon seit Monaten, dass sie Sky endlich reinen Wein einschenken soll, doch offensichtlich pflegt man bei den Familien Forrester und Stewart ein ganz seltsames Kommunikationsverhalten, wenn es um wirklich wichtige Dinge geht«, entgegnete Luci verärgert und stellte einen großen Teller mit Sandwiches auf den Tisch. Dann nahm sie Sky ihr Baby wieder ab und schien zu überlegen.

»Wir sollten uns da nicht einmischen«, mahnte Ian und warf ihr einen warnenden Blick zu. »Darum hat sie uns auch gebeten.«

»Jeder weiß es! Ich könnte mir vorstellen, dass sie es inzwischen sogar den Schweden erzählt hat«, rief Luci empört. »Ich liebe Rosalynd wie meine eigene Großmutter, aber ich finde es unmöglich, dass sie ihrem Enkel so etwas Wichtiges verschweigt!«

»Ich will jetzt auf der Stelle wissen, was los ist!«

»Sky, Rosalynd ist ...«, begann sie.

»Du hast es ihr versprochen!«, unterbrach Ian sie rüde.

»Das ist mir egal. Er hat ein Recht, es zu erfahren. Sky, Rosalynd ist schwer krank. Sterbenskrank. Und wir wissen nicht, wie lange sie noch durchhält.«

Sky ließ das belegte Brot, das er sich gerade genommen hatte, wieder auf den Teller sinken. Seine Welt ging gerade zum zweiten Mal an diesem Tag unter.

8. August, Edinburgh

Nach dem Flug aus der Hölle betrat Robin vollkommen übermüdet, seelisch und körperlich erschöpft ihre Wohnung in Edinburgh. Ein guter Geist hatte dankenswerterweise saubergemacht, ein wenig eingekauft, frische Blumen auf den Tisch gestellt und eingeheizt, denn es war zwar August, aber lausig kalt und goss in Strömen. Typisch Schottland halt. Ansonsten sah ihr Apartment exakt genauso aus, wie sie es vor fünf Monaten verlassen hatte: stylisch, elegant – und vollkommen seelenlos. Im Grunde also ein Spiegelbild ihrer selbst.

Nie im Leben würde sie Skys Gesichtsausdruck vergessen, als sie ihm von ihrer nahenden Abreise berichtet hatte. Natürlich hätte sie ihm schon viel früher davon erzählen müssen, hatte es ja in Afrika versucht, doch dann war er mit dem geschnitzten Adler angekommen und sie hatte es einfach nicht über sich gebracht. Auch danach nicht mehr. Der Zeitpunkt war ihr immer falsch erschienen. Und an dem grandiosen letzten Wochenende? Gott, wann hätte sie ihm da sagen können, dass ihr Großvater sie nun definitiv wieder zurück im Stammhaus der Kanzlei haben wollte – in ihrem alten Job? Diese Information hatte sie ja selbst noch nicht wirklich verdaut. Das hatte ihr der alte Herr erst Freitagfrüh per Mail mitgeteilt – unmittelbar vor diesem Workshop, der ihr Leben aus den Angeln gehoben hatte. Wie konnte sie in so kurzer Zeit eine Entscheidung über ihr weiteres Leben fällen? Ihr Plan, wenn man es überhaupt Plan nennen konnte, war gewesen, nur wegen des Prozesses zurückfliegen und dann mit ihrem Großvater zu sprechen. Weiter hatte sie bisher nicht gedacht – für sie war alles noch offen.

Doch sie hatte ja noch nicht einmal die Chance gehabt, Sky das alles zu erklären. Alles war falsch gelaufen. Sie, die sonst so eloquente und pointiert formulierende Anwältin, hatte nur wirres Zeug gestammelt. Dass sie zurückmüsste nämlich, in die Firma und zum Prozess – mehr hatte sie nicht herausgebracht. Sein Anblick hatte ihr Herz gebrochen, er hatte ausgesehen, als wäre etwas in ihm gestorben. So etwas Schreckliches hatte sie noch nie erlebt. Sie hatte ihn aufhalten, ihm versichern wollen, dass alles gut werden würde, aber sie war wie gelähmt gewesen.

Vorgestern hatte sie noch einen Brief an Luci und Ian geschrieben, in dem sie den Sachverhalt hoffentlich besser dargelegt hatte. Sie würden es verstehen und vielleicht sogar mit Sky ... Nein, das wollte und durfte sie nicht von den beiden verlangen. Sie hatte es bislang noch nicht gewagt, ihr Telefon wieder einzuschalten. Es war jetzt seit fast siebzehn Stunden tot, doch irgendwann würde sie nachsehen müssen, ob sich jemand gemeldet hatte. Erschöpft und verzweifelt setzte sie sich auf ihr Sofa – noch in Mantel und Schuhen – und ließ ihren Tränen endlich freien Lauf.

Während des langen Flugs hatte sie sich zusammenreißen müssen, denn ausgerechnet der Whisky-Erbe Alistair Gibbs hatte sie auf ihrem Businessclass-Sitz zwei Reihen vor ihm erspäht und spontan mit ihrem Sitznachbarn die Plätze getauscht. Während der kompletten fast elfstündigen Flugzeit hatte er ihr von seinen jüngsten Abenteuern berichtet. Er hatte kürzlich seine zauberhafte Freundin Audrey geheiratet – ganz traditionell auf der Isle of Skye – und hatte alle Details dieses freudigen Ereignisses in Echtzeit nacherzählt. In Heathrow hatte sie dann einen Frühstückstermin in London vorgeschützt, so dass sie nicht auch noch in der Maschine nach Edinburgh neben ihm sitzen musste, und hatte die nächste genommen. Nun war es später Vormittag und sie wusste, dass sie dringend duschen und anschließend in die Kanzlei gehen sollte, um sich auf ihre Aussage übermorgen vor Gericht vorzubereiten. Doch sie war wie gelähmt in ihrem Schmerz.

Derweil in San Francisco

»Sky, mein Schatz, schön, dich zu sehen. Wie war euer Wochenende? Hat euch das Seminar gefallen?« Rosalynd strahlte ihren Enkel an, der am späten Dienstagabend unerwartet vor ihrer Wohnungstür aufgekreuzt war. Doch als sie seinen Gesichtsausdruck bemerkte, fiel ihr Lächeln in sich zusammen. »Was ist los?«

»Die Frage würde ich gerne dir stellen: Was ist los mit dir?«, brachte er mühsam beherrscht hervor.

»Komm erst mal rein«, sagte sie und scheuchte ihn in ihr Wohnzimmer, in dem es einmal mehr verdächtig roch. Offenbar rauchte sie gerade wieder einen Joint. »Setz dich, möchtest du etwas trinken?«

»Nein, ich will nichts trinken, ich will mich auch nicht setzen. Ich will auf der Stelle von dir wissen, warum du mir nicht gesagt hast, dass du stirbst!«, brach es aus ihm hervor, und er tigerte aufgebracht durch den vollgestellten Raum.

Rosalynd hatte sich derweil wieder in ihren Lieblingssessel gesetzt und einen tiefen Zug von ihrer Marihuanazigarette genommen. »Hier, das wird dir guttun.« Sie hielt ihm den Joint hin, doch er schüttelte nur ablehnend den Kopf. »Schatz, wir sterben doch alle mal, das ist keine große Sache«, sagte sie in mildem Tonfall.

»Keine große Sache?« Nun brüllte er fast. »Ja, wir alle müssen sterben. Manche werden einfach so aus dem Leben gerissen, ohne die Chance zu haben, sich von ihren Liebsten zu verabschieden. Aber andere sind krank und können sich und ihr Umfeld darauf vorbereiten. Doch offensichtlich bin ich dir dafür nicht wichtig genug!«

»Sky, mein Liebling, du bist der wichtigste Mensch in meinem Leben.«

»Aber warum dann? Warum sprechen die Menschen, denen ich angeblich so wichtig bin, nicht mit mir, wenn es um Dinge geht, die extrem wichtig für sie sind? Haltet ihr mich für so übersensibel und schwach, dass ich damit nicht umgehen könnte?«

»Setz dich bitte hin, dein Herumgerenne macht mich ganz nervös«, befahl Rosalynd streng. »Ich werde dir alles erzählen.« Sie wartete, bis Sky unwillig und angespannt auf dem Sofa Platz genommen hatte, dann begann sie: »Ich hatte vor fünfzehn Jahren Darmkrebs.« Als er den Mund öffnete, um etwas zu erwidern, hob sie sogleich die Hand. »Nein, lass mich bitte ausreden. Ich habe dir das damals nicht gesagt, weil du gerade zum Studium nach Kapstadt gezogen bist. Ich wollte, dass du dort eine möglichst unbeschwerte Zeit hast, und du hättest mir ohnehin nicht helfen können. Ich wurde operiert und habe anschließend eine ziemlich aggressive Chemotherapie bekommen, und ich kann dir versichern, dass es kein Vergnügen war.« Wieder hob sie ihre Hand, um seinen erneuten Versuch, etwas zu sagen, zu unterbinden. »Schatz, ich weiß, dass du sofort zu mir gekommen wärst, um mir beizustehen. Du hättest keine Sekunde gezögert, aber du hattest in deinem jungen Leben schon so viel Schlimmes erlebt, ich wollte dir das einfach ersparen. Außerdem ist es mein Leben und ich entscheide darüber, wie ich es führe.«

»Oh ja, das könnt ihr unabhängigen Frauen gut ...«, knurrte er leise und verschränkte seine Arme vor der Brust. Anderenfalls hätte er irgendeinen Gegenstand an die Wand werfen oder einen Hals umdrehen müssen.

Rosalynd tat so, als hätte sie nichts davon mitbekommen, und fuhr ungerührt fort: »Wie gesagt, es war entsetzlich, aber ich habe es überstanden. Die Prognosen bei Darmkrebs sind ja nicht besonders berauschend, doch ich habe damals entschieden, dass ich, falls der Krebs noch einmal zurückkommen sollte, ganz bestimmt keine Chemo mehr machen lasse. Stattdessen habe ich mich mit Alternativen beschäftigt, habe meine Selbstheilungskräfte mit Yoga gestärkt und alle möglichen anderen Dinge ausprobiert. Damit bin ich gut gefahren, auch weil ich keine Schmerzen mehr hatte – dank dieser kleinen Wunderdinger.« Sie zog noch einmal an ihrer Zigarette. »Vor drei Jahren kam der Krebs dann wieder und die Ärzte wollten mir erneut das ganze Arsenal der Therapiemöglichkeiten antun, doch ich habe es abgelehnt. Ich will nicht wieder aufgeschnitten, bestrahlt und vergiftet werden, mich dabei fühlen wie eine lebende Leiche und doch keine nennenswerte Hoffnung auf vollständige Heilung haben. Nein, lieber die verbleibende Zeit genießen und sinnvoll nutzen!«

»Vor drei Jahren?«, stieß Sky verblüfft hervor.

»Ja, vor drei Jahren. Damals hat man mir eine Prognose von drei Monaten ohne Behandlung gegeben.« Sie grinste so triumphierend, als sei sie dem Tod persönlich von der Schippe gesprungen – was vielleicht sogar stimmte.

»Und auch da hast du es nicht für nötig gehalten, mir Bescheid zu sagen?« Neuer Ärger wallte in ihm auf.

»Ich wusste ja, dass es nicht so schlimm wird, dass ich noch mehr Zeit habe«, entgegnete sie lapidar, doch dann verdüsterte sich ihr Gesicht. »Im Mai war ich dann wieder bei einer Kontrolluntersuchung. Ich hatte in letzter Zeit ein merkwürdiges Gefühl und wollte der Sache auf den Grund gehen. Robin hat mich begleitet, als ich die Diagnose erfahren habe: Nach einer langen Phase des Stillstands hatte sich der Krebs ausgeweitet. Sie hat mich beschworen, etwas zu unternehmen. Die Ärmste hatte ja gar keine Ahnung und hat wohl gedacht, dass sie mich nur zum Hausarzt begleiten sollte, damit der mir ein neues Rezept für mein Marihuana verschreibt. Sie ist aus allen Wolken gefallen, aber ich habe ihr das

Versprechen abgerungen, dir nichts zu sagen. Es war schließlich der zwanzigste Todestag deiner Eltern und du warst ja auch gar nicht da und ... ach Schatz, es ist wirklich nicht so schlimm.« Sky hatte bei ihren Worten ein Sofakissen gepackt und gegen die Wand geschleudert.

»Nicht so schlimm?« Seine Stimme klang schrill vor Wut, Entsetzen und Trauer.

»Ich bin alt, ich habe ein gutes Leben geführt, ein sehr gutes Leben sogar. Da ist es wirklich nicht so schlimm, bald zu sterben. Außerdem habe ich das Gefühl, dass ich alles Wichtige erledigt habe: Luci und Kendra sind endlich beide glücklich, haben geheiratet und Familien gegründet. Das waren Ziele, die ich unbedingt noch erleben wollte. Ich habe zwei Urenkel, den kleinen Niklas und die zauberhafte Ayana, und Robin und du, ihr habt euch doch auch gefunden, oder? Da kann ich mich also beruhigt von dieser Welt verabschieden. Der einzige Fehler war, dass ich es dir nicht früher gesagt habe, aber mit all dem Ärger, den du hattest, wollte ich dich nicht noch mehr belasten.«

»Ich weiß nicht, ob du von Natur aus übergeschnappt bist oder diese verdammten Joints deine Zurechnungsfähigkeit nachhaltig einschränken, aber so läuft das nicht!«, brüllte er seine Großmutter an, getrieben von dem schier unerträglichen Schmerz in ihm. Er stand vom Sofa auf, kniete sich vor Rosalynds Sessel und schnappte sich ihre beiden Hände. »Nana, du bist das letzte Stück Familie, das mir noch bleibt.

Du darfst mich nicht verlassen!«, heulte er auf und brach dann völlig zusammen. Schluchzend legte er seinen Kopf in ihren Schoß und ließ es zu, dass sie ihn streichelte und tröstende Worte murmelte.

Es dauerte ein ganzes Weilchen, bis er sich wieder beruhigte. Schließlich hob er den Kopf und krächzte: »Du hast gesagt, dass du erst gehen kannst, wenn alles in Ordnung ist.« Sie nickte und er fuhr fort: »Gut, dann kannst du dich noch auf eine ausgedehnte Ehrenrunde einstellen, denn bei mir ist gar nichts in Ordnung.« Er nahm das Taschentuch, das sie ihm reichte, und schnäuzte lautstark seine Nase. Dann hievte er sich zurück aufs Sofa.

»Hattet ihr etwa kein schönes Wochenende?«, fragte Rosalynd überrascht, offenbar hatte sie etwas anderes erwartet. Er auch.

»Doch, das Wochenende war wundervoll. Auch der Montag war ein Traum. Aber heute früh ist Robin nach Schottland geflogen – zum Prozess gegen ihren Ex und weil ihr Großvater will, dass sie wieder in Edinburgh arbeitet. Ach ja, das weiß sie alles auch schon seit ein paar Wochen, hat es aber nicht für nötig gehalten, es mir zu sagen«, berichtete er bitter. »Weil sie nie den passenden Zeitpunkt gefunden hat. Kommt dir das bekannt vor?«

»Ach, Schätzchen ...«, seufzte Rosalynd bekümmert. »Das war dumm, dass sie dir nichts gesagt hat – ja, es war auch dumm von mir! –, aber ich bin mir sicher, dass sie dich ...«

»Sag jetzt bitte bloß nicht ›schützen wollte‹«, unterbrach Sky sie harsch. »Das ist Bullshit. Ihr wolltet vor allem euch selbst schützen.«

»Ja, mag sein«, lenkte Rosalynd ein. »Vermutlich sind wir beide auch ein bisschen feige. Aber Robin kommt doch zurück. Sie muss diesen Prozess durchstehen, was für sie ähnlich höllisch sein dürfte wie dein Afrika-Abenteuer für dich, doch dann kommt sie wieder.«

»Was macht euch alle so sicher, dass sie wiederkommt?«, rief er aus. »Auch Luci und Ian sind sich sicher. Ich habe heute Morgen jedoch das eindeutige Gefühl gehabt, dass sie wieder in ihr altes Leben zurückkehrt. Ohne uns.«

»Hm. Das würde mich wirklich sehr wundern«, behauptete Rosalynd stirnrunzelnd. »Sie hätte sich sonst ganz bestimmt von mir verabschiedet. Hast du mal nachgesehen, ob ihre Sachen noch in der Wohnung sind?«

Nein, hatte er natürlich nicht. Er war in reiner Agonie aus der Wohnung geflüchtet und seitdem nicht wieder zurückgekehrt. War am Ende doch was an den Argumenten von Rosalynd, Ian und Luci dran? Hatte er einfach komplett überreagiert? Aber normalerweise neigte er nicht zu Kurzschlussreaktionen, und schließlich hatten alle Sinneszellen in ihm Alarm geschlagen. Nein, es war ein Abschied für immer gewesen. Oder?

»Deinem beredten Mienenspiel entnehme ich, dass du nicht weißt, ob ihre Sachen noch da sind, und dich jetzt fragst, ob du vielleicht etwas falsch verstanden hast«, fasste Rosalynd ziemlich präzise seine Gedanken zusammen. »Ich denke, ich liege auch nicht falsch, wenn ich annehme, dass du Robin wirklich liebst, denn sonst wärst du ja wohl kaum so aufgebracht, nicht wahr?« Er nickte. »Dann überlege dir doch mal Folgendes: Ich bin mir sicher, dass sie dich ebenfalls liebt – und das nicht erst seit dem letzten Wochenende, das war schon viel früher allen klar, dass ihr zusammengehört. Du weißt das auch, wenn du ehrlich zu dir bist.« Wieder nickte er, wenn auch zögerlicher. »Ich habe mich einmal recht ausführlich mit Robin über ihren Ex-Verlobten unterhalten und sie hat mir erzählt, wie sehr es ihr vor dem Prozess graut. Sie muss den Mann, der beinahe ihr ganzes Leben ruiniert hat, wiedersehen, und mit Sicherheit werden seine Anwälte bei der Zeugenbefragung alles dafür tun, Zweifel an ihrer Glaubwürdigkeit zu wecken. Das könnte ihren angeschlagenen Ruf nachhaltig zerstören. Gut, sie hat im Moment durch die Afrika-Sache wieder ziemlich Oberwasser, aber ich könnte mir vorstellen, dass seine Verteidiger versuchen werden, auch das in den Dreck zu ziehen. Vor diesem Hintergrund gehe ich jetzt einfach mal davon aus, dass sie sich im Moment fürchterlich fühlt – auch weil sie wohl annehmen muss, dass sie dich verloren hat.«

»Oh.« Sky musste zugeben, dass er es aus dieser Richtung noch nicht betrachtet hatte. Er war wirklich ein Idiot. Ein soziopathischer, egozentrischer Vollidiot!

»Sie hat damals keine Sekunde gezögert, dir beizustehen, vielleicht solltest ...«

»Ich sollte nach Schottland fliegen!«, rief er.

»Ja, das solltest du, mein Liebling.« Rosalynd lächelte. »Sei der weiße Ritter, der seine Prinzessin beschützt. Robin mag eine toughe Frau sein, aber manchmal brauchen auch die Stärksten unter uns eine Schulter zum Anlehnen.«

Mit einem Mal war alles sonnenklar. Sky sprang vom Sofa auf, beugte sich über den Sessel und umarmte seine Großmutter. »Ich nehme den nächsten Flieger!«, kündigte er an. »Danke, Nana.«

»Keine Ursache, mein Schatz«, sagte sie und küsste ihn auf die Wange.

»Versprich mir aber bitte eines: Du darfst nicht sterben, solange ich mit Robin in Schottland bin!«

»Ich werde mich bemühen.« Sie lachte leise.

»Ich meine es ernst.«

»Ich auch, Liebling.«

»Wenn du noch ein Ziel brauchst: Wie wäre meine Hochzeit? Oder besser noch, die Einschulung deines dritten Urenkels?«

»Wir werden sehen.« Sie tätschelte liebevoll seine Wange. »Jetzt los, hol dir dein Mädchen zurück.«

»Das mach ich!« Er richtete sich auf und ging zur Tür.

»Sky?«, rief ihn Rosalynd noch einmal zurück.

»Ja, Nana?«

»Vielleicht schaffst du es noch zum Friseur? Und ein schicker Anzug wäre auch kein Fehler. Robin liebt dich ganz bestimmt so, wie du bist, aber manchmal schadet es nicht, sich ein bisschen anzupassen.«

»Ich werde mir was überlegen«, versprach er. »Danke für alles, Nana, ich hab dich lieb.«

»Und ich liebe dich, mein Schatz.« Sie warf ihm eine Kusshand zu.

»Nicht sterben!«, rief er noch einmal und eilte dann in seine Wohnung.

Und zurück in Edinburgh

Robin musste eingeschlafen sein. Jedenfalls schreckte sie aus ihrem unruhigen Schlaf hoch, weil es an ihrer Tür Sturm klingelte, doch noch ehe sie sich mühsam erheben konnte, öffnete sich die Wohnungstür, und ihre Eltern und ihr Großvater kamen herein.

»Was ...?«, fragte sie verwirrt, als sie die drei sehr besorgten Gesichter ihrer Lieben sah.

Ihre Mutter Heather durchquerte mit energischen Schritten den Raum, setzte sich neben Robin aufs Sofa und nahm ihre Tochter in den Arm. »Wir haben uns Sorgen gemacht. Wir wussten ja, dass du am Vormittag ankommen würdest, aber dann haben wir nichts von dir gehört. Was ist los, mein Liebling?«

Wie konnte sie ihren Eltern sagen, was los war? Sie hatte keine Träne vergossen, als sie letztes Jahr einen

Tag vor ihrer Hochzeit ihren Bräutigam angezeigt und in Schottland für den saftigsten Tratsch seit Jahren gesorgt hatte. Wie sollte sie ihnen erklären, dass das damals nur an ihrer Ehre und an ihrem Ego gekratzt hatte, nicht aber an ihrem Herzen und ihrer Seele? Aber jetzt fühlte sie sich vollkommen zerstört.

»Das ist doch sonnenklar, unsere Prinzessin hat Liebeskummer«, sagte nun ihr Vater George und setzte sich auf Robins andere Seite.

»Kein Grund, deswegen so erfreut zu klingen«, schimpfte Heather.

»Doch, denn das ist es, das ist der Beweis, dass du doch ein Herz hast, stimmt's, mein Engel?«

»Oh, Daddy«, schluchzte Robin daraufhin und warf sich an seine Brust wie eine verzweifelte Vierjährige. Ihr war vollkommen egal, ob das ein angemessenes Verhalten für eine achtunddreißigjährige Karrierefrau war oder nicht, und es fühlte sich gut an, von Menschen getröstet zu werden, die sie liebte. Auch wenn sie gerade viel lieber in den Armen eines anderen Mannes Trost suchen würde.

»Das ist ja alles schön und gut«, unterbrach die kühle, klare Stimme ihres Großvaters das intime Familienkuscheln. »Ich freue mich wirklich außerordentlich, dass Robin ein Herz hat, doch im Moment ist mir ihr Verstand wichtiger.«

»Vater!«, empörte sich George. »Das hat doch Zeit. Siehst du nicht, wie unglücklich sie ist?«

»Selbstverständlich sehe ich das, und es tut mir auch sehr leid, doch wir müssen uns auf den Prozess gegen Thomas Stanley vorbereiten. Dieser Mann hat nicht nur die Ehre meiner Lieblingsenkelin gekränkt, sondern auch unserer Firma geschadet. Ich will, dass das beim Prozess genau so dargestellt wird und dieser dreckige Betrüger angemessen bestraft wird. Earl of Derby, dass ich nicht lache!«

Angus Stewart hatte sich derart in Rage geredet, dass Robin ihren Herzschmerz kurz vergaß und ihren Großvater ähnlich verwundert anstarrte wie ihre Eltern. Solche Töne waren sie vom Familienpatriarchen nicht gewohnt.

»Ist doch wahr!«, beharrte er. »Er hat meine Familie und meine Firma einmal verarscht, ein zweites Mal wird das nicht passieren. Und deswegen brauche ich dich mit klarem Kopf, meine Liebe. Kriegst du das hin? Heulen kannst du danach wieder. Mal abgesehen davon bin ich überzeugt, dass sich diese Front auch bald wieder klären wird. Es handelt sich um den jungen Mann, den du in dieser Stiftungsangelegenheit so unterstützt hast, nicht wahr?«

Robin glotzte Angus karpfengleich an. Nicht nur, dass er Worte wie »verarscht« verwendet hatte, verstörte sie, sondern auch, dass er so scharfsinnig war, Sky als Auslöser für ihr Elend zu erkennen. Sie nickte leicht – als Antwort auf beide Fragen. Ja, es handelte sich um Sky, und ja, sie würde es hinkriegen und sich so lange zusammenreißen, bis der dreiste Hochstapler Tom endgültig sein gerechtes Urteil erhalten hatte.

»Wenigstens hat er erst die Familie genannt und dann die Firma«, murmelte George, der offenbar ähnlich erstaunt über den leidenschaftlichen Ausbruch seines Vaters war wie Robin.

Recht und Ordnung und ein erstes Mal

10. August, Edinburgh

Robin starrte aus ihrem Küchenfenster auf die nasse, graue Stadt. Der Sommer in Schottland legte eine wirklich ausgedehnte Kreativpause ein, doch andererseits boten der düstere Himmel und die sintflutartigen Regengüsse die passende Kulisse für diesen Tag. In wenigen Stunden war ihre Zeugenaussage bei Gericht fällig und ihr graute davor mehr als vor ihrem ersten eigenen Plädoyer, das sie vor vielen Jahren an gleicher Stelle hatte halten müssen. Ja, sie war gut vorbereitet, gestern war sie den ganzen Tag mit einigen Kollegen aus ihrer Kanzlei und ihrem Großvater alles durchgegangen, sie hatten sogar in einer Art Rollenspiel die Befragung geprobt. Robin war sich sicher, dass die Verteidiger von Thomas gar nicht so hinterhältige Fragen stellen konnten wie Arnold Higgs, der mit großem Abstand härteste Hund bei Stewart & Sons. Sein fingiertes Kreuzverhör hatte sie hart ans Limit gebracht und es war ihr gelungen, alles zu parieren. Sie war also einigermaßen zuversichtlich, dass sie den Nachmittag souverän überstehen würde, doch allein die Tatsache, dass sie Thomas wiedersehen musste ... Sie schüttelte unwillig den Kopf. Thomas Stanley hatte keine Macht über sie – hatte nie welche gehabt –, und doch war er das Symbol ihres jahrelangen persönlichen Irrwegs. Allerdings war sie nicht mehr die gleiche Frau wie damals, die sich mit einer Zweckbeziehung arrangiert hatte, die emotional vollkommen abgeschottet und nur auf ihren Job fixiert gewesen war. Hätte sie sich ernsthaft für Tom interessiert, hätte er ihr Herz berührt und sie seines, dann wäre das alles nicht passiert, dessen war sie sich sicher. So gesehen war sie wohl tatsächlich mitverantwortlich dafür, dass er sein perfides Spiel so viele Jahre hatte weiterverfolgen können, aber diese Erkenntnis sollte sie während der nächsten Stunden besser für sich behalten.

Unwillkürlich schweiften ihre Gedanken wieder zu Sky. Was war da nur los? Sie hatte seine erste Reaktion irgendwie nachvollziehen können, schließlich hatte sie sich alles andere als geschickt angestellt, als sie ihn mit ihrer unmittelbar bevorstehenden Abreise nach Schottland konfrontiert hatte. Aber inzwischen hätte er doch zur Besinnung kommen müssen. Sie hatte bestimmt ein Dutzend Mal versucht, ihn anzurufen, doch immer vergeblich. Luci und ihr Bruder waren erheblich auskunftsfreudiger gewesen, ihre zukünftige

Schwägerin hatte ihr in den schillerndsten Farben geschildert, wie sie einen vollkommen verstörten Sky am Ocean Beach aufgelesen hatte. Offenbar war er überzeugt davon, dass sie ihn verlassen hatte – als wäre ihr das auch nur ansatzweise möglich. Er musste doch inzwischen festgestellt haben, dass sie nur mit leichtem Gepäck nach Edinburgh gereist war und all ihre Sachen noch in ihrem Zimmer waren. Warum also meldete er sich nicht?

Sie fuhr zusammen, als es klingelte. War er das am Ende? Unmöglich! Und um zum Gericht zu fahren, war es noch viel zu früh, wie ihr ein Blick auf die Uhr verriet. Mit klopfendem Herzen ging sie zur Tür. »Chiara«, rief sie überrascht. »Was machst du denn hier?«

»Was ich hier mache? Du stellst vielleicht Fragen. Ich bin dein moralischer Beistand! Darf ich vielleicht reinkommen?«

»Natürlich. Tut mir leid.« Robin sprang hastig zur Seite und half ihrer Freundin aus dem nassen Mantel. »Süß, deine Kugel«, befand sie, als sie Chiara musterte, die ein schmal geschnittenes, knallrotes Etuikleid trug.

»Ich habe mir extra etwas Auffälliges angezogen, damit du mich auch siehst«, grinste Chiara und streichelte dann über ihren Babybauch. »Und ja, Principessa wächst und gedeiht.«

»Bisher war ich immer die Principessa in deinem Leben«, entgegnete Robin lächelnd. Sie fühlte sich schlagartig besser, seit ihre beste Freundin hier war.

»Sorry, Süße, aber den Titel bist du jetzt los.« Sie zog aus ihrer Handtasche eine große Pralinenschachtel hervor. »Nervennahrung. Du könntest uns einen Kaffee kochen und mir dann alles von deinem Unglückswurm Sky erzählen. Das gestern am Telefon war mir etwas zu verwirrend.« Chiara kickte ihre High Heels von den Füßen und machte es sich auf dem Sofa gemütlich.

»Darfst du überhaupt noch Kaffee trinken?«, fragte Robin stirnrunzelnd.

»Ich bin Journalistin und lebe praktisch von Koffein. Das habe ich auch meinem Arzt verklickert und er erlaubt mir gnädigerweise zwei Tassen am Tag. Zwei Tassen! Das ist praktisch kalter Entzug.«

Robin lachte. »Es ist doch aber für einen guten Zweck«, rief sie noch auf dem Weg in die Küche.

Als sie nach ein paar Minuten mit einem Cappuccino mit extra viel Milch für Chiara und einem Pott schwarzem Kaffee für sich selbst wieder in ihr Wohnzimmer zurückkehrte, hatte ihre Freundin den kleinen geschnitzten Adler in der Hand.

»Der ist wunderschön. Aus Afrika?«

»Ja.« Robin musste sich räuspern, plötzlich hatte sie wieder einen dicken Kloß im Hals. »Den hat mir Sky geschenkt, aber darüber kann ich jetzt nicht reden, sonst ruiniere ich mein Make-up und meine Konzentration.«

»Verstehe«, murmelte Chiara, bohrte aber nicht weiter nach, sondern probierte einen Schluck Cappuccino. »Ist da überhaupt Kaffee drin?«

»Sei froh, dass ich dir keine Milch mit Honig serviert habe oder einen Fencheltee«, entgegnete Robin, öffnete die Pralinenschachtel und schob sich eine üppige Nougat-Kugel komplett in den Mund. »Lecker«, schmatzte sie genüsslich.

Ein Weilchen saßen sie einträchtig schweigend, Pralinen essend und Kaffee trinkend auf dem Sofa, dann sagte Chiara: »Du siehst toll aus und bist zweifellos perfekt vorbereitet. Deinen Auftritt als Zeugin vor Gericht wirst du unter Garantie problemlos absolvieren und dich von niemandem aufs Glatteis führen lassen, so dass Tom seine gerechte Strafe erhält. Ich weiß nicht genau, was mit Sky los ist, und ich werde jetzt nicht nachfragen, aber ich bin mir ganz sicher, dass sich auch das in Wohlgefallen auflösen wird. Und falls der junge Mann weiterhin störrisch sein sollte, werde ich ihn mir persönlich vorknöpfen!«

»Dann gnade ihm Gott!« Auf Robins Gesicht stahl sich ein Lächeln. Egal, was heute noch passieren würde und wie ihr Leben in Zukunft weiterging, sie war nicht allein, und diese Erkenntnis tat einfach nur gut.

Einige Stunden später in einem Gerichtssaal in Edinburgh

Geschafft! Sky war gerade noch rechtzeitig auf die Zuschauertribüne des Gerichtssaals geschlüpft, ehe der Prozess gegen Thomas Stanley, Earl of Derby, mit Zeugenbefragungen weiterging. Ian hatte netterweise den Zeitplan für ihn herausgefunden und ihn auch sonst mit allen nötigen Informationen versorgt. Nun saß er da, in seinem nagelneuen smarten Anzug, den er in San Francisco am Flughafen gekauft hatte – zusammen mit einem Paar Schuhe und einer Krawatte. In Heathrow hatte er sich dann geduscht, rasiert und umgezogen und sogar noch einen Friseur entdeckt, der aus seinen kinnlangen Haaren eine echte Frisur gezaubert hatte. Vermutlich würde ihn Robin gar nicht auf Anhieb erkennen, denn beim ersten Blick in den Spiegel war er sich selbst fremd gewesen. Rosalynd wäre vermutlich entzückt und er hoffte einfach, dass sein dunkelblauer Anzug und das weiße Hemd die passende Uniform für einen modernen weißen Ritter waren. Auf den Schlips hatte er verzichtet, denn er hatte keine Ahnung, wie man einen Knoten machte, und es war ihm peinlich, jemanden zu fragen.

Er sah sich um. In der Reihe vor ihm saß etwas versetzt ein Paar mittleren Alters. Das mussten Robins und Ians Eltern sein, denn die Ähnlichkeit war frappierend – nur dass die Frau rote Haare hatte und der Mann einen graugesträhnten schwarzen Schopf. Daneben saß eine dunkel gelockte Schönheit und tuschelte mit der Mutter, das war bestimmt Robins Freundin Chiara Valentini. Er freute sich, dass Robin so viel moralische Unterstützung hatte, gleichzeitig machte ihn die geballte Präsenz auch nervös. Das, was er Robin nachher sagen wollte, brauchte nicht unbedingt von ihrer Familie bezeugt zu werden. Wobei … eigentlich war es auch egal, und überhaupt war nur entscheidend, dass sie jetzt gut durch die Befragung kam.

Im Saal kam etwas Unruhe auf, als der Angeklagte mit seinen Anwälten Platz nahm. Sky musterte ihn kritisch. Thomas Stanley war groß und dunkelhaarig, zweifellos ein gutaussehender Mann, der sich sehr selbstsicher und betont entspannt gab. Er scherzte mit der einzigen Frau in seinem Anwalts-Trio und rückte ihr galant den Stuhl zurecht. Dann blickte er im Zuschauerraum umher und hatte sogar den Nerv, ein leicht süffisantes Lächeln in Richtung der Stewarts und Chiaras zu schicken. Sky hasste ihn mit jeder Faser seines Herzens und hoffte, dass Stanley dies auch spürte, als sich für einen kurzen Moment ihre Blicke trafen. Es war vollkommen irrational, aber er freute sich, als er beim Earl ein leichtes Stirnrunzeln wahrnahm. Könnte er doch bloß mehr tun.

Er hätte Robin wahnsinnig gerne schon vor ihrer Aussage gesehen, sie in die Arme genommen und ihr Mut zugesprochen, ihr versichert, dass alles gut werden würde. Ihre Nachrichten auf seiner Mailbox hatten zunehmend resignierter geklungen, was ihn in Heathrow um ein Haar dazu gebracht hätte, sie anzurufen. Doch vermutlich wäre es keine gute Idee gewesen, womöglich hätte es sie zu sehr aufgewühlt und abgelenkt. Jetzt, wo er Thomas Stanley und seine Verteidiger sah, die ihn an eine Meute blutrünstiger Pitbulls erinnerten, wusste er, dass seine Entscheidung richtig war. Gegen diese Gegner brauchte sie einen kühlen Kopf. Stanley musste wirklich tief im Sumpf stecken, wofür bräuchte er sonst so viele Juristen? Ob die allesamt Fragen an die Zeugen stellen durften?

Sky war derart in Gedanken versunken, dass er kaum mitbekam, wie Richter, Staatsanwalt und noch einige andere Menschen den Saal betraten, deren Funktion er nicht zuordnen konnte. Schließlich bat der Vorsitzende die Zuschauer um Ruhe und rief die erste Zeugin auf. Eine Tür öffnete sich und Robin betrat den Saal. Hinter ihr kamen noch zwei Männer herein, die allerdings im Zuschauerbereich Platz nahmen. Der beeindruckende weißhaarige alte Herr war zweifellos Robins Großvater, der andere vermutlich ein Anwaltskollege aus der Kanzlei, doch Sky hatte nur Augen für Robin, die nun ihre Personalien angab und dann schwor, die Wahrheit zu sagen, nichts als die Wahrheit. Sie trug einen beigen, schmal geschnittenen Hosenanzug mit einer zitronengelben Bluse unterm Blazer, spitze gelbe Pumps und eine passende gelbe Lederhandtasche.

Ihre schwarzen, langen Haare trug sie offen, und an ihrem Hals meinte er ihre Vogelkette zu erkennen. Zum ersten Mal überhaupt fiel ihm heute auf, dass Robin außer dieser Kette und neuerdings dem Armkettchen von Chiara keinen Schmuck trug. Keine Ringe, keine Broschen, nicht einmal simple Ohrstecker. Das hatte sie auch nicht nötig, denn sie strahlte ohnehin von innen heraus, fand er, doch ungewöhnlich war es schon.

Nun nahm sie im Zeugenstand Platz und sah sich zum ersten Mal im Saal um. Über Thomas glitt ihr Blick rasch hinweg, ohne dass es die geringste Regung in ihrem Gesicht provozierte. Anders war es, als sie ihre Eltern und Chiara erspähte, die mit ihrem roten Kleid nicht zu übersehen war, da huschte ein kurzes Lächeln über ihre Lippen. Würde sie ihn erkennen? Ganz sicher erwartete sie nicht, dass er hier im Gerichtssaal war, und so verändert, wie er aussah ... Aber dann trafen sich urplötzlich ihre Blicke und für einen winzigen Moment entglitt ihr das Pokerface. Überraschung, Schock und Freude spiegelten sich auf ihrem schönen Gesicht, und ihre grünen Augen leuchteten. Es dauerte nur einen Wimpernschlag lang, und doch hatten es außer ihm auch noch einige andere wahrgenommen, denn plötzlich drehten sich etliche Menschen nach ihm um, darunter auch Thomas Stanley, der nun eindeutig die Stirn runzelte, Robins Eltern, die verblüfft wirkten, und Chiara, die ihm grinsend zuzwinkerte und den Daumen hob.

Dann ging es los. Zunächst stellte der Staatsanwalt seine Fragen, sehr viele und zum Teil sehr persönliche und intime Fragen, die Robin allesamt ruhig und sachlich beantwortete, ohne auch nur ein einziges Mal ihren Ex-Verlobten anzusehen. Für Sky war schon dieser Teil eine einzige Qual, und er bewunderte Robin für ihre Coolness und hoffte, dass diese auch weiterhin hielt, denn nun machten sich die Pitbulls des Earls bereit. Er musste wohl unabsichtlich irgendein Geräusch von sich gegeben haben, denn Chiara drehte sich wieder zu ihm um und flüsterte: »Keine Sorge, sie schafft das!«

In der Tat schaffte sie es, und nach zwei endlosen Stunden Kreuzverhör hatte auch die Verteidigung endlich »Keine weiteren Fragen!« mehr. Sky war schweißgebadet, während Robin immer noch frisch und wie aus dem Ei gepellt wirkte. Sie wurde aus dem Zeugenstand entlassen und verließ den Gerichtssaal. Gleich darauf beendete der Richter auch den Verhandlungstag, die weiteren Zeugen würden erst am Montag befragt werden.

Sky wollte jetzt nur noch zu Robin, doch er hatte die Rechnung ohne Chiara gemacht. Die schnappte nämlich seinen Arm und hielt ihn zurück. »Ich weiß, du willst ganz dringend zu ihr, aber erst machst du hier bei uns Männchen!«

»Ähm?«, entgegnete er irritiert.

»Also wegen deines Wortwitzes kann sie dich nicht in ihr Herz geschlossen haben«, stellte Chiara mit einem Lachen fest. »Ich bin Chiara Valentini, was du dir vermutlich schon gedacht hast, und ich bin sehr froh, dass du rechtzeitig angekommen bist. Ich hatte schon Sorge, dass du es nicht schaffst.«

»Ähm?« Himmel, sie musste ihn für einen Idioten halten, doch gerade fühlte er sich etwas überfordert.

»Ian hat mich vorgewarnt«, erklärte sie und drehte sich dann zu Robins Eltern um. »Das sind Heather und George Stewart«, stellte sie die beiden vor und Sky erinnerte sich gerade noch rechtzeitig wieder an seine Manieren.

»Ich freue mich, Sie kennenzulernen, Ma'am, Sir.«

»Heather und George reichen vollkommen«, sagte Heather mit einem Lächeln. »Willkommen in der Familie!«, fuhr sie fort, zog den völlig verdatterten Sky in ihre Arme und küsste ihn auf beide Wangen. Dann schob sie ihn ein Stück von sich und musterte ihn von oben bis unten. »Wir haben dich ja in den Videoclips aus Afrika gesehen, aber in echt siehst du noch viel besser aus, stimmt's, George?«

»Zumindest sehr sympathisch«, befand nun Robins Vater und reichte Sky die Hand. »Aber keine krummen Touren mit meiner Tochter, wenn ich bitten darf!«, sagte er streng.

»Ganz bestimmt nicht. Meine Absichten sind ehrenhaft«, entgegnete Sky ernsthaft und fragte sich, warum Chiara so albern kicherte.

»Er zieht dich nur auf«, raunte sie ihm zu, jedoch so laut, dass es alle hören konnten.

»Aber es stimmt. Meine Absichten sind ehrenhaft! Ich will den Rest meines Lebens mit Robin verbringen!

Will ihr der beste Freund sein, Partner, Vater ihrer Kinder und, wenn sie mich will, auch ihr Ehemann«, sprudelte es aus ihm hervor, ohne dass er bewusst Einfluss auf seine Worte gehabt hätte. Vielleicht lag es am Jetlag, vielleicht an seiner fast schmerzhaften Sehnsucht nach ihr, aber es war zweifellos die Wahrheit.

»Du hast ›Liebhaber‹ vergessen«, half Chiara giggelnd aus. Offenbar fand sie das alles irre komisch.

»Vater ihrer Kinder?«, hakte Heather ein. »Das gefällt mir.«

»Lasst den armen Kerl doch mal in Ruhe«, bat George kopfschüttelnd. »Das muss dir klar sein, Junge, Robin bekommst du nicht allein, sondern nur mit der ganz großen Packung.«

Endlich hatten sie sich im Pulk zu Robin vorgearbeitet, die neben ihren Kollegen und ihrem Großvater vor dem Gerichtssaal wartete. »Robin!«, rief er und überwand die letzten Meter im Laufschritt. Sein Herz raste, sein Brustkorb drohte zu bersten, doch als sich ihre Lippen berührten, war aller Schmerz vergessen.

Viele Stunden später in Robins Wohnung, Edinburgh

»Das war einer der irrsten Tage meines Lebens!« Robin starrte mit einem glücklichen Lächeln an die Decke.

»Von meinem auch.« Sky küsste sie zärtlich am Hals und biss ihr leicht ins Ohrläppchen.

»Das glaube ich sofort. Du fliegst um die halbe Welt, um mich mit deinem schicken Anzug und der neuen Frisur zu beeindrucken, doch ehe ich die Chance habe, dich dafür zu loben oder dich wenigstens zu küssen, machst du meinen Eltern praktisch einen Heiratsantrag.« Sie gluckste leise.

»Das ist eine stark verkürzte und recht unpräzise Version der Geschehnisse«, brummte ihr Sky ins Ohr und streichelte mit einer Hand über ihre Brüste.

»Willst du es etwa leugnen? Wenn ich meiner Mutter nicht bis spätestens Weihnachten ein Ultraschallbild schicke, wird sie dir die Hölle heißmachen.« Sie stöhnte auf, als seine Hand tiefer glitt.

»Ich leugne gar nichts. Außerdem habe ich gerade zum ersten Mal in meinem Leben ohne Kondom mit einer Frau geschlafen. Genau genommen zweimal hintereinander, und ich verspreche dir, dass ich auch zukünftig alles geben werde.« Er küsste sie noch einmal auf den Hals, nahm dann aber ziemlich abrupt seine Hand weg. »Aber jetzt brauch ich eine Pause und vor allem etwas zu essen.«

»Du bist wirklich ein Romantiker«, lachte sie und stand auf. »Komm mit, zukünftiger Ehemann, Kindsvater, Lieblingsschwiegersohn.«

Eine halbe Stunde später saßen sie mit zwei großen Tellern dampfender Pasta und einer Flasche südafrikanischem Rotwein an ihrem Esstisch und lachten über die Ereignisse des Tages.

Als Robin nach ihrer Zeugenbefragung vorm Gerichtssaal auf Chiara, ihre Eltern und vor allem Sky gewartet hatte, hatte sie noch mit halbem Ohr mitbekommen, wie Thomas, der mit seiner Verteidiger-Entourage an ihr vorbeimarschierte, seine Anwälte anblaffte: »So sieht das also aus, wenn Sie jemanden fertigmachen! Wenn das so weitergeht, bin ich erledigt!« Ja, es war nicht gut gelaufen für den Earl of Derby, doch seltsamerweise verspürte sie keine Genugtuung deswegen. Es war ihr schlicht egal. Thomas war ihre Vergangenheit und hatte keinen Einfluss mehr auf ihr heutiges Leben. Sie wollte jetzt nur noch in die Zukunft sehen. Und die Zukunft hieß in ihrem Falle Sky Forrester.

»Ich denke, der Earl dürfte erledigt sein«, hatte ihr Großvater sehr zufrieden bemerkt. »Du warst brillant, aber du bist ja immer brillant. Hast du dir überlegt, was du jetzt machen willst?«

Ja, das hatte sie. Plötzlich war ihr auch vollkommen klar, wie es weitergehen sollte. »Du hast mir im März ein Jahr Auszeit verordnet, und dieses Jahr will ich mir auch gönnen«, hatte sie ihm geantwortet. »Ich will nicht ausschließen, dass ich ein bisschen arbeiten werde, vielleicht werde ich sogar eine Beratung für Hilfsorganisationen einrichten, aber ganz bestimmt werde ich keine sechzig Stunden pro Woche für irgendwelche Wirtschaftsfälle vergeuden.«

»Aber du bist die Beste in diesem Bereich.«

»Mag sein, aber ich könnte ja auch noch auf anderen Gebieten gut werden«, hatte sie lapidar entgegnet. »Keine Sorge, ich liebe meinen Job. Ich werde immer Anwältin sein und Stewart & Sons ist mir fast so wichtig wie dir, aber für den Moment will ich mich auf andere Dinge konzentrieren.«

»Auf den jungen Mann, der hinter Chiara saß?«

»Genau. Er ist mir nämlich noch wichtiger als meine Arbeit und Stewart & Sons. Ich will mit ihm nach San Francisco gehen, damit wir Zeit mit seiner Großmutter verbringen können, solange sie noch lebt. Vielleicht reisen wir auch noch mal nach Afrika, besuchen seine kleine Tochter in Addis Abeba und genießen den südafrikanischen Sommer am Kap. Mal sehen. Ich möchte gerne alles auf mich zukommen lassen.«

Sie war immer noch gerührt davon, wie ihr Großvater auf diese Ankündigung reagiert hatte. Er hatte ihr nämlich liebevoll über die Wange gestreichelt und gesagt: »Es mag aus meinem Mund seltsam klingen, aber damit machst du mich gerade noch glücklicher als mit deiner eindrucksvollen Leistung eben im Zeugenstand. Ich bin so froh, dass auch du endlich deinen Platz im Leben gefunden hast, und es gibt nichts Wichtigeres als die Liebe.« Robin hätte schwören können, dass er sich heimlich eine Träne aus dem Augenwinkel gewischt hatte, doch in diesem Moment war endlich Sky mit Chiara und ihren Eltern im Schlepptau gekommen, und sie hatte nur noch Augen für ihn gehabt.

»Du musst meine Familie für vollkommen übergeschnappt halten«, sagte sie sinnierend zu Sky und trank einen Schluck Wein. »Wir liegen uns in den Armen und küssen uns, und meine Mutter plärrt dazwischen: ›Er hat mir Enkelkinder versprochen!‹ Dann ruft mein Vater: ›Er will dich heiraten! Vermassle es diesmal nicht.‹« Sie schüttelte lächelnd den Kopf.

»Ich finde deine Familie genauso großartig wie dich«, antwortete Sky und prostete ihr grinsend zu. »Genieße den Wein, es wird vielleicht auf absehbare Zeit dein letzter sein.«

»Wie meinst du das?«

»Wie du gerade schon gesagt hast, ich habe deiner Mutter Enkelkinder versprochen. Vielleicht hat's ja schon geklappt.«

»Du spinnst, so schnell geht das nicht.«

»Laut deiner besten Freundin Chiara schon. Hast du übrigens mitbekommen, dass sie die ganze Szene gefilmt hat? Sie will das Filmchen bei unserer Hochzeit allen Gästen zeigen. Außerdem, wenn ich es schon schaffe, ein Kind zu zeugen, ohne die Kindsmutter überhaupt ein einziges Mal berührt zu haben, was glaubst du, wozu ich in der Lage bin, wenn ich es mit Absicht versuche?« Er lehnte sich zurück und grinste selbstgefällig.

»Zwei Dinge sind jedenfalls sonnenklar: Erstens, du bist genauso verrückt wie meine Familie – insofern passt du perfekt zu mir. Zweitens, du bist betrunken.«

»Und drittens?« Er hielt seinen Kopf schräg und sah sie mit einem Welpenblick an, der sie sofort wieder dahinschmelzen ließ.

»Ich hab nur von zwei Dingen gesprochen«, stellte sie sich dumm.

»Bist du dir sicher, dass es keine sonnenklare dritte Sache gibt?«

»Du meinst doch nicht die, dass ich dich liebe, oder?«

»Ähm, doch!«

»Ich dachte, das ist offensichtlich.«

»Schon, aber du als Staranwältin müsstest doch wissen, dass nur präzise formulierte Aussagen unanfechtbar sind.«

»Staranwältin a. D., so viel Zeit muss sein. Aber du hast recht: Sky Forrester, ich liebe dich!« Sie strahlte ihn an und fühlte sich unbeschwert und leicht.

»Und ich liebe dich!«

»Da wir das jetzt geklärt hätten, unanfechtbar geklärt hätten, habe ich noch eine andere Frage: Hast du wirklich noch nie ohne Kondom Sex gehabt?« Sie hatte das vorhin zwar wahrgenommen, aber jetzt war ihr diese erstaunliche Bemerkung wieder eingefallen.

»Bis vorhin noch nie«, bestätigte er und fügte hinzu: »Ich bin in Afrika aufgewachsen, auf einem Kontinent, auf dem Aids eine der häufigsten Todesursachen ist. Mir haben meine Eltern schon mit zehn Jahren eingebläut, dass ich niemals ohne Kondom mit einem Mädchen schlafen dürfte.«

»Und weil du ein guter Sohn bist, hast du dich daran gehalten.«

»Genau. Aber diese Zeiten sind vorbei.« Seine Augen blitzten unternehmungslustig und er schob seinen leeren Teller zur Seite. »Wie wäre es mit einem dritten Gang hier auf deinem stylischen Esstisch? Das wäre dann auch ein erstes Mal.«

Als Robin ein ganzes Weilchen später vom Bad zurück ins Schlafzimmer ging, telefonierte Sky gerade mit Rosalynd. Hier in Edinburgh war es halb zwei Uhr morgens, also halb zehn in San Francisco. Leise schlüpfte sie unter die Decke und kuschelte sich an ihn.

»Sie will dich sprechen«, sagte er und reichte ihr sein Handy.

»Hallo, Rosalynd, wie geht's dir? – Da bin ich sehr froh. – Mir geht's hervorragend! – Was? Oh ja, er war sehr ritterlich! Und todschick mit seinem neuen Anzug und den kurzen Haaren. – Das war mir klar, dass das nicht seine eigene Idee war. – Ich hab dich auch lieb, wir sehen uns ganz bald.« Sie beendete das Gespräch und reichte ihm sein Telefon. »Weißer Ritter, soso.«

Er zuckte nur mit den Schultern. »Ich könnte mich an die Rolle gewöhnen.«

Robin lächelte. »Ich mich auch. Aber sag mal, wie geht es ihr wirklich?«

»Keine Ahnung. Ich weiß es ja erst seit vorgestern, dass sie so krank ist. Aber ich hoffe wirklich, dass uns noch ein bisschen Zeit bleibt.«

»Von mir aus können wir morgen schon zurückfliegen«, sagte Robin und nahm seine Hand. »Ich möchte auch bei ihr sein.«

»Und deine Familie?«

»Die läuft nicht davon. Außerdem ist deine gerade wichtiger.« Sie küsste ihn. »Aber jetzt sollten wir ein bisschen schlafen.« Sie knipste das Licht aus und kuschelte sich an ihn. Als sie fast eingeschlafen war, kam ihr jedoch noch ein Gedanke: »Vor ein paar Monaten habe ich meinem Bruder vorgejammert, dass ich noch nie eine Beziehung mit einer tollen Kennenlern-Legende hatte, aber jetzt haben wir die allerbeste. Wir haben uns nackt in unserem Badezimmer getroffen.« Sie seufzte zufrieden. »Das macht doch was her.«

»Aber sowas von. Es wird unseren Kindern vielleicht etwas peinlich sein, aber da müssen sie durch. Ich denke da nur an meine angebliche Zeugung im Flugzeug ...«

»Wir werden unser Kind aber nicht Table nennen, weil es möglicherweise auf meinem Esstisch entstanden ist. Und auch nicht Merlot – auch wenn der irgendwie daran beteiligt war«, kicherte sie.

»Versprochen«, murmelte er schläfrig.

Augenblicke später war auch Robin eingeschlafen – berauscht, erschöpft und überglücklich in Skys Armen. Fünf Minuten später schreckte sie wieder hoch, weil sein Telefon klingelte.

Er tastete verschlafen danach und sie sah auf die Uhr. Es waren keine fünf Minuten, sondern fünf Stunden gewesen, doch wer rief an einem Samstagmorgen um halb sieben an? Mit wem sprach er da überhaupt? Und in welcher Sprache? Es dauerte ein bisschen, bis sie wach genug war, um festzustellen, dass es nicht Englisch war, und noch einen Moment länger, bis sie merkte, dass Sky ziemlich schockiert und aufgeregt klang.

»Was ist los?«, wollte sie wissen, als das Gespräch nach einer halben Ewigkeit endlich beendet war. »Will dich wieder jemand erpressen?«

Er schüttelte stumm den Kopf und schien sich erst sammeln zu müssen. »Ich fürchte, das mit unserem Nachwuchs geht schneller als geplant«, sagte er schließlich. »Nesanet ist vorgestern bei einem Raubüberfall schwerstens verletzt worden und gestern gestorben. Ihre Tante kann und will nicht für Ayana sorgen und hat mich nun gefragt, was sie tun soll«, berichtete er schockiert. »Ich hab ihr gesagt, dass ich so schnell wie möglich nach Addis Abeba fliege und mein Kind abhole.«

Robin zögerte keine Sekunde. »Dann lass uns keine Zeit verlieren und *unsere* Tochter retten!«

Epilog

Der beste Tag

Im nächsten Jahr, 22. Mai, San Francisco

»Mommy, Mommy, Baby ist da?!«, rief Ayana begeistert und rannte so schnell ins Klinikzimmer, dass ihre blonden Locken wild hüpften.

»Ja, mein Engel, unser Baby ist da«, sagte Robin lächelnd und half ihrer kleinen Adoptivtochter dabei, in ihr Bett zu klettern. »Schau mal, das ist dein kleiner Bruder.«

»Schläft?«, fragte die Kleine enttäuscht. Offensichtlich hatte sie sich mehr Action erhofft.

»Ja, er schläft«, bestätigte Robin und küsste erst den Lockenkopf von Ayana und dann den rabenschwarzen Schopf ihres neugeborenen Sohnes. Sie hätte auch gerne geschlafen, denn die achtzehn Stunden Wehen waren kein Spaß gewesen, doch das war im Augenblick wohl keine Option. Sie schaute zu Sky, der noch an der Tür stand, fast so erschöpft wirkte wie sie selbst, sie aber fragend ansah.

»Sollen wir's hinter uns bringen? Ich weiß nämlich nicht, wie lange ich die Meute noch aufhalten kann.«

Sie nickte ergeben, und Augenblicke später strömten all ihre Lieben in das glücklicherweise ziemlich großzügige Zimmer. Luci und Ian mit Nicky, Robins Eltern, die schon seit zehn Tagen bei ihrem Bruder logierten, Chiara mit Bruno und ihrer fünf Monate alten Tochter Giulia, Greta und Leo, die ihren Aufenthalt bereits zum zweiten Mal verlängert hatten – und natürlich Rosalynd, die unverkennbar eine Haschwolke hinter sich herzog, aber fidel wie eh und je wirkte. Sie war auch die Erste, die zu Robin ans Bett trat und den Neuankömmling begutachtete.

»Wie heißt er denn nun?«, wollte sie wissen.

»Alexander Samuel Orlando«, antwortete Sky stolz.

»Hm«, meinte die alte Dame nachdenklich. »Alexander ist ein schöner Name, passt auch gut zu Ayana. Samuel ist klar – nach deinem Vater. Aber Orlando?«

»Darauf hat seine Patentante bestanden«, erklärte Chiara, die sich nun vordrängelte. »Gott, er ist genauso hässlich wie alle Neugeborenen«, stellte sie fest und lachte fröhlich. »Aber das wächst sich aus. Giulia ist ja auch wunderschön geworden und bei seinen Genen sollte auch aus Orlando ein schicker junger Mann werden.«

»Robin, deine beste Freundin ist unmöglich«, empörte sich Luci. »Er ist unglaublich niedlich«, sagte sie und streichelte dem Baby über die rosige Wange.

Er ist vor allem gesund und munter, dachte Robin, und das war das Einzige, was für sie zählte. Es war nicht so, dass sie ihre Schwangerschaft in Dauerpanik verbracht hatte, dafür war schlicht keine Zeit gewesen mit Ayana und all den neuen, aufregenden Aufgaben, die sich plötzlich ergaben, aber Angst hatte sie trotzdem gehabt. Doch jetzt, da er bestens entwickelt und friedlich schlafend in ihrem Arm lag, waren alle Sorgen vergessen.

»Er sieht aus wie du als Baby«, behauptete ihr Vater, der seinen Enkel kritisch beäugte. »Diese Haare – du hattest genauso schwarze Haare wie er.«

»Ich finde, er sieht aus wie mein Sohn als Baby«, meinte Rosalynd.

»Aber Dad war blond«, gab Sky zu bedenken.

»Er sieht auf jeden Fall nicht aus wie du«, stellte Leo lachend fest und klopfte seinem besten Freund auf die Schulter. »So gut scheinen deine Boris-Becker-Gene dann doch nicht zu funktionieren.«

»Aber das ist doch ganz wunderbar, dass eure Tochter aussieht wie Sky und euer Sohn wie Robin«, schaltete sich Heather ein und pflückte Ayana vom Bett herunter. »Komm, meine Süße, wir gehen jetzt alle zu Onkel Ian und Tante Luci und machen eine tolle Party, damit sich deine Mama mal ausschlafen kann.«

»Okay«, piepste die Kleine, streckte dann aber noch eine Hand nach ihrem Bruder aus. »Baby mit!«

»Nein, Baby Alex bleibt bei der Mama. Du kannst mit Nicky und Giulia spielen – und mit Drake.«

»Drake!«, quietschte Ayana begeistert und versuchte, sich von ihrer Großmutter zu befreien.

»Dann mal alle los«, bemühte sich Heather vergeblich, den Trupp wieder aus dem Krankenhauszimmer zu scheuchen.

»Wir können noch nicht gehen«, bestimmte nun Chiara. »Erst müssen wir auf Orlando anstoßen!« Sie gab ihrem Mann Bruno ein Zeichen, der daraufhin aus einer großen Tasche zwei Kartons mit Sektflöten zog und aus einer anderen drei gekühlte Flaschen Spumante. »So jung kommen wir nicht mehr zusammen«, sagte Chiara und drückte ihre Tochter Leo in den Arm, um ihrem Mann beim Entkorken der Flaschen und beim Füllen der Gläser zu helfen. »Herzlichen Glückwunsch zu eurem kleinen Wunder!«

Sky setzte sich neben Robin aufs Bett und legte seinen Arm um sie. »Ich hab wirklich versucht, das zu verhindern«, raunte er ihr ins Ohr.

»Ich weiß, aber das macht nichts. Es ist doch schön, dass sie alle da sind. Außerdem fürchte ich, dass wir bald noch sehr viel müder sein werden als gerade eben«, sagte sie leise und sah liebevoll auf Alex. Er war perfekt. Perfekt, gesund und lebendig, und sie freute sich auf jede schlaflose Minute, die er ihr bereiten würde.

Binnen weniger Minuten war eine ausgelassene Party im Gange, in deren Verlauf Baby Alex ausführlich begossen wurde und mehr oder weniger feierliche Reden auf ihn gehalten wurden.

»Ich habe meine Mission wirklich mehr als erfüllt«, sagte Rosalynd, als sie an der Reihe war. »Ich habe jetzt drei Urenkel, da kann ich doch so langsam abtreten, oder?«

»Auf keinen Fall!«, hielt Luci dagegen. »Du hast gesagt, dass du noch auf ein Kind von Kendra und Derek warten wirst!«

»Ich glaube nicht, dass Kendra bereit ist, in den nächsten fünf Jahren Mutter zu werden«, gab Ian zu bedenken. »Oder eher zehn.«

»Na und? Ein Versprechen ist ein Versprechen, oder?«

»Ich gebe mein Bestes«, versprach Rosalynd.

»Das will ich meinen«, sagte Sky. »Ich brauche dich nämlich. Ich bin mir nicht sicher, ob ich mein Leben als Hausmann mit zwei Kindern so einfach hinbekomme. Robin hat zwar versprochen, dass sie mindestens drei Monate zu Hause bleibt, aber wenn morgen eine Hilfsorganisation in Not anruft, da wette ich, steigt sie übermorgen ins Flugzeug nach Afrika.« Er zwinkerte Robin zu, die nur kopfschüttelnd lächelte.

Sie hatten sich in den letzten Monaten an ein gewisses Nomaden-Dasein gewöhnt und waren häufiger zwischen den USA, Europa und Afrika umhergereist, denn nicht nur Robins Rechtsbeistand war gefragt, vor allem waren viele an Skys Expertise interessiert. Es war eine logistische Herausforderung mit einem kleinen Kind, aber warum sollten sie es nicht auch mit zweien meistern? Doch für den

Moment wollten sie wirklich erst einmal hierbleiben, in ihrer kleinen Wohnung unterm Dach.

»Na gut, einigen wir uns auf Alexanders Einschulung«, gab Rosalynd lächelnd nach.

Eine Stunde später hatte eine resolute Stationsschwester dem wilden Treiben ein Ende bereitet und alle Gäste nach Hause geschickt. Nur Sky war noch hiergeblieben und lag inzwischen bei Robin unter der Decke.

»Denkst du, sie schmeißen mich auch raus?«, murmelte er schläfrig und sah andächtig zu, wie sein Sohn hungrig an Robins Brust saugte.

»Nein, das werden sie nicht«, entgegnete sie und lächelte ihn an. »Er hat deine Augen«, sagte sie.

»Das ist mir völlig egal«, brummte er. »Er hat unsere Liebe, das alleine zählt.«

Ja, das hatte er, dachte Robin. Ihre Liebe, eine große Schwester und eine wild zusammengewürfelte Familie aus echten und gefühlten Verwandten. Sie lächelte. Es war schon fast ein Wunder – innerhalb eines Jahres war aus zwei verlorenen Seelen ein Paar geworden, Eltern und eine Familie. »Sky?«

»Hm?«

»Ich glaube, heute ist der beste Tag in meinem Leben.«

Danke

Es gibt so vieles, wofür ich mich in Bezug auf diese Geschichte bedanken müsste, denn während des Schreibens sind Dinge passiert, die ich niemals für möglich gehalten hätte. Doch vermutlich sind sie nur für mich interessant und relevant, und ich möchte hier niemanden langweilen. Ich beschränke mich also auf die Feststellung, dass sich »Robin – High in the Sky« einen Platz in meinem Herzen erobert hat, der bislang felsenfest und jahrelang von einem anderen Roman besetzt war. Wen es interessiert: Es handelt sich um »Gefühlte Wahrheit«. Allein das ist ein berauschendes Erlebnis!

Schreiben ist eine einsame Angelegenheit, umso schöner ist es, wenn es Menschen gibt, die schon zu einem ganz frühen Zeitpunkt mitfiebern. In diesem Fall waren das vor allem die Nutzer der Snipsl-App, die die Vorab-Leseszenen aufmerksam und voller Begeisterung verfolgt und kommentiert haben. Danke, dass ihr euch die Mühe gemacht habt!

Sechs Testleser haben die ganz frische und rohe erste Fassung dieses Romans gelesen und mich mit ihrem Feedback sehr, sehr glücklich gemacht. Vielen Dank, Katja, Veronika, Fulden, Laura, Tanja und Viola. Die drei Letztgenannten in dieser Liste sind übrigens Kolleginnen, die eigentlich selbst mit ihren Manuskripten beschäftigt waren und sich trotzdem die Zeit für meine Geschichte genommen haben. Das ist keine Selbstverständlichkeit und ich bin sehr dankbar dafür.

Ein großes Dankeschön geht an Julia Funcke, die sich mit ihrem unbestechlichen Adlerauge wieder meiner Geschichte angenommen und sie in einen fehlerfreien Zustand transferiert hat. Sollten euch doch noch Absonderlichkeiten aufgefallen sein, dann habe ich sie im letzten Schritt wohl wieder verschlimmbessert. *seufz*

Danke Viola Plötz von Truelove Coverdesign für die wunderbare Titelgestaltung und ihre Geduld mit meinem »Vögel«-Problem.

Liebe Leser, die ihr bis hierher gekommen seid: Vielen, vielen Dank, dass ihr dieses Buch gekauft und gelesen habt. Ich hoffe, es hat euch auch ein bisschen berührt und gefallen. Wenn ihr mögt, würde ich mich sehr über eine Bewertung bei Amazon, auf einer anderen Plattform wie LovelyBooks oder auch eine persönliche Nachricht freuen.

Last, but not least danke ich noch meinen zweibeinigen und vierpfotigen Lieblingen – ohne euch wäre alles sinnlos!

PS: Zweifellos habe ich wieder einige Menschen vergessen, ohne die es diesen Roman nicht gäbe – verzeiht mir bitte! Ihr mögt zwar in diesen Zeilen nicht verewigt sein, in meinem Herzen habt ihr trotzdem einen besonderen Platz.

Wer ist Charlotte Taylor?

Charlotte Taylor ist das Pseudonym der Frankfurter Autorin Carin Müller, wenn sie sich ganz der Liebe hingibt – ob voll schmetterlingszarter Innigkeit oder rauschhafter Leidenschaft. Charlotte erblickte im Herbst 2014 das Licht der Welt, als man Carin aus verschiedenen Quellen nahelegte, ruhig mal einen Ausflug in Richtung horizontaler Literatur zu wagen. Das Experiment hat so gut funktioniert, dass daraus die erfolgreiche »Hot Chocolate«-Serie entstand. Doch da Prickeln ohne echtes Gefühl nur halb so schön ist, steht auch bei Charlotte immer die Geschichte im Mittelpunkt – und die kann bei aller vordergründiger Leichtigkeit auch gerne komplexer sein.

Charlotte teilt sich mit Carin im realen Leben nicht nur einen Ehemann und einen Hund, sondern auch nur einen Körper. Und dieser Wirtskörper – obwohl durchaus funktional – verfügt standardmäßig nur über zwei Hände, zehn Finger und einen Kopf. Da kann es durchaus eng werden bei der Manuskripterstellung.

Veröffentlichungen

als Carin Müller:

»Tage zwischen Ebbe und Flut« – 2016, Droemer Knaur
»Problemzonen« – 2015, SP
»Hundstage« – 2014, SP
»Gefühlte Wahrheit« – 2014, SP
»High Heels & Hundekuchen« – 2012, Goldmann
»Mopsküsse« – 2009, Goldmann

als Charlotte Taylor:

die Reihe »Hot Chocolate« – aktuell 17 Titel, seit 2016 bei Bastei Lübbe
»San Francisco Millionaires Club – Ian« – 2017, SP
»San Francisco Millionaires Club – Derek« – 2017, SP
»Robin – High in the Sky« – Juni 2018, SP

als Nirac Rellum:

»Ferien auf Tarkanus X« – 2017, SP
»Außenmission auf Kaipas V« – 2015, SP